U0055556

CLASSIC
當代大師
文學經典

百年孤寂

cien años de soledad

gabriel garcía márquez

加布列·賈西亞·馬奎斯 著
葉淑吟 譯

來自全世界的最高讚譽！

像其他重要的拉丁美洲作者一樣，馬奎斯永遠為貧窮弱小的人請命，勇敢反抗內部的壓迫與外來的剝削。巧妙地揉合了虛幻與現實，創造一個豐富的想像世界，並反映了南美大陸的生活和衝突。

——諾貝爾文學獎瑞典皇家學院

《百年孤寂》是過去五十年來所有語言中最偉大的傑作！

——布克獎得主／薩爾曼．魯西迪

繼塞萬提斯《唐吉訶德》之後最偉大的西班牙文作品！

——諾貝爾文學獎得主／巴勃羅．聶魯達

《創世紀》之後首部值得全人類閱讀的文學巨作！

——《紐約時報》書評／威廉．甘迺迪

唯一的一部美洲《聖經》！

——塞萬提斯文學獎得主／卡洛斯．富恩特斯．馬西亞斯

《百年孤寂》在馬奎斯建構的虛擬世界中達到了頂峰。
這部小說整合並且超越了他以前的所有虛構想像，進而締造了一個極其豐饒的雙重世界。
它窮盡了世界的一切，同時也窮盡了自己。

——諾貝爾文學獎得主／馬利歐．巴爾加斯．尤薩

這本書挽救了我的一生！

——奧斯卡影后／艾瑪．湯普遜

加布列．賈西亞．馬奎斯是所有語言中最偉大的作家！

——美國前總統／比爾．柯林頓

他對西班牙文的貢獻比塞萬提斯還要大，
不僅使我們的語言復活，也使我們的神話復活。

——墨西哥作家／卡洛斯．富恩特斯

超越百年以來所有小說家的期待，
甚至更為明快、機智、智慧，而且詩情畫意。
——**華盛頓郵報書的世界**

因為《百年孤寂》的出現，加布列·賈西亞·馬奎斯向全世界的讀者引介了拉丁美洲文學，
這部描述馬康多的輝煌、愛與失落的小說，讓他站上了二十世紀文學的頂峰！
——**《紐約時報》書評／艾力克斯·韋伯**

他是個強而有力的作家，有著豐富的想像力。
他繼承了歐洲政治小說的偉大傳統，並將歷史劇與個人戲劇合而為一。
——**美國作家／歐文·肖**

馬奎斯生長的地方浸淫著西班牙移民、原住民和黑奴留下的熱帶文化，
祖國的諸多異國傳說啟發了馬奎斯的豐富著述。
他的經典巨著《百年孤寂》深具歷史性與文學意義，
以加勒比海的虛構村莊馬康多一個家族，
在十九到二十世紀之間的榮衰興亡來做為拉丁美洲百年滄桑的縮影。
——**紐約時報**

導讀——

百年孤寂，千年之愛

臺大外文系教授兼國際長・西班牙皇家學院外籍院士
張淑英

多年以前，出版社主編問我：「願不願意、有沒有可能用西班牙文將《百年孤寂》新譯重新出版？」面對這樣的詢問，我說：「除非原來的中譯本不再版，除非取得馬奎斯本人和經紀人的授權，除非譯者中西文底蘊厚度均足，原來的中譯並非不好，原著的精髓在於西班牙文的多重語意、發音和繁複的文化問題，新譯要完全超越更臻完美，未必是不可能的任務，但絕對是頂尖的挑戰。」當時，我以為《百年孤寂》中譯在這塊土地上不會再有第二次機會。

曾經，馬奎斯和他的經紀人卡門・巴爾賽（Carmen Barcells）為了向超過千萬讀者百萬冊銷售的中文盜版抗議，已經堅持多年拒絕馬奎斯所有作品的中文版授權，形同禁運的制裁。我以為改編馬奎斯的名言「給我一個親人，我就可以撼動你的心扉」（《預知死亡紀事》：「給我一個偏見，我就可以撼動這個世界」）、透過私人遊說或親情攻勢，可以有些效果，多次長途電話到哥倫比亞跟馬奎斯的姪女瑪格麗達（Margarita）商談，也和卡門・巴爾賽磨耐心，都是無疾而終，畢竟我不是出版社，亦非版權代理商。

曾經，比馬奎斯小二十歲的弟弟艾利希歐（Eligio García Márquez，一九四七—二○○一）誤以為我是《百年孤寂》中譯的譯者，一九九八年十二月二十八日寄給我一份問卷，提問幾個問題：什麼時候、在什麼地方閱讀《百年孤寂》？現在如何看待這本小說？何時成為一位譯者？閱讀時是否發現與其他作品不同或相似的特點？如何翻譯這部小說？意譯？改寫？直譯？是否遇到語言及文化上的障礙？要解決這些問題，是否親自向作家詢問？或是參考其他譯本？花多少時間翻譯？再版時是否重新校訂修正？閱讀過哪些拉美文學作品？是否翻譯過其他小說？讀過哪些馬奎斯的作品？中譯印刷多少本？書的大小設計是否和本地作家或外國作家一樣規格？讀者接受度如何？評論如何看待？是否對貴國的文學創作產生影響？在馬奎斯獲得諾貝爾文學獎之後這麼多年來，《百年孤寂》在貴國的評價與地位如何？最後，還特別手寫，說我的西文名字跟他的母親一樣：LUISA: como mi madre, Luisa Santiaga.

艾利希歐．賈西亞．馬奎斯二○○一年因腦瘤過世，這一年，他出版了厚達六百三十頁的《解密梅賈德斯》（*Tras las claves de Melquíades*），彙整解讀他所研究探詢到的《百年孤寂》的創作、翻譯與閱讀史，以及其全球影響力。當時距離馬奎斯得諾貝爾文學獎近二十年，而如今已過三十五個寒暑，而且二○一七年是《百年孤寂》出版五十週年紀念了。馬奎斯和卡門．巴爾賽也相繼於二○一四年、二○一五年駕鶴西歸。最重要的是／事——他們在離去前，做了最關鍵的決定（雖以極高鉅額授權費）：二○一一年《百年孤寂》的中文簡體版經正式授權出版了；更可喜的是，五十週年慶的今天，臺灣皇冠也出版了我們自己的版本。

回應一九九八年艾利希歐詢問我的問題，我認為二十年後的今天更適合回答。文學若要論「文以載道」的社會責任，那麼翻譯就是回應社會文化的「某時、某地、某世代、某文本、某譯本」的需求。華文世界四、五、六年級生的閱讀歷程各有《百年孤寂》某個譯本的集體記憶，今天看到正式授權的中譯本面世，我們的態度是正面的，是雀躍的，是積極的，是勇敢的。譯者不必為了「不趨同」而「求異」，也無需顧慮布魯姆（Harold Bloom）所謂「影響的焦慮」而另闢蹊徑。這是《百年孤寂》從盜版到正式授權，從簡體到正體中文，從英文到西班牙文原文翻譯的進程與努力，迎迓另一個閱讀世代的挑戰，繼續淬煉作品的韌度與質地，也是學者、作家、譯者面對社會變遷再現思維與反省能力，同時考驗讀者的知性及智性涵養，從而展現作品無國界永恆不朽的貢獻與價值。

魔幻寫實風潮和《百年孤寂》的巔峰從上個世紀一九八〇年代開始，在全球風行草偃，識者應風披靡，成為拉丁美洲新小說的翹楚，成為後殖民研究的文本典範，是拉丁美洲身分與文化認同的導航，是所有想要書寫家庭史、國家史亟思的尺度和規模，更是所有想要成為小說家的人必讀作品，說它是二十世紀文學的《聖經》也不為過。馬奎斯和《百年孤寂》在世界文壇熠熠輝赫，成就其經典地位，誠如《馬奎斯的一生》作者傑拉德・馬汀所言，他是「新的塞萬提斯」。又如，與他同為拉丁美洲文學爆炸時期的尤薩（Mario Vargas Llosa）獲得二〇一〇年諾貝爾文學獎，證明了他們這個世代的文學的璀璨輝煌與豐厚實力；一九八〇至一九九〇年代以馬奎斯為宗師，說出「原來小說可以這樣寫」的莫言，贏得了二〇一二年諾貝爾文學獎的桂冠，中國、臺灣許多作家，前仆後繼擬仿效尤者亦不遑多讓，應驗了艾利希歐所說的《百年孤寂》對外國文學的影響。《百年孤寂》連結魔幻寫實三十年（一九八二—二〇一二），從西方到東方，從拉丁美洲到華文世界，華文創作受到《百年孤寂》直接的影響堪稱國際文壇的顯例，這是跨文化研究和比較文學一個最耀眼的試金石，也是里程碑。

《百年孤寂》的磅礴故事，馬奎斯的寫作氣勢，兩者對世界文壇的貢獻、在歷史的定位，猶如詩仙李白登黃鶴樓讚歎美景，卻無法跳脫其一氣貫注的意境而嘆曰：「眼前有景道不得，崔顥題詩在上頭」。李白擱筆，他日另尋契機與靈感仿〈黃鶴樓〉寫下〈登金陵鳳凰臺〉。後馬奎斯世代，被稱作所謂的「馬康多世代」也將有李白的讚嘆與喟嘆，不會再有〈黃鶴樓〉，但一定還有許多另類的鳳凰臺。一如馬奎斯一九五五年閱讀了墨西哥小說家魯佛的《佩德羅・巴拉莫》（*Pedro Páramo*）後，突破創作瓶頸，潛心埋首十二年，寫出了《百年孤寂》。二〇〇七年，為了慶祝《百年孤寂》出版四十週年，西班牙皇家學院（ＲＡＥ）聯合拉丁美洲國家共二十二個西班牙語研究院出版《百年孤寂》紀念版，結集三位院士——尤薩・紀嚴（Claudio Guillén），前院長賈西亞・龔恰（Víctor García de la Concha），兩位馬奎斯摯友、名小說家富恩特斯（Carlos Fuentes）和穆迪斯（Álvaro Mutis）共五篇專論，以及四位拉丁美洲學者，其中一位是今年的塞萬提斯文學獎得主，前尼加拉瓜副總統拉米瑞茲（Sergio

Ramírez），分別撰文析論馬奎斯與《百年孤寂》對拉丁美洲文學的影響。

比較文學理論大師紀嚴分析《百年孤寂》的「文學性」（literariedad），他指出馬奎斯結合歷史性、故事性和敘事體成一體；誇飾的敘述中又帶有獨特的精確度；馬康多的故事延展環繞在兩個向度：重複性和寓言／預言，也就是在循環的時間和未來的時間中鋪陳。儘管人物眾多，世代繁雜，波恩地亞家族的個性，對家族的情感、記憶和希望在時空的變換中，始終一致。賈西亞．龔恰從詩性的角度審視《百年孤寂》，舉出其時空的象徵——一種無限前進延伸的阿列夫（aleph）迷宮，小說人物處於一種二元對立的情感糾結：隨性vs.算計，暴力vs.溫柔，靜謐vs.躁動，搏鬥vs.擁抱……陷入永恆的孤寂。馬奎斯兩位好友，穆迪斯認為馬奎斯為拉丁美洲文學立下典範和典律，馬康多將會變成所有讀者情感與知識匯聚交集的地方。富恩特斯則以「美洲的名字」封號向馬奎斯和《百年孤寂》致敬，美洲的《吉訶德》（唐吉訶德）已然誕生。

身為爆炸文學的一員，身為研究馬奎斯最透徹的作家，尤薩的論述深且長。他從博士論文《馬奎斯：弒神的故事》（*García Márquez: Historia de un deicidio*，一九七一）便認為馬奎斯的小說是在解構神話，顛覆神蹟，翻轉現實，用神話的奇幻鋪陳日常生活的真實，又以傳統迷信混雜人民心中堅信不疑的宗教信仰，詰問神的創造力。質言之，馬奎斯刻意將十五世紀歐洲人發現新大陸的種種奇聞軼／異事和誇飾書寫挪移到二十世紀的文本創作，以拉丁美洲的現實反諷歐美聲稱的魔幻。例如，哥倫布的《日記》（一四九三）、征討墨西哥的西班牙征服者艾爾南．科特斯（Hernán Cortés，一四八五—一五四七）的《書信報告》（*Cartas de relación*，一五二二），跟著麥哲倫環遊世界的義大利航海家畢加菲塔（Antonio Pigafetta，一四八〇—一五三四）的《環遊世界首航記》（*Primo viaggi in torno al mondo*），或多或少都帶著誇飾怪誕的口吻敘述在新大陸的所見所聞（「豬隻的肚臍長在背部；一些沒有腳掌的鳥兒，雌鳥趴在公鳥的背部孵蛋；沒有舌頭的鵜鶘群聚，尖嘴長得像湯匙」）。因此，我們可以領略馬奎斯嘲諷殖民旅行紀事的失真。拉米瑞茲的〈真實的捷徑〉也以殖民紀事為主軸，直言馬奎斯「以子之矛攻子之盾」，將殖民敘述的虛構與想像元素植入《百年孤寂》，而「神化」的色彩，猶如《吉訶德》第二部的布局，逐漸淡化而轉入真實情境。尤薩用〈《百年孤寂》：全面的真實，全面的小說〉讚頌馬奎斯和《百年孤寂》。他說：「在我們的時代，文學天才——作品和作家——是深奧晦澀的、小眾的、令人疲憊的，《百年孤寂》是少數的例外，是所有人都可以理解，極度享受的作品。」

《百年孤寂》的「全面」還根植於它呈現一個鮮明的個體的故事，又同時是集體的歷史；小說素材完整，因為它講述一個烏托邦、一個封閉的世界，從個人、家族、社會到國家，從它的起源到它的毀滅；敘述技巧全面：從真實、想像、神話傳說、奇蹟到魔幻，馬奎斯筆鋒游刃有餘。例如，梅賈德斯透過神秘的技巧或知識變出花樣的能力；美人蕾梅蒂絲（Remedios）的體與魂隨著床單飛上天，這是與宗教信仰相關的神奇；流浪的猶太人（Judío Errante）引起鳥類暴斃的敘述屬於神話傳說；維克多·于格斯（Víctor Hugues）的「私掠船幽靈，船帆被陰風撕碎，船桅被海蟑螂蛀蝕」不是魔幻，也不是信仰，是源於法國的歷史，在卡本迪爾（Alejo Carpentier）的小說《啟蒙世紀》（*El siglo de las luces*）中被重塑為神話傳說。此外，屬於客觀的真實，略帶點誇飾的筆觸而令人有前所未聞的驚奇的事蹟，就可以歸為奇幻的範疇，這應是《百年孤寂》裏爬梳最多的情節。例如，生出有豬尾巴的後代；忘在櫃子裡許久的空瓶子變得太重；有個鍋子裡的水沒有火卻沸騰；失眠症的瘟疫；動物園妓院……等等。馬奎斯對文字語彙的推敲也相當細緻，許多的形容詞讓文本的氛圍介於奇蹟與魔幻之間，例如，「《聖經》中的狂暴颶風吹起，把馬康多變成塵埃和殘磚碎瓦的可怕漩渦」；「當他們一拿走發黃的紙捲，有一股神力（筆者按：天使的力氣）將他們舉起，讓他們浮在半空」。這些分析有助對魔幻寫實書寫的解密與解套。

二〇一七年二月我在德州大學奧斯汀分校的哈利．蘭森中心（Harry Ransom Center）搜集馬奎斯生平的手稿、圖像、書信……等各種文獻資料時，小心翼翼呵護著《百年孤寂》的初稿、二校、三校……付梓後的修訂稿，馬奎斯的眉批與鉛筆筆觸，他那臺跟著作品也成為經典的打字機，各種活動數百張照片，觸摸之間，心電川流，頓時彷彿領悟了作家苦心孤詣的一生。想到他在自傳《活著是為了說故事》（*Vivir para contarla*）寫到「生命不只是一個人活過的歲月而已，而是他用什麼方法記住它，又如何將它訴說出來」。馬奎斯用《百年孤寂》記住他的生命，用《百年孤寂》訴說出來，成為讀者、文學史上的千年之愛。

二〇一七年十二月八日

烏蘇拉·伊寬南

荷西·阿爾卡迪歐·波恩地亞

阿瑪蘭塔

蕾梅蒂絲·莫斯克德

奧雷里亞諾·波恩地亞（上校）

碧蘭·德內拉

荷西·阿爾卡迪歐

蕾貝卡〔養女〕

十七位名為「奧雷里亞諾」的私生子五位出現全名：
奧雷里亞諾·阿馬多
奧雷里亞諾·特里斯德
奧雷里亞諾·山德諾
奧雷里亞諾·塞拉多
奧雷里亞諾·阿爾卡亞

奧雷里亞諾·荷西

聖塔蘇菲亞

阿爾卡迪歐

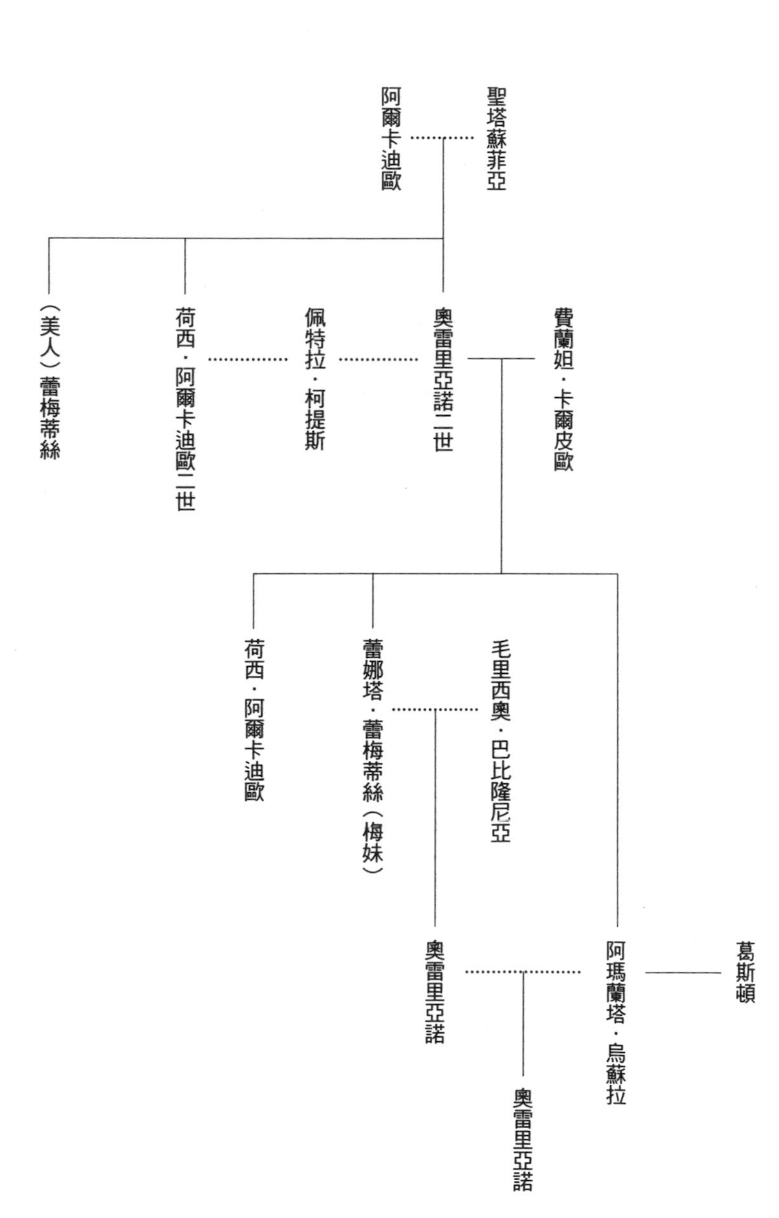

聖塔蘇菲亞
阿爾卡迪歐
費蘭妲・卡爾皮歐
奧雷里亞諾二世
佩特拉・柯提斯
荷西・阿爾卡迪歐二世
（美人）蕾梅蒂絲
毛里西奧・巴比隆尼亞
蕾娜塔・蕾梅蒂絲（梅妹）
荷西・阿爾卡迪歐
葛斯頓
阿瑪蘭塔・烏蘇拉
奧雷里亞諾
奧雷里亞諾

1

許多年後，奧雷里亞諾．波恩地亞上校在面對執行槍決的部隊那一刻，憶起了父親帶他見識冰塊的那個遙遠午後。當時馬康多是座小村莊，不過只有二十間沿著河岸搭建的泥造蘆竹屋，清澈的河水在河床上奔流，河底一顆顆光滑潔白的大石頭，恍若史前時代的巨蛋。那個世界是如此嶄新，許多東西都還沒取名，提及時得用手去指。每年到了三月，總有個衣衫襤褸的吉普賽家庭來到小村莊附近紮營，大聲地吹笛敲鼓，準備介紹新奇的玩意兒。他們第一個拿出來獻寶的是磁鐵。當中有個吉普賽男子，他體型魁梧，滿嘴雜亂鬍子，有雙細瘦的手，他自我介紹叫梅賈德斯，拿出一個嚇人的東西給觀眾看，他稱這是馬其頓煉金士智者的第八奇蹟。他拖著兩塊金屬，挨家挨戶拜訪，每個人莫不驚慌地看著鍋子、盆子、箝子，以及小爐子紛紛摔落地面，木頭嘎嘎作響，上頭的鐵釘跟螺絲拚命地要鬆開，而且許久以前遺失的東西，從他們不知道找過幾遍的地方跑出來，跟在梅賈德斯的神奇鐵塊後面逃命似地前進。「東西是有生命的。」吉普賽人用刺耳的口音大聲吆喝：「就看要不要喚醒它們的靈魂。」荷西．阿爾卡迪歐．波恩地亞的想像力無邊無界，遠遠超越大自然的造物力，甚至打敗奇蹟和魔法，他心想，這個發明或許是破銅爛鐵，但可以借來翻出土裡的黃金。梅賈德斯是個誠實的人，他據實以告：「可沒那種功用。」可是這時的荷西．阿爾卡迪歐．波恩地亞可不相信吉普賽人那麼老實，他拿一頭騾子和一小群山羊交換那兩塊磁鐵。他們家境捉襟見肘，他的妻子烏蘇拉．伊寬南得靠這些家畜餬口，但好說歹說無效。「我們很快就會有滿屋子花不完的黃金了。」她的丈夫回答。接下來幾個月，他卯足全力想證明自己沒錯。他翻遍一整區的每一寸，連河底也沒放過，他拖著兩個鐵塊，高聲唸出梅賈德斯的咒語，結果只挖到一具十五世紀的盔甲，每一處接縫長滿鐵鏽，裡面響著空心的回聲，像是裝滿石頭的巨大葫蘆。荷西．阿爾卡迪歐．波恩地亞和他的探險小隊四個成員拆了盔甲，找到一具鈣化的骷髏，脖子上垂掛著一條青銅盒式項鍊墜，墜子裡存放一綹女人的髮絲。

到了三月，吉普賽人回來了。這回他們帶來一支望遠鏡和一個跟鼓一般大小的放大鏡，他們當眾展示時介紹這是阿姆斯特丹的猶太人的最新發現。他們在帳篷口架好望遠鏡，要一名吉普賽女子坐在村莊的另一頭。村民付五塊錢里亞爾幣，從望遠鏡看出去，看到了吉普賽女子彷彿就在眼前。「科學縮短了距離。」梅賈德斯大聲吆喝。「再過不久，人類就算足不出戶，也能看到地球上任何一個角落發生的事。」有天炎熱的正午，他們展示了令人目瞪口呆的巨型放大鏡：他們透過聚焦陽光，點燃擺在街道中央的乾草堆。荷西．阿爾卡迪歐．波恩地亞還在舔舐磁鐵失敗的傷口，腦子就已冒出把這個發明當打仗武器的點子。梅賈德斯再一次勸阻他。最後他還是答應讓他以那兩塊磁鐵外加三枚殖民地金幣交換放大鏡。烏蘇拉沮喪地哭了出來。那是從她埋在床下的首飾盒裡挖出來的金幣，她還在等待好機會，把父親一輩子克勤克儉攢下的錢拿來投資。荷西．阿爾卡迪歐．波恩地亞壓根兒不想安慰她，他拿命當賭注，學習科學家犧牲自我的精神，一頭栽進了戰術的實驗。他親自上陣，實驗放大鏡對付敵軍的效果，卻在表演陽光如何聚光時燒傷自己，後來傷口更進一步惡化和潰爛，花了很久才痊癒。他的妻子在他差點燒掉屋子之後，心生警覺，向他抗議這個發明太危險。他把自己關在房裡很長時間，苦思新武器能有哪些應用在戰略上的機會，最後他寫成一本極其詳盡、極具說服力的教學手冊。他派信差把手冊送給政府，並附上他的無數親身經驗以及好幾頁的圖解，這位信差翻山越嶺，在太過廣闊的沼澤迷了路，在暴風雨中逆流而上，遭遇猛獸、絕望和瘟疫的襲擊，差點丟了命。後來他終於找到郵務騾子的路線。在當時，要前往首都難如登天，荷西．阿爾卡迪歐．波恩地亞仍打算只要政府一聲令下，他會樂意前去在高階軍官面前表演，訓練他們陽光之戰的複雜戰術。接下來幾年他等著回音。最後他厭倦了等待。他傷心地對梅賈德斯表示他的行動失敗，這時吉普賽人以行動證實他真的是個誠實的人：他歸還那兩枚金幣，換回放大鏡，此外還給他幾張葡萄牙人的航海圖和好幾樣航海儀器。他親筆寫下赫曼修士的研究概要，字體密密麻麻擠在一起，好讓他能使用星盤、羅盤和六分儀。荷西．阿爾卡迪歐．波恩地亞把自己關在屋子後面盡頭的小屋，以免有人打擾他的實驗，就這樣過了好幾個月陰雨綿綿的漫長日子。他完全拋開家庭責任，通宵在院子裡觀察星象變化，還為了確立一套尋找正午時分的辦法，差點中暑。當他精通如何使用和操縱航海儀器後，他對空間有一套看法，他自認不必離開小屋，就能航行陌生的海洋，到訪杳無人煙的地域，接觸奇珍異寶。他在這段時間開始習慣自言自語，在屋內東晃西晃，不理會任何人，而烏蘇拉帶著孩子在果菜園辛苦工作，照顧香蕉、芋頭、木薯、山藥，以及筍瓜與茄子。突然間，他在沒有任何前兆的情況下停止狂熱的實驗，開始胡思亂想。一連好幾天，他像中邪似的，不停低聲叨唸一連串恐怕連他自己都不見得理解的驚悚假設。最後，在一個十二月的禮拜二，他冷不防在午餐時間一股腦兒宣洩他的痛苦。他的孩子們後半輩子都忘不了父親長時間熬夜和飽受想像折磨後不成人形的模樣，和他坐在餐桌主位，表情深沉凝重，身體激動地發抖，向他們宣告他的發現：

「地球跟橘子一樣是圓的。」

烏蘇拉失去耐心了。「如果你一定要當瘋子，你自己當就好啦。」她大吼。「休想對孩子渲染你那些吉普賽人的想法。」荷西．阿爾卡迪歐．波恩地亞不為所動，妻子的絕望嚇唬不了他，即使她在勃然大怒下把他的星盤往地上一摔，摔壞了。他另組了一個，並召集村裡的男人聚在他的小屋，對他們談論所有人都不懂的理論，那就是一直往東航行可能會回到出發地。整座村莊的人都相信荷西．阿爾卡迪歐．波恩地亞瘋了，這時梅賈德斯出面說話。他當眾讚賞這個男人竟能單從星象推測，建立已經過證實並採信的理論，實在智慧過人。儘管在馬康多還沒有人知道那是什麼理論，他為了證明他的敬佩，送他一個後來決定小村莊未來命運的禮物：一座煉金實驗室。

這段時間，梅賈德斯以不可思議的速度衰老。前幾次來到村裡，他似乎跟荷西・阿爾卡迪歐・波恩地亞差不多年紀。但是當後者仍力大如牛，能抓住馬的耳朵將牠扳倒在地，吉普賽男子卻像罹患某種慢性疾病。事實上，這是他周遊世界時得到各種怪病的後果。他幫忙荷西・阿爾卡迪歐・波恩地亞蓋實驗室時，告訴他死亡如影隨形跟著他，嗅聞他的褲子，但是還沒給他致命一擊。他逃過無數鞭笞人類的劫難和災害。他熬過波斯的糙皮病，馬來群島的壞血病，亞歷山大港的痲瘋病，日本的腳氣病，馬達加斯加島的鼠疫，西西里島的地震，麥哲倫海峽眾多的船難。這位奇異人士聲稱他握有猶太預言家諾斯特拉達姆斯的預言密碼，他個性陰沉，散發一種哀傷的氣息，那雙細長的眼睛似乎能看透事物的另一面。他戴著一頂大黑帽，彷彿張開翅膀的烏鴉，身上的那件綠天鵝絨背心，覆蓋世紀的重量而褪去色澤。儘管他充滿智慧，滿腹學問，他依舊是個人，身為凡人的他在日常生活的小問題之間掙扎。他抱怨老年病痛，苦於經濟上最瑣碎的問題，從許久之前就不再笑，因為壞血病讓他掉光牙齒。他在悶熱的正午吐露他的秘密，荷西・阿爾卡迪歐・波恩地亞於是確信一段深厚的友誼開始萌芽。兩個孩子聽他吹噓故事聽得目瞪口呆。當時奧雷里亞諾還不滿五歲，他對那天下午所見一輩子難忘，他看見他靠窗坐著，背著刺眼的陽光，兩側鬢角流下熱氣溶化的油垢，用恰似手風琴的低沉嗓音，探索想像力所能抵達的最黑暗處。他的大哥荷西・阿爾卡迪歐打算把這幅神奇的情景，當作祖傳的回憶給他的後代。烏蘇拉反而認為他是不速之客，對他的到訪留下不好的回憶，因為當她踏進那間小屋時，正巧撞見梅賈德斯不小心打破一個氯化汞玻璃瓶。

「這是惡魔的氣味。」她說。

「絕對不是。」梅賈德斯糾正她。「經過證實，惡魔的性質是硫磺，而這個礦物不過只是昇華物。」

他總是隨口教學，這次他對紅色硫化汞邪惡的性質高談闊論一番，不過烏蘇拉不理他，把孩子帶去禱告。那股腐蝕的氣味永遠留在她的記憶，連結了對梅賈德斯的回憶。

這座陽春的實驗室，除了大量的鍋子、漏斗、蒸餾瓶、過濾器以及濾鍋，主要有一根簡陋的水管，一個仿照梨形陶器瓶的長頸玻璃瓶，和吉普賽男子根據女煉金術士猶太瑪利亞的三臂蒸餾器最新版說明書親手打造的一個蒸餾器具。除了這些東西，梅賈德斯還留下分屬七大行星的七種金屬樣本、摩西與佐西姆斯的煉金術配方，以及一系列關於「精粹之作」過程的筆記與圖解，只要能解開其中奧秘就能製作賢者之石。荷西・阿爾卡迪歐・波恩地亞心動不已，他認為煉金術配方十分簡單，接下來幾個禮拜，他對烏蘇拉大獻殷勤，要她挖出殖民地金幣，讓他來增加數量，說得活像水銀能分解似的。烏蘇拉讓步了，她對丈夫的不屈不撓向來沒轍。荷西・阿爾卡迪歐・波恩地亞把三十枚殖民地金幣扔進陶鍋，跟著青銅、雌黃、硫磺和鉛屑溶掉。之後他將溶液倒進蓖麻油吊鍋用大火燒，直到裡頭變成發出惡臭的濃稠糖漿，看起來像是普通的糖果而不是絕妙的金塊。經過困難和煩人的蒸餾，再跟七種行星金屬溶解，加入密封的水銀和硫酸亞銅，接著因為沒蘿蔔籽油，他改用豬油熬煮，結果烏蘇拉珍貴的財產化為豬油焦塊，黏在鍋底拿不出來。

當那些吉普賽人再度來到村裡，烏蘇拉號召全村民抵制他們。無奈好奇心終究戰勝恐懼，因為這一次吉普賽人跑遍全村，演奏各種樂器製造震耳欲聾的聲響，宣稱他們要展示土耳其納齊安索人最厲害的發明。所有人湧到他們的帳篷，花一分錢看到變年輕的梅賈德斯，他已恢復健康，臉上沒了皺紋，還有一副閃亮的新牙齒。大家還記得他遭壞血病毀壞的牙齦、鬆弛的雙頰和乾癟的嘴唇，因此全都發抖見證這個吉普賽男子的確具有超能力。當梅賈德斯完整取出鑲在牙齦上的牙齒，亮給大家看一會兒，他們的恐懼轉為驚慌——他在這飛快的瞬間又變回前幾年那個老頭子，接著他裝回去，露出微笑，恢復年輕。連荷西・阿爾卡迪歐・波恩地亞都相信梅賈德斯的知識無人能敵，但當吉普賽男子私下向他解釋假牙的功用，他感到相當開心，他認為這個東西相當簡單卻威力驚人，一眨眼，他對研究煉金的狂熱煙消雲散；他再一次心情低落，不再按時吃飯，成天在家裡東晃西晃。「世界上正在發生不可思議的事。」他對烏蘇拉說。「就在那裡，在河的對岸，那裡有各式各樣的神奇機器，我們卻還像蠢驢一樣活著。」從馬康多立村開始就認識他的人詫異地發現，他深受梅賈德斯蠱惑，簡直像變了個人。

起初，年輕的荷西・阿爾卡迪歐・波恩地亞是個大家長，他指導播種，傳授育兒經以及建議如何飼養牲畜，他和所有人協力合作，包括勞務在內，以促進社區進步為目標。他的屋子從一開始就是最漂亮的一棟，其他人的都是仿照他家的外觀。屋子有一間明亮寬敞的客廳，一間種有繽紛花朵的露臺式飯廳，兩間臥室，一個種有巨大栗樹的院子，一座茂盛的果菜園，以及一個畜欄，裡頭的山羊、豬隻和母雞和平共處。他家以及整座村莊唯一禁止飼養的是鬥雞。

烏蘇拉跟丈夫一樣勤奮努力。這個處變不驚的女人積極、細心、嚴肅，從沒有人聽過她唱歌，她從破曉忙到深夜，到處都看得到她的身影，走過的地方總是伴隨波浪裙襬輕輕的沙沙聲。多虧有她，扎實的泥土地面、沒有抹石灰泥的土牆、他們親手製作的簡陋家具，總是一塵不染，而存放衣物的舊衣箱散發一股淡淡的羅勒香。

荷西．阿爾卡迪歐．波恩地亞曾是村裡最積極進取的人，他分配所有屋子坐落的位置，讓每家每戶花同樣的力氣到河邊取水，他精準規劃街道，讓每棟屋子在一天最炎熱時間的日曬程度相同。短短幾年，擁有三百位居民的馬康多變得勤奮又很有秩序，遠勝過當時任何一座聽過的村莊。這裡曾經這麼幸福快樂，大家年紀輕輕都不到三十歲，還不曾有人死亡。

荷西．阿爾卡迪歐．波恩地亞在建村之初便製作捕鳥陷阱和鳥籠。不久，不只他們家滿室黃鸝、金絲雀、知更鳥以及歐亞鴝，全村的家家戶戶都一樣。這樣多不同的鳥齊聲大合唱，擾得人心神不寧，烏蘇拉得用蜜蠟封住耳朵，以免自己與現實脫鉤。梅賈德斯第一次來到村裡兜售的是治頭痛的玻璃球，每個人都很驚訝他們竟然能找到這座失落在空氣令人昏昏欲睡的沼澤區的村莊，吉普賽人說他們是尋著鳥嗚過來的。

很快地，隨著對磁鐵的狂熱、天文計算、煉金夢，以及認識世界上神奇事物的渴望，這種在群體間積極向上的精神消失無蹤。荷西・阿爾卡迪歐・波恩地亞原本是個勤奮乾淨的男人，卻變得懶散怠惰，不再注意穿著，留了跟野人沒兩樣的大鬍子，烏蘇拉得拿來廚房的刀子才能勉強理一理。每個人都相信他是受妖術所害。然而當他扛起開山闢路的工具，號召大家同心協力替馬康多鑿通一條接觸偉大發明的捷徑，一口咬定他發瘋的人都跟著他一起荒廢工作和冷落家庭。

荷西・阿爾卡迪歐・波恩地亞對當地地形毫無概念。他知道往東是難以穿越的山脈，但是越過山脈以後是一座叫里奧阿查的古城，家族第一位奧雷里亞諾，波恩地亞，也就是他的祖父說過，從前法蘭西斯・德瑞克爵士曾用大炮捕鱷魚，再縫補好並用乾草填充，帶回去獻給伊麗莎白女王。荷西・阿爾卡迪歐・波恩地亞年輕時跟他的人手帶著妻兒、牲畜以及各式各樣的家具，攀登山脈尋找通往大海的路，經過二十六個月後，他們放棄這場艱困的跋涉，建立了馬康多，省去再走回頭路的力氣。嗯，他對那條路興趣缺缺，因為只會帶他回到過去。往南是永遠覆蓋著一層綠色植被的溼地，以及大片沼澤地形成的廣闊世界，按照吉普賽人親眼所見，根本是無邊無際。大片的沼澤地往西延伸，連接一片看不到地平線的水面，在那兒有一種皮膚細嫩的鯨豚，有著女人的頭和身軀，她們以巨大的乳房誘使航行者迷航。吉普賽人沿著這條路線前進六個月後，會抵達陸地再踏上一條郵務騾子行經的環狀路線。正如荷西・阿爾卡迪歐・波恩地亞的計算，唯一可能接觸文明的機會是往北方的路線。因此，他把開山闢路的工具和打獵的武器拿給伴他一起建立馬康多的同樣一批人；接著他將定向的器具、地圖塞進背包，展開一場大膽的冒險。

最初幾天，他們沒遇到什麼大不了的困難。他們沿著石頭河岸往下走，抵達幾年前他們發現戰士盔甲的地方，再從這裡沿著一條長滿野生橘子樹的小徑進入森林。第一個禮拜過去後，他們宰了一頭鹿烤來吃，不過吃了一半就心滿意足，把剩下的醃製留給接下來幾天吃。他們小心翼翼，忍著別再繼續食用金剛鸚鵡，這種鳥的藍色的肉有一種刺鼻的麝香味。之後，他們一連十多天見不到太陽，地面變得溼軟，猶如踩著火山泥灰前進，不知不覺植物越來越茂密，鳥鳴、猴子吵鬧聲越來越遙遠，世界蒙上一層永遠揮不去的悲傷。在這個遠在原罪鑄下前就存在的樂園，潮溼和靜謐盤據，最古老的回憶壓得整支探險隊伍的人喘不過氣來，他們的靴子陷在冒著熱氣的油坑，大刀砍向血百合和金色的蠑螈。整整一個禮拜，他們默默無聲，像夢遊般走在一個憂傷的宇宙，僅有發光的昆蟲映照的淡淡光芒照明，他們的肺部被一股血腥氣味悶得無法呼吸。他們回不了頭，因為在他們眼前長出來的新植物，短短時間便掩去他們腳下踏出來的路。「沒關係。」荷西・阿爾卡迪歐・波恩地亞說。「最重要的是不要迷失方向。」他一直依賴著羅盤，帶領他的人馬前往看不見的北方，直到終於走出這片迷幻之地。當時是濃黑的夜晚，沒有半顆星子，但是漆黑間浸透的是清新乾淨的空氣。經過長途跋涉，他們累癱了，把吊床掛起來，兩個禮拜以來，他們第一次睡得深沉。

當他們睜開眼，太陽已高掛天空，而每個人都愣住了。在他們眼前有一艘巨大的古代西班牙大帆船，四周圍繞著蕨齒植物和棕櫚樹，覆蓋灰塵的白色船隻沐浴在靜謐的晨光裡。船隻微微往右舷傾倒，船桅完好如初，上頭破成一條條髒布的船帆垂掛在長出蘭花的船纜之間。船身牢牢地卡在石子地裡，表面光滑，布滿一層石化的鮣魚和柔軟的苔蘚。整艘船似乎守在自己的地盤，一個交織寂寞與遺忘的空間，阻絕了時間和鳥類的破壞。探險隊員心底默默地升起一股熱切之感，他們進去探險，裡面除了茂密的花叢之外，空無一物。

發現大帆船表示離大海不遠，荷西·阿爾卡迪歐·波恩地亞洩了氣。感覺造化弄人，他曾受盡難以想像的折磨和痛苦尋覓大海卻無法如願，此刻無意尋找卻橫亙在他的路上，像個無法跨越的障礙。多年之後，當奧雷里亞諾·波恩地亞將軍再一次穿越這裡，這一地帶已經變成一條普通的郵務道路，他找到的船，是在一片罌粟園中央化成焦碳的船架。這一刻，他才相信父親的故事並不是他的想像，他不禁想問大帆船是怎麼上岸來到這裡。但是荷西·阿爾卡迪歐·波恩地亞繼續前進四天，在離發現大帆船的地點十二公里遠處遇到大海，此刻他並沒有這麼問自己。他的夢在面對那一片泥灰色的大海時破滅，骯髒的海水夾雜著泡沫，根本不值得他經歷危險和苦難前來。

「媽的！」他怒吼。「馬康多四面八方都是水。」

結束探險返家後，荷西·阿爾卡迪歐·波恩地亞很長一段時間都認為馬康多是個半島，還繪製了一張帶著偏見的地圖。他氣憤難平，故意誇大交通的困難，彷彿懲罰自己缺乏辨識力，挑選這樣的地點建村。「我們永遠哪兒都去不了。」他傷心地告訴烏蘇拉。「我們會在這裡虛擲人生，享受不了科學帶來的好處。」他在小實驗室裡反芻這個扎根在腦袋的想法好幾個月，直到打算把馬康多搬遷到一個比較適當的地點。可是這一次，烏蘇拉搶在他實現瘋狂的想法之前行動。她像隻默默辛苦工作的螞蟻，說服村裡的女人一同阻擋她們丈夫的一時興起，這時他們已經開始準備搬遷。荷西·阿爾卡迪歐·波恩地亞不清楚是在何時，是什麼反對的力量，他的計畫慢慢地遭到藉口、意外和託詞的阻撓，最終化為單純的癡想。那天早上，當他在屋子後的小屋一邊嘟囔他的遷村夢，一邊把實驗室的器具裝進箱子，烏蘇拉無辜地觀察他，甚至有點同情他，她就讓他釘箱，拿起修面刷沾墨水寫上姓名開頭字母，她沒責罵他，但清楚他知道（因為他在低聲的自言自語中提到）村裡的男人並不支持他的計畫。烏蘇拉一直等他開始拆卸小屋的門，才敢出聲問為什麼這麼做，於是他帶著淡淡的苦澀回答：「既然大家都不走，我們只好自己離開。」烏蘇拉不為所動。

「我們不走。」她說。「我們要留在這裡，因為我們的孩子生在這裡。」

「我們還沒有任何親人死在這裡。」他說。「當一個人沒有親人埋在土裡，就不屬於任何地方。」

烏蘇拉以溫柔堅定的語氣回答：

「如果有必要，我願意以死讓大家留下來。」

荷西·阿爾卡迪歐·波恩地亞不知道妻子的決心這般堅決。他搬出他那套天花亂墜的故事試圖引誘妻子，保證有個驚奇的世界。在那裡只要往地上灑下神奇藥水，植物就能應人類要求長出果實，在那裡還有販售各式各樣治療疼痛的廉價器具。但是烏蘇拉對他的遠見無動於衷。

「你不該滿腦子天方夜譚，而是要照顧你的孩子。」她回答。「看看他們變成什麼模樣，你丟著他們漠不關心，現在野得跟驢子沒兩樣。」

荷西・阿爾卡迪歐・波恩地亞把妻子的話一字也不漏地聽進去。他從窗戶看出去，望見兩個孩子在陽光照耀的果園裡打著赤腳，這一刻，他才從烏蘇拉的哀求中感受到他們的存在。這時有個東西在他內心發酵；某個神秘卻又確實的東西，帶著他抽離現實，遊走在回憶裡未曾探索的區塊。烏蘇拉繼續打掃屋子，她篤信自己這輩子絕不離開這裡，而他依舊專注地凝視孩子，直到發現眼眶溼潤，舉起手背擦乾，並深深地嘆了一口氣，屈服了。

「好吧。」他說。「叫他們來幫我把東西從箱子拿出來。」

長子荷西・阿爾卡迪歐十四歲。他的頭型四四方方，頭髮粗硬，個性跟父親一樣頑固。儘管他遺傳同樣的成長速度和強健的體魄，卻已明顯看出他缺乏想像力。他是在艱苦的長途跋涉途中在山區呱呱墜地，當時馬康多還沒建村，父母感謝上蒼兒子沒有半點野獸模樣。奧雷里亞諾是馬康多第一個出生的孩子，三月就要滿六歲。他個性安靜孤僻。他在母親肚子裡哭過，生出來時眼睛是張開的。在剪斷臍帶那一刻，他已經東張西望，認著房間裡的東西，好奇地打量人們的臉孔，絲毫不畏懼。接著，他對靠過來認識他的人失去興趣，視線盯著彷彿在滂沱大雨下就要崩塌的棕櫚葉屋頂。烏蘇拉後來忘了他那專注的眼神，直到有一天，三歲的小奧雷里亞諾來到廚房，當時她正在把沸滾的熱湯拿離爐灶，擺到餐桌上。這個孩子一臉猶疑站在門口，他說：「湯快掉下去了。」鍋子明明放在桌子中央好端端的，但是他的話一說完，好似有股無法抗拒的力量推著鍋子往桌邊滑去，最後摔破在地上。驚恐的烏蘇拉把這個小插曲告訴丈夫，他卻認為那是自然現象。又來了，他總是忽視孩子的存在，部分是因為他認為童年是心智不夠成熟的時期，部分是因為他永遠滿腦子不著邊際的空想。

但是自從那天下午，他叫孩子幫他把實驗室的東西拆箱之後，開始把最好的時間留給他們。這間在偏僻一角的小房間，牆壁慢慢地貼滿不真實的地圖和虛構的圖表，他教孩子閱讀、寫字和算數，他告訴他們世界奇景，他傾囊相授，甚至發揮想像極限，抵達難以想像的境界。於是他的孩子學到，非洲最南端住著愛好和平的聰明民族，他們唯一的娛樂是坐下來思考，徒步穿越愛琴海是可能的，只要一個島跳過另一個島，抵達塞色勒狄克港。他那些令人驚奇的授課，深深地烙印在孩子們的記憶裡，多年過後，某個常備軍官在刑場下令執行槍決的前一秒，奧雷里亞諾・波恩地亞上校再一次回到那個三月溫暖的下午，他的父親中斷物理課，像是著了迷，一隻手舉在空中，目不轉睛，聆聽遠遠傳來的吉普賽人的笛聲、鼓聲和鈴鼓聲，他們又來到村裡，大聲吆喝著曼非斯智者發明的最新的驚奇玩意兒。

他們是一群新的吉普賽人。男的女的都是年輕人，他們只會講自己的語言，個個長得漂亮，有著油亮的皮膚、靈巧的雙手，他們在街道上跳舞，點燃歡樂的氣氛，他們帶著各種顏色能鳴唱義大利小調的鸚鵡，跟著鈴鼓聲下百顆金蛋的母雞，受過精密訓練能猜心事的猴子，能同時縫鈕釦和退燒的多功能機器，幫助遺忘不好回憶的器具，打發時間的膏藥，還有上千樣精巧而奇異的發明，讓荷西·阿爾卡迪歐·波恩地亞真想發明一種記憶的機器，好記住全部的東西。他們瞬間改變村莊。馬康多的居民很快地湧上街道，對熱鬧的盛會目瞪口呆。

荷西·阿爾卡迪歐·波恩地亞一手牽著一個孩子，以免在混亂的人群中弄丟他們，他像個瘋子到處尋找梅賈德斯，撞上了鑲金牙的雜技演員和有六隻手臂的變戲法小丑，聞著人群中撲鼻而來混雜糞便與檀香的氣味，他想聽他揭露這個精采的夢魘數不盡的秘密。他問了好幾個吉普賽人，無奈他們不懂他的語言。最後，他走到梅賈德斯向來搭帳篷的地點，發現有個表情陰鬱的亞美尼亞人正用西班牙語叫賣一種可以隱形的糖漿。當他一口氣灌下一杯琥珀色液體時，荷西·阿爾卡迪歐·波恩地亞推開正入迷看他表演的人群，及時開口問問題。那吉普賽人朝他丟去一抹讓他詫異的眼神，接著化為一攤惡臭而冒著熱氣的瀝青，留下他的回答在半空中迴盪：「梅賈德斯死了。」荷西·阿爾卡迪歐·波恩地亞聽到消息震驚不已。他整個人動彈不得，試著平復難過的心情，直到人群散去尋找其他玩意兒，而那一攤陰鬱的亞美尼亞人化成的瀝青完全蒸發。不久之後，其他吉普賽人肯定地說，其實梅賈德斯是在航行在新加坡的沙洲之間高燒過世，屍體被丟進爪哇海最深的一處。他的孩子們對這個消息不感興趣。他們吵著要父親帶他們去見識某頂帳篷門口宣稱的曼非斯智者的驚奇新玩意兒，據說那可是所羅門王的帳篷。荷西．阿爾卡迪歐．波恩地亞拗不過他們的要求，只得付了三十塊里亞爾幣，帶著他們到帳篷中央，那兒有個身體毛茸茸的巨人，頂個剃光的頭，戴著青銅鼻環，腳踝拴著沉重的鐵鍊，看守著一個海盜的藏寶箱。巨人打開箱子，一股冰涼的煙霧冒出來。裡頭只有一塊巨大的透明物體，霞光映照著上面的無數根針狀物，碎裂化作彩色星光。荷西．阿爾卡迪歐．波恩地亞愣在那兒，他知道孩子們正在等他趕緊解釋，便鼓起勇氣低聲說：

「這是全世界最大的鑽石。」

「不對。」吉普賽人糾正他。「這是冰塊。」

荷西．阿爾卡迪歐．波恩地亞不懂他的意思，朝那個冰塊伸出了手，但是巨人別開他的手。「想摸要多收五塊里亞爾幣。」他說。荷西．阿爾卡迪歐．波恩地亞付了錢，把手放在冰塊上好幾分鐘，他感覺心中充滿恐懼，卻又開心能觸摸這個神秘的物體。他不知該說什麼，再多付十塊里亞爾幣讓兩個孩子也能體驗這無比的經驗。小荷西．阿爾卡迪歐拒絕觸摸。相反地，奧雷里亞諾往前一步，把手放上去後馬上抽回來。「是燙的。」他嚇了一跳說。不過他的父親沒注意聽他說什麼。他陶醉在見識神奇之物的驚愕中，這一刻，他忘了他那些瘋狂的行為最終的挫敗，也忘了梅賈德斯的屍體成為烏賊的食物。他又付了五塊里亞爾幣，把手放在冰塊上，像是見證《聖經》般驚呼：

「這是我們時代最偉大的發明。」

2

十六世紀，海盜法蘭西斯．德瑞克攻打里奧阿查城之際，警報聲齊鳴，大炮聲隆隆，烏蘇拉．伊寬南的曾祖母驚嚇過度，慌張地跌坐在爐火上，燒燙傷使她終生殘疾。她想坐下只能側坐，還得使用坐墊，走路模樣應該是受到影響，因此她不再公開行走。她謝絕所有社交活動，怎麼也甩不開身上有股燒焦味的感覺。黎明時，她待在院子裡不敢睡，因為她夢見英國人帶著他們的惡犬從臥室窗戶潛入，用燒紅的鐵對她進行可恥的拷打。她的丈夫是一位來自亞拉岡的商販，他們生了兩個孩子，他為了妻子，耗費半間店在醫藥和娛樂上面，尋找能減輕她的恐懼的方法。最後，他賣掉商店，帶著家人遠離海岸，搬到一處位於山麓的村落，村民是愛好和平的印第安人，他在這裡給妻子蓋了一間沒有窗戶的臥室，好讓她惡夢裡的海盜進不來。

在這座隱蔽的村落有個久居此地的土生白人，他叫荷西．阿爾卡迪歐．波恩地亞，是個菸草農，烏蘇拉的曾祖父跟他開了一間公司，生意興隆，短短幾年便累積了一筆財富。幾個世紀過後，土生白人的玄孫娶了阿拉貢人的玄孫女。因此，當烏蘇拉忍不住對丈夫的瘋狂行為發飆，她跳過了相隔三百多年的愛恨情仇，咒罵法蘭西斯．

德瑞克攻打里奧阿查城。這只是她發洩的管道，因為他們至死都擺脫不了一段比愛情還緊密連結彼此的關係：一種道德面的內疚感。他們是表兄妹。他們在一個古老的農場區一起長大，兩方祖先努力工作並建立優良傳統，把那裡變成全省最好的村落。他們的婚姻從呱呱墜地起就已注定，但當他們表達相互嫁娶的心願時，雙方親屬曾試圖阻止。他們害怕的是，兩邊家族經過數個世紀通婚，儘管他們兩個年輕人身體健康，卻可能生出像蜥蜴的後代這樣令家族蒙羞的事。這是有可怕的先例。烏蘇拉的一個姨母嫁給了荷西．阿爾卡迪歐．波恩地亞的一個伯父，他們生了一個兒子終生都得穿鬆垮的布袋褲，他四十二歲那年大量出血死亡，死的時候還是童子身，因為他生下來多了一條軟骨尾巴，捲捲的，尾端還有一撮毛。他從沒讓女人看過這條豬尾巴，最後他的一個肉販朋友拿起一把小斧頭，幫他砍掉尾巴。年紀輕輕只有十九歲的荷西．阿爾卡迪歐．波恩地亞，用一句話解決這個問題：「我可不介意生小豬崽，只要他們會說人話就好。」於是他們結婚了，喜宴辦了整整三天，有樂團演奏也放煙火慶祝。從這一刻起，他們應該過著幸福快樂的日子，但是烏蘇拉的母親用盡各種不祥的預言恐嚇女兒有關後代一事，成功讓她拒絕履行婚姻。烏蘇拉害怕體格魁梧的丈夫絕不放棄，會趁她睡覺時強暴她，因此睡前穿上母親替她縫製的帆布便褲，再交叉纏上皮帶，從前面用一顆厚重的鐵釦扣住。他們就這樣過了好幾個月。白天，他放牧他的鬥雞，她跟母親一塊兒刺繡。夜晚，他們粗暴地纏鬥好幾小時，似乎這樣能取代歡愛的場面，但大眾還是嗅到不對勁兒的事發生，他們謠傳烏蘇拉的丈夫性無能，因此她婚後一年還是處女。荷西・阿爾卡迪歐・波恩地亞是最後一個聽到謠言的人。

「烏蘇拉，聽到大家說的閒話沒？」他非常冷靜地問妻子。

「隨他們說吧。」她回答。「我們知道那不是真的。」

於是，這樣的情形又持續了六個月，直到那個不幸的禮拜日，荷西・阿爾卡迪歐・波恩地亞在一場鬥雞比賽擊敗普登修・阿奇勒。輸家怒火中燒，又受到他的鬥雞流血的刺激，因此他拉開跟荷西・阿爾卡迪歐・波恩地亞的距離，用全鬥雞場的人都聽到的音量說：

「恭喜你！」他大吼。「看看這隻公雞能不能幫你跟老婆洞房。」

荷西・阿爾卡迪歐・波恩地亞平靜地抓起他的公雞。「我馬上回來。」他對大家說。接著，他對普登修・阿奇勒說：

「至於你，回家拿武器，因為我要殺掉你。」

十分鐘後，他拿著祖父那把飽嘗鮮血滋味的長矛回來。半個村落的人聚集在鬥雞場門口，普登修・阿奇勒正在等他。荷西・阿爾卡迪歐・波恩地亞沒給對手反應的時間，他使出牛的蠻力拋出長矛，如同家族的第一位奧雷里亞諾消滅當地的老虎一樣，精準地刺穿了他的喉嚨。當晚，一群人在鬥雞場替屍體守靈，荷西・阿爾卡迪歐・波恩地亞趁妻子正在穿貞潔褲時進入臥房。他拿著長矛在她面前揮舞，並命令她：「脫掉那條褲子。」烏蘇拉毫不懷疑丈夫的決心。「妳應該為這件事負責。」他低喃。荷西・阿爾卡迪歐・波恩地亞把長矛插進泥土地面。

「如果妳一定會生出蜥蜴，我們就養蜥蜴吧。」他說。「但是別再讓這個村子有人因為妳送命。」

這是個六月晴朗的夜晚，天氣涼爽，天空掛著月亮，他們一整夜沒睡，在床上探索彼此的身體直到天明，無視於吹進臥房的風送來普登修・阿奇勒的親人滿滿的哭聲。

大家把這個事件當作光榮的決鬥，然而他們倆都良心不安。有一晚，烏蘇拉睡不著，她到院子喝水，看見了普登修・阿奇勒站在水缸旁邊。他膚色慘白，一臉哀悽，拿著茅草編蓋拚命想塞住喉嚨的破洞。她不覺得害怕，只感到難過。回臥房後，她把看到的告訴丈夫，但他沒理會她的話。「死人不可能出現。」他說。「這是因為我們承受不住良心的壓力。」兩天後的夜晚，烏蘇拉又一次在浴室看到普登修・阿奇勒，他正拿著茅草編蓋清洗脖子乾涸的血塊。另一晚，她看見他在雨中散步。荷西・阿爾卡迪歐・波恩地亞聽煩了妻子的幻想，他拿著長矛到院子裡。死者一臉哀傷在那裡。

「滾！」荷西・阿爾卡迪歐・波恩地亞對他大吼。「你回來幾次，我就殺你幾次。」

普登修・阿奇勒沒走，荷西・阿爾卡迪歐・波恩地亞也不敢擲出長矛。從這一刻起，他再也無法高枕無憂。死者站在雨中凝視他的模樣，他對活人世界深深的眷戀，他在他們家找水浸溼他的茅草編蓋的渴望，帶給他無盡的哀痛。「他應該很痛苦。」他對烏蘇拉說。「他看起來非常寂寞。」她聽了深感憐憫，下一次看到死者掀開爐灶上的鍋蓋時，她懂了他在找什麼，從此在家裡每個角落放置水盆。有一晚，當荷西・阿爾卡迪歐・波恩地亞碰見他在他們的臥房洗傷口，再也忍不住了。

「好，普登修。」他對他說。「我們會離開這座村莊，走得越遠越好，永遠不會再回來。現在，快安息吧。」

就這樣，他們展開翻山越嶺的旅程。荷西・阿爾卡迪歐・波恩地亞和幾個跟他一樣年輕的朋友，對於這趟旅程興奮不已，他們拆掉屋子，帶著妻子兒女一起扛走家當，踏上了沒有人能向他們承諾在何方的土地。出發之前，荷西・阿爾卡迪歐・波恩地亞把長矛埋在院子裡，接著將他的美麗的鬥雞一隻隻砍頭，他相信，這樣能稍稍撫慰普登修・阿奇勒在天之靈。烏蘇拉只帶走一個裝有她新婚服飾的衣箱，少許幾樣家具，和一個她從父親那兒繼承而來、裡頭裝著金幣的首飾盒。他們沒有既定的路線。他們只求走在一條與里奧阿查城相反的路，不要遺留行蹤，也不要遇到認識的人。這是一場荒謬的冒險。過了十四個月，烏蘇拉在胃飽受猴肉和蛇湯摧殘之後，生下一個兒子，從頭到腳都是人樣。這趟路，她有一半時間躺在吊床上，由兩個男人扛著掛著床的木棍，因為她的雙腿腫脹變形，布滿像一顆顆水泡鼓起的靜脈。至於所有孩子，雖然肚子從沒吃飽，眼睛黯淡無神，卻比他們的父母更能忍受旅途的艱辛，他們大部分時間過得開心。有一天早上，在經過快兩年的長途跋涉之後，他們成為第一批見到山脈西側斜坡的人。他們從雲氣繚繞的山頂俯瞰一大片沼澤，那廣闊的水面一直延伸到世界的另外一頭。但是他們始終沒找到海。有一晚，當他們迷失在沼澤間行走好幾個月，遠離在路上遇到的最後一群印第安人之後，他們在一條石頭河畔紮營，湍急的河水像是冰凍的玻璃。幾年後，奧雷里亞諾．波恩地亞上校在第二次內戰期間，試著尋著同樣路線，想出其不意拿下里奧阿查城，前進六天後，他發現這簡直是瘋狂的行為。然而，他們在河畔紮營的這一晚，追隨他父親的人雖然個個看起來像是遇上船難無處可逃，人數卻在旅途中增加，而且大家都認為自己將會活到老死（後來也是如此）。當晚荷西．阿爾卡迪歐．波恩地亞夢見這個地點矗立著一座熱鬧的城鎮，屋子都是鏡面牆壁。他問人那是什麼城市，有人回答一個他從未聽過的名字，一個不具任何意義的名字，但是彷彿有種超自然力量在他夢裡迴盪：馬康多。隔天，他說服同行的人他們永遠找不到大海。他指揮大家在河畔選一個比較涼爽的地點，砍樹清出一塊空地，就地建立村莊。

荷西．阿爾卡迪歐．波恩地亞一直沒弄懂那個鏡面房屋的夢，直到他認識冰塊的那一天。當下他相信他解開夢的深層意義。他以為在不久的將來，冰塊會大量生產，變成跟水一樣是日常生活用品，可以拿來蓋村莊裡的屋子。到時馬康多將會變成一座冬季城鎮，不再熱氣逼人，門鏈跟門閂也不會再燙得變形。他沒堅持要蓋冰塊工廠，因為他正熱中對兒子的教育，特別是對奧雷里亞諾，這個孩子從一開始就嶄露對煉金術不尋常的天分。他的實驗室重新開張。他回頭檢視梅賈德斯的筆記，此刻少了當初對新事物的一頭熱，反而頭腦清醒，他們耐著性子不斷嘗試把烏蘇拉的黃金從黏在鍋底的殘渣分離出來。少年荷西・阿爾卡迪歐幾乎沒參與煉金。當他的父親一心一意只想著試管，這個向來比同年齡者高大許多的任性長子，長成了體格魁梧的青少年。他變聲了。上唇開始冒出髭鬚。有天晚上，烏蘇拉踏進兒子房間，剛好撞見他脫下衣服準備睡覺，她感到既憐惜又羞赧：除了丈夫外，他是她第一個看見的裸體男人，她覺得他已發育完成的模樣超乎了正常人。正懷著第三胎的烏蘇拉，感到新婚時的恐懼再次席捲而來。

那陣子，有個女人會來家裡幫忙家務，她個性開朗，口無遮攔，喜好挑釁，她懂得紙牌算命。烏蘇拉跟她聊起兒子。她認為他超乎尋常的體格就像表哥的豬尾巴一樣違反自然。女人發出爽朗的笑聲，像是碎玻璃響亮，迴盪在屋內每個角落。「正好相反。」她說。「他會過得很幸福。」她為了證實她的預言，幾天後，把紙牌帶來家裡，跟荷西・阿爾卡迪歐關在廚房隔壁的穀倉裡。她非常冷靜地把紙牌放在一張老舊的木工桌上，隨口亂聊，男孩在她身旁等著，無聊感多過於好奇心。突然間，她伸出手觸摸他。「發育得真好。」她說，當真是嚇到了，而這是她唯一能吐出口的話。荷西・阿爾卡迪歐感覺力氣彷彿被抽空，心底湧出深沉的恐懼，以及強烈想哭的慾望。那女人並非暗示他什麼。不過她腋下的那股菸味纏著荷西・阿爾卡迪歐，讓他一整夜想著她。他想要跟她一直在一起，他希望她是他的母親，希望兩人永遠不要離開穀倉，聽她說他發育得真好，要她再觸摸他並嘆一聲發育得真好。有一天，他再也忍不住，於是上她家去找人。這是個莫名其妙的正式拜訪，他坐在客廳裡默不吭聲。當下他不想要她。他發現她不一樣，跟她的氣味勾起的模樣完全不同，彷彿是另外一個人。他喝完咖啡，沮喪地離開她家。這一晚，他在失眠的惶恐中再度強烈地渴望她，可是他要的不是在穀倉裡的她，而是那天下午的她。

幾天過後，那個女人出其不意地邀他到她家，家裡只有她跟她母親兩人，然後她藉口要傳授他紙牌技巧，邀他進入她的臥房。這時她放膽摸他，一開始，他感到一股顫慄竄過，恐懼要比興奮還要強烈，接著化為幻滅。她要他夜裡再來。他為了脫身答應了，但知道自己不可能去。那晚他躺在燠熱的床上，他明白即使不可能去也得去找她。他摸黑穿上衣服，聽著黑暗中弟弟安穩的呼吸聲，隔壁房間父親的乾咳聲，院子裡母雞的喘息聲，蚊子的嗡嗡聲，他的心跳聲，以及在這一刻之前他從未注意到的這個世界的喧鬧聲，接著他出門，走進沉睡中的街道。他由衷希望大門是上門的，而不是如她保證只是拉上而已。但是門沒上鎖。他用指尖一推，門鏈發出一連串沉悶響聲鬆開了，在他的內心印下冰冷冷的迴聲。他側著身體進去，小心沒發出任何聲音，從踏進那一刻起他就聞到那股氣味。他來到起居室，那女人的三個兄弟的吊床掛在這兒，但是他不知道在哪個方向，置身在一片漆黑中無法確定，他只要摸黑穿越這裡，推開臥室的門，到了裡面絕不會搞錯床。他做到了。他絆到吊床的掛繩，床的位置比他猜測的還要低，這時有個正在打呼的男人翻過身說了夢話，語氣帶著失望：「是禮拜三。」他推開臥室的門，不小心絆到不平的地面。突然間，他在伸手不見五指的漆黑中，感到一股無可救藥的惆悵，他明白自己完全迷失方向。這間臥室很狹窄，睡在裡頭的是她的母親和另一個姊妹與她的丈夫和兩個孩子，或許那個女人根本沒在等他。或許他可以尋著那股氣味去找，畢竟不是整棟屋子都彌漫那股氣味，那股氣味會騙人，卻又如同留在他內心那樣的清晰。他杵在原地許久，當他訝異地問自己怎麼抵達這個危險的深淵時，有隻撐開手指的手在黑暗中摸索，撫上了他的臉。他不自覺地預期這件事會發生，所以並不驚訝。這時，他選擇相信那隻手，讓已經筋疲力竭的自己，跟著前往一個看不見四周輪廓的地方，到了那裡，有人脫掉他的衣服，把他當作一袋馬鈴薯那樣先是搖晃，接著轉到右邊再轉到背後，在這一片深不見底的黑暗中，他不必用到雙手，那個女人的氣味變成一股尿騷味，他試著想記起她的臉，浮現腦海的卻是烏蘇拉的臉，他隱約感覺自己正在做一件許久以來一直希望能做的事，但是他從沒想過真的能去做，他不明白自己是怎麼做的，因為弄不清楚腳在哪裡，頭在哪裡，也不知道是誰的腳或是誰的頭，他感覺自己再也無法抵抗腎臟冰冷的沙沙作響，肚子的空氣聲，以及恐懼和想要逃開，同時又想永遠留在這種過分的靜默和駭人的孤寂中。

她叫碧蘭．德內拉。當初家人帶著她加入遠征隊，最後隨著馬康多建村留下來，這一切都是要強迫她離開那個在她十四歲時強暴她的男人，那個男的一直愛著她到她二十二歲，不過他已有對象，所以永遠不考慮公開他們的關係。他向她保證會追隨她到天涯海角，但是要晚一點，等他把私事解決完畢，後來她厭倦了一直等待，一直照著紙牌的結果，從那些在三天、三個月或三年內，由陸路和海路來的、高的矮的，金髮和棕髮的男人之間，找出他來。等待之間，她的雙腿不再緊實，乳房不再堅挺，個性不再甜美，但是內心的瘋狂不曾稍減。荷西·阿爾卡迪歐迷上這個驚異的玩具，每一晚，他穿過如迷宮般的房間尋找她的蹤跡。有一回，他發現門上鎖，他敲了好幾聲門，他知道既然下定決心敲下第一聲，就得繼續敲到最後一聲，彷彿無止盡的等待過後，她終於替他開門。白天，他倒頭昏睡，偷偷回味前一晚的記憶。當她到家裡幫忙家務時，愉快、冷淡和閒話家常的模樣，讓他省去掩飾緊張的力氣，因為這個女人響亮的笑聲能嚇走鴿子，不需要借助她教他的隱形力量，怎麼在內心深深吸口氣，怎麼控制心跳，於是他了解了為什麼男人怕死。他太過沉溺在這份親密關係中，甚至搞不懂當他的父親和弟弟的歡呼聲傳遍屋子，宣布他們成功軟化金屬渣，把烏蘇拉的金子分離出來時，為什麼大家這麼開心。

他們父子經過一天天不斷的努力，克服困難，終於成功了。烏蘇拉很開心，她甚至感謝上帝有人發明煉金術，這時村莊裡的人擠在實驗室裡，享用番石榴糕配餅乾，慶賀這個奇蹟，荷西·阿爾卡迪歐·波恩地亞讓大家瞧瞧爐缸底搶救回來的金子，彷彿那是他剛提煉出來似的。大肆展示一番後，他站在大兒子面前，這個傢伙最近幾乎不曾出現在實驗室。他把黃澄澄的硬塊拿到他眼前，問他：「你覺得這像什麼？」兒子很老實地回答：

「狗屎。」

他的父親舉起手背，結結實實地朝他的嘴賞了一拳，揍得他鮮血直流，痛得掉下眼淚。這一晚，碧蘭·德內拉摸黑找來藥瓶和棉花，在他紅腫的部位覆蓋沾上碘酒的紗布，然後順從他所有他想做的事，讓他消氣，愛他不是可憐他。他們變得親密，半晌過後，他們不知不覺低聲聊了起來。

「我想跟妳單獨在一起。」他說。「這幾天，我要找一天把全部的事告訴所有的人，停止再這樣偷偷摸摸。」

她不打算澆他冷水。

「這真是太好了。」她說。「如果我們兩個能單獨在一起，我們就能開著燈，好好看清楚彼此，我愛怎麼叫就怎麼叫，不怕有人闖進來，而你可以在我耳邊說任何你想到的傻話。」

這番談話、對父親螫人的怨恨，加上迫切想抓住這段放肆的愛，讓他平靜下來並充滿勇氣。於是他在毫無準備的情況下，主動向弟弟披露一切。

起先，小奧雷里亞諾只懂這很冒險，兄長的膽大妄為極可能招致危險，但是他不懂他的癡迷。慢慢地，他感覺不安盤據內心。他牢記著他的故事最細微的情節，感受他的痛苦與喜悅，他心驚膽跳，卻又覺得快樂，他孤零零躺在如炭火般燙人的床上，熬夜等他到天明，然後兩人毫無睡意，繼續聊到起床時間，因此，兄弟倆很快地同樣變得懶散，同樣瞧不起父親的煉金術和智慧，開始躲得不見人影。「這兩個孩子怎麼一副傻愣愣的樣子。」烏蘇拉說。「肯定是肚子裡有蛔蟲。」她磨碎土荊芥，替他們熬煮味道作嘔的湯藥，出乎意料，兩兄弟竟提起膽量喝下肚，然後在短短一天內同時蹲便盆蹲了十一次，排出幾條粉紅色的寄生蟲，他們歡天喜地拿給大家看，因為可以誤導烏蘇拉，使她以為這是他們心神不定和精神委頓的真正原因。當時，奧雷里亞諾不只了解他的兄長，而是親身經歷他的體驗，因為他的兄長曾向他鉅細靡遺描述做愛過程，他打斷他並問：「那像什麼感覺？」荷西．阿爾卡迪歐立刻回答：

「像地震。」

一個一月的禮拜四清晨兩點，阿瑪蘭塔出生了。烏蘇拉趁還沒人進來房間，把小嬰兒從頭到腳仔細檢查一遍。她的體重很輕，像小蜥蜴一般皮膚溼潤，不過身體各個部位都是人形。奧雷里亞諾一直到家裡擠滿人，才發現這個消息。他趁著一團亂，出門尋找從十一點之後就不在床上的哥哥。他匆忙下了決定，甚至沒時間思考該怎麼把哥哥從碧蘭．德內拉的臥房帶回來。他在女子家四周逗留好幾個小時，吹口哨傳達他們的暗號，直到快破曉才不得不回家，結果他在媽媽的臥房看到裝作無辜的荷西．阿爾卡迪歐，正在逗弄剛出生的小妹。

烏蘇拉剛坐完四十天的月子，吉普賽人又回來了。是上回那一批帶來冰塊的雜技演員和變戲法小丑。他們跟梅賈德斯那群不一樣，他們在很短的時間內就讓大家知道他們不是捎來進步新知的信差，純粹是提供娛樂的小販。他們即使帶來冰塊，也不宣揚這個東西在人類生活中作何用途，只學馬戲團當作吸引目光的物品展示。這一次，他們帶來的各種戲法中有一張飛毯。可是他們只做為娛樂物品，隻字不提對交通發展有什麼主要貢獻。當然，民眾全都挖出他們所有的金塊，只為一嘗在村莊上空的短暫飛行。荷西·阿爾卡迪歐跟碧蘭·德內拉在混亂群眾的掩護下，開心地度過好幾個小時放鬆的時光，不擔心受到懲罰。他們是混在擁擠人群中的幸福情侶，他們甚至懷疑或許愛情是一種更安穩、更深層的感覺，而不是他們幽會的夜裡那種狂肆但轉瞬即逝的快樂。然而，碧蘭看荷西·阿爾卡迪歐因為她的陪伴變得情緒高昂，竟選錯方法和時間，破壞了愉快的氣氛，猛地擊潰他的世界。「現在你是真正的男人了。」她對他說。他不懂她想說什麼，她便一個字一個字說清楚：

「你要當爸爸了。」

接下來好幾天，荷西·阿爾卡迪歐不敢出門。他一聽見碧蘭在廚房放聲大笑，便跑去躲在實驗室，因為烏蘇拉感恩，那兒的煉金術器具已經重新使用。荷西·阿爾卡迪歐·波恩地亞很開心迷途的長子回航，歡迎他參與終於重新展開的尋找試金石工作。有一天下午，飛毯從實驗室窗外飛過，上頭載著吉普賽人司機和幾個村裡的孩子，他們愉快地揮揮手打招呼，兩兄弟興致勃勃，父親荷西·阿爾卡迪歐·波恩地亞倒是連正眼都沒瞧一眼。「讓他們作夢吧。」他說。「我們會用比那張破床罩更科學的器具，飛得比他們更高。」荷西·阿爾卡迪歐假裝感興趣，卻永遠不懂賢者之石的力量，在他眼裡那只是做壞的玻璃瓶。他失魂落魄。他吃不好、睡不穩，脾氣暴躁無比，跟他父親在某次實驗失敗亂發脾氣一樣，他失常的程度，讓父親荷西·阿爾卡迪歐·波恩地亞以為他太拘泥煉金術的成敗，不得不讓他退出實驗室工作。當然，奧雷里亞諾知道兄長的痛苦跟尋找賢者之石無關，但是他無法引他說出實話。他的哥哥不再像之前主動分享。他從原本的親暱和坦誠相見，變成惜字如金甚至懷著敵意。他渴望孤獨，心中沸騰著一股對世界的怨恨。一天晚上他跟平常一樣溜下床，但他不是上碧蘭·德內拉的家，而是加入園遊會混亂的人群。他漫無目的穿梭在各種機器之間，對半樣都不感興趣，吸引他目光的是某個不在這場遊戲的東西：一個年紀非常輕的吉普賽少女，幾乎還是個小女孩吧，她身上穿戴壓得她喘不過氣來的玻璃串珠項鍊，荷西·阿爾卡迪歐這輩子從沒看過這麼美的女人。她跟著一大群人正在觀賞一個男人因為忤逆父母而變成毒蛇的悲劇。

荷西·阿爾卡迪歐無心看表演。就在演到變毒蛇的男人接受悲慘拷問時，他在人群間邁開腳步，往第一排吉普賽少女的位置而去，他站在她的後面，擠壓她的後背。少女想站遠一點，可是荷西·阿爾卡迪歐使出更大力氣擠壓她的後背。這回她注意到他。她靜止不動貼著他，既驚訝又恐懼，她身體顫抖，不敢相信這是真的，最後她回過頭，露出發抖的笑看著他。這一刻，兩個吉普賽人將毒蛇男子關進獸籠，再把籠子搬進帳篷。主持表演的吉普賽人宣布：

「各位先生女士，接下來相當可怕，我們要來驗證一個看到不該看的東西的女人，一百五十年來每天晚上都在這個時間遭到砍頭。」

荷西·阿爾卡迪歐與少女沒有觀看砍頭表演。他們去了她的帳篷，兩人飢渴地親吻，慢慢地脫去衣物。吉普賽少女脫掉外層的上衣，多件上漿的蕾絲裙，沒有作用的鋼絲胸衣，沉重的串珠項鍊，最後一絲不掛。她像隻瘦弱的青蛙，胸前的蓓蕾才開始發育，兩條細瘦的腿還沒荷西．阿爾卡迪歐的胳膊粗，但是她的決心和熱情彌補了她的弱不禁風。然而，荷西．阿爾卡迪歐沒辦法回應她，因為他們在一處充當公共場所的帳篷，吉普賽人拿著他們的馬戲團用品來來去去，也在這裡解決他們的問題，甚至有人在床邊玩擲骰子遊戲。整座帳篷由掛在中央一根木竿的燈照亮。荷西．阿爾卡迪歐停止撫摸，赤裸身子躺在床上不知該怎麼做，少女試著撩撥他的慾望。不久，有個皮膚油亮的吉普賽女人跟著一個男人進入帳篷，這個男的不是馬戲表演的成員也不是村裡的人，他們兩個開始在床前脫衣服。那女人無意間瞄了荷西．阿爾卡迪歐一眼，帶著近乎感傷的熱烈，打量他那軟綿綿的雄偉陽具。

「年輕人。」她低呼。「願上天保持你的精力。」

荷西．阿爾卡迪歐的女伴要他們別打擾，那對男女便在靠床鋪非常近的地上躺下來。他們那一對的熱情喚醒了荷西．阿爾卡迪歐的狂熱。第一回撞擊，少女的骨頭像是要散掉，發出骨牌倒下一樣的不規則嘎吱聲，她覆蓋一層汗水的皮膚轉為蒼白，淚眼朦朧，全身上下像是發出悲傷的哀嘆和一股泥水的氣味。但是她有著堅毅的性格和令人佩服的勇氣，忍住了他的力道。這時荷西．阿爾卡迪歐感覺自己浮起來升上了天，他的心失序狂跳，口中流洩溫柔的淫穢言語，傳進了少女的耳裡，化成語言從她的嘴巴逸出。這天是禮拜四。禮拜六晚上，荷西．阿爾卡迪歐在頭上綁了一條紅布，跟著吉普賽人走了。

烏蘇拉發現兒子失蹤，找遍了整座村莊。吉普賽人拆掉帳篷的營地，只剩下一地垃圾，和爐子熄滅後還冒著煙的灰燼。有個人在垃圾堆之間找尋玻璃串珠項鍊，他對烏蘇拉說，前一晚他曾在吉普賽人中看到她的兒子推著載著毒蛇人籠子的推車。「他變成吉普賽人了！」她對丈夫大吼，做父親的在兒子失蹤前沒有發現半點徵兆。

「希望這是真的。」荷西．阿爾卡迪歐．波恩地亞說。他正磨著砵裡經過上千遍反覆磨碎、加熱再磨碎的原料。「這樣一來，他將學會什麼叫真正的男子漢。」

烏蘇拉問吉普賽人往哪兒離開。她追著大家指引的路而去，沿路繼續問，相信還來得及追上他們，她越走越遠，直到發現走得太遠而不想回家。晚上八點，荷西．阿爾卡迪歐．波恩地亞放下原料在糞土堆上保溫，去看看小阿瑪蘭塔怎麼哭得嗓子都啞了，這才發現妻子不見人影。短短幾個小時內，他召集一群裝備齊全的男人，把阿瑪蘭塔交給一個自願幫忙哺育的女人，開始追趕著烏蘇拉，然後消失在隱密的小徑上。奧雷里亞諾陪著他們一起出發。他們遇見幾個講著陌生語言的印第安漁夫，這時天色已經矇矇發亮，對方比手畫腳表示沒看見任何人經過。經過三天徒勞無功的搜尋，他們返回村莊。

接下來幾個禮拜，荷西．阿爾卡迪歐．波恩地亞陷入消沉。他擔起母親角色，給小阿瑪蘭塔洗澡、換衣服，每天帶她去給人哺育四次，甚至夜裡給她唱幾首烏蘇拉從不會唱的歌。有一次，碧蘭．德內拉提出她願意在烏蘇拉回家前，幫忙打理家務。奧雷里亞諾看見她踏進屋內那刻，一種神秘的直覺油然而生，嗅到厄運的氣味。因為某種無法解釋的方式，他相信她該為哥哥的逃家，還有母親的失蹤負責，他控訴她，對她默默懷著一種深刻的敵意，於是那女人不再到他們家。

時間會讓一切恢復秩序。不知從何時開始，荷西・阿爾卡迪歐・波恩地亞跟兒子回到實驗室，掃除那兒的灰塵，點燃煉金水管的火，再一次投入耐心提煉幾個月前放在糞土堆上沉睡的原料。連躺在一旁藤籃裡的阿瑪蘭塔，都睜著好奇的眼睛觀看父親和哥哥專注工作，小小的空間瀰漫水銀蒸汽，空氣變得稀薄。烏蘇拉離開幾個月後，有一回發生了怪事。有個忘在櫃子裡許久的空瓶子變得太重拿不動。有個鍋子放在工作桌上，裡頭的水沒有火卻沸騰了半個小時，直到完全蒸發。荷西・阿爾卡迪歐・波恩地亞和兒子觀看這些現象，感到驚喜又害怕，他們無法解釋原因，但視其為原料傳達的預兆。有一天，阿瑪蘭塔的籃子自己移動，在實驗室裡繞了一圈，奧雷里亞諾嚇了一跳，趕緊攔下籃子。但是他的父親面不改色。他把籃子放回原位，綁著桌子的一隻腳，他相信預料中的事就要發生了。這時奧雷里亞諾聽到父親說：

「如果你不怕上帝，也要懼怕金屬。」

突然間，失蹤將近五個月的烏蘇拉返家了。她回來時興奮異常，看起來年輕許多，身上穿著村裡從未看過的陌生款式新服飾。荷西・阿爾卡迪歐・波恩地亞差點無法承受激動。「就是這個！」他大吼大叫。「我就知道會發生！」他是真的相信，因為他在長時間的閉關中，一邊提煉金屬一邊在心底乞求預期降臨的大事，並不是找到試金石，也不是吹一口氣讓金屬擁有生命，更不是把家裡的鎖鏈和鎖頭化為黃金的本領，而是此時此刻發生的事：烏蘇拉返家。但是她沒把他的歡喜放在心上，只是照例給個吻，彷彿她不過離開一個小時，然後對他說：

「看看門外。」

荷西・阿爾卡迪歐・波恩地亞愣了許久才從茫然中回神，他走到門外，瞧見一大群人。他們不是吉普賽人。他們跟村裡的人一樣，有著直髮、棕膚，講著相同語言，感受同樣的疼痛。他們帶來載著食物的騾子，載著家具和器皿的牛車，那都是些單純的日用品，小販是日常生活中的真實人物，不必靠比手畫腳解釋。他們來自沼澤區的另外一頭，離這裡只要兩天路程，那裡的人每個月都能收到信，他們認識所有增進人類福祉的機器。烏蘇拉沒追上吉普賽人，可是她發現了丈夫尋找偉大發明卻鎩羽而歸而沒有找到的路線。

3

碧蘭．德內拉的兒子出生兩個禮拜後，被送到祖父母家。烏蘇拉不甘願地認了這個孩子，她再一次拗不過丈夫的固執，說什麼無法忍受他們家的血脈飄泊在外，但她的條件是隱瞞這個小孩的真正身世。雖然他們替他取了跟父親一樣的名字荷西．阿爾卡迪歐，最後為了怕搞混，他們只叫他阿爾卡迪歐。在當時，村莊裡有許多活動，家裡忙碌的事也不少，養育孩子變成次要的事。他們把兩個孩子託給薇西塔森看顧，這位印第安瓦尤族婦女是為了逃離好幾年以來侵襲他們部落的一種失眠症，跟一個兄弟來到了村裡。烏蘇拉看他們兩個這麼溫馴和勤勞，便雇用他們幫忙家務。因此，阿瑪蘭塔跟阿爾卡迪歐會講西班牙語前，先學會講瓦尤族語，喝蜥蜴肉湯和吃蜘蛛卵，烏蘇拉卻一點也不知情，她太過忙著經營一門頗有前景的動物糖果生意。馬康多正在慢慢改變。跟烏蘇拉來到村裡的那批人把消息傳出去，提到村莊肥沃的土壤和坐落於沼澤區優越的地理位置，因此，這座昔日貧瘠的小村莊很快地變成熱鬧的鄉鎮，有商店和手工藝品坊，還開闢一條永久的商業路線，第一群從這條路抵達的阿拉伯人穿平底便鞋，戴耳環，他們拿玻璃項鍊交換金剛鸚鵡。荷西．阿爾卡迪歐．波恩地亞忙得一刻不得閒。他一頭栽進去，認為這個眼下的現實生活，要比起他的想像力構建的浩瀚宇宙還要令人驚奇，他對煉金術實驗室完全失去興趣，把那些漫長幾個月來反覆提煉的材料放到一旁，變回建村初始那個決定街道規劃和新屋位置的人，因此，他享有其他人沒有的特權。他在新移民之間贏得相當的權威，他們在決定面積和蓋屋子之前必定先問過他，他決定由他來主導土地的重新分派。當表演雜耍的吉普賽人回來，他們的園遊會已變成大型的賭場，大家熱烈迎接他們，以為荷西・阿爾卡迪歐也跟著回來了。可是荷西・阿爾卡迪歐並沒有回來，他們也沒帶蛇人來，烏蘇拉認為只有他才能給他們兒子的消息，因此烏蘇拉不准吉普賽人在小鎮紮營，將來也不能再踏進這裡一步，她認為他們是淫慾和墮落的信差。然而，荷西・阿爾卡迪歐・波恩地亞表示，他們會永遠敞開門歡迎從前梅賈德斯的那個部族，因為他們帶來的千年智慧和神奇發明，幫助了這座村莊成長茁壯。但是聽那些浪跡天涯的人說，梅賈德斯的部族因為跨越了人類知識的極限，已經從地表上銷聲匿跡。

現在，荷西・阿爾卡迪歐・波恩地亞不再苦於幻想的糾纏，他在很短的時間內建立一套秩序和工作模式，這套模式允許一項自由：放走從建村以來用鳴聲給予歡樂時光的鳥兒，取而代之的是家家戶戶裝上音樂時鐘。這些木雕時鐘十分漂亮，是阿拉伯人拿來交換金剛鸚鵡的，荷西・阿爾卡迪歐・波恩地亞設定所有的時鐘同步，那精準的程度，小鎮上每半個小時就會響起同一首曲子的和弦，慢慢地到中午正好同時響完一整首華爾茲舞曲。就在這些年，荷西・阿爾卡迪歐・波恩地亞也決定鎮上的街道改種扁桃樹，不再種植金合歡，而且他發現使樹木長青的秘方，只是從未對人透露。許多年後，當馬康多只剩下鐵皮屋頂的木屋，最古老的街道上仍舊豎立著滿布灰塵的殘破扁桃樹，不過已經沒有人知道那是誰種的。父親建立小鎮秩序的同時，母親忙著經營一天出爐兩次的雞和魚造型糖串生意，奧雷里亞諾花費漫長時間待在荒廢的實驗室裡鑽研銀製藝術。他抽高許多，很快地再也穿不下哥哥留下來的衣服，於是改穿爸爸的，不過得要薇西塔森幫忙把襯衫打摺以及褲子縫上摺邊，因為奧雷里亞諾的體型沒他們兩個來得魁梧。到了青春期，他的聲音轉為低沉，個性變得沉默而孤僻；但出生時那種銳利的眼神反而回來了。他是那樣專注在銀製品的實驗中，甚至不肯離開實驗室吃頓飯。荷西．阿爾卡迪歐．波恩地亞擔心兒子沉迷，他交給他家裡的鑰匙和一點錢，心想或許他需要找個女人尋求慰藉吧。可是奧雷里亞諾把錢拿去買鹽酸製作王水，還給那串鑰匙鍍上一層金。他還沒有阿爾卡迪歐跟阿瑪蘭塔這麼誇張，這兩個小不點明明都到了換牙年紀，卻還成天抓著印第安人的毯子，堅持不講西班牙語，只願意開口說瓦尤族語。「你不要抱怨了。」烏蘇拉對丈夫說。「他們的血液就是流著他們爸爸瘋狂的基因。」她哀嘆自己的不幸，認為兒女的荒唐行徑就跟長豬尾巴一樣可怕，但奧雷里亞諾投射過來的眼神，讓她頓時不那麼確定了。

「有人要來了。」他說。

烏蘇拉跟以往一樣，每當兒子預言著什麼，她就會搬出常識反駁。有人來很正常。每天都有幾十個外地人來到馬康多，這沒什麼好讓人害怕，也不是什麼神秘的預兆。然而，奧雷里亞諾不理睬她那套常識，他非常確定自己的預感。

「我不知道他是誰。」他繼續說。「但是他已經在路上。」

的確，禮拜天蕾貝卡來了。她頂多不超過十一歲。她從馬瑙雷長途跋涉而來，歷盡千辛萬苦。幾個皮貨走私販接受委託，把她跟一封信帶來交給荷西．阿爾卡迪歐．波恩地亞，但是他們說不清楚委託的人究竟是誰。她的全部家當只有一口衣箱、一張手繪花朵圖的木頭小搖椅，一個一直發出喀啦喀啦聲的帆布袋，裡頭裝的是她父母的遺骨。那封信是寫給荷西．阿爾卡迪歐．波恩地亞的，寫信的人措詞相當親暱，即使隔著時間和距離依舊深深喜歡他，她說考量人道和行善，不得不將這個無依無靠的孤女送來給他，她是烏蘇拉的遠親表妹，所以也算荷西．阿爾卡迪歐．波恩地亞的親戚，不過血緣比較遠，蕾貝卡是寫信者一個難忘友人的女兒，這個友人叫尼卡諾爾．烏羅，他跟他可敬的妻子蕾貝卡．蒙田此刻都已經回到天家，小女孩帶著他們的遺骸，希望他們幫忙舉辦基督教葬禮。所有信裡提到的名字，以及信件的簽名都寫得清清楚楚，可是不管是荷西．阿爾卡迪歐．波恩地亞還是烏蘇拉都不記得有叫這些名字的親戚，他們也不認識任何跟發信人叫同樣名字的人，更不用說在馬瑙雷那樣遙遠的鄉鎮。他們從小女孩口中問不到其他資料。她從抵達那刻起，就坐在搖椅上吸吮手指，睜著一雙驚恐的眼睛觀察大家，似乎聽不懂問話。她穿著一件發黑的斜紋連身裙，已經破破爛爛，和一雙表皮脫落的漆皮靴子。她的頭髮在耳後用黑緞帶打個蝴蝶結紮起來。她身上的披肩被汗水褪去圖案，右手腕戴著一個鑲在青銅座臺上的肉食性動物犬牙，當作驅邪避凶的護身符。她的皮膚泛青，脹起的肚子像鼓一樣圓滾滾，透露了她打從娘胎就挨餓，健康情況不佳。但是給她東西吃，她卻把盤子放在腿上沒吃。於是大家相信她既聾又啞，直到印第安人用他們的語言問她想不想喝點水，她才轉動眼珠子，似乎認得他們，然後點點頭說要。

他們沒其他辦法，只能留下她。奧雷里亞諾耐心地對著她讀遍所有聖徒的名字，見她對任何一個都沒反應，大夥便決定沿用信上她母親的名字，叫她蕾貝卡。在當時，馬康多還沒有人過世，並沒有墓園，因此他們收起裝著遺骨的帆布袋，等待有朝一日有個適當的地點下葬，後來很長一段時間，遺骨不論擺在哪邊都覺得麻煩，那咯咯響聲就像孵蛋的母雞咯咯叫，出乎當初意料。蕾貝卡花了很久時間才融入他們家。她坐在小搖椅上，躲在屋子最偏僻的角落吸吮手指。除了時鐘的音樂，沒有人能引起她的注意，她每半個小時便睜著驚慌的眼睛，似乎想在空中某處找到音樂。過了好幾天，他們依然無法讓她吃下東西。沒有人知道她怎麼沒餓死，直到被總是在屋子內神出鬼沒因而無所不知的印第安人發現，蕾貝卡只喜歡吃院子裡的溼泥土，還用指甲從牆壁上刮落石灰當點心。顯然是她的父母或扶養她的人曾責備她這種習慣，她是懷著罪惡感偷偷地吃，她會把泥土藏起來，趁沒人看到時吃掉。從這以後，大家嚴密監督她。他們在院子裡灑牛膽汁，在牆壁塗辣椒，以為這麼一來可以破除她嚴重有害的怪癖，但是她狡猾又精明，想盡辦法弄到泥土，逼得烏蘇拉不得不採取更激烈的手段。她把橘子汁混合大黃汁液倒進陶鍋，放在屋外一整夜，第二天讓小女孩空腹喝下湯藥。儘管沒人告訴她這是治療吃土怪癖的偏方，她卻想到只要苦澀的液體進入胃部，一定會刺激肝臟。蕾貝卡抵死不喝，即使瘦得皮包骨，力氣卻大得不得了，大家不得不像對待牛犢那樣將她反綁，灌她喝下湯藥，他們幾乎抵擋不住她的拳打腳踢，忍受她又咬又吐口水，吐出嘰哩咕嚕一串難以理解的話，印第安人大吃一驚，說那是他們的語言中最粗俗的髒話。烏蘇拉知道了狀況，除了灌藥，還補上一頓鞭打。永遠沒有人知道，到底是大黃起了作用，還是那頓鞭打，或者兩者都有，短短幾個禮拜，蕾貝卡開始恢復健康。她跟阿爾卡迪歐和阿瑪蘭塔玩在一塊兒，兩個孩子把她當姊姊看待，她的胃口不錯，也能好好使用餐具。沒多久，大家發現她的西班牙語講得跟印第安語一樣流利，她對手工相當有天分，她甚至編了非常可愛的歌詞哼唱音樂鐘的華爾茲舞曲。大家很快地就把她當作家中的一分子。她跟烏蘇拉相當親近，連親生子女都沒像她那樣，她叫阿爾卡迪歐和阿瑪蘭塔弟弟妹妹，叫奧雷里亞諾叔叔，叫荷西・阿爾卡迪歐・波恩地亞爺爺。因此，她冠上了跟大家一樣的姓氏，成為蕾貝卡・波恩地亞，並且帶著尊嚴用了這個姓名一輩子，一直到最後過世。

蕾貝卡戒掉吃土的怪癖後，跟其他孩子睡在同一間房間，有天夜裡，跟他們同睡的印第安婦人碰巧醒來，聽見角落傳來斷斷續續的怪聲。她心頭一驚，支起身子，以為是什麼動物溜進房間，這時她看見蕾貝卡坐在搖椅上吸吮手指，漆黑中睜著一雙發亮眼睛，就跟貓眼一樣。她嚇得半死，並為自己的宿命感到傷心。薇西塔森從小女孩的雙眼認出了病徵，她跟她的兄弟就是為了逃離這種傳染病流落異鄉，永遠無法返回那片千年祖地當公主與王子。也就是失眠症。

另一名印第安男子天還沒亮就離開了。他的姊妹留下來，因為她內心相信這是宿命，這種致命的病會一直跟著她到天涯海角。家裡沒有人了解薇西塔森的警告有多嚴重。「不能再睡覺很好啊。」荷西．阿爾卡迪歐．波恩地亞開心地說。「這樣一來，我們可以多做點事。」但是印第安女人跟他們解釋失眠症最可怕的地方不是在於不能睡，身體無法感覺疲累，而是無法阻止更危險的惡化：失憶。她想說的是當病患習慣無眠，童年回憶會開始從記憶中消失，接著是事物的名字和常識，最後認不得人，忘記自己是誰，變成一個沒有過去的傻子。荷西．阿爾卡迪歐．波恩地亞捧腹大笑，他認為那不過是印第安人從迷信想像出來的眾多疾病之一。但是為了以防萬一，烏蘇拉採取預防措施，將蕾貝卡跟其他孩子隔離開來。

過了幾個禮拜，當薇西塔森的恐懼似乎平息下來，有一晚，荷西．阿爾卡迪歐．波恩地亞在床上翻來覆去睡不著。烏蘇拉也醒了過來，她問發生什麼事，他回答：「我又開始想起普登修．阿奇勒。」他們倆一分鐘也沒合眼，但是到了第二天卻感覺身體經過充分休息，於是把糟糕的夜晚丟到腦後。到了午餐時間，奧雷里亞諾用非常詫異的口吻說，他一整個晚上待在實驗室給一個胸針鍍金，打算當作生日禮物送給烏蘇拉，卻感覺非常有精神。他們一直到第三天才感覺不對勁，明明上床時間到了卻一點睡意也沒有，他們發現自己超過五十個小時沒睡。

「所有孩子也都醒著。」印第安女人說，她相信這是宿命。「一旦瘟疫進家門，沒有人逃得過。」

事實上他們都染上了失眠症。烏蘇拉從母親那兒學過植物的療效，她替每個人泡了一杯烏頭藥湯要他們喝下去，但是他們睡不著，一整天作白日夢。他們腦袋昏昏沉沉，看到自己的夢境，也看到其他人的夢境。整個家恍若擠滿訪客。蕾貝卡坐在她廚房角落的搖椅上，夢見一個跟自己長得很像的男人，他穿著一套白色亞麻服飾，襯衫的領子扣著一顆金釦子，帶來一束玫瑰送她。他的身邊陪著一個有著高雅雙手的女人，她抽出一朵玫瑰花插在小女孩的頭髮上。烏蘇拉明白這對男女是蕾貝卡的雙親，她費了一番工夫認人，最後確定自己從沒見過他們。這時，荷西·阿爾卡迪歐·波恩地亞犯了一個他永遠無法原諒自己的疏忽，繼續在鎮上販賣家中製作的動物糖果。大人小孩開心地舔著美味的染上失眠症的綠色公雞糖果，和染上失眠症的黃色小馬，因此禮拜一的破曉，他詫異地發現全村的人都醒著。起先沒有人感覺不對勁。相反地，他們很高興不必睡覺，因為那時的馬康多有許多抽不出時間去做的事。他們努力工作，不久後已經沒事可幹，他們在凌晨三點雙手環臂，數著音樂鐘華爾茲舞曲的音符數量。希望睡覺的人倒不是因為疲累，而是懷念睡覺的感覺。他們用盡各種辦法讓自己筋疲力竭。他們聚在一起不停聊天，一連幾個小時重複同樣的笑話，把閹雞的故事編到無限複雜，變成一個永遠講不完的故事。講故事的人會問大家想不想聽閹雞的故事，如果大家回答要，說故事的人會說他不要大家回答要，而是跟著說一遍大家想不想聽閹雞的故事，如果大家回答不要，說故事的人會說他不要大家回答不要，而是說一遍大家想不想聽閹雞的故事，如果大家閉嘴不吭聲，說故事的人會說他不要大家安靜不答，而是說一遍大家想不想聽閹雞的故事。這樣一來大家都走不了，因為說故事的人會說他不要大家離開，而是說一遍大家想不想聽閹雞的故事，就這樣無限循環，變成一個惡意兜圈子的遊戲，持續一整夜。

荷西・阿爾卡迪歐・波恩地亞發現瘟疫已經在鎮上爆發開來，他召集了每一戶的家長，對他們詳述他對失眠症的了解，於是大夥兒同意採取行動，阻止災難繼續蔓延到沼澤區的其他村莊。他們摘下公羊的鈴鐺，那是阿拉伯人拿來交換金剛鸚鵡的東西，接著他們守在小鎮入口，等待那些不聽站崗鎮民的忠告和哀求偏要闖進小鎮的外地人。在那段時間，所有來到馬康多的人走在街道上都得搖著鈴鐺，讓得病鎮民知道他們平安無事。待在鎮上時一律不准吃喝，因為這種病毫無疑問只透過嘴巴傳染，吃的喝的全部遭失眠症感染。這個辦法把瘟疫的範圍控制在小鎮內。由於封鎖的效果很好，到了某一天，原本的緊急狀況已經變成自然的事，生活回到常軌，工作也重拾它的步調，沒人再擔心沒用的睡覺習慣。

奧雷里亞諾發現了可以阻止記憶力衰退的方法，效果能持續幾個月。他是偶然發現的。他是第一批失眠症病患，早已成為專家，也練得一手爐火純青的製銀技術。有一天，他正在尋找用來把金屬打成薄板的鐵砧，但是忘記這個東西叫什麼名字。他的爸爸對他說：「小鐵砧。」奧雷里亞諾把名字寫在紙上，然後拿膠水黏在小鐵砧的底部。這樣一來，他相信以後就不會忘記。他開始記不住物品的名字，沒料到這就是失憶的初期徵兆。幾天後，他發現他幾乎記不住實驗室裡的東西。因此，他替每樣東西標上相對應的名字，只要看一眼標示就能分辨物品。當奧雷里亞諾聽父親說他甚至忘掉童年最難以忘懷的事件，他便告訴父親他的秘訣，荷西．阿爾卡迪歐．波恩地亞把方法套用在整間屋子，不久，甚至要全鎮一起實行。他拿著小刷子沾上油墨，替每一樣東西標上名字：桌子、椅子、時鐘、門、牆壁、床、鍋子。他走到柵欄邊，給動物和植物寫上名字：牛、羊、豬、雞、木薯、芋頭，和香蕉。慢慢地，當他研究失憶症的無數可能性時，他發現雖然可以從標示分辨物品，有一天還是可能忘記用途。因此他做得更徹底。母牛脖頸掛上的木牌，正是馬康多居民準備好對抗失憶的證據：這是母牛，每天早上都要擠奶才會產奶，擠好的奶需要煮滾，混合咖啡，變成咖啡牛奶。就這樣，他們暫時靠文字的輔助，繼續活在一個難以捉摸的生活，但等到他們連文字的作用都忘記了，一定無可救藥地脫離現實。

通往沼澤區的那條道路入口，豎立著一個寫著馬康多的招牌，而在中央街道上還有一個更大的招牌寫著「上帝存在」。家家戶戶都寫上記住物品和感覺的關鍵字。不過這套辦法需要警覺心和相當強烈的道德感支撐。許多人乾脆沉淪在自己編造的魔幻現實中，對他們來說雖然不切實際，但是能得到安撫。把現實神秘化的人就是碧蘭．德內拉，她發現之前她用紙牌算未來，現在可以算過去。她的伎倆讓失眠症病患活在紙牌堆砌出來的世界，充滿模糊的選擇。在這個世界裡，大家回憶中的父親都是一個四月初來到這裡的棕膚男人，母親是個小麥色肌膚的女人，左手戴著一只黃金戒指，至於所有人的生日都是上個禮拜二雲雀在月桂樹上鳴唱的那天。這些安撫作用的伎倆打敗了荷西・阿爾卡迪歐・波恩地亞，他決定打造一臺記憶機器，也就是那臺他曾經希望記住所有吉普賽人神奇發明的機器。每天早上，這臺機器能幫忙重溫記憶，而且是從頭到尾，一個人一輩子學過的所有知識。他想像機器就像一本旋轉字典，只要站在軸心位置操作搖把，就能在短短幾個小時內看完眼前生活最必要的基本知識。他撰寫了將近一萬四千張卡片，就在這時，沼澤區的道路上出現一個古怪的老頭兒，他搖著讓居民感到悲傷的鈴鐺，扛著一個捆著繩索的鼓脹皮箱，還拖著一個覆蓋黑布的推車。他直接就往荷西・阿爾卡迪歐・波恩地亞的家去。

開門那刻，薇西塔森沒認出他是誰，以為他要兜售什麼，卻不知道在一個深陷失憶泥沼無法脫困的村莊中，什麼也賣不出去。這個老人彷彿風中殘燭。雖然他講話氣弱聲啞，雙手無力，但毫無疑問是來自人類還能睡覺和記憶的世界。荷西・阿爾卡迪歐・波恩地亞發現他坐在客廳，拿著補靪黑帽搧風，並帶著憐憫凝視黏貼在牆上的標示。他非常親切地跟他打招呼，害怕他是自己曾經認識的人，只是認不得他。但是訪客一眼拆穿他的偽裝，他感覺眼前的人忘了自己，但不是那種把記憶埋在心底還能治癒的遺忘，而是另一種更加殘酷和無法抵抗的失憶，他清楚知道這種失憶散發出死亡的氣味。這一刻他懂了。他打開皮箱，裡面裝滿難以分辨的東西，他從這堆東西裡拿出一個裝了許多小玻璃瓶的小提箱。荷西・阿爾卡迪歐・波恩地亞喝下他給的一種顏色柔和的液體，感覺有盞燈照亮他的記憶。他淚水朦朧，接著看清自己置身在一間可笑的客廳，所有東西都貼著標示，牆壁上寫著荒謬的蠢話，不禁感到慚愧得無地自容，最後他認出這位剛到的訪客，臉上洋溢快樂的光彩。他是梅賈德斯。

正當馬康多歡慶他們重拾記憶的時刻，荷西・阿爾卡迪歐・波恩地亞跟梅賈德斯重溫了他們昔日的情誼。這個吉普賽人打算落腳這座村莊。事實上，他已經去過死亡國度，但是重返人間是因為無法忍受孤單。他被族人驅逐，因為留戀人世，他失去所有的超能力做為懲罰，他決定隱居在這個死亡還不曾造訪的世界一角，致力建立一間銀板攝影實驗室。荷西・阿爾卡迪歐・波恩地亞從未聽說這種發明。但是當他看到自己跟家人顯影在一片感光板上化作永恆，訝異地說不出話來。出現在這張銀板照片上的荷西・阿爾卡迪歐・波恩地亞頂著一頭豎立的灰髮，上漿的領子緊緊扣上一顆銅釦，一臉驚嚇到極點的表情，烏蘇拉笑得半死，形容他像個「嚇呆的將軍」。荷西・阿爾卡迪歐・波恩地亞的確嚇呆了，拍照那天是個十二月清朗的早晨，他以為一旦留影在銀板照片上會慢慢地失去生命。有趣的是，這次角色顛倒過來，換烏蘇拉勸他不要亂想，她不計前嫌，決定讓梅賈德斯住下來，不過她一直不肯拍照，因為（按照她本人說法）不想留給孫子當笑話看。那天早晨，她替家中孩子穿上最漂亮的衣服，臉上撲粉，還給每一個喝一匙的糖蜜，要他們站在梅賈德斯那臺引人注目的照相機前，乖乖保持不動兩分鐘。在這唯一一張全家福銀板照片中，奧雷里亞諾穿著一套天鵝絨黑西裝，左右兩旁站的是阿瑪蘭塔和蕾貝卡。他的表情跟多年後站在執行槍決的部隊前一樣憔悴，眼神一樣銳利。可是他沒預見自己的命運。此刻的他是個手藝精湛的銀匠，他無與倫比的作品在整個沼澤區贏得相當的名聲。他的工作坊跟梅賈德斯瘋狂的實驗室同在一間，他的呼吸幾乎輕得聽不見，像是在另外一個時空，他的父親跟吉普賽人卻手忙腳亂，碰撞玻璃瓶和盆子，不小心潑灑酸液，手肘掃落的溴化銀，還不時絆腳，大聲地討論諾斯特拉達姆斯的預言。奧雷里亞諾努力工作，眼光精準，很短的時間之內，他賺的錢便超過烏蘇拉受歡迎的糖果事業，但是每個人都不解，他已經長大成人了卻連一個女朋友都沒有。他真的沒交過女朋友。

幾個月後，漢子弗朗西斯克回來了，他是個將近兩百歲的老人，一輩子都在世界各地流浪，他經常帶著他創作的歌曲來到馬康多。漢子弗朗西斯克的歌曲仔細敘述發生在旅途中到過的各個村莊的消息，從馬瑙雷到沼澤區的盡頭，因此，若是有人需要傳達口信，或是希望某個事件流傳開來，會讓他寫進曲目。就是這樣，烏蘇拉聽說了她母親過世的消息。這是個巧合，一天晚上她聽著他傳唱的歌曲，希望得到一點大兒子荷西·阿爾卡迪歐的消息。這個老人曾在一場即興寫歌的比賽中擊敗惡魔，因此得到漢子弗朗西斯克的稱號，至於他真正的姓名，已經沒有人知道。失眠症流行期間，他避開馬康多，而有一晚，他毫無預警出現在卡塔里諾的店裡。整個小鎮的人都前去聽他開唱，想知道世界上發生了哪些事。這一次他身邊跟著一個女人，那女人相當肥胖，需要四個印第安人才能抬得動坐在搖椅上的她，此外還有個外表嬌弱的黑白混血少女撐著傘避免曬傷。這一晚奧雷里亞諾去了卡塔里諾的店。他見到漢子弗朗西斯克坐在一群好奇圍觀的鎮民中央，像隻龐大的變色龍。他用蒼老而虛弱的嗓音吟唱著消息，伴奏的還是那架華特．雷利爵士在圭亞那送他的舊款手風琴，而那雙踩過硝石皮膚龜裂的旅人大腳打著拍子。坐著搖椅的那個女人則在後門，安靜地拿著扇子搧風，有幾個男人從那扇門進進出出。卡塔里諾耳朵插著一朵毛氈玫瑰，向聽眾兜售一杯杯發酵的甘蔗酒，並趁這個機會靠近男人，摸了一把他們不該摸的部位。到了午夜，天氣熱得直教人難以忍受。奧雷里亞諾聽到最後，還是沒有任何跟他們家有關的消息。正當他準備回家時，那個女人對他招手。

「你也進來吧。」她對他說。「只要二十分錢。」

奧雷里亞諾把一枚硬幣丟進那女人腿間的錢罐，然後一頭霧水進房間。黑白混血少女一絲不掛地躺在床上，小巧的胸部就像母狗的乳房。這一晚，在奧雷里亞諾之前已經有六十三個男人來過房間。曾有那麼多人在房間內呼吸、流汗和喘息，空氣開始變得混濁。少女拿起溼透的床單，要求奧雷里亞諾抓住另外一頭。床單重得彷彿麻布。他們一人抓住一頭擠乾再擰乾，直到恢復正常的重量。他們把蓆子翻過來，汗水從另外一面滲透出來。奧雷里亞諾多希望就這樣一直忙下去吧。他懂做愛的理論，但是他膝蓋發軟站不住，而即使他渾身起雞皮疙瘩，體溫燙得嚇人，卻忍不住一股突如其來的便意。少女整理好床鋪後，命令他脫掉衣服，他卻對她做出不可思議的解釋：「是有人要我進來的。他們說投二十分錢到錢罐裡頭，還說不可以拖太久。」少女明白他是糊裡糊塗進來的。「想多待一會兒，待會出去的時候再投二十分錢就可以了。」她輕聲地說。奧雷里亞諾脫掉衣服，他感到難為情而痛苦，腦袋不斷想著他的體格比不上哥哥。因此，即使少女使盡各種技巧，他卻感覺越來越冷，可怕的落寞感盤據了心頭。「我會再多投二十分錢。」他用悲涼的語調說著。少女默默地謝了他。她的背部沒有毛髮，皮膚下的肋骨清晰可見，因為疲累過度，呼吸節奏紊亂。兩年前，在離這裡很遠的地方，她沒吹熄蠟燭就睡著了，驚醒時已經身陷火海。她跟相依為命的祖母住的房子燒成灰燼。從那時起，祖母就帶著她走過一座又一座村莊，讓她以每次二十分錢的價格賣身，要她償還燒掉的房子。根據少女的估計，她還得再賣身大約十年，每晚接七十個男客，因為她也得支付旅行的花費，養活祖孫兩人，以及付薪水抬搖椅的印第安人。當那女人第二次來敲門，奧雷里亞諾什麼也沒做就離開房間，他感到一股想哭的衝動，驚愕地啞口無言。這一晚，他想著少女無法成眠，心中有股混合了憐憫的慾望蠢蠢欲動。他忍不住想要愛她和保護她。他忍受了一夜無眠和澎湃的情緒，等到破曉，他作出冷靜的決定，打算把少女娶進家門，幫她逃離祖母魔掌，往後的每一晚享受她原本必須奉獻給七十個男人的賠償。但是早上十點，當他到了卡塔里諾店裡，少女已經離開了小鎮。

最後，時間澆熄了他瘋狂的決定，卻加深了他的挫折感。他藉由工作麻痺自己。他打算一輩子打光棍，隱瞞自己性無能的難堪事實。與此同時，梅賈德斯已經將馬康多所有能拍下來的人事物，都用銀板照片記錄，他把銀板攝影實驗室留給荷西·阿爾卡迪歐·波恩地亞使用，讓他狂熱地研究以科學方式證實上帝的存在。他在屋內不同角落以重複曝光的繁複技巧拍攝，他相信如果上帝真的存在，遲早能捕捉到祂的身影，一次解開祂是否真實存在的疑問。梅賈德斯則進一步鑽研諾斯特拉達姆斯的預言。他工作直到深夜，身上穿著一件似乎緊得透不過氣來的褪色的天鵝絨背心，如麻雀的腳一般細瘦的手在紙上塗寫，手上的幾個戒指已經失去昔日的光澤。有一晚，他相信他發現了一則有關馬康多未來的預言。這座鄉鎮將會是燈火通明的城市，一棟棟透明玻璃的大宅鱗次櫛比，但是那兒已經不見波恩地亞子孫的蹤跡。「錯了。」荷西·阿爾卡迪歐·波恩地亞大聲回擊。「那不是玻璃屋，而是我夢見的冰屋，而且波恩地亞後代子孫一定會一個接著一個世紀繁衍下去。」烏蘇拉在這棟荒唐古怪的屋子裡努力保持理智，她擴大動物造型糖果的生意，增加一個爐子整晚生產一籃又一籃的麵包，以及種類豐富的布丁、蛋白霜和海綿蛋糕，出爐不到幾個小時就能在沼澤區的小徑上銷售一空。她已經活到可以退休的年紀，但卻越來越活躍。她實在太忙著經營大好的生意，有天下午，當印第安女人正在幫她給麵團加糖，她的目光不經意飄向窗外，看到兩個陌生的美麗少女沐浴在霞光中刺繡。她們是蕾貝卡和阿瑪蘭塔。她們剛剛替外婆嚴謹地守完三年的喪，脫掉喪服後，有顏色的衣裳似乎給了她們在世界上全新的存在。出乎意料的是，蕾貝卡是長得較美的那一個。她的皮膚白皙透明，睜著一雙寧靜的大眼，那雙靈巧的手似乎能以看不見的絲線繡出圖案。阿瑪蘭塔年紀小一點，比較沒那麼漂亮，但有種天生的氣質，繼承過世外婆不屈不撓的個性。相較之下，阿爾卡迪歐雖然開始發育，看得出將會長得跟父親一樣魁梧，卻還像小毛頭。他跟在奧雷里亞諾身邊學習銀飾製作工藝，也從他那兒學會讀寫。突然間，烏蘇拉發現屋子裡都是人，她的子女已到了適婚和生育年齡，如果家裡空間不夠就得另覓他處。因此，她拿出辛苦工作多年存下的積蓄，並與生意的客戶取得約定後，著手房屋的擴建。她計畫蓋一間接待訪客的正式大廳，一間日常使用比較舒服和通風的客廳，一間可以容納十二人座位的餐桌，讓一家子和賓客可以坐下來一起用餐；還有九間面向院子的臥室，院子種滿玫瑰，保護一條長廊免於正午炙熱陽光的烤曬，還有扶手欄杆，上面擺置蕨類盆栽和秋海棠花盆。她計畫擴建廚房，多蓋兩個爐子，拆掉碧蘭．德內拉曾經給荷西．阿爾卡迪歐算命的舊穀倉，改建一座兩倍大的新穀倉，永遠杜絕發生斷糧的狀況。她計畫在院子裡一棵栗樹的樹蔭下蓋兩間浴室，一間給女人使用，另一間給男人使用，在院子的盡頭蓋一間大馬廄、鐵絲網雞舍、擠奶的牛欄，還有四面開窗的鳥舍，讓迷途的鳥兒可以隨意停歇。烏蘇拉彷彿染上了丈夫那股驚人的狂熱，帶領一支數十人的水泥匠和木匠隊伍。她甚至估計陽光照射的位置和熱氣的侵入，並且毫無節制地規劃空間。原本的房屋內堆滿工具和建料，擠滿汗流浹背的工人，他們要求大家不要擋路，卻沒想到擋路的是自己，他們生氣那袋人骨隱隱約約的喀啦響聲無所不在。沒有人理解鎮上有史以來最大，同時也是沼澤區最友善、好客又清潔的屋子，為什麼會出現在這樣不舒服的環境裡，存在於空氣飛舞著石灰和瀝青的氣味中。這是一棟從地面蓋起來的，而且應該是沼澤區不曾有過的最舒適和涼爽的屋子吧。荷西．阿爾卡迪歐．波恩地亞依舊在一片混亂中捕捉上帝的身影。他是最無法理解這一切的人。就在新屋即將落成之際，烏蘇拉將他拉出他的幻想世界，告訴他，來了一紙命令規定正面門牆必須漆成藍色，而不是他們想要的白色。她讓他看寫在一張紙上的政府規定。荷西．阿爾卡迪歐．波恩地亞不懂妻子在說些什麼，他看清楚紙上的簽名。

「這個傢伙是誰？」他問。

「總督。」烏蘇拉哀傷地說。「據說他是政府派來的官員。」

總督艾波里南．莫斯克德悄悄來到馬康多。他下榻在雅各的旅舍——老闆是第一批來到鎮上用不值錢的小玩意兒換金剛鸚鵡的阿拉伯人之一，隔天他在距離波恩地亞一家兩個街區遠的地點，租下一間門口面街的小房間。他在房間內擺設雅各替他購買的一套桌椅，在牆壁釘上他帶來的國家徽章，並在門上漆上「總督」的標語。他的第一個命令是所有屋子都得漆成藍色，以歡慶國家獨立紀念日。荷西．阿爾卡迪歐．波恩地亞拿著那紙命令，前往總督簡陋的辦公室，找到正在吊床上睡午覺的他。「這張紙是您寫的嗎？」他問他。艾波里南．莫斯克德有點年紀，他不好意思地脹紅臉，回答沒錯。「您有什麼權力？」荷西．阿爾卡迪歐．波恩地亞再問。艾波里南．莫斯克德翻找桌子抽屜，拿出一張紙給他看，「我被任命為這座鄉鎮的總督。」荷西．阿爾卡迪歐．波恩地亞連看都不看一眼那張任命書。

「我們這座鄉鎮不需要那些命令。」他冷靜地說。「請您仔細聽清楚，我們不需要總督，這裡沒有任何東西需要改正。」

他看著神色沉著的艾波里南．莫斯克德，試著以平靜的語調，詳細敘述他們如何建村、分派土地、闢路，和視需求改善生活，他們不會麻煩某個政府，也不要有人來打擾他們。「我們愛好和平，到現在還沒有人自然過世。」他說。「您應該看到了，我們還沒有墓園。」他並不會因為政府不曾幫助他們而感到難過。相反地，他很高興他們鄉鎮過去能平靜成長，希望能繼續這樣下去，因為他們建村並不是為了讓一個外來者命令他們該怎麼做。艾波里南．莫斯克德穿上跟褲子同色的白色斜紋布外套，動作沒有一絲慌亂。

「所以，如果您想留下來，當個普通平凡的公民，我們非常歡迎。」荷西．阿爾卡迪歐．波恩地亞下結論。「但是如果您要來製造混亂，強迫大家把他們的屋子漆成藍色，大可收拾家當滾回您來的地方。因為我家就是要漆成跟白鴿一樣潔白。」

艾波里南．莫斯克德臉色刷白。他往後退了一步，咬緊牙根吐出一句帶著些許難過的話。

「警告您，我有武器。」

荷西．阿爾卡迪歐．波恩地亞不知道是從哪一刻開始，雙手恢復了年輕時候可以扳倒一頭牛的力氣。他一把抓住艾波里南．莫斯克德的領子，將他舉到眼睛的高度。

「我只做到這裡。」他告訴他。「因為我寧願舉著活生生的你，也不要後半輩子扛著死不瞑目的你。」

他就這樣抓著他的領子，舉著他沿著大街行走，直到通往沼澤區那條道路再放下來。一個禮拜過後，總督帶著六名打赤腳的士兵回來，他們衣衫破爛，拿著獵槍，還有一輛牛車，上面載著他的妻子跟七個女兒。不久，又來了兩輛牛車，上面有家具、衣箱跟日用品。找到房子之前，他讓家人暫住在雅各的旅舍，然後在六個士兵保護下，重新開張他的辦公室，馬康多建村的居民決心趕跑入侵者，他們帶著大兒子聽從荷西·阿爾卡迪歐·波恩地亞的指揮。不過後者反對，他解釋艾波里南·莫斯克德帶著妻女回來，就不能在一個男人的家人面前羞辱他。因此，他們決定以善意來解決這個狀況。

奧雷里亞諾陪父親前往。這時的他已經開始留黑色八字鬍，鬍尖上髮油，他的嗓音有些洪亮，後來在戰爭時變成他的特色。他們沒帶武器，不理會看守的士兵，直接闖進總督辦公室。艾波里南·莫斯克德不顯絲毫驚慌。他向他們介紹恰巧也在這裡的兩個女兒：安帕蘿十六歲，跟母親一樣是棕色皮膚，蕾梅蒂絲不到九歲，她是個綠眸和皮膚白皙的漂亮小女孩。她們姊妹都一樣優雅有教養。在還沒介紹之前，她們看到他們進到辦公室，便拿椅子過去讓他們坐下來。但是她們卻一直站著。

「非常好，朋友。」荷西·阿爾卡迪歐·波恩地亞說。「您就留下來吧，不過這可不是因為你安排在門口的那些持槍土匪，而是考量您的夫人跟女兒。」

艾波里南·莫斯克德詫異不已，但是荷西·阿爾卡迪歐·波恩地亞沒給他時間回答。「我們只要求兩個條件。」他繼續說。「第一個：每個人都能給自己的房屋漆上喜歡的顏色。第二個：那幾個士兵得馬上離開這裡。我們會向您保證秩序。」總督舉起右手，並張開手掌。

「這是榮譽的保證？」

「我以敵人的話保證。」荷西・阿爾卡迪歐・波恩地亞說。接著他的語氣轉為苦澀。「因為我想告訴您一件事：您跟我依舊是敵人。」

這天下午，士兵離開了。幾天過後，荷西・阿爾卡迪歐・波恩地亞替總督一家人找到一間房子。所有的人都恢復平靜生活，只有奧雷里亞諾例外。總督小女兒蕾梅蒂絲的倩影讓他的身體某個部位感到疼痛，但她的年紀都可以當他的女兒了。他連走路時都感覺身體不舒服，就好比鞋子裡有一顆小石子。

4

落成的新居潔白恍若白鴿，他們舉辦了一場舞會來慶祝落成。自從那天下午，烏蘇拉驚覺蕾貝卡和阿瑪蘭塔已經長成青少女，她就打算擴建屋子，最主要的目的是希望兩個女孩有個適合接待訪客的場所。為了實現願望，她就像划船的奴隸般勤奮工作，並在房子整修完成之前，訂製昂貴的裝飾品、成套餐具，以及讓全鎮驚歎連連和讓年輕人開心的美妙發明：自動鋼琴。待組裝的鋼琴跟維也納曲木家具、波西米亞玻璃器皿、英國東印度公司餐具、荷蘭桌巾，還有目不暇給的燈具和燭臺、花瓶、壁毯與地毯，分裝在好幾個箱子一起送來。進口商自費派一位來自義大利的專家皮耶特·克雷斯畢來組裝鋼琴、調音，指導他們如何使用，教他們隨著打孔在六卷紙捲上的流行音樂跳舞。

皮耶特·克雷斯畢是個金髮年輕人，他是馬康多居民看過最英俊也最有教養的男人，他的一絲不苟甚至表現在穿著上，儘管天氣悶熱，他工作時仍穿上一件絲質襯衫和一件暗色厚毛料背心。他汗如雨下，跟屋主保持一定的距離，一連好幾個禮拜關在客廳內，這番全心地投入跟奧雷里亞諾待在銀作坊的狂熱如出一轍。有天早上，他沒打開門，沒呼喊任何人來見證奇蹟，他只是把第一卷紙捲放進自動鋼琴，折磨人的敲擊聲和不時傳來的木手指巨響戛然停止，接著是一陣駭人的寂靜，最後連貫和清楚的音樂響起。所有人都衝向客廳。荷西・阿爾卡迪歐・波恩地亞似乎給震懾住了，但不是因為美妙的旋律，而是鋼琴自動演奏，而梅賈德斯在客廳架設照相機，希望能在照片中捕捉某個隱形演奏家的身影。這天，義大利人跟他們一起吃午飯。蕾貝卡跟阿瑪蘭塔負責上菜，她們害怕地看著這個天使般的男人用那雙沒戴戒指的白皙的手流暢地使用餐具。之後皮耶特・克雷斯畢在接待廳旁的客廳教她們兩個跳舞。他跟她們保持肢體上的距離，教她們踩舞步，用節拍器打拍子，烏蘇拉用溫柔的目光盯著他們，她在女兒上課時間寸步不離守著。皮耶特・克雷斯畢在這段日子穿著一條特別的褲子，布料非常貼身有彈性，腳上還踩著一雙舞鞋。「妳何必這麼擔心。」荷西・阿爾卡迪歐・波恩地亞對妻子說。「那個男人是娘娘腔。」但是她繼續監督下去，直到義大利人結束課程，並離開馬康多。這時她開始籌備舞會。烏蘇拉列了一張嚴謹的賓客名單，她只挑選當初建立馬康多元老的後代，唯一排除在外的只有碧蘭・德內拉一家，這個女人生了另外兩個父不詳的孩子。事實上，這就是根據階級挑選賓客，只是她是以友誼的感覺來決定，因為受邀的人是荷西・阿爾卡迪歐・波恩地亞家的密友，他們的友誼遠在遠離家鄉建立馬康多之前就開始，而且他們的兒子和孫子是奧雷里亞諾跟阿爾卡迪歐從小到大的玩伴，他們的女兒是唯一會到家中與蕾貝卡和阿瑪蘭塔一塊兒刺繡的女孩兒。艾波里南・莫斯克德這位善心的地方長官的工作只剩下使用稀少的資源養他兩個佩戴警棍的警察，充作象徵性的權威。他的兩個女兒為了分擔家裡開銷，開了一間裁縫坊，她們縫製毛氈、製作番石榴涼糕以及接受委託寫情書。儘管她們姊妹端莊且樂意助人，是鎮上最漂亮的女孩，也是流行舞姿最靈巧的女孩，卻沒讓他們考慮邀她們參加舞會。

烏蘇拉跟兩個女兒將家具拆箱，擦亮餐具，懸掛少女乘坐玫瑰花船的圖畫，頓時像是吹了一口氣般，水泥匠搭蓋的光禿禿空間有了新生命。荷西．阿爾卡迪歐．波恩地亞不再捕捉上帝的身影，他相信祂並不存在，他拆開自動鋼琴，想解開神秘的魔法。舞會前兩天，他淹沒在一地的弦軸和音錘之間，弄亂一團琴弦，從一頭攤開，再從另一頭捲起，終於把鋼琴勉強拼湊回去。他們從未像那幾天這般忙碌和慌亂，但是嶄新的煤油燈總算在預定的那天準時點燃。新家一打開，還聞得到濃厚的樹脂和石灰泥氣味。建村者的兒孫參觀了他們家那條種植蕨類植物和秋海棠的長廊，那些寧靜的臥室，充滿玫瑰花芬芳的花園，最後他們聚在訪客廳，觀賞眼前一個蓋著白布的新發明。他們有些人已經認識這種在沼澤區其他鄉鎮流行的鋼琴，因此頗感失望，不過讓烏蘇拉幻滅的是，當她把第一卷紙放進去，準備讓阿瑪蘭塔和蕾貝卡跳舞時，鋼琴卻毫無動靜。幾乎全瞎的梅賈德斯衰老的身軀似乎一碰就碎，但他仍設法利用他那套過時的智慧救火。最後，荷西．阿爾卡迪歐．波恩地亞誤打誤撞，移動一個卡住的裝置，音樂開始流瀉出來，接著響起一陣交纏在一起的音符。音錘出錯，敲打著不按順序亂裝回去劇烈震動的琴弦。但是，當初走遍山區往西方尋找大海的二十一位勇士的子孫一點也不畏困難，他們征服了變調的音樂，舞會就這樣持續進行到天亮。

皮耶特．克雷斯畢把鋼琴再重新組裝一遍。蕾貝卡和阿瑪蘭塔一邊幫他整理弦線，一邊取笑交錯一起的華爾茲樂曲。烏蘇拉見氣氛這般熱烈純潔，便不再繼續在一旁監看。離別前夕，他們用修好的鋼琴，替他舉辦一場告別舞會，而他領著蕾貝卡跳現代舞，舞藝相當精湛。阿爾卡迪歐和阿瑪蘭塔的舞姿優雅，動作純熟，與他們不相上下。不過這幅畫面被活生生打斷，因為與一群好奇民眾擠在門口圍觀的碧蘭跟一個女人吵了起來，還將對方的頭髮又咬又扯，因為那女人大膽譏笑少年阿爾卡迪歐的臀部像女人。到了午夜，皮耶特．克雷斯畢發表了一番感性的談話後告別，並保證很快會回來。蕾貝卡送他到門口，接著關好屋子，熄掉所有的燈，回到房間流淚。這場悲慟的哭泣延續了好幾天，連阿瑪蘭塔也不知道原因。不過她閉口不提並不奇怪。她外表看似開朗熱情，個性卻是孤僻，沒人能猜透她的心。正值花樣年華的她，身材修長健美，但還是堅持使用那張跟著她一起來到這個家的木頭小搖椅，即使椅子已經多次修復，扶手也拿掉了。沒有人發現她到這個年紀都還沒戒掉吸吮手指的習慣。因此，她只要逮到機會就關在浴室裡，睡覺時也習慣面對著牆壁。下雨的午後，當她跟一群女性朋友待在秋海棠長廊刺繡，看到花園裡一長塊溼潤的土壤和蚯蚓堆成的小土堆，失了神沒跟上大家的聊天，嘴巴嘗到臉上滑落的懷念的淚水。她曾經有的那些秘密嗜好，雖然被混合大黃汁液的橘子汁阻擋，卻在她開始哭泣之後變成一股無法壓抑的渴望。她再一次吃土。第一次她只是感到好奇，她相信泥土難以入口的味道，是消除那股衝動的最佳藥方。而她其實受不了泥土塞在嘴裡的感覺。但是蔓延開來的焦慮讓她再三嘗試，慢慢地她重拾過往的口味，找回嗜吃礦物的偏好，以及吞嚥這種原始食物後的滿足感。她抓起一把把泥土裝進口袋，趁沒人看見時一小塊一小塊吃掉，心頭彌漫一種她無法了解的既愉快又生氣的感覺，同時她教朋友最困難的繡法，並聊著其他不值得女人犧牲吃下牆壁灰泥的男人。一把把的泥土，拉近了那個唯一值得讓女人為他作出這種犧牲的男人，他不再那麼遙遠，他那雙精緻的漆皮靴子在世界其他角落踩過的地面，把他的重量和血液的溫度，藉著泥土的味道傳遞給她，在她的嘴裡留下苦澀的灼熱，在她的心底沉澱一層寧靜。有一天下午，安帕蘿·莫斯克德突然要求參觀她們家。這個突如其來的拜訪，讓阿瑪蘭塔和蕾貝卡手足無措，她們用最正式的禮數招待她，帶她參觀整修過的宅第，讓她聆聽自動鋼琴的曲子，請她享用橘子汁和小餅乾。安帕蘿舉手投足間流露她的端莊、她的魅力、她的良好教養，烏蘇拉在她拜訪時出現短短時間，便對她留下深刻的印象。兩個小時過後，當她們聊得差不多了，安帕蘿趁阿瑪蘭塔不注意，交給蕾貝卡一封信。她只來得及看到收信人是敬愛的蕾貝卡·波恩地亞小姐，字跡跟自動鋼琴使用說明書一模一樣，一樣是有條不紊，一樣是綠色墨水，一樣依照精準的間隔，她用指尖對摺那封信，藏在胸衣裡面，接著一臉感激地看著安帕蘿·莫斯克德，她沒說任何話、任何條件，她默默保證到死都不洩漏這個秘密。

安帕蘿·莫斯克德跟蕾貝卡·波恩地亞突然成為朋友，也點燃了奧雷里亞諾的希望。他對小蕾梅蒂絲始終難以忘懷，但是他苦無見她的機會。當他跟比較親近的朋友馬尼費克．維斯巴和赫林內多．馬奎茲在鎮上散步——他們繼承建村元老父親的名字，不安的視線總是停駐在縫紉坊搜尋她的倩影，但卻只看到她的姊姊。安帕蘿．莫斯克德來到他們家彷彿是一種預兆。「她會跟著她來。」奧雷里亞諾嘟囔著。「她會來。」他不知叨唸多少遍，深信不已，有天下午當他在銀作坊打造一條小金魚，突然有把握她會回應他的聲聲呼喚。不久之後，他真的聽到稚嫩的童音，當他抬起頭，一顆心嚇得差點僵住，他看到了小女孩站在門口，穿著一件粉色薄紗洋裝，腳上一雙白色靴子。

「別進去那兒，蕾梅蒂絲。」安帕蘿．莫斯克德的聲音從長廊傳來。「有人在裡面工作。」

但是奧雷里亞諾不讓她有時間照做。他拿起那條咬在嘴巴的小金魚項鍊，對她說：

「進來吧。」

蕾梅蒂絲靠近他，問了幾個有關小金魚的問題，但是奧雷里亞諾無法回答，一陣哮喘猛然襲來，他想要永遠留在這個皮膚白皙的小百合身旁，伴著那雙綠寶石般的眼睛，聆聽她用叫喚父親時同樣敬重的語氣，靠近他喊一聲「先生」。梅賈德斯坐在角落的書桌旁，胡亂塗鴉著難以分辨的符號。奧雷里亞諾討厭他。他不知道該做什麼，只得對蕾梅蒂絲說要把小金魚送給她，小女孩對這份禮物受寵若驚，飛也似地逃出銀作坊。那天下午，奧雷里亞諾失去了苦等看到她機會的耐心。他丟下工作。他喊了她好幾次，努力引她注意，但是蕾梅蒂絲並沒有回應。他到兩姊妹的縫紉坊，在她家的透明窗簾之間，在她父親的辦公室，都看不到人，他只在自己可怕的孤獨中，找到她占據所有空間的倩影。他跟蕾貝卡在訪客廳花了好幾個小時聆聽自動鋼琴的華爾茲曲子。而蕾貝卡會聽，是因為那是皮耶特・克雷斯畢教她跳舞的曲子。奧雷里亞諾會聽只是因為一切的一切，包括音樂在內，都會讓他想起蕾梅蒂絲。

他們家洋溢著愛情的氛圍。奧雷里亞諾用沒有起頭和結尾的詩句傳達他的愛情。他寫在梅賈德斯送他的粗糙的羊皮紙上，寫在浴室的牆壁上，寫在他的手臂上，蕾梅蒂絲出現在所有的詩句當中：在下午兩點令人昏昏欲睡的空氣中，在玫瑰叢靜謐的呼吸間，在飛蛾飛舞的無聲漏鐘四周，在破曉時刻麵包冒出的熱氣裡。蕾梅蒂絲無所不在，她的倩影化為永恆。下午四點蕾貝卡在窗邊刺繡，並等待她的愛情。她知道運送郵件的騾子每十五天抵達一次，但是她隨時都在等待，就怕有一天來錯時間。結果有一次完全相反：騾子並沒有在預定日期抵達。蕾貝卡沮喪地發狂，她半夜溜下床，到花園裡吞下一把又一把的泥土，一股自殺的渴望燃燒著，她痛苦而憤怒地哭泣，用力咀嚼軟綿綿的蚯蚓，咬碎蝸牛殼。她嘔吐直到天明。接著她開始發燒，陷入昏迷，就在神智不清之際，她拋開靦腆敞開了心房。烏蘇拉震驚不已，於是她撬開衣箱，在底部找到十六封散發香水味的情書，用粉紅絲帶捆在一起，以及夾在幾本舊書裡殘缺的枯葉和花瓣，和幾個手一碰就化為粉末的蝴蝶標本。

唯一對這種深切悲慟感同身受的是奧雷里亞諾。當天下午，當烏蘇拉試著救蕾貝卡脫離神智不清的狀態，他跟著馬尼費克．維斯巴和赫林內多．馬奎茲前往卡塔里諾店裡。這間店擴建了一排木頭房間，獨居在這兒的女人都像枯萎的花朵一般憔悴。一個手風琴和鼓樂隊演奏著漢子弗朗西斯克的歌曲，而主唱人已經好幾年沒來過馬康多。他們三個好兄弟喝著發酵甘蔗酒。馬尼費克和赫林內多跟奧雷里亞諾年紀相仿，但比較世故，他們從容不迫地啜飲，各擁著一個女人坐在他們腿上。她們其中一人面容憔悴，有一口修補過的牙齒，她伸手愛撫奧雷里亞諾，惹得他渾身發抖。他拒絕了她。他發現喝得越多，蕾梅蒂絲的倩影越清晰，但此刻他比較能忍受記憶的折磨。他不清楚是從什麼時候，開始覺得整個人飄飄然。他看見朋友跟他們的玩伴女郎漂浮在一團光芒之間，彷彿沒有重量也沒有形體，講著似乎不是從他們嘴巴冒出來的話，對他打著跟動作不一致的神秘信號。卡塔里諾伸手搭在他的後背說：「快十一點了。」奧雷里亞諾回過頭，可是他看到的是一張變形巨大的臉孔，耳朵插著一朵毛氈花，就在這一刻，他失去記憶，像得失眠症那段時間一樣，等他醒來時已經是隔天凌晨，發現自己置身在一個完全陌生的房間，碧蘭．德內拉穿著襯裙，打赤腳，披頭散髮，拿著一盞燈照亮他，一臉不敢置信。

「奧雷里亞諾！」

奧雷里亞諾站穩腳，抬起頭。他不知道自己怎麼會來這裡，不過他知道他的目的，因為他從小就一直把這個目的埋藏在心中密閉的角落。

「我來跟妳睡覺。」他說。

他的衣服沾染泥巴和嘔吐物。這時碧蘭・德內拉跟兩個小孩單獨生活，她沒問他任何問題，把他帶向床鋪。她拿著沾溼的抹布，幫他清潔臉部，脫掉他的衣服，再脫光自己的衣服，她放下蚊帳，以免孩子醒來看到她。她已經厭倦等待願意留在她身邊的男人，或那些離開的男人，以及無數個在紙牌算命過後，因為心慌迷惑誤進她家的男人。她在癡癡等待的期間，皮膚鬆弛，乳房萎縮，內心熱情的火焰也已熄滅。她在漆黑中尋找奧雷里亞諾，手摸上了他的肚子，以母愛的溫柔親吻他的脖子。她細聲說：「我可憐的孩子。」奧雷里亞諾身體發顫。他不慌不忙，動作靈巧，把成山的痛苦拋到腦後，絲毫不拖泥帶水，他發現蕾梅蒂絲變成一片無邊無際的沼澤，散發野獸和衣服剛燙整過的氣味。事後他哭了。起先是不自主地抽泣。接著淚水氾濫潰堤，他感覺內心有個痛苦的東西脹大爆裂開來。她等著，手指搔搔他的頭皮，直到體內一種讓他活不下去的黑暗思考消失不見。這時，碧蘭・德內拉才問他：「她是誰？」奧雷里亞諾告訴了她。她發出昔日那種能嚇跑鴿子的笑聲，不過這時力道已經連孩子也吵不醒。「你還得先養大她呢。」她用開玩笑的口吻說。但是奧雷里亞諾聽出她的玩笑隱藏一種平靜的理解。當他離開她的房間，他留在那兒的不只有他對自己男子氣概的疑慮，還有多少個月來累積在內心的苦澀重擔，碧蘭・德內拉也主動對他承諾。

「我會跟那個小女孩談談。」她這麼告訴他。「等著看我是不是能把她變成你的。」

她說到做到。但是時機不太恰當，因為他的家已經不復往日平靜。蕾貝卡的吼叫聲洩漏了內心的秘密，阿瑪蘭塔發現了她的癡狂之後開始發燒。她也害了相思病，是單向的。她把自己關在浴室發洩她對絕望的愛的痛苦，寫些熾烈的情書藏在衣箱底部。烏蘇拉無法同時應付兩個生病的孩子。不管她再怎麼威脅利誘，還是無法從阿瑪蘭塔口中問出她生病原因。最後，她靈光一閃，撬開了衣箱的鎖，找到一疊用粉紅絲帶捆在一起的書信，裡頭鼓著新鮮的百合，上面還印著淚水未乾的痕跡，這些一直沒寄出去的信是寫給皮耶特．克雷斯畢的情書。烏蘇拉氣得哭了，她詛咒當時不該買鋼琴，她停止刺繡課，家裡沒人過世，但她宣布守喪，直到兩個女兒死心為止。荷西．阿爾卡迪歐．波恩地亞想插手管，但沒有用，此外他對皮耶特．克雷斯畢的第一印象已經改變，現在他欽佩他有雙懂樂器的巧手。所以他試著說服烏蘇拉，卻沒有用。因此，當碧蘭．德內拉告訴奧雷里亞諾，蕾梅蒂絲決定嫁給他時，他也了解這個消息會讓爸媽擔心。但是他不退縮。他請荷西．阿爾卡迪歐．波恩地亞跟烏蘇拉到正式的訪客廳，看著他們面無表情地聽完他解釋。然而，荷西．阿爾卡迪歐．波恩地亞一聽到女方的名字，氣得臉脹紅了。「愛情就像瘟疫。」他咆哮。「你的身邊有這麼多美麗端莊的女孩，偏偏只想娶敵人的女兒。」但是烏蘇拉認為他挑了個好對象。她承認她挺喜歡莫斯克德家七姊妹，因為她們漂亮、勤勞、端莊，教養又好，她很高興兒子的眼光不錯。荷西．阿爾卡迪歐．波恩地亞面對妻子的熱切，只得讓步，但設下一個條件：蕾貝卡是皮耶特．克雷斯畢的心上人，應該嫁給他。他要烏蘇拉有空時帶阿瑪蘭塔到省府旅行，讓她接觸不同的人，減輕失戀的痛苦。蕾貝卡知道他們允婚後，很快地恢復健康，她寫了一封洋溢喜悅的信，告訴男朋友父母同意婚事，而且再也不用透過中間人傳信。阿瑪蘭塔假裝接受他們的決定，慢慢地退燒康復了，可是她暗暗發誓，死也要阻撓蕾貝卡結婚。

隔一個禮拜六，荷西．阿爾卡迪歐．波恩地亞穿上深色毛料西裝，套上賽璐珞硬領，以及一雙他曾在舞會亮相過的麂皮靴，前去向莫斯克德家提親。總督和他的夫人高興地招待他們，但同時也一頭霧水，他們不知道這次突然造訪的目的是什麼，接著他們以為聽錯了女主角的名字。為了弄清楚，女主人叫醒蕾梅蒂絲，抱著她到客廳，小女孩還睡眼惺忪。他們問她是不是真的決定嫁人，她哭哭啼啼回答她只想安靜睡覺。荷西．阿爾卡迪歐．波恩地亞可以理解莫斯克德夫婦的訝異不解，於是回家跟奧雷里亞諾把事情問清楚。當他再上門時，莫斯克德夫婦一身正式服裝，家具換了位置，花瓶插上鮮花，跟著較大的幾個女兒一起等待他們。荷西．阿爾卡迪歐．波恩地亞疲累不堪，一方面不太高興眼前的情景，一方面硬領令他十分難受，他肯定蕾梅蒂絲就是提親對象。「真不懂。」艾波里南．莫斯克德說。「我還有六個女兒，全部都到了適婚年紀，但還沒出嫁，她們很樂意嫁給像令公子這樣認真勤奮的紳士，奧雷里亞諾卻偏偏挑上我們家唯一一個還會尿床的小女兒。」他的夫人是個個性十分保守的女人，她的眼睛和表情流露痛苦，責備丈夫說話有失禮節。等大家喝完果汁之後，他們愉快地答應奧雷里亞諾的選擇。但莫斯克德太太請求跟烏蘇拉單獨談談。烏蘇拉感到好奇，嘴上雖說她是不由自主插手男人的事，內心卻是激動害怕，第二天她前去拜訪。過了半個小時，她帶回蕾梅蒂絲尚未發育的消息。奧雷里亞諾不認為這是個太大的問題。既然他已經苦等那麼久，不論還需要多少時間，他都願意再等下去，直到未婚妻長到生育的年齡。

家裡重拾的平靜，卻又因為梅賈德斯過世再一次打破。他的死雖然是可以預知的事件，無法預知的卻是發生時的狀況。他回到這裡短短幾個月，老化的速度是如此急遽，很快地，他就變成曾祖父輩的老人，這些老人就像幽靈，拖著腳在臥室裡遊蕩，大聲叨唸往日美好時光，沒有人關心他們或真的記得他們，直到某天天亮後發現他們已在夢中過世。一開始，荷西·阿爾卡迪歐·波恩地亞幫忙他工作，熱中新鮮的銀板攝影和諾斯特拉達姆斯的預言。可是後來他開始慢慢冷落他，因為他們之間的溝通越來越困難。他逐漸失去視力和聽力，似乎分不清跟他講話的人和那些他在遙遠時代認識的人，他回答問題時，說的是各種混雜在一起的語言。他靠雙手摸索著走路，可是動作不可思議地靈巧，穿梭在各個東西之間，彷彿與生俱來一種瞬間辨識方向的本領。有一天，他忘記戴上假牙，夜裡他通常放進一個在床邊的水杯裡，後來再也沒戴回去。烏蘇拉擴建房屋時，特別在奧雷里亞諾的銀作坊隔壁給他蓋了一間房間，遠離家裡的嘈雜和忙亂。那兒有一扇採光良好的窗和一座書架，她親手在架上放置幾乎遭灰塵和蛀蟲毀壞的書本，寫滿難以辨識符號一碰就碎的文件，和那個裝著假牙的水杯，裡頭種植了水生植物，開著一朵朵迷你小黃花。梅賈德斯似乎很喜歡他的新住處，因為他再也不曾出現在屋子其他地方，甚至是飯廳。他只去奧雷里亞諾的銀作坊，在那兒待上好幾個小時，一直在紙上胡亂塗鴉謎般的文字，那是他帶去的仿羊皮紙，似乎是用什麼乾性材料製成，紙面是跟酥皮一樣的縐痕。他也在那兒吃薇西塔森每天送來的兩頓餐點，但他在最後一段日子胃口不佳，只吃蔬菜果腹。不久，他的氣色就跟素食者一樣差，皮膚長出一層柔軟的苔衣，一如他身上那件從不脫下的過時背心也同樣布滿了厚厚的一層，他的呼氣有種沉睡的動物發出的難聞臭味。後來奧雷里亞諾一頭栽進作詩的狂熱，忘記了他的存在，不過他有一次似乎聽懂了他在嘟囔些什麼，便豎起耳朵仔細聆聽。事實上，他唯一能從那一長串音調高低起伏的話聽出來的，是像鐵鎚不斷地敲擊重複響著春分或秋分，春分或秋分，春分或秋分，以及亞歷山大．馮．洪堡德這個名字。阿爾卡迪歐自從開始幫忙奧雷里亞諾製作銀器後，反而比較常跟他接觸。梅賈德斯聽見他努力跟他說話，有時會以西班牙語回應，吐出幾句幾乎跟現實情況漠不相關的句子。然而有天下午，他像是受到刺激，一時腦子清楚了。許多年後，阿爾卡迪歐站在執行槍決的部隊前，憶起當時梅賈德斯用顫抖的聲音唸了好幾頁他寫的天書，當然他聽不懂，可是他高聲朗讀，恍若唱頌教宗的通諭。接著他露出許久不見的微笑，用西班牙語說道：「我死後，在我的房間煮水銀三天。」阿爾卡迪歐把這句話轉述給荷西．阿爾卡迪歐．波恩地亞，當後者想弄清楚意思，卻只聽到這樣的回答：「我已經得到永生。」後來梅賈德斯的呼氣開始透出臭味，阿爾卡迪歐開始每個禮拜四早上帶他到河邊泡水。這樣他似乎好多了。他脫掉衣服，跟孩子們一起下水，並靠著神秘的方向感避開水深和危險的地方。「我們都是水做的。」有一次他說。就這樣，除了努力修鋼琴的那晚，以及他跟著阿爾卡迪歐到河邊，手臂夾著水瓢和包著椰子油皂毛巾的時刻，家裡的人已經很久沒見到他。有一個禮拜四，他還在等大家叫他一起去河邊時，奧雷里亞諾聽見他說：「我早就高燒死在新加坡的沙洲上。」那天，他走錯地方下水，大家一直到第二天才在下游好幾公里遠的位置找到他，屍體卡在一個明亮的拐彎處，肚子停著一隻孤單的兀鷹。烏蘇拉為他哭得比父親過世還傷心，同時氣得抗議荷西．阿爾卡迪歐．波恩地亞反對將他下葬。「他長生不死。」他說。「他曾親口說過復活的配方。」他拿出了曾經遺忘的試管，開始在屍體旁煮一鍋水銀，慢慢地表面浮出藍色泡泡。艾波里南．莫斯克德鼓起勇氣提醒他，溺死的人不下葬可能引起公共衛生問題。「絕不會發生，因為他還活著。」荷西．阿爾卡迪歐．波恩地亞這麼回答，完成七十二個小時的水銀燻煙後，嘶嘶響的蒸汽弄得家裡臭氣沖天，屍體卻開始長滿青紫塊斑。這時他才答應讓屍體下葬，但可不是草草埋掉，而是獻上榮耀，把他視作馬康多最大恩人，這是這座村莊的第一場葬禮，參加的人數也最多，一直到一個世紀過後的另一場大媽媽的狂歡式葬禮才超過它的規模。他們把他葬在一片空地的中央，豎立一塊墓碑，上面寫著他們對他唯一知道的資料：梅賈德斯，後來這塊地成為這座鄉鎮的墓園。他們替他守靈九個夜晚。就在大夥兒聚在院子裡喝咖啡、說笑話和打紙牌的一片嘈雜聲中，阿瑪蘭塔逮到機會向皮耶特・克雷斯畢傾吐愛意，而他才在幾個禮拜前跟蕾貝卡正式訂婚，此刻正忙著開店事宜，販售樂器和發條玩具，他的店坐落在阿拉伯人群聚的地點，也就是當初拿不值錢的小玩意兒交換金剛鸚鵡的那群人，大家稱那邊是土耳其人街。這個義大利人有一頭讓女人忍不住驚歎的金色鬈髮，他當阿瑪蘭塔只是個任性的小女孩，沒把她的話太認真看待。

「我有個弟弟。」他對她說。「他會到店裡來幫忙。」

阿瑪蘭塔感覺受到羞辱，她帶著惡毒的怨恨，向皮耶特・克雷斯畢表明就算死她也要阻止姊姊的婚禮，義大利人對她如此激烈的威脅感到震驚，不得不轉述給蕾貝卡。而烏蘇拉原本因為太忙一直延後帶阿瑪蘭塔旅行散心，這下子不到一個禮拜時間便決定成行。阿瑪蘭塔沒有抗拒，但是她趁著跟蕾貝卡吻別時，在她耳邊低聲說：

「別作夢了。就算他們把我帶到天涯海角，我也會找到阻止妳結婚的辦法，即使必須殺掉妳。」

烏蘇拉不在，整棟屋子那樣巨大而空洞，梅賈德斯透明的幽魂悄悄地遊蕩在每個房間。蕾貝卡扛起家務，印第安女人負責張羅麵包店。天黑後，皮耶特・克雷斯畢會來訪，他身上散發清新的薰衣草香味，總是帶著一個玩具當禮物，未婚妻在主要大廳接待他，那兒的門窗會打開，以免閒雜人猜疑。其實這是不必要的提防，因為義大利人恭敬有禮，未婚妻一年內就要嫁給他了，他卻連她的手都沒摸過。隨著他的來訪，屋子裡慢慢堆滿新奇的玩具。有發條芭蕾舞伶，音樂盒，雜耍玩具猴，跑步的馬匹，打鼓的小丑，皮耶特·克雷斯畢帶來豐富驚奇的機械玩具，減輕了梅賈德斯過世帶給荷西·阿爾卡迪歐·波恩地亞的痛苦，讓他回到著迷煉金術那段時光。他彷彿置身樂園，遍地都是內部被掏空的玩具和拆解的機械，他根據鐘擺不停擺盪的原理，設法改良玩具。另一方面，奧雷里亞諾擱下了他的銀作坊，轉而教小蕾梅蒂絲讀寫。一開始，小女孩愛的是她的娃娃，而不是每天下午出現的男人，都是他害她得丟下遊戲，讓家人給她洗澡、換裝以及坐在客廳接待他。不過，奧雷里亞諾的耐心和努力，最後終於吸引了她，讓她願意跟著他好幾個小時，學習文字的意義，拿起彩色筆在筆記簿上畫小屋，一旁畜欄裡的母牛，以及隱藏在山巒後發出萬丈光芒的太陽。

只有蕾貝卡對於阿瑪蘭塔的威脅悶悶不樂。她熟悉妹妹的個性，她靈魂的高傲，她那股怨恨流露的惡毒，嚇了她一大跳。她躲在浴室好幾個小時吸吮手指頭。耗盡最後一絲意志力阻止想吃泥土的念頭。她想要安撫自己，因此叫來碧蘭·德內拉替她算命。經過一連串照常例的推算之後，碧蘭·德內拉預言：

「只要妳的父母還沒入土為安，妳就不可能快樂。」

蕾貝卡不禁打了個哆嗦。她記得一個夢，夢裡她看見自己踏進這個家，當時她還是個小女孩，帶著一口衣箱、一張木頭小搖椅，還有一個帆布袋，她從不知道裡面裝的是什麼。她想起了那個光頭紳士，他穿著一套亞麻服飾，襯衫的領子扣著一顆金色釦子，但他不是紙牌上的聖杯國王。她還記得一個非常漂亮的年輕女人，她有一雙柔軟芳香的手，但也不是紙牌上錢幣隨從那雙彷彿害風溼病的手，她會在她的頭髮上插花，午後帶著她沿著一座村莊的綠色街巷散步。

「我不懂。」

碧蘭・德內拉似乎不知所措。

「我也不懂。但是紙牌是這麼說的。」

蕾貝卡非常擔心這個謎，於是她告訴了荷西・阿爾卡迪歐・波恩地亞，而他怪她竟然相信紙牌算命的結果，但是他不動聲色，偷偷地搜索櫥櫃和衣箱，搬動家具，把床鋪和地板翻過來，找尋那袋遺骨的蹤跡。他記得屋子擴建之後就再也沒見過那個袋子。他暗地叫來水泥匠，其中一人說他覺得那個帆布袋妨礙工作，所以把它封在某間臥室的牆壁裡。他們花了幾天把耳朵貼在牆壁上聽聲音，終於聽到深沉的喀啦聲。他們鑽開牆壁，找到了帆布袋，裡面的遺骨完好如初。就在這一天，他們將遺骨連同帆布袋安葬在梅賈德斯旁邊，但只有一個墳塚，沒有墓碑。當荷西・阿爾卡迪歐・波恩地亞返回家裡，他感覺壓得他的良心無法呼吸的重擔終於卸下，畢竟這跟普登修・阿奇勒的回憶一樣沉重。當他經過廚房時，他在蕾貝卡額頭印下一個吻。

「別再胡思亂想。」他對她說。「妳會快樂的。」

碧蘭・德內拉和蕾貝卡變成朋友，這也替她打開一扇烏蘇拉從阿爾卡迪歐出生後就關上的門。她像頭山羊隨時都可能闖進來，扛起最繁重的家務事，宣洩旺盛的精力。有時她會溜進銀作坊，幫忙阿爾卡迪歐洗銀板照片，她的積極和溫柔，搞得他一頭霧水。這個女人嚇著他。她溫熱的皮膚，身上的菸味，隨意的笑聲，打亂他在暗房裡該要有的專注力，讓他屢屢出錯。

有一回，奧雷里亞諾在那兒製作銀製飾品，碧蘭．德內拉雙手撐在桌上，一臉佩服地看他耐心工作。突然間，事情就發生了。奧雷里亞諾發現阿爾卡迪歐在暗房，他抬起頭，與碧蘭．德內拉視線交會，她的意圖很明顯，就像正午的陽光白亮。

「好吧。」奧雷里亞諾說。「告訴我到底是什麼事。」

碧蘭．德內拉咬著嘴唇，露出淒楚的笑。

「你很會打仗。」她說。「視線掃到哪兒，子彈就打中哪兒。」

奧雷里亞諾確定預感沒錯，也就平靜下來。他繼續手邊的工作，好似什麼事也沒發生，講話的語氣透露一種安穩。

「我會認他。」他說。「他會繼承我的名字。」

終於荷西．阿爾卡迪歐．波恩地亞成功做出他要的東西：他把發條舞伶接上鐘錶機械裝置，娃娃可以跟著音樂旋律不停地跳上三天。這個發現比起以前所有那些瘋狂的嗜好還要令他興奮。他忘了吃飯。他也忘了睡覺。他捲入想像力的漩渦無法自拔，少了烏蘇拉在一旁監督和照料，最後他到了癲狂的地步，再也不曾恢復正常。他一整夜在房間裡踱步，吶喊著他要找方法把鐘擺的原理應用在牛車、犁頭，以及所有能用得到的東西上。他嚴重失眠，憔悴許多，有一天凌晨他認不出動作不穩地踏進臥室的滿頭白髮老翁是誰。那是普登修．阿奇勒。當他終於認出是誰，非常驚訝往生者竟然也會變老。一股懷念之情湧出，荷西．阿爾卡迪歐．波恩地亞感到顫抖。「普登修。」他驚呼。「你從那麼遠的地方過來啊！」他死了這麼多年，相當想念活人，渴望有人陪伴，他恐懼再過不久死去的他還要再面對另一次死亡，最後他喜歡上自己最大的敵人。他花了許多時間找他。他問過里奧阿查城的往生者，杜帕爾山谷的往生者，也問過從沼澤區來的往生者，可是問不到消息，因為沒有往生者認識馬康多，直到梅賈德斯出現，幫他在雜亂的死亡地圖上標示一個小小的黑點。荷西．阿爾卡迪歐．波恩地亞跟普登修．阿奇勒聊到天色破曉。幾個小時後，熬夜後臉色不佳的他走進奧雷里亞諾銀作坊，問他：「今天是禮拜幾？」奧雷里亞諾回答是禮拜二。荷西．阿爾卡迪歐．波恩地亞說：「我本來也這麼想。可是我發現，今天跟昨天一樣是禮拜一，看看天空，看看牆壁，看看秋海棠。今天也是禮拜一。」奧雷里亞諾習慣他的瘋狂，沒有多加理會。隔天禮拜三，荷西．阿爾卡迪歐．波恩地亞又到銀作坊。「這真是災難。」他說。「看看這空氣，聽聽這陽光的鳴聲，跟昨天和前天一樣。今天也是禮拜一。」當晚，皮耶特．克雷斯畢發現他在長廊上哭泣，是老人那種不優雅的嗚咽聲，他為了普登修．阿奇勒、梅賈德斯、蕾貝卡的父母，他的父母，所有他記得的孤單的死者哭泣。他送給他一個發條玩具熊，能站著兩條腿沿著鐵絲線前進，但是無法消除他的悲傷。他問他幾天前給他看的計畫進行得如何，就是有可能打造一個能讓人類飛翔的鐘擺機器，他回答那是辦不到的，因為鐘擺可以把任何東西舉到空中，唯獨沒辦法把自己舉起來。禮拜四，他又回到銀作坊，他一臉痛苦，彷彿遭到蹂躪的土地。「時間的結構崩塌了！」他嗚咽出聲。「烏蘇拉跟阿瑪蘭塔卻在那麼遠的地方！」奧雷里亞諾像對待一個孩子那樣斥責他，他只好乖乖聽話。接著他花了六個小時檢查所有東西，想要找出跟前一天有什麼不同，他希望發現任何可以說明時間流逝的蛛絲馬跡。他整晚躺在床上睜大眼睛，他呼喊普登修・阿奇勒、梅賈德斯、所有死者，希望他們一起分擔他的焦慮。但是沒有一個出現。到了禮拜五，他趁大家都還沒起床，再一次觀察大自然的面貌，最後他確信這一天也是禮拜一。這時，他拔掉一扇門的木栓，使出其大無比的蠻力，把所有煉金的設備、攝影室和銀作坊砸得粉碎，像是中邪似地咆哮，流利講著一種沒人聽得懂的語言。他也打算拆掉房子，奧雷里亞諾叫鄰居來幫忙。一共十個男人合力才扳倒他，十四個才綁住他，二十個才能把他拖到院子裡的一棵栗樹下，將他綁在樹上，而他用奇怪的語言嘶吼，嘴裡冒出綠色泡沫。當烏蘇拉和阿瑪蘭塔回到家時，他的手腳還綁在樹上，全身被雨水淋溼，一臉完全不懂發生什麼事的模樣。她們跟他說話，他盯著她們看卻認不出是誰，還對她們講些聽不懂的話。烏蘇拉鬆開他的手腕和腳踝的繩子，這些部位的皮膚被繩子勒得潰瘍，只用一條繩索綁住他。不久，他們替他蓋了棕櫚葉屋頂，免得他日曬雨淋。

5

一個三月的禮拜天，奧雷里亞諾和蕾梅蒂絲站在尼卡諾．雷那神父請人在訪客廳搭建的聖壇前互結連理。過去四個禮拜，莫斯克德家雞飛狗跳，直到這一天達到了最高潮，因為小蕾梅蒂絲還稚氣未脫，青春期就提前到來。她的母親已經教過女兒青春期會有哪些變化，但二月的一個下午，當姊姊跟奧雷里亞諾正在客廳裡談話時，她大聲尖叫，拿出沾上褐色黏稠物的內褲給他們看。於是他們決定在一個月內舉行婚禮。時間緊迫，只夠教她怎麼梳洗、穿衣，和了解維持一個家要做的基本家務。他們讓她蹲在熱磚頭上小便，以矯正她的尿床習慣。同時也費了好大的勁兒說服她不可褻瀆夫妻間的秘密，因為小蕾梅蒂絲對新生活感到迷惑又驚異，逢人就想談新婚之夜的細節。要教會她可真不容易，但就在預定舉行婚禮的日子前，小女孩已經跟她的幾位姊姊一樣了解世事了。艾波里南．莫斯克德挽著她的手，走過裝飾鮮花和花籃的街道，穿越交織鞭炮聲和幾個樂團的演奏樂聲，她舉起手對那些在窗邊祝福她的人打招呼，並露出微笑向他們道謝。奧雷里亞諾身穿黑色毛料西裝，腳上一雙金屬環扣的漆皮靴子。幾年過後他也是穿著同樣這雙靴子站在執行槍決的部隊前。他臉色蒼白，在門口迎接他的新娘，帶她到聖壇前時，感覺喉嚨像是卡了硬物，新娘的舉止相當自然，十分小心，連奧雷里亞諾要替她戴上戒指卻不小心掉落地面，也沒驚慌失措。起初四周賓客愣住，隨即響起一片私語，她就這樣舉著戴露指蕾絲手套的手在那兒，等著新郎抬起那隻穿靴子的腳阻擋婚戒滾到門邊，然後紅著臉回到聖壇前。她的母親和姊姊嚇得半死，生怕她在婚禮上演出任何不當舉止，最後反而是她們失態，一把抱起她親吻。從那天起，蕾梅蒂絲展現她的責任心、天生的優雅，和面對困難狀況時沉穩的處理能力。她切開婚禮蛋糕，主動把最大的一塊放在盤子上，連同叉子一同端去給荷西．阿爾卡迪歐．波恩地亞享用。這個高大的老人被綁在栗樹邊，蜷曲身子坐在一張小木凳上，縱然頭頂有棕櫚樹遮蓋，依舊遭日曬雨淋而皮膚蒼白。他對她露出感激的微笑，用手抓起蛋糕送進嘴裡咀嚼，同時模糊地嘟囔一首讚美詩。這場婚禮十分熱鬧，一直持續到禮拜一天亮才結束，唯一悶悶不樂的是蕾貝卡。這一場應該是她落空的婚禮。烏蘇拉答應她的婚禮在同一天舉行，可是禮拜五那天，皮耶特．克雷斯畢收到一封通知他母親性命垂危的消息。只好將婚禮延期。皮耶特．克雷斯畢收到信的一個小時後，便動身前往省都，但他在半路上遇見母親，後來他的母親在禮拜六夜晚準時抵達，在奧雷里亞諾婚禮上獻唱一首原本替兒子婚禮準備的感傷的詠嘆調。皮耶特．克雷斯畢則在禮拜天午夜才返回，但慶祝活動已經接近尾聲，他為了及時趕回來舉辦自己的婚禮，在路上騎垮了五匹馬。那封信究竟是誰寫的無從查起。阿瑪蘭塔在母親的嚴厲逼問下氣哭了，她在木匠還沒拆掉的聖壇前面發誓自己是清白的。

尼卡諾．雷那神父年事已高，艾波里南．莫斯克德特地請他從沼澤區過來主持婚禮，從事聖職期間見多了忘恩負義，他變得鐵石心腸。他的膚色黯淡，瘦得幾乎皮包骨，但是挺著一個圓滾滾的凸肚，臉上掛著像是老天使的表情，稱不上良善，倒像是天真。他原本打算婚禮結束返回他的教區，但是他驚訝地發現馬康多的居民心靈層面空虛，在這樣令人羞恥的環境下繁衍子孫，他們順天行事，既不替子女受洗，也不慶祝宗教節日。他心想，這片土地比其他地方都還需要播下上帝的種子，於是他決定多留一個禮拜，打算對猶太人和異教徒傳教，給予同居沒正式嫁娶的人合法婚姻關係，以及替瀕死的人處理後事。但是沒人理睬他。他們對他說，他們已經習慣這麼多年來沒有神父，直接跟上帝交涉有關靈魂的事，以及他們已經不再懼怕凡人的原罪。尼卡諾神父不想再看到大家對他傳道充耳不聞，便決定著手建造一座教堂，一座世界最大的教堂，裡面擺設真人尺寸的聖徒雕像，牆壁鑲上彩色玻璃，讓人從羅馬遠道來此頌揚上帝。他拿著一個小銅盤到處募資。他收到不少錢，但是他需要更多，因為教堂還要裝上一座鐘，鐘聲能呼喚載浮載沉的世人回頭是岸。他哀聲乞求，聲音都啞了。他的骨頭也抖得發出響聲。一個禮拜六下午，他連一扇門的錢都沒募到，沮喪的心情湧上心頭。他在廣場上搭起一座臨時的聖壇，禮拜天他拿著小鐘跑遍小鎮，呼喚大家來參加露天彌撒，這幅場景彷彿重演失眠症流行當時的情景。很多人抱著好奇心前去。有些人是懷念，還有一些人是因為害怕上帝會把他們鄙視祂的傳道者當作冒犯。因此，早上八點小鎮上半數的人都聚集在廣場上，尼卡諾神父用因為募款而嘶啞的聲音，唱出一首首福音詩歌。最後，當群眾開始散去，他舉高雙手要大家注意。

「等一下。」他說。「現在，我們要來見證上帝擁有強大無比的力量。」

他從幫忙進行彌撒的男孩手中，接下一杯冒著熱氣的濃巧克力一口氣灌下去。接著，他從袖子掏出手帕抹淨嘴巴，並張開手臂，閉上眼睛。這時，尼卡諾神父騰空而起，站在離地十二公分高的位置。這真是有說服力的招數。接下來幾天，他挨家挨戶不斷表演喝巧克力幫助騰空的畫面，他的侍童則把收到的大筆錢放進帆布袋，不到一個月時間，教堂破土興建。除了荷西．阿爾卡迪歐．波恩地亞，沒有人去探究他的表演是來自什麼神奇的力量，有一天早上，群眾聚集在栗樹附近準備再一次觀看表演，荷西．阿爾卡迪歐．波恩地亞則冷靜地盯著人潮。當他看見尼卡諾神父開始跟他坐的椅子一起從地面升起，他坐在凳子上稍微伸伸手腳，聳了聳肩。

「這還不簡單。」荷西．阿爾卡迪歐．波恩地亞說。「這個人發現了物質的第四種狀態。」

尼卡諾神父舉起手，椅子的四隻腳跟著同時降落地面。

「不對。」他說。「這是見證，上帝確實存在。」

這時大家才明白荷西．阿爾卡迪歐．波恩地亞講的鬼話是拉丁語。尼卡諾神父藉著自己是唯一能跟他溝通的人，試著將信仰灌輸到他混亂的腦袋。每天下午，他都坐在栗樹旁用拉丁語布道，不過荷西．阿爾卡迪歐．波恩地亞怎麼也不理會他的言語攻勢和巧克力的效用，他要求看上帝的銀板照片，只相信這個證據。尼卡諾神父帶給他上帝的圓形浮雕章和肖像畫，甚至一塊聖婦維若妮卡的聖布的複製品，可是荷西·阿爾卡迪歐·波恩地亞全都不相信，認為那都是沒科學根據的手工藝品罷了。他是如此固執，尼卡諾神父便打了退堂鼓，不再向他傳福音，只是基於人道考量，繼續來看他。但這時，荷西·阿爾卡迪歐·波恩地亞卻反過來採取行動，以理性主義的手段試圖擊破神父的信仰。有一次，尼卡諾神父帶了一塊棋盤和一盒棋子邀他下棋，荷西·阿爾卡迪歐·波恩地亞不接受，他說，這是因為他永遠搞不懂兩名對手以同樣的規則比賽有什麼意義。尼卡諾神父思考他的說法，竟也無法再玩棋賽。他一次比一次訝異荷西·阿爾卡迪歐·波恩地亞的腦袋真是清醒，因而問他為什麼會被綁在一棵樹旁。

「這還不簡單。」他回答。「因為我瘋了。」

從這一刻起，神父擔憂他的信仰受到影響，便不再去看他，把全副心力投注在加速建造教堂的工作。蕾貝卡重新燃起希望。自從某個禮拜天，尼卡諾神父在他們家用午餐，跟全家人談起當教堂完工後，宗教儀式會是多麼隆重盛大，她便感覺她的未來跟教堂的落成緊緊相連。「蕾貝卡真是幸運。」阿瑪蘭塔說。她見蕾貝卡不懂她的意思，於是露出天真的微笑解釋：

「妳的婚禮會是教堂啟用後的第一場盛事。」

蕾貝卡試著提出她的看法。照目前的建造速度，教堂可能要花上至少十年才能完工。尼卡諾神父不這麼認為，他說信徒越來越慷慨，估計會更加樂觀。烏蘇拉見蕾貝卡生悶氣，吃不下飯，便說阿瑪蘭塔的想法不錯，並捐了一大筆錢加快建造速度。

尼卡諾神父認為這一筆資助，教堂可以在三年內完工。從此蕾貝卡再也不跟阿瑪蘭塔說話，她相信她心機深沉，絕不如表面佯裝那般天真。「我算是客氣了。」這一晚她們大吵一架後，阿瑪蘭塔說。「這樣一來，接下來三年我就不必殺妳。」蕾貝卡接下她的戰書。

當皮耶特．克雷斯畢知道婚期再一次延後，他的希望全化為幻影，但是蕾貝卡向他發誓她忠貞不移。「只要你準備好，我們就可以私奔。」她對他說。然而皮耶特．克雷斯畢不是個大膽的男人。他缺乏未婚妻那種衝動的個性，他認為應該要信守諾言，那是不能輕易糟蹋的資產。於是蕾貝卡決定採取更大膽的方法。一陣神秘的風吹熄了訪客廳的油燈，這對情侶在黑暗中接吻，但是被烏蘇拉撞見嚇了一大跳。皮耶特．克雷斯畢為了轉移她的注意，解釋現在的油燈品質不良，甚至幫忙在廳內裝設比較可靠的燈光設備。不過燃油還是出問題，不然就是燈蕊堵塞，烏蘇拉又撞見蕾貝卡竟坐在未婚夫腿上。這下子她再也不接受任何解釋。她讓印第安女人打理麵包店，然後坐在一張搖椅上監視他們會面，她絕不屈服這種她年輕時就已經是老掉牙的伎倆。「可憐的媽媽。」蕾貝卡看著烏蘇拉在無趣地令人發昏的會客時間打呵欠，忍不住用氣憤又嘲諷的口吻說。「等她過世，可能會被罰坐這張搖椅。」皮耶特．克雷斯畢在監視下談情說愛三個月，他也厭倦每天都去查看緩慢的施工速度，於是捐出完成教堂還欠的費用給尼卡諾神父。阿瑪蘭塔倒是一點也不急。她每天下午跟同伴在長廊一邊聊天一邊刺繡或編織，同時又努力想些花招。但是她一次算計失誤，反而讓最有效的花招失靈：她趁蕾貝卡把新娘禮服收進臥室的衣櫃前拿掉樟腦丸。她是在離教堂完工不到兩個月時做這件事。但是蕾貝卡等不及即將到來的婚禮，比阿瑪蘭塔預估的時間還要早開始準備禮服。當她打開衣櫃，拆開紙張，拿掉亞麻布套，她發現禮服的緞面表布和面紗的接縫，甚至是橙花花冠，都遭到蠹蟲蛀壞。她很確定她放了兩把樟腦丸在衣袋裡，但是這場災難看起來純屬意外，她不敢怪罪阿瑪蘭塔。離婚禮剩不到一個月，不過安帕蘿向她保證趕在一個禮拜內縫製一件新禮服給她。那個下雨的中午，當安帕蘿帶著一套訂製的新娘禮服來到他們家，要替蕾貝卡最後一次試穿，阿瑪蘭塔感覺她差點昏厥過去。她說不出話來，一絲冷汗順她的背脊流下。漫長幾個月的時間，她一直怕這一刻來臨，她怕得渾身發抖，因為她非常確信，當所有絞盡腦汁想出來的辦法都失效，還是無法確實阻擋蕾貝卡的婚禮，她會在最後一刻凝聚勇氣毒死她。那天下午，當安帕蘿帶著無比耐心，給蕾貝卡穿上令她熱得快窒息的緞布禮服，在她身上慢慢插上上千支的別針，阿瑪蘭塔正縫製胸衣，她縫錯幾處針腳，針頭刺傷手指頭，但是她以駭人的冷靜態度，決定在婚禮前的最後一個禮拜五，在她的咖啡摻入鴉片汁液。

但是從天而降的莫大阻礙，迫使婚禮再一次無限期延後。這個阻礙是如此巨大，如此令人措手不及。就在大喜之日前一個禮拜，小蕾梅蒂絲半夜驚醒，渾身溼透，發現下體衝出一股熱流，嘴裡吐出一種聽了令人斷腸的嗝聲，三天後她死於血中毒，肚子裡的一對雙胞胎也跟著送命。阿瑪蘭塔感到良心不安。她瘋了似地向上帝祈求發生可怕的事，好讓她不必毒死蕾貝卡，她感覺是她害死蕾梅蒂絲。她百般哀求的不是這種阻礙。蕾梅蒂絲為他們家帶來歡樂。她跟她的丈夫住在銀作坊旁的一間寢室，裡面布置了她剛揮別了童年的娃娃和玩具，她那滿滿的生命活力，彷彿一陣療癒的強風從臥室吹遍整座秋海棠長廊。她從天亮就開始唱歌。她是家裡唯一一個敢調解蕾貝卡和阿瑪蘭塔爭吵的人。她扛起照料荷西．阿爾卡迪歐．波恩地亞的繁重工作。她送飯菜給他，幫忙他處理日常生活基本需求，給他用肥皂和菜瓜布洗澡，清潔他的頭髮和鬍子，以免長跳蚤和虱子，她維護棕櫚葉屋頂，在暴雨季節來臨時，蓋上防水帆布加強，她在死前幾個月，成功用基本的拉丁語跟他溝通。蕾梅蒂絲還將碧蘭與奧雷里亞諾的兒子當作她的長子看待，這個孩子生下來後就送來他們家，取名叫奧雷里亞諾．荷西。烏蘇拉為她的母性感到吃驚。奧雷里亞諾則從她身上找到活下去的理由。他一整天都在銀作坊工作。中午前，蕾梅蒂絲會端一杯黑咖啡。小兩口每晚都會去探訪莫斯克德一家。奧雷里亞諾跟丈人不停地打骨牌，蕾梅蒂絲跟姊姊聊天，或者跟母親討論老年人的事。和波恩地亞家的關係，也鞏固了艾波里南．莫斯克德在鎮上的權威。他經常前往省府，終於說服政府答應蓋一座學校，由繼承祖父教學熱情的阿爾卡迪歐負責管理。他也透過勸導，讓多數的房屋能為了配合獨立紀念日慶祝活動漆成藍色。他應尼卡諾神父要求，令卡塔里諾把店遷移到一條比較偏僻的巷子，關閉鎮中心好幾處生意興隆的不良場所。有一次，他帶著六名荷槍實彈警察維持秩序，但沒有人記得最初曾保證鎮上不會派駐武力的約定。奧雷里亞諾很滿意丈人的辦事效率。

「你會變得跟他一樣胖。」他的朋友對他說。可是坐著不動的日子，反倒使他的髖骨突出，眼神更顯銳利，他的體重沒增加，個性的那份穩重也沒改變，但相反地，當他獨自沉思或下嚴厲的決定時，嘴唇抿得更緊。他跟妻子喚醒雙方家族心底深深的溫暖，當蕾梅蒂絲宣布她就要當母親了，蕾貝卡跟阿瑪蘭塔甚至停戰，她們一起織了藍色羊毛衣物給男寶寶，同時也織了粉紅色的，以防生了個女寶寶。幾年之後，奧雷里亞諾站在執行槍決的部隊前，最後一個想到的人是她。

烏蘇拉關閉門窗守喪，除非必要事項，任何人都不准進出；她嚴禁大聲交談一年，把蕾梅蒂絲的遺照繫上黑色緞帶掛在守靈處，並點上一盞永遠亮著的油燈。後代子孫一直沒讓油燈熄滅，他們看著照片上這個穿褶裙、白靴子和頭上綁著玻璃紗髮帶的小女孩，感到茫然不解，很難把她跟傳統的曾祖母形象聯想在一起。阿瑪蘭塔並不想她的哀求得到錯誤的回應，變成鴉片摻入了蕾梅蒂絲的咖啡，於是她扛起照顧奧雷里亞諾·荷西的責任，把他當親生兒子看待，這個孩子後來分攤了她的寂寞，減輕她的內疚。黃昏時，皮耶特·克雷斯畢戴著一頂繫著黑絲帶的帽子，踮著腳尖進門來悄悄探訪蕾貝卡，她的臉蒼白無血色，穿著一件黑長袖洋裝。他們不敢再奢想新的婚期，這太不敬了，他們的婚約變成一段永遠無法再發展的關係，他們無心再呵護疲乏的戀情，這兩個過去為了接吻而破壞油燈的情侶，彷彿已任憑死神處置。蕾貝卡看不見未來，沮喪極了，她又開始吃土。

守喪許久之後，十字繡聚會再次開始。下午兩點，最炎熱的時刻，當街道上籠罩一片死寂，有人突然推開大門，震得地面上的乾草叉猛力搖晃。阿瑪蘭塔跟她的朋友正在長廊刺繡，蕾貝卡躲在臥室裡吸吮手指，烏蘇拉在廚房，奧雷里亞諾在銀作坊，以及荷西．阿爾卡迪歐．波恩地亞孤單待在栗樹下，他們都以為地震就要震垮房屋。而那個體型魁梧的男人出現了。他那寬闊的後背差點塞不進大門。他如野牛粗壯的脖子掛著一條救濟聖母像，雙臂和前胸布滿神秘的刺青，他的右手腕戴著一只做為護身符的十字聖嬰青銅手鐲。他的皮膚經過海風長年吹襲，留著猶如騾子鬃毛一般精短的平頭，有著線條有力的下巴，眼神流露哀傷。他繫著比馬肚帶還粗厚一倍的腰帶，腳上一雙綁護腿和靴刺的馬靴，鞋跟是包鐵皮的，他的出現給人像是地震來襲的印象。他穿越訪客廳和客廳，手裡提著幾個磨損的鞍囊，像是一記響雷出現在秋海棠長廊，阿瑪蘭塔和她的幾位朋友愣在那兒，拿著針的手停在半空。「午安。」他用疲倦的聲音對她們說，接著把鞍囊丟在工作桌上，往屋子盡頭揚長而去。「午安。」他對著站在臥室門口看他經過的一臉驚恐的蕾貝卡說。「午安。」他對全神貫注在工作桌上的奧雷里亞諾說。他沒多作逗留跟任何人寒暄。他直接走到廚房，從世界另一頭踏上旅途後，他終於在這裡，第一次真正停下腳步。「午安。」他說。有那麼千分之一秒時間，烏蘇拉目瞪口呆，她注視他的眼睛，驚呼一聲，抱住他的脖子高興地又叫又哭。他是荷西．阿爾卡迪歐。返鄉的他跟離開時一樣身無分文，烏蘇拉甚至得替他付清租用馬匹的兩塊錢披索。他講了一口摻雜水手黑話的西班牙語。他們問他去了哪兒，他回答：「就在那兒而已。」他在他們分給他的臥室掛好吊床，睡了整整三天。

醒來之後，他吞掉十六顆生蛋，接著直接上卡塔里諾的店，他巨大的體格引起店裡的小姐驚慌又好奇。他點歌，並請所有的人喝燒酒。他同時跟五個男人比腕力。「這怎麼可能。」他們證實無法扳倒他的手臂時說。「他有十字聖嬰護身符。」卡塔里諾不相信什麼神力的伎倆，所以他拿出十二塊錢披索，賭他搬不動櫃檯。荷西・阿爾卡迪歐卻把櫃檯連根拔起，高高舉在頭上，然後搬到街道上。之後得要十一個男人合力才有辦法搬回原位。裡頭氣氛熱烈，他在櫃檯上展示他雄偉的身軀，全身無一處不是刺青，交織藍紅色好幾種語言寫成的符號。他問那些垂涎圍著他的小姐，誰願意多付一點錢。最有錢的那位出價二十塊披索。這時他提議大家抽籤，價格是十塊錢披索。這是個瘋狂的價格，因為店裡最紅的小姐也不過一個晚上掙八塊錢，但是大家都接受了。她們在十四張小紙條上寫下自己的名字，放進一頂帽子裡，每個女人拿出一張。當裡頭只剩下兩張時，他向這兩位中選人談生意。

「每人多付五塊錢。」荷西・阿爾卡迪歐提議。「我就一起服務兩位。」

他靠這個賺錢。他環遊世界六十五次，加入一群沒有國家的水手的行列。這一晚在卡塔里諾的店跟他上床的幾個女人，帶著全身赤裸的他回到舞廳，讓大家欣賞他全身上下，從正面，從後背，從脖子到腳趾頭，沒有一處不刺青。他無法融入他的家庭。他白天睡一整天，到了夜晚到紅燈區去跟人打賭比力氣。偶爾烏蘇拉讓他坐在桌子前，顯露一股洋溢的溫柔，特別是聽到他談起在遙遠國家的冒險故事，他曾在日本海遇過船難，漂流兩個禮拜，靠著吃一位中暑身亡的同伴屍體撐過去，屍體的肉經過海水鹽漬再鹽漬，再經陽光曝曬烤熟，嘗得到鹽粒並帶有甜味。他搭乘的船曾在孟加拉灣，頂著正午的烈陽力克一條海龍，在牠的肚子裡發現一個十字軍士兵的頭盔、帶釦和武器。他曾在加勒比海看過維克多．于格斯的私掠船幽靈，船帆被陰風撕碎，船桅被海蟑螂蛀蝕，永遠迷航在前往瓜德羅普群島的海上。烏蘇拉坐在桌邊流淚，彷彿正讀著從不曾寄到的家書，而荷西．阿爾卡迪歐在家書上道來他的英勇事蹟和不幸的災難。「兒子啊，這裡的房子這麼大。」她哽咽地說。「而且一堆食物都倒給豬吃了！」但她其實認不出吉普賽人當年帶走的那個男孩，就是眼前這個午餐能吃下半隻乳豬，嗝氣足以讓鮮花枯萎的粗漢。阿瑪蘭塔見他在餐桌上猛力打嗝，掩不住對他的嫌惡。阿爾卡迪歐無從知道他們是父子的秘密，幾乎沒回答他顯然想博得兒子好感的問題。奧雷里亞諾努力重溫他們同睡在一個房間的往日時光，回味童年的那份親暱感，無奈荷西．阿爾卡迪歐早已遺忘，他的航海日子有太多可以回憶的東西，塞滿他的記憶。只有蕾貝卡在最初的驚嚇過後對他有好感。那天下午，當她看見他打從她的臥室前經過，那火山爆發般的呼吸聲響遍屋內，她便想皮耶特．克雷斯畢在這個男子漢的身邊，簡直只是個軟綿綿的小矮子。她用盡各種藉口想接近他。有一回，荷西．阿爾卡迪歐用一種不知羞恥的目光，盯著她的身體說：「妹子啊，妳可真有女人味。」於是蕾貝卡失控了。她再一次感到往日的那股衝動，開始吃泥土和牆壁的灰泥，她是如此焦躁地吸吮手指，吸到大拇指甚至長了繭。她嘔出綠色汁液，裡面摻雜著死掉的水蛭。她徹夜未眠，發高燒打哆嗦，奮力抵抗自己胡思亂想，她等待著，直到天亮荷西・阿爾卡迪歐回到家，屋子為之震動。有一天下午，當所有人都在午睡，她再也忍不住，到他的房裡去。她發現他是醒的，只穿一條內褲躺在吊床上，吊床用兩條繫船索綁在柱子上。她詫異地看著那龐然的赤裸身軀和全身刺青，有股想往後退去的衝動。「對不起。」她解釋。「我不知道你在這裡。」但是她壓低聲音，以免驚動任何人。「過來。」他說。蕾貝卡聽了他的話。她站在吊床邊，冷汗直流，荷西・阿爾卡迪歐伸出手，用指腹撫摸她的腳踝，接著撫向小腿，然後大腿，他喃喃嘆著：「喔，妹子；喔，妹子。」他將她從腰部舉起，那力量如颶風一般強烈卻不可思議地控制得宜，三兩下剝去她的衣物，像是對待一隻小鳥將她撕碎，她得使出超人的意志力才沒昏死過去。她感謝上帝讓她出生，她在吊床上翻騰，從難以忍受的痛苦中拚命尋找難以察覺的歡悅，燃燒熱情的吊床彷彿一張吸油乾紙，吸收了她乍洩的鮮血。

三天後，他們在下午五點的彌撒結婚了。前一天，荷西・阿爾卡迪歐到皮耶特・克雷斯畢的店裡。他找到正在教授齊特琴的他，沒將他帶到一邊便逕自跟他說話。「我要跟蕾貝卡結婚。」他說。皮耶特・克雷斯畢臉色刷白，他把齊特琴交給其中一名學生，結束授課。當擠滿樂器和發條玩具的大廳只剩下他們兩個，皮耶特・克雷斯畢說：

「她是你妹妹。」

「我不在乎。」荷西・阿爾卡迪歐回答。

皮耶特・克雷斯畢拿起散發薰衣草香味的手帕擦拭額頭。

「這是違反倫理。」他解釋。「況且法律明文禁止。」荷西·阿爾卡迪歐不耐煩了，不只是因為他的爭辯，也因為皮耶特·克雷斯畢臉色慘白。

「我管他什麼倫理。」他說。「我來通知你，是希望你別多事去問蕾貝卡。」

但他的粗魯言行，在看到皮耶特·克雷斯畢眼眶溼潤後軟化。

「現在，」他換另一種語氣說。「如果你想成家的話，還有阿瑪蘭塔。」

尼卡諾神父在禮拜天的布道透露荷西·阿爾卡迪歐和蕾貝卡並不是手足。烏蘇拉認為這是嚴重缺乏敬重，永遠不原諒這件事，當他們從教堂回來，她便禁止這對新人踏進屋內一步。她把他們當死了看待。因此，他們在墓園對面租了一間小屋子，裡面的家具只有荷西·阿爾卡迪歐的吊床。新婚之夜，一隻蠍子鑽進蕾貝卡的拖鞋，咬了她的腳，造成她的舌頭麻痺，但這並不妨礙他們驚天動地的蜜月。他們的叫聲吵醒整個社區，一個晚上達到八次，連午覺也有三次，街坊鄰居嚇得祈求這般肆無忌憚的熱情可別攪亂往生者的寧靜。

奧雷里亞諾是唯一掛心他們的人。他給他們買了幾件家具，給他們錢，直到荷西·阿爾卡迪歐回到現實，開始在與屋子院子相鄰的無主之地耕種。阿瑪蘭塔相反，她無法放下對蕾貝卡的怨恨，即使人生給了她從未想像過的滿足：烏蘇拉不知道該怎麼彌補她的羞愧，於是讓皮耶特·克雷斯畢依舊每個禮拜二到家裡共進午餐，以冷靜的威嚴掩去他的挫敗。他沒拿下帽子上的黑緞帶，表示他對他們家的尊重，他很開心帶給烏蘇拉船來品，表達他對她的喜愛：葡萄牙沙丁魚、土耳其玫瑰果醬，有一次是一條精緻的繡花手帕。阿瑪蘭塔非常溫柔地招待他。

她知道他的品味，便拆掉襯衫袖子的脫線，在一打手帕繡上他的姓名字母，準備在他生日那天送出。每個禮拜二午餐後，他會陪她在長廊上刺繡，氣氛愉快融洽。對皮耶特·克雷斯畢來說，這個他總是當小女孩看待的女人，意外吸引他的目光。儘管她缺少優雅，欣賞世界事物的感性特殊，暗地裡卻是溫柔的。一個禮拜二，大家知道遲早會發生的日子來臨。

皮耶特·克雷斯畢跟她求婚。她沒放下手上的工作。她等待紅到耳根子的熱燙褪去，用刻意冷靜的成熟嗓音說：

「我願意，克雷斯畢。」她說。「可是要等我再多認識你一點。千萬別莽撞行事。」

烏蘇拉感到困惑。她欣賞皮耶特·克雷斯畢，但是她不知道，經過與蕾貝卡不斷延後而轟動的訂婚過後，他的決定從道德角度來看到底是好是壞。但最後她接受他的決定，不去評論這件事，因為沒有人能分擔她的疑惑。一家之主奧雷里亞諾吐出一句謎般斷然的意見：

「現在不是考慮婚姻的時刻。」

幾個月後，烏蘇拉才明白這句話，而這也是奧雷里亞諾在這段時間唯一真誠的意見，不僅僅是針對婚姻，而是對所有戰爭以外的事。當他站在執行槍決的部隊前，他不必太了解是什麼引發一連串微妙但無法改變的巧合，讓他淪落到此刻的情況。蕾梅蒂絲的死，並未如他害怕引起他莫大哀痛。撲來的是一種無聲的怒氣，慢慢地化為悲涼而消極的挫敗感，類似當初他認為將打光棍一輩子時的感覺。他再次埋首工作，不過保留了跟丈人打牌的習慣。在守喪的屋子裡，夜裡的談心鞏固了這兩個男人之間的友誼。「奧雷里亞諾，再娶一個太太吧。」他的丈人對他說。「我還有六個女兒讓你選。」有一次，就在選舉前夕，總督艾波里南．莫斯克德一如往常出差回家，內心卻擔憂國家政治情勢。自由黨派分子決定發動戰爭。這個時期的奧雷里亞諾還不太清楚保守黨和自由黨的差別，他的丈人便大略解釋一下。他告訴他自由黨都是共濟會成員；他們是壞人，贊同吊死神父、登記結婚、離婚，私生子和婚生子享有同樣權利，以及將國家切割為聯邦制，剝奪最高當局的權力。相反地，保守黨直接承接上帝給予的權力，他們擁護公共秩序和家庭倫理基礎；他們捍衛基督信仰、當局的完整，不容將國家拆成自治體。基於人道，奧雷里亞諾傾向支持自由黨分子認為私生子享有同樣權利的主張，但不論如何，他不懂怎麼會為了這種不具體的東西，走到開戰的地步。他想丈人誇大了，只因為選舉，要求一位士官派來六名佩戴步槍的士兵，來到這座對政治冷淡的城鎮。他們不只來了，還挨家挨戶沒收打獵的武器、砍刀，甚至是廚房用刀，接著針對二十一歲以上的成年男子發送上面印有保守黨候選人名字的藍色選票，和印有自由黨候選人名字的紅色選票。選舉前一晚，總督艾波里南．莫斯克德宣讀公告，從禮拜六午夜開始的四十八小時，禁止販售酒精飲料，以及三個人以上非家族成員聚會。選舉順利進行。禮拜日早上八點，廣場上設立一個木頭投票箱，由六名士兵看守。投票是完全自由的，奧雷里亞諾跟他的丈人幾乎一整天待在那兒監視，以防有人重複投票。到了下午四點，廣場上的長鼓響起，宣布投票時間結束，總督艾波里南．莫斯克德給票箱加上經過他簽名的封條。當晚，當他跟奧雷里亞諾打牌時，他命令士官拆開封條數選票。紅色選票跟藍色選票幾乎數量相同，但是士官只留下十張紅色選票，然後拿藍色選票補足差異。接著他們再加上新的封條，隔天一大早，他們將投票箱送到省府。「自由黨分子會宣戰。」奧雷里亞諾說。總督艾波里南．莫斯克德一邊專心打牌一邊說：「如果你是指換選票，他們不會宣戰。」「拿掉了紅色選票，讓他們沒機會要求。」奧雷里亞諾了解反對黨的不利處。「如果我是自由黨分子。」他說。「我會為了選票打仗。」他的丈人的目光從眼鏡後面投過來。

「喔，奧雷里亞諾。」他說。「如果你是自由黨派分子，即使是我的女婿，你不會看到選票掉包。」

引起鎮民憤慨的不是選舉結果，而是士兵沒有歸還武器。一群婦女來找奧雷里亞諾交涉，希望他能說服他的丈人歸還廚房用刀。總督艾波里南．莫斯克德語帶保留，僅向他解釋士兵帶走充公的武器，是充作自由黨分子即將發動戰爭的證據。他詫異聽到這般無恥的話。他沒多說什麼，不過有一晚，當赫林內多．馬奎茲跟馬尼費克．維斯巴和聊到刀子事件，他們便問他是自由黨員還是保守黨員。奧雷里亞諾毫不猶豫地說：

「如果非得要選邊站，我會選擇做自由黨員。」他說。「因為保守黨員都是些小人。」

第二天，他應朋友的要求，假裝肝臟疼痛，去找艾利里歐·諾格拉醫生治療。他實在不懂何必要撒這種謊。艾利里歐·諾格拉醫生幾年前來到馬康多，當時只帶著一包無味藥丸和一句無法信服人的行醫格言：新仇解舊仇。這個醫生其實只是個江湖郎中。他假扮醫術普通的無辜醫生，掩飾恐怖分子的身分，腳上一雙半筒編織涼鞋，則遮蓋戴了五年腳銬在腳踝所留下的傷疤。他曾在聯邦黨第一次行動被捕，後來靠著他在這個世界上最厭惡的服裝裝扮，成功逃往古拉索島：教士的長黑袍。他跟全加勒比海的流亡分子一樣，受到狂熱的消息吸引來到古拉索島，但最後他結束了漫長的流亡日子，登上一艘走私帆船，帶著幾瓶只不過是砂糖製成的藥丸及一張親手偽造的萊比錫大學文憑，抵達里奧阿查城。他失望地哭了。他們流亡分子眼中的那股聯邦黨的狂熱，原本像是即將爆炸的火藥庫，卻隨著不實際的選舉夢化為泡沫。這位假順勢療法醫師經歷了失敗的打擊，渴望找個安全的地方養老，因而來到馬康多隱居。他在廣場旁租下一個小房間，狹小的空間堆滿空瓶子，就這樣靠替人治病過了好幾年，來找他醫治的都是些不抱希望的病患，他們試過各種藥方都無效，最後吃他的糖藥丸只求安慰效果。在艾波里南·莫斯克德只是個沒有實權的傀儡時，他那反叛的精神是沉睡的。但隨著日子一天天過去，他開始回想過去，努力壓抑內心的蠢蠢欲動。最後選舉日的到來，再一次點燃他叛亂的心。他跟鎮上不懂政治的年輕人接觸，暗地唆使他們行動。投票箱裡出現大量紅色選票，總督艾波里南·莫斯克德認為這只是年輕人幻想的結果，都是他計畫中的一部分：他強迫他的弟子去投票，藉此說服他們選舉只是一場鬧劇。「想要效果，」他說。「只有使用暴力。」奧雷里亞諾的大多數朋友都對消滅保守黨勢力的想法感到熱血沸騰，但是沒人敢真的拉他加入，不僅僅是考慮奧雷里亞諾跟總督的關係，也因為他孤僻和難以捉摸的性格。此外，還聽說他聽從丈人指示投了藍色選票。所以他透露政治觀感純屬巧合，至於他去看醫生治療假病純粹只是好奇。他踏進那個空氣瀰漫樟腦氣味的小房間，遇到一個皮膚和蜥蜴一般粗糙黯淡的傢伙，呼吸時肺部發出咻咻聲。醫生沒問任何問題，直接帶他到窗邊，翻開他的下眼皮檢查。「不是這邊。」奧雷里亞諾按照朋友的交代說。他用指尖按壓肝臟部位，又說：「是這邊痛，痛得睡不著覺。」這時，諾格拉醫生關上窗戶，說是陽光太強烈，接著使用簡單的字句向他解釋，為什麼除掉保守黨分子是表現愛國的一份責任。接下來好幾天，奧雷里亞諾在襯衫口袋放著一只小瓶子，每兩個小時拿出來一次，倒三顆藥丸在掌心，猛然放進嘴巴的舌頭上慢慢溶化。艾波里南·莫斯克德笑他太過相信順勢療法，但是同樣參與這樁陰謀的人，從他的舉止認出他是他們的一員。幾乎所有建村元老的第二代都捲入其中，但沒有人確切知道自己究竟在策劃什麼行動。然而，奧雷里亞諾聽到醫生洩漏秘密的那天過後，他開始迴避這樁陰謀活動。他相信應該趕快推翻保守黨制度，卻對造反計畫感到害怕。諾格拉醫生主張暗殺。他的做法是發動一系列個別的暗殺行動，再藉由一次全國性的政變，肅清國家公務員跟他們的家庭，尤其是小孩，徹底殲滅保守黨的種子。艾波里南·莫斯克德，他的妻子跟六個女兒，當然也在名單內。

「您根本不是自由黨分子，什麼都不是。」奧雷里亞諾對他說，臉色絲毫沒改變。「只是個屠夫罷了。」

「這樣的話，」醫生以相同的冷靜回答。「把小瓶子還給我。你已經不再需要它了。」

直到六個月後，奧雷里亞諾才知道醫生認為他多愁善感，不看重前途，加上個性消極，志向難以動搖，而且不同常人，絕不是個行動派分子。他們試圖包圍他，害怕他揭發這樁陰謀。但奧雷里亞諾安撫他們：「我不會洩漏半個字。」但是他們前去暗殺莫斯克德一家時，發現他守在門口。他的決心是如此堅定，使他們的暗殺計畫無限期延長。烏蘇拉正是在這段日子，問他對克雷斯畢和阿瑪蘭塔結婚有什麼意見，他回答現在不是考慮婚姻的時刻。他從一個禮拜前開始在襯衫底下藏一把舊式手槍，他監視他的朋友。他每天下午都跟荷西·阿爾卡迪歐和蕾貝卡一起喝咖啡，這對新人已經開始整理他們的屋子，到了下午七點，他跟丈人打牌。午餐時間，他會跟阿爾卡迪歐聊聊，他發現這個已經長成魁梧體型的青少年對一觸即發的戰爭越來越是興奮。阿爾卡迪歐在學校裡點燃自由黨思想的狂熱，他的學生有的年紀比他大，有的是才剛牙牙學語的幼兒，他跟他談到要槍殺尼卡諾神父，把教堂變成學校，提倡自由戀愛。奧雷里亞諾試著安撫他的衝動。他勸他小心謹慎。阿爾卡迪歐卻不聽他冷靜的判斷，他對現實的直覺，而是當面斥責他個性軟弱。奧雷里亞諾等待著。最後，十二月初，烏蘇拉驚慌失措地闖進銀作坊。

「戰爭爆發了！」

事實上，戰爭早在三個月前爆發。全國已實施戒嚴。唯一及時獲知消息的是總督艾波里南．莫斯克德，但是他沒告訴妻子，同時間部隊來到鎮上，出乎意料地占領整座小鎮。他們是在天亮前悄悄抵達，在學校裡紮營，隨行的騾子拉來兩架輕型大炮。下午六點過後強制實行宵禁。他們挨家挨戶徵收必需品，行徑比前一次還要猖狂，這次他們連耕作用具都搜走了。他們強行拖走諾格柆醫生，將他綁在廣場的一棵樹上，未經司法審判就槍決他。尼卡諾神父試圖用漂浮的神蹟吸引部隊軍官注意，卻引來其中一名士兵拿起槍托毆打他的腦袋。自由黨沸騰的狂熱化為無聲的恐懼。奧雷里亞諾臉色發白，安靜不語，持續陪他的丈人打牌。他明白即使艾波里南．莫斯克德此刻擔任民間與軍隊最高指揮，卻再次淪為傀儡。真正作決策的人是部隊軍官，每天早上這位軍官會徵收一筆用在維持公共秩序的特別捐。他下令四個士兵將一名遭瘋狗咬傷的婦人拖出家門，就在大街上拿槍托打死她。某個禮拜天，也就是小鎮遭占領的兩個禮拜後，奧雷里亞諾踏進赫林內多．馬奎茲的家，以他慣有的慢條斯理要了一杯不加糖的咖啡。當廚房只剩下他們單獨兩人，奧雷里亞諾的語氣改變，透露一種他自己從沒聽過的威嚴。「叫年輕人準備好。」他說。「我們要打仗了。」赫林內多．馬奎茲沒把他話當真。

「拿什麼武器？」他問。

「拿他們的武器。」奧雷里亞諾回答。

禮拜二午夜時分，二十一個年紀不到三十歲的小伙子展開一場瘋狂的行動，他們拿著餐刀和尖銳的鐵器，聽從奧雷里亞諾的指揮突襲，擒拿駐軍，搶奪他們的武器，就在操場槍斃那位軍官和殺害婦人的四個士兵。

同樣這一夜，當鄉鎮自組的部隊執行槍決的槍聲響起，阿爾卡迪歐被任命為鄉鎮的民間與軍隊的最高指揮。他們這些已經結婚的叛軍，還來不及跟妻子告別，只能丟下她們自個兒想辦法維持生計。天一亮，他們就在擺脫恐懼威脅的鎮民的歡呼聲中出發，前去加入維克托里歐・梅迪納將軍的革命軍隊，根據最新消息，此刻他正在前往馬瑙雷的路上。出發之前，奧雷里亞諾從一個衣櫃拉出艾波里南・莫斯克德。「丈人，請您放心。」他對他說。「新政府會信守承諾，保障您個人以及您家人的安全。」艾波里南・莫斯克德費了好大的勁兒才認出眼前穿高筒靴和背部斜揹步槍的謀叛者是誰，他們晚上九點還一起打牌。

「這真是太瘋狂了，小奧雷里亞諾。」他驚叫。

「一點也不瘋狂。」奧雷里亞諾說。「這是戰爭。還有別再叫我小奧雷里亞諾，我現在已經是奧雷里亞諾・波恩地亞上校。」

6

奧雷里亞諾·波恩地亞上校曾發動三十二次武裝起義，屢戰屢敗。他跟十七個不同女人生下十七個兒子，全都在同一晚先後遭到殺害，最大的不超過三十五歲。他逃過十四次狙擊，七十三次埋伏，並逃過一批士兵的射殺。他喝下一杯摻入番木鱉鹼的咖啡，但也活了下來，那劑量可是足以毒死一匹馬。他謝絕了共和國總統頒給他的功績勛章。他爬上革命軍總司令的位置，掌握全國管轄權和指揮權，他成為政府最懼怕的人物，可是他從不肯讓人拍照，戰爭結束後，他婉拒國家的終生俸，只靠他在馬康多銀作坊製作的小金魚活到老。他總是帶領部隊衝鋒陷陣，但他身上唯一的傷口是自己造成的，他簽完尼蘭迪亞協定，結束將近二十年的內戰，當時槍枝走火，子彈穿過他的胸膛從後背射出，但沒傷到任何重要的器官。他的所有事蹟最後以馬康多一條以他命名的街道畫下句點。然而，就在他老死前幾年，他表示那個凌晨當他帶著二十一個夥伴前去加入維克托里歐·梅迪納將軍的革命軍隊時，完全沒料到後來的發展。

「我們把馬康多交給你了。」他在離開前，只對阿爾卡迪歐交代這句話。「我們把這座城鎮完好地交到你手上，你要努力讓它變得更好才行。」

阿爾卡迪歐對奧雷里亞諾．波恩地亞上校的忠告別有一番獨特見解。他從梅賈德斯的一本書上的圖片得到靈感，設計一套制服，有元帥的軍銜條紋和肩章，腰帶掛上遭槍決的部隊軍官那把金穗流蘇軍刀。他在村莊入口設置兩座大炮，煽動從前的學生，讓他們個個情緒沸騰，給他們穿上制服並佩戴武器在街上閒晃，讓外地人留下他們不好惹的印象。這是兩面玩火的手法，因此政府十個月以來不敢攻擊這座鄉鎮，但後來一進攻，勢如破竹的武力不到半個小時就殲滅反叛的力量。阿爾卡迪歐從擔任指揮的第一天開始，就顯現他喜歡頒布命令的傾向。他甚至讀完四份報紙，整理腦袋裡的思緒。他設立十八歲服兵役的義務，下午六點過後在街上遛達的動物全數充公，要老年人佩戴紅色臂章。他把尼卡諾神父關在他的住所，威脅要槍斃他，如果不是慶祝自由黨派的勝利，就不准主持彌撒和敲鐘。為了讓大家明白他的決心是認真的，他下令訓練一群士兵在廣場上對著稻草人練習射擊。起先沒人把他的話當真，當那不過是一群學校的孩子在扮演大人罷了。但是有一晚，阿爾卡迪歐踏進卡塔里諾的店，樂隊的小號手對他打招呼，吹奏一聲響亮的喇叭聲，好似開啟什麼隆重儀式，惹得在場顧客哄堂大笑，阿爾卡迪歐認為他藐視當局於是槍斃他。他把抗議人士上腳鐐，關進學校的一間教室裡，只給麵包和水。「你這個殺人犯！」烏蘇拉每次得知他新的暴行，便這樣朝他大吼。「等奧雷里亞諾知道你幹了哪些好事，一定槍斃你，我會是第一個開心慶祝的人。」但是她怎麼威脅都沒用。阿爾卡迪歐依舊繼續那些沒必要的高壓手段，直到成為馬康多史上最殘暴的治理者。「這就是所謂自由黨的樂園，現在他們嘗到了痛苦，看到了想像的落差。」有一次艾波里南．莫斯克德說。阿爾卡迪歐聽到了他的這番話。他帶領一群士兵襲擊他家，搗毀家具，不斷毆打他的幾個女兒，最後拖走艾波里南．莫斯克德。烏蘇拉生氣地揮舞著一條黑色鞭子，嘴裡直嚷這真是丟臉，她穿過小鎮，闖進軍營的院子裡，阿爾卡迪歐下令士兵對她開槍射擊。

「你敢！畜生！」烏蘇拉怒吼。

阿爾卡迪歐還沒來得及反應，烏蘇拉就朝他揮出第一鞭。「你敢！你這個殺人犯！」她怒吼，「你這個壞女人生的孩子，殺我啊，這樣我就不必為自己養大一個孬種羞愧地痛哭流涕。」她無情地鞭打他，追著他到院子盡頭，阿爾卡迪歐就在那兒蜷縮成一團。艾波里南．莫斯克德被綁在一根柱子上，已經陷入昏迷，之前綁在上面的是訓練時被射爛的稻草人。整群年輕士兵落荒而逃，害怕烏蘇拉也把氣發洩在他們身上。但是她連看都沒看他們一眼。她丟下制服被鞭爛的阿爾卡迪歐在那兒痛苦和生氣地謾罵，替艾波里南．莫斯克德鬆綁，帶他回家。離開軍營之前，她打開所有囚犯的腳鐐。

從這一刻起，她變成全鎮發號施令的人。她恢復了禮拜天的彌撒，取消戴紅臂章的規定，廢除引起眾怒的公告。儘管她個性堅韌，依舊替自己坎坷的命運傷心掉淚。她感覺自己好孤單，徒勞地尋求被遺忘在栗樹下的丈夫的陪伴。「你看看，我們還剩下什麼。」她對他說，這時六月的雨彷彿就要沖垮棕櫚葉屋頂。「看看空蕩蕩的屋子，我們的孩子分散在世界各地，就像回到最初，只有我們孤單兩個人。」荷西．阿爾卡迪歐．波恩地亞已陷入深度無意識狀態，完全聽不見她的哀嘆，發瘋後的最初一段日子，他還能嘟囔幾句蹩腳的拉丁文，交代日常生活急需。當他短暫恢復清醒，遇到阿瑪蘭塔來送飯，便會對她吐露他最煩惱的痛苦，並溫順地接受她的拔罐和芥子泥敷劑治療。但是每當烏蘇拉到他身邊哀嘆，他又變成一個完全脫離現實世界的丈夫。她讓他坐在板凳上，替他洗澡，跟他聊聊家裡的消息。「奧雷里亞諾去打仗，到現在已經四個多月，我們還沒有他的消息。」她對他說，並拿著抹上肥皂的海綿刷洗他的後背。「荷西．阿爾卡迪歐回來了，他變成一個比你塊頭還高大的男人，全身都是刺青，不過他回來只是讓我們蒙羞。」然而，她相信她的丈夫聽了壞消息會感到難過。於是決定騙他。「別相信我剛說的。」她說，並撒了一把灰在他的糞便上，拿鐵鍬集中在一起。「上帝希望荷西．阿爾卡迪歐跟蕾貝卡成為夫妻，現在他們過著幸福快樂的日子。」雖然是欺騙，她卻是真心誠意，以致連她都拿自己的謊言來安慰自己。「阿爾卡迪歐長成一個認真負責的男人，」她說。「他穿著制服佩戴刺刀，是個非常勇敢的好孩子。」她感覺像是在對活死人說話，畢竟荷西．阿爾卡迪歐．波恩地亞已經對任何事情不再關心。但是她堅持繼續下去。他看見丈夫這樣溫馴，這樣無感，決定鬆開他。可是他依舊坐在板凳上動也不動。他繼續忍受日曬雨淋，不用再綁上繩索，因為一股比有形的捆綁還要強大的力量，將他繼續綁在栗樹邊。到了八月，當冬天似乎永無止盡持續下去，烏蘇拉似乎終於能告訴他真正的消息。

「仔細聽好，好運總算是沒離我們遠去。」她對他說。「阿瑪蘭塔跟義大利鋼琴師要結婚了。」

事實上，阿瑪蘭塔跟皮耶特．克雷斯畢在烏蘇拉的允許下，感情進一步滋長，這一次她不再每次監視男方上門拜訪。這是一段黃昏的戀情。義大利人在傍晚時來訪，襯衫袖眼插著一朵梔子花，替阿瑪蘭塔解釋佩脫拉克的十四行詩。他們待在長廊，享受手風琴的樂聲和玫瑰的芬芳，他閱讀，她編織棒槌蕾絲，無視戰爭的驚心動魄和慘烈的消息，直到蚊子逼得他們不得不回到客廳。阿瑪蘭塔心思細膩，她謹慎而全面性的溫柔，慢慢地圍著男朋友編織一張隱形的蜘蛛網，讓他得舉起他還沒戴上婚戒的蒼白手指撥開，才得以在八點時離開他們家。他們把皮耶特．克雷斯畢從義大利收到的明信片做成一本相簿集。明信片上都是些情侶在偏僻公園拍的圖片，配上射箭刺穿的愛心和鴿子啣住金色絲帶的小圖。「我知道這座位在佛羅倫斯的公園。」皮耶特．克雷斯畢看了一眼明信片。「只要伸出手，鴿子就會飛下來吃東西。」有時，看著威尼斯的水彩圖，鄉愁似乎把運河的爛泥和海鮮腐臭味化成淡淡的花香。阿瑪蘭塔嘆氣、微笑，想像這個第二個家鄉，那兒的美麗男男女女講著孩童的語言，那兒的古老城鎮輝煌歷史只剩下穿梭在瓦礫堆間的貓。皮耶特．克雷斯畢穿越了一片寬闊的海洋尋尋覓覓，加上他對蕾貝卡熱烈愛撫的癡迷，終於找到了愛情。幸福帶來了好運。這時他的商店占地一個街區大，簡直是一座奇幻溫室，裡頭有以樂聲報時的佛羅倫斯鐘樓的模型和索倫托的音樂盒，以及一打開就流洩五音符旋律的中國粉盒，還有所有能想像的樂器以及弦樂器。他的弟弟布魯諾・克雷斯畢就在對面，他正在音樂學校上課，沒幫忙店裡事務。這條土耳其人的街道，多虧有他和令人驚歎的各式各樣玩意兒，變成一處音樂繚繞的世外桃源，讓人忘卻阿爾卡迪歐的專制和遙遠的戰爭惡夢。烏蘇拉恢復禮拜天的彌撒後，皮耶特・克雷斯畢捐給教堂一臺德國製簧風琴，訓練兒童合唱團，準備一本葛利果聖歌歌譜替尼卡諾神父嚴肅的儀式增添一絲精采。大家都認為阿瑪蘭塔將是個幸福的妻子。他們小兩口不急著讓感情開花結果，而是自然地讓心帶領他們，到了只差沒定下結婚日期的階段。他們沒遇到阻礙。烏蘇拉想起蕾貝卡不停拖延的婚期，內心不禁糾成一團，她不想再有任何悔恨。戰爭的屈辱、奧雷里亞諾的遠行、阿爾卡迪歐的殘暴，以及將荷西・阿爾卡迪歐和蕾貝卡逐出家門，讓嚴格守喪不再是第一要事。隨著大喜之日即將來臨，皮耶特・克雷斯畢暗示他對奧雷里亞諾・荷西有一種近乎父愛的感情，願意將他納為長子。一切都讓人以為阿瑪蘭塔會平平順順步向幸福的生活。可是阿瑪蘭塔跟蕾貝卡不同，她一點也沒有顯露出不安。她帶著縫製桌巾、編織鑲邊飾品以及縫製孔雀十字繡的耐心，等待皮耶特・克雷斯畢再也按捺不住的焦急。該來的那一刻伴隨著十月悲哀的雨水來臨。皮耶特・克雷斯畢一把搶走她放在膝上的刺繡籃，緊緊地抓住她的手。「我無法再等了。」他對她說。「我們下個月就結婚。」阿瑪蘭塔摸著他冰冷的雙手並未顫抖。她抽回她的手，彷彿小動物溜走，繼續手中的工作。

「別孩子氣了，克雷斯畢。」她露出微笑。「我死也不會嫁給你。」

皮耶特·克雷斯畢無法自已。他不顧羞恥地哭了起來，滿腹絕望害他差點扭斷手指，但依舊無法讓她心軟。「別浪費時間了。」阿瑪蘭塔只吐出這些話。「你當真愛我的話，從此不要再踏進這棟屋子一步。」烏蘇拉羞愧地差點瘋了。皮耶特·克雷斯畢使盡所有哀求招數。他丟開羞恥心，到了令人難以相信的地步。他趴在烏蘇拉的膝上，哭了一整個下午，烏蘇拉甚至願意出賣靈魂，只求能安慰他。下雨的夜晚，可以看見他撐著絲傘的身影在屋子附近逗留，試圖讓臥室裡的阿瑪蘭塔詫異地點亮燈。他不曾像這陣子這般慎重打扮。他如帝王般高貴的臉，在受盡折磨過後，多了一絲不可思議的威嚴。他拜託和阿瑪蘭塔一起刺繡的女性朋友試著說服她。他無心再經營生意。他整天躲在商店後面的小房間，寫些滿是蠢話的書信，附上花瓣和蝴蝶標本寄給阿瑪蘭塔，但是她原封不動退回去。他一直關在房裡彈奏古弦琴。有一天他開口吟唱。整個馬康多在樂聲和歌聲的洗滌下驚醒過來，那古弦琴聲彷彿不屬於這個世界，那滿溢愛意的歌聲似乎是在其他土地孕育出來的。皮耶特·克雷斯畢看見整座城鎮的窗戶都亮起，唯獨阿瑪蘭塔的窗戶還是漆黑的。十一月二日清明節那天，他的弟弟打開商店大門，發現所有的燈都點亮，所有的音樂盒都打開，以及所有的時鐘都卡在一個永遠不會結束的時間，他在這一場瘋狂的音樂會當中，找到皮耶特·克雷斯畢坐在商店後面的辦公桌前，用利刃割斷手腕，雙手插在裝盛安息香的盆子裡。

烏蘇拉安排在她家守靈。尼卡諾神父反對舉行宗教儀式，也不贊同將他安葬在墓園聖地。烏蘇拉頂撞他。「不論是您還是我，我們不知怎麼地都沒能了解這個男人是聖人。」她說。「所以，恕我違背您的意願，我要將他葬在梅賈德斯的墳墓旁。」她獲得全鎮的人支持，並照她的意思辦了，葬禮隆重舉行。阿瑪蘭塔將自己關在臥室裡，寸步不離。她躺在床上聆聽烏蘇拉的悲泣，以及大量湧入家中的村民的私語，孝女痛苦的哭叫，最後只剩深沉的靜默籠罩，空氣中飄散著鮮花被踩過後的氣味。往後許久一段時間，她在黃昏時刻依然能感覺得到皮耶特．克雷斯畢的薰衣草香味，但是她硬撐著，不讓瘋狂打敗自己。烏蘇拉放棄了這個女兒，有天下午阿瑪蘭塔走進廚房，伸出一隻手放在爐火上，直到她痛得不再感到疼痛，只聞到燒焦的皮肉臭味，她的母親至今不願抬起頭憐憫地看她一眼。這是她為了抒解悔恨的一帖強效藥。接下來幾天，她帶著一盆蛋清，手泡在裡面，在屋子裡遊蕩，後來蛋清治好了她的燒傷，彷彿也讓她心頭的潰瘍結痂了。這次慘劇留下的外在痕跡只有包紮在燒傷那隻手的黑紗布，自此她不曾拆下，直到嚥下最後一口氣的那一天。

阿爾卡迪歐宣布他對皮耶特．克雷斯畢過世正式的哀悼，表露他難得一見的仁慈，烏蘇拉認為迷途的羔羊總算回頭。不過她錯了。她失去阿爾卡迪歐，並不是從他穿起軍服的那一刻，而是打從他出生開始。她一直以為自己把他當兒子養，就像養育蕾貝卡那樣，她從沒特別寵愛也沒瞧不起他。然而，阿爾卡迪歐是個孤獨的孩子，他經歷失眠症流行，烏蘇拉滿腦子生意經，荷西．阿爾卡迪歐．波恩地亞發瘋，奧雷里亞諾封閉自己，以及阿瑪蘭塔和蕾貝卡勢不兩立，一直以來擔驚受怕。奧雷里亞諾教會他讀寫，但是心不在焉，對他好像跟對陌生人沒差別。他在他開始長高以後，把自己的衣物送給他穿，讓薇西塔森替他改小。阿爾卡迪歐一直覺得痛苦，他穿太大的鞋子、補靪的褲子，他還有個女性化的臀部。他只有跟薇西塔森與卡陶雷能用印第安語暢快溝通。唯一真的照顧他的人只有梅賈德斯，吉普賽人讀難以理解的內容給他聽，傳授他銀板攝影技術。沒有人知道他為吉普賽人的死偷偷掉了多少眼淚，還有他試圖研究吉普賽人寫在紙上的方法讓他起死回生卻一敗塗地，內心有多麼失望。在學校裡，他受到關注和敬重，之後他掌握權力，藉著一張張斷然的公告和一身榮耀的制服終於擺脫從前悲苦的包袱。有一晚，他到卡塔里諾店裡，有個人大膽地對他說：「你配不上你的姓。」出乎大家意料，阿爾卡迪歐並沒有槍殺他。

「非常榮幸。」他說。「我不是波恩地亞家族成員。」

有人知道他的身世，一聽他的回答以為他已經知道秘密，但事實上他根本不知道。自從他在攝影室見過他的母親碧蘭之後，就感到血脈僨張，著魔似地迷上她，一如荷西．阿爾卡迪歐和後來的奧雷里亞諾。儘管她已不再有魅力，笑容也失去光彩，他還是要找她，尋著她留下的菸味找到了她。戰爭爆發前不久，有一天中午她比平常晚一點來學校接小兒子，阿爾卡迪歐待在平常睡午覺的房間等她，後來這間房間改為牢房。她的孩子在院子裡玩耍，他則躺在吊床上等待，不安地直發抖，他知道碧蘭一定會經過這裡。她果然來了。於是他抓住她的手腕，企圖將她拉上吊床。「不行，不行。」碧蘭．德內拉驚恐地說。「天知道我有多想取悅你，但是上帝作證，我真的不行。」阿爾卡迪歐用他那繼承而來的蠻力將她從腰部抱起，一碰觸她的肌膚，他感覺世界彷彿融化了。「別裝聖潔了。」他說，「大家都知道妳是妓女。」碧蘭想著自己悲慘的命運，努力壓抑一擁而上的噁心感。

「孩子會發現。」她說。「還是你今晚就別鎖門比較好。」

這一晚，阿爾卡迪歐渾身顫抖，躺在吊床上等她。他熬夜等她，聽著彷彿無止盡延伸的清晨時分勢必出現的石鴴混亂的鳴叫聲，越來越相信自己被騙。突然間，當他的不安就要轉為憤怒，房門打開了。幾個月後，當阿爾卡迪歐站在執行槍決的部隊前，想起了那晚消逝在教室裡的腳步聲、碰到長椅的撞擊聲，最後出現在昏暗房間裡的一抹清楚的輪廓，和不是他的怦怦心跳聲。他伸出手，摸到一隻差一點就要淹沒在漆黑裡的手，那隻手的同一根手指上戴著兩個戒指。他感覺那隻手上皮膚的血管脈絡，彷彿是宣示她厄運的脈搏，汗溼的手掌上的生命線在大拇指底部被死亡的利爪硬生生地阻斷。這一刻，他明白她並不是他正在等待的女人，因為他聞到的不是菸味，而是髮油的花香味，而且她有一對含苞待放的鼓脹乳房，像男人一般的乳頭，她的下體像核桃般堅硬而圓潤，而她無措的溫柔摻雜了未經世事的熱情。她是處女，有個不像真名的名字聖塔蘇菲亞。碧蘭．德內拉付給她五十塊披索，那是她一輩子所攢的積蓄的一半，派她來做她此刻正在做的事。阿爾卡迪歐見過她幾次，她在父母經營的食品小店幫忙，他不曾注意她，因為她彷彿有奇異的天賦，除非在適當時刻，否則平常就像隱形人般不存在。但是從這天開始，她像是依偎在他溫暖腋下的貓咪。她會在午休時到學校找他，這是經過了她父母的同意，碧蘭．德內拉把她另一半的積蓄付給了他們。後來，當政府軍隊清空學校，他們倆就改在店鋪後面房間的奶油罐頭跟玉米袋間歡愛。當阿爾卡迪歐被任命為警官和軍官時，他們已經生了一個女兒。

唯一知情的親戚只有荷西．阿爾卡迪歐和蕾貝卡，阿爾卡迪歐在當時與他們保持密切來往，不完全是基於親戚關係，而是因為同謀。荷西．阿爾卡迪歐屈服於婚姻的枷鎖。蕾貝卡堅毅的性格、她猛烈的胃口、她不屈不撓的野心，耗盡丈夫巨大的精力，讓他從一個好吃懶做以及拈花惹草的男人，變成努力工作的巨大動物。他們的屋子乾淨又整潔。蕾貝卡天亮時會開一道門縫，讓墓園的風從窗戶吹進來，再從院子的門出去，如此一來能保持牆壁潔白，而含鹽分的空氣也讓家具呈棕色。她對吃土的渴望，她父母骨骸的喀啦喀啦聲，她在面對皮耶特．克雷斯畢被動態度時的不耐，全都埋到記憶的深處去了。她整天待在窗邊刺繡，完全無視戰爭引起的不安，直到餐具櫃上的瓷罐開始震動，她便起身加熱飯菜，遠在兩條乾癟的獵犬以及她的巨人丈夫到家前，他通常穿綁腿，戴馬刺，拿著雙管獵槍，有時肩上扛著一頭鹿，但幾乎會帶一串兔子或野鴨回家。有一天下午，阿爾卡迪歐剛上任不久便出其不意地去拜訪他們。他們離家之後就不曾再見過他，但是見他態度親切和友善，也就邀他一起享用菜餚。

阿爾卡迪歐一直等到他們喝咖啡時才說明來意：他收到一張告發荷西．阿爾卡迪歐的單子。有人說他在院子裡翻土耕種，並沿著鄰近土地繼續開發，鏟倒了圍籬，讓他的牛拖走茅屋，甚至強行霸占鄰近區域最肥沃的地產。他並沒有搶劫那些農夫，對他們的土地其實不感興趣，他只是在每個禮拜六帶著獵犬和雙管獵槍出現，對他們強行收取租稅。他不否認這件事。他主張他的權利，他占領的是來自父親在建村時期分發出去的土地，他認為他可以證明父親在那時已經發瘋，他現在只是拿回原本就屬於他們家的祖產。其實他沒有必要辯駁，因為阿爾卡迪歐不是上門來主持公道。他只是要成立財產登記局，好讓荷西．阿爾卡迪歐能合法擁有他侵占的土地，他開的條件是授權給地方政府來徵收租稅。他們達成協議。幾年後，當奧雷里亞諾．波恩地亞上校檢視財產權時，發現從那座院子的丘陵開始到遠方地平線的土地，包括墓園在內，全部登記在他哥哥名下，而阿爾卡迪歐上任的十一個月內，不僅收取租稅，也向整座城鎮的人收取將死者葬在荷西．阿爾卡迪歐地產上的稅金。

烏蘇拉一直到好幾個月後才得知這件眾所皆知的事，因為人們隱瞞她，不想再增加她的痛苦。她一開始只是懷疑。「阿爾卡迪歐正在蓋房子。」她假裝引以為傲，這麼告訴她的丈夫，並塞了一匙炮彈果糖漿到他嘴裡。然而，她不由自主地嘆了一口氣：「不知怎麼地，我感覺有點不太對勁。」不久，她發現阿爾卡迪歐不但蓋好房子，還訂製了維也納家具，於是確認她的懷疑，他侵占公款。「你真是我們家族的恥辱。」某個禮拜天彌撒過後，她瞧見他正跟他的官員在新家打牌，於是衝著他大叫。阿爾卡迪歐並不理她。這時烏蘇拉才知道他有個六個月大的女兒，而跟他同居但沒結婚的聖塔蘇菲亞正懷著第二胎。最後她寫信給奧雷里亞諾．波恩地亞上校，不管他人在哪裡，她都要他知道這個情況。不過這段日子事件接二連三爆發，不僅阻撓她的決定，也讓她後悔自己的想法。在此之前，戰爭只是一個名詞，用在表述一個發生在遠方的不明情勢，此刻變成一個鮮明的現實。二月底，一個膚色蒼白的老嫗騎著一頭馱運掃帚的驢子來到馬康多。她看起來並不危險，巡邏軍隊沒多加詢問就放她通行，把她當作經常來到鎮上的沼澤區村落的商販。她直接前往軍營。阿爾卡迪歐在曾經是教室的地方接待她，在這個時期這座軍營已經轉為後衛駐紮營地，裡面有從鐵環垂掛的捲起的吊床以及堆在各個角落的蓆子、散落一地的步槍、卡賓槍甚至是獵槍。那老嫗在報出名號前，先立正行軍禮：

「我是葛雷果．史帝文森上校。」

他捎來壞消息。他說，最後幾批自由黨反抗勢力已經遭到殲滅。奧雷里亞諾．波恩地亞上校託他來給阿爾卡迪歐送口信，自己留在里奧阿查城一邊繼續打仗一邊撤退。他要阿爾卡迪歐放棄抵抗，交出這座城鎮，換取對自由黨人士的生命和財產安全的保障。阿爾卡迪歐帶著憐憫的目光打量這個陌生的使者，他竟然能成功偽裝成逃亡的老嫗。

「您一定帶了封信吧。」他說。

「當然沒帶。」這位信使回答。這不難理解，在目前這種非常時刻，身上是不能帶任何可能連累他人的東西。

他一邊說，一邊從胸衣裡拿出一條小金魚，放到桌上。「我想這個東西應該就夠清楚了。」阿爾卡迪歐確認那的確是奧雷里亞諾．波恩地亞上校親手製作的小魚。但有可能是某個人在戰爭前買到的，或者從哪裡偷來的，這可不等同萬用通行證。使者為了證實他的身分，甚至洩漏一個戰爭的秘密。他說他的任務是前往古拉索島，在那兒徵召來自整個加勒比海的流亡人士，收集足夠的武器和彈藥，準備在年底來一次登岸。奧雷里亞諾·波恩地亞上校對這個計畫有信心，他認為這個時刻不該多作無謂的犧牲。可是阿爾卡迪歐不為所動。他下令監禁使者，清查他的身分，並決心捍衛這座城鎮到死。

他沒等太久。自由黨戰敗的消息越來越明確。三月底雨水提早報到，過去幾個禮拜深厚的寧靜，在一個下雨的清晨突然間化為一聲絕望的號角聲，緊接著炮聲撼動了教堂的塔樓。阿爾卡迪歐想抵抗的決心根本是瘋狂的打算。他只有一支裝備簡陋的五十人軍隊，每人頂多配置二十個彈匣。軍隊中有些是他的昔日學生，他們聽到他野心勃勃的宣告，全都決定為一個注定失敗的目標犧牲生命。穿著靴子的軍隊亂成一團，矛盾的命令滿天飛，炮聲震動地面，槍聲四起，號角聲莫名其妙響起，那位可能是冒牌貨的史帝文森上校終於得到跟阿爾卡迪歐說話的機會。「如果我得死，絕對要戰死。」他對他說。「請不要讓我穿著這身女人的破衣服，羞愧地死在牢房裡。」阿爾卡迪歐令人交給他一把槍和二十個彈匣，讓他帶著五個人保護軍營，他則帶著最大決心，到前線打仗。後來他沒抵達通往沼澤的那條路。路障已遭移除，捍衛者在大街上打仗，首先他們在這兒還有步槍，後來他們拿手槍對抗步槍，最後是肉搏戰。眼見節節敗退，一些婦女乾脆拿起棍子和菜刀衝到街道上。阿爾卡迪歐在這一片混亂當中，遇到了穿著睡衣的阿瑪蘭塔，她手拿兩把荷西·阿爾卡迪歐·波恩地亞的老式手槍，瘋了似地正在找他。他把他的步槍交給一名在衝突中失去武器的軍官，帶著阿瑪蘭塔從另一條小巷子脫逃，帶她回家。烏蘇拉站在門口等待，無視鄰居房屋的正面門牆因遭到攻擊已開了一個洞。雨勢減緩，但街道覆蓋一片滑溜溜的軟爛泥濘，像是溶解的肥皂，在漆黑中前進得估算距離。阿爾卡迪歐把阿瑪蘭塔交給烏蘇拉，接著對付兩名從街角胡亂射擊的士兵。至於那兩把收在衣櫥多年的槍已經無法使用。烏蘇拉用身體護住阿爾卡迪歐，試圖把他拉進屋內。

「進來，老天。」她對他大吼。「瘋狂的事已經夠多了！」

那兩個士兵拿槍對準他們。

「太太，放開那個人。」其中一名士兵對她說。「否則我們不負責。」

阿爾卡迪歐把烏蘇拉推進屋內，隻身前去應戰。不久，槍響平息，鐘聲響起。抵抗軍在短短半個小時內遭到殲滅。阿爾卡迪歐的手下沒有一個逃過這場突襲，但是他們在戰死之前殺掉了三百名敵軍。在最後一處堡壘，也就是軍營遭攻擊之前，那位可疑的葛雷果·史帝文森上校釋放了囚犯，下令他的人手到街上作戰。他從不同窗戶開槍射擊，用光二十個彈匣，槍法之精準讓人以為軍營戒備森嚴，於是敵軍換上大炮，把軍營轟成殘磚碎瓦。指揮這場進攻的隊長訝異發現，在荒涼的瓦礫堆間竟然只有一個穿內褲的男人，他已氣絕身亡，整隻炸斷的胳膊還緊緊握著一把子彈用光的步槍。他的脖子後面纏著一頂插著篦櫛的茂密女性假髮，前面掛著一條小金魚護身符項鍊。隊長抬起腳，用靴子鞋尖將死者翻過來，想照清楚他的長相，接著臉上出現困惑。「該死！」他咒罵。其他士軍官靠了過來。

「看哪！這個傢伙怎麼會出現在這裡。」隊長對他們說。「是葛雷果．史帝文森！」

黎明時分，簡單的軍法審判過後，阿爾卡迪歐就在墓園的圍牆被槍斃處死。他在生前最後兩個小時，一直無法理解那股從他幼時開始折磨著他的恐懼為什麼憑空消失。他不想表現出剛剛才擁有的勇氣，只是面無表情地聽著一串對他永無止盡的指控。他想著烏蘇拉，這一刻她應該在栗樹下跟荷西．阿爾卡迪歐．波恩地亞喝咖啡吧。他想著自己連名字都還沒取的八個月大女兒，以及八月即將出生的另一個孩子。他想著聖塔蘇菲亞，前一晚他才給她醃了鹿肉當禮拜六的午餐，他想念她那頭如雲瀑般垂落在肩上的頭髮，和她那對彷彿假的茂密睫毛。他不帶感傷地想著他的家人，想著這場對他的人生的認真清算，他開始明白他是愛著他們，而不是痛恨他們的。軍事法庭庭長開始最後的演說，這時阿爾卡迪歐發現已經過了兩個小時。「雖然這些指控沒有太多依據，」庭長說。「被告不負責任和可恥的魯莽行為，害他的下屬平白無故送命，就足以判處他死刑。」阿爾卡迪歐曾在這間倒塌的教室，第一次感受到權力帶來的安全感，距離他初識愛情的不安的房間僅僅相差幾公尺，此刻他發現死亡的拘泥形式真是可笑。事實上他之於死亡更在意活著，因此當他聽到宣判死刑，湧上心頭的感覺不是恐懼而是思念。他一直等到他們問起遺願終於開口。

「請轉告我的妻子。」他用響亮的聲調說。「給女兒取名叫烏蘇拉。」他停頓一下，接著肯定地說道。「就是祖母的名字。也轉告她如果快要出世的孩子是兒子，取名叫荷西．阿爾卡迪歐，不過不是以大伯為名，而是以祖父為名。」

帶他前往行刑的圍牆之前，尼卡諾神父試著想為他做點事。「神父，我不需要任何懺悔。」阿爾卡迪歐說，接著他喝完一杯黑咖啡，聽從部隊的指示。步兵隊長是個快速處決專家，他湊巧有個意思是屠夫的名字：羅格．卡尼塞洛隊長。前往墓園路上細雨綿綿，阿爾卡迪歐看見遠方地平線曙光初露，禮拜三即將到來。他的思念之情隨著霧氣散去，只留下無盡的好奇。當他聽令背對牆壁，他看見蕾貝卡頂著一頭溼髮，身穿一件粉色花朵洋裝，把屋子門窗全部都打開。她費了好大的勁兒才認出他來。事實上，蕾貝卡是不經意看向那面牆，接著她呆若木雞，唯一的反應是勉強舉起手揮一揮，向阿爾卡迪歐道別。阿爾卡迪歐也向她揮揮手回應。這一刻，冒煙的槍口對準他，他聽見梅賈德斯逐字唱出通諭，感覺和聖母同名的聖塔蘇菲亞的腳步聲消失在教室中，感覺鼻腔湧上一股他在蕾梅蒂絲的屍體的鼻孔發現的同樣冰冷硬感。「噢咿！該死！」他的腦中冒出這句話。「我忘記交代如果生女兒就取名蕾梅蒂絲。」就在這一刻，隨著一股撕裂的痛楚，他感到折磨他一生的恐懼再次襲來。隊長已下令開火。阿爾卡迪歐還來不及抬頭挺胸，他不懂燙痛雙腿的灼熱液體是從哪兒流下來的。

「混帳！」他大吼。「自由黨萬歲！」

7

五月戰爭結束。政府高分貝向民眾保證將嚴辦煽動叛變的分子，然而就在正式發出戰爭結束公告的兩個禮拜前，奧雷里亞諾・波恩地亞上校落網了，當時他喬裝成印第安巫師，正打算穿越西部的邊界。當初跟隨他一起打仗的二十一個男人，十四個在戰鬥中送命，六個受傷，只有一個還跟著他打完最後一場敗仗：赫林內多・馬奎茲上校。他遭逮捕的消息是以一張公告傳回馬康多。「他還活著。」烏蘇拉對她的丈夫說。「讓我們祈求上天，他的敵人能慈悲為懷。」哭了三天之後，一個下午她在廚房製作焦糖醬，她清楚聽見兒子貼在她耳邊說話的聲音。「是奧雷里亞諾。」她尖叫，衝向栗樹下把消息告訴丈夫。「我不知道奇蹟是怎麼發生的，但是他還活著，我們很快就能見到他。」她深信不已。她把屋內的地板清洗一遍，將家具更換位置。幾個禮拜過後，一則來源不明的謠言，在沒有經過官方公告確認下，不可思議性地驗證了她的預言。奧雷里亞諾・波恩地亞上校被判處死刑，行刑地點在馬康多，以對人民殺雞儆猴。

一個禮拜一的早上十點二十分，阿瑪蘭塔正在替奧雷里亞諾・荷西穿衣服時，發現遠遠地出現一群人，伴隨著號角聲，下一秒烏蘇拉衝進房間大喊：「他們押他回來了。」軍隊得奮力拿著槍托擊退淹沒道路的鎮民。烏蘇拉和阿瑪蘭塔衝到街角，用力推開人群往前擠去，終於看見了他。他看起來就像個要飯的。他一身破爛，頭髮和鬍鬚糾結成一團，打著赤腳走路。他似乎沒察覺塵土有多燙人，而他的雙手被一條繩子綁在背後，繩索繫在一名軍官騎的馬頭。他們也押回赫林內多・馬奎茲上校，同樣衣衫襤褸和一副筋疲力竭的模樣。他們的臉上沒有一絲悲傷。他們比較像是迷惑般地看著群眾對著軍隊咒罵各種粗話。

「兒子啊。」烏蘇拉滿心歡喜，一手用力揮向一個企圖阻撓她的士兵。軍官的坐騎抬起前蹄。奧雷里亞諾・波恩地亞上校停下腳步，身體顫抖不已，他避開母親的雙臂，向她投去一道冷冽的眼神。

「媽媽，回家吧。」他說。「去向官員請求探監的許可。」

他瞥了阿瑪蘭塔一眼，她跟在烏蘇拉背後兩步距離不知該怎麼辦，於是露出微笑看她，「妳的手怎麼了？」阿瑪蘭塔舉起包著黑紗布的手。「燒傷。」她說，接著拉開烏蘇拉，以免馬匹從她身上踩過去。軍隊開槍警告。一支特勤衛兵圍著兩名囚犯，加快腳步將他們押往軍營。

黃昏時刻，烏蘇拉到牢裡給奧雷里亞諾・波恩地亞上校探監。她原本希望透過總督艾波里南・莫斯克德拿到許可，無奈他在軍人全面掌權之後失去所有權勢。尼卡諾神父得肝炎臥病在床。赫林內多・馬奎茲上校沒被判處死刑，他的雙親要求見兒子，卻遭槍托毆打拒絕。烏蘇拉相信兒子即將在黎明接受槍決，既然無法透過中間人協助，她乾脆打包好要帶給他的東西，單槍匹馬獨闖軍營。

「我是奧雷里亞諾．波恩地亞上校的母親。」她表明身分。

哨兵阻擋她的去路。「不管怎樣，我就是要進去。」烏蘇拉對他們說。「你們要是有格殺勿論的指令，乾脆開槍打死我吧。」她一把推開一名哨兵，闖進了舊時的教室，那兒有一群赤身裸體的士兵，正在替槍械上油。有一名身穿軍服的軍官，他戴著一副厚厚的眼鏡，舉止相當講究禮節，正紅著臉對哨兵打手勢，要他們離開。

「我是奧雷里亞諾．波恩地亞上校的母親。」她重複一遍剛才的話。

「您是說，」軍官帶著微笑糾正她的說法。「您是奧雷里亞諾．波恩地亞『先生』的母親。」

烏蘇拉從他吹毛求疵的講話方式裡，認出一種高地人一貫的慵懶語調，也就是傲慢的波哥大人。

「就如您說的是先生。」她同意。「只要准我看他就好。」

高層有令，死刑犯是不接受探訪的，但是這位軍官願意承擔責任，准她探訪十五分鐘。烏蘇拉讓他看包袱裡有些什麼：一套乾淨的替換內衣，一雙她兒子在婚禮上穿的靴子，還有一罐預感他將返鄉之後製作的焦糖醬。她到奧雷里亞諾．波恩地亞上校的牢房見他，他躺在一張單人床上，張開雙臂，因為兩邊腋下長滿癤子。他們允許他刮鬍子。濃密八字鬍的尖細兩端反倒凸顯出他稜角分明的顴骨。烏蘇拉感覺他的膚色比臨別時還要蒼白，個子還高一些，孤獨感比以往都還強烈。他對家中發生的大小細節瞭若指掌：皮耶特．克雷斯畢的自殺、阿爾卡迪歐的專制和後來遭到槍決、栗樹下的荷西．阿爾卡迪歐．波恩地亞依舊與世隔絕。他知道未出嫁的阿瑪蘭塔堅持守寡，投注全副心力扶養奧雷里亞諾．荷西，這個孩子嶄露了他聰明的天資，牙牙學語的同時，也開始學習閱讀寫字。烏蘇拉從踏進牢房起便懾服於兒子的成熟態度，令人敬畏的靈氣，以及身上散發的威嚴。她相當詫異兒子的消息竟然這麼靈通。「您知道我是個占卜師。」他開玩笑說。接著他語氣轉為嚴肅繼續說：「今天早上他們帶我回來時，我有一種似曾相識的感覺。」事實上，當鎮民夾道熱烈歡呼時，他正沉浸在思緒當中，他很訝異這座城鎮在短短一年內憔悴了這麼多。扁桃樹的枝葉殘破不堪。鎮上的房屋最初漆上藍色，接著漆成紅色，後來又換回藍色，最後變成一種說不上來的顏色。

「你期待看到什麼？」烏蘇拉嘆口氣。「時間的腳步不可能停歇。」

「沒錯。」奧雷里亞諾承認。「但是不該那麼快。」

就這樣，這場殷殷期盼多時的探訪，兩人雖然都各別準備了問題，並預知可能的答案，最後還是變成一般的閒話家常。當哨兵宣布探訪時間結束，奧雷里亞諾從單人床的床墊底下拿出一卷發縐的紙。那是他寫的詩句。他以蕾梅蒂絲為靈感創作的詩句，離鄉時將它隨身一併帶了走，後來，他趁著打仗時空出的短暫時間也寫了一些。

「請保證不要讓任何人讀到這些詩。」他說。「今晚就丟進爐灶裡燒了吧。」烏蘇拉向他保證，接著起身給他一個道別之吻。

「我帶了一把手槍給你。」她低聲說。

奧雷里亞諾．波恩地亞上校確認視線所及沒有任何哨兵。「這個東西對我沒用。」他壓低聲音回答。「不過還是給我吧，以免妳在出去時遭到搜身。」烏蘇拉從胸衣內掏出手槍，他收起塞進床墊底下。「不要道別。」他用冷靜的口吻強調。「不要哀求任何人，也不要在任何人面前低聲下氣。就當我在很久以前就被槍決處死了。」烏蘇拉緊咬嘴唇，以免哭出聲。

「要敷熱石頭治療癤子。」她說。

烏蘇拉轉過身離開牢房。奧雷里亞諾．波恩地亞上校依舊站在原地，一臉若有所思，直到門關上。這時他繼續張開手臂躺在床上。打從青少年起，當他發現他能感覺到預兆，他就認為死亡應該是一種清楚、確鑿和切實的信號。有一回，有個美麗的女孩踏進土庫林卡的營地，要求見他一面。他們放她進去，因為他們曾聽說，有些狂熱的母親為了改善後代的血統，會把女兒送進最令人聞風喪膽的戰士的房間。那一晚，當女孩走進房間時，奧雷里亞諾．波恩地亞上校剛完成一首詩，內容是個男人迷失在雨中。他背對著她，把那張紙收進存放詩作的抽屜並上鎖。這時他感覺到了死亡的信號。他沒有回過頭，抓起了抽屜內的手槍。

「拜託，別開槍。」他對她說。

當他拿著上膛的手槍轉過身，女孩已放下她的槍，不知該做什麼。於是他逃過一共十一次暗殺中的其中四次。但是有一晚他把床讓給馬尼費克·維斯巴上校，讓他流汗退燒，有個人卻潛進革命軍在馬瑙雷的營地，亂刀砍死他的密友，後來從沒逮到這個兇手。他睡在同一個房間相隔幾公尺的吊床上，卻渾然不知發生什麼事。他試過將預兆進行分類，卻徒勞無功。他的預兆總是來得突然，猶如超自然的靈光一閃，剎那間清晰地浮上腦海，但是抓不住。有時他的預兆卻是自然出現，一直到真的發生之後，他才恍然大悟那是預兆。有時預兆非常明確，後來卻沒發生。大部分時間，他的預兆經常只是一般人的迷信而已。但是當他們判他死刑，要他交代遺願，他毫不考慮地說出他從預兆看到的回答：

「我希望在馬康多接受處決。」

軍事法庭長聽了不太高興。

「波恩地亞，別耍聰明。」他對他說。「這個詭計只是在拖延時間。」

「您可以拒絕。」他說。「反正這是我的遺願。」

從這一刻起，他不再感覺得到預兆。烏蘇拉來探監這天，他思索許久，得出的結論是他的死期未到，他死不死不由運氣操控，而是要殺他的劊子手。他一夜沒睡，因為胳肢窩的癤子疼痛難耐。破曉前不久，他聽到走廊傳來腳步聲。「他們來了。」他對自己說，腦海突兀地浮現荷西·阿爾卡迪歐·波恩地亞的身影，他在這一刻，想著清晨他在昏暗的栗樹下的模樣。他沒有恐懼也沒有惆悵，只覺得內心一股怒氣上升，這樣被迫死去，無法知道這麼多還沒了結的事物最後的結局。牢房的門打開了，一名哨兵端著咖啡進來。隔天同一個時間，同樣情節又上演一遍，他因為忍受著胳肢窩的疼痛而滿肚子怨氣。禮拜四，他把焦糖醬跟哨兵分享，然後穿上有點緊的乾淨衣服和那雙漆皮靴子。到了禮拜五，他們還沒將他處決。

事實上，他們不敢舉行這場槍決。這座城鎮人民向來離經叛道，上層軍官認為槍斃奧雷里亞諾·波恩地亞上校可能會引起不堪設想的政治問題，不只是在馬康多，而是在整個沼澤區，所以他們詢問了省府當局的意見。禮拜六晚上，正當他們等待回覆同時，羅格·卡尼塞洛隊長跟其他軍官一起去了卡塔里諾的店。店裡只有一個女人硬著頭皮帶他進房，而且還是出於遭到脅迫。「其他姊妹不敢跟一個她們知道就快要死的男人上床。」她老實跟他說。「沒有人知道會怎麼發生，但是每個人都說槍殺奧雷里亞諾·波恩地亞上校的軍官跟所有的步兵，遲早會一個接著一個死光，即使逃到世界的盡頭也躲不掉。」羅格·卡尼塞洛隊長把這件事告訴其他軍官，接著軍官轉告他們的上司。禮拜天，儘管沒有人老實說，儘管這幾天看不到軍隊任何慌亂的動作，整座城鎮都知道那些軍官正想盡辦法找藉口，迴避執行槍決的工作。禮拜一，一紙政府的命令要求在二十四小時內執行死刑。同一天晚上，所有軍官把七張寫上他們名字的紙條放進一個帽子裡，不幸地，羅格·卡尼塞洛隊長注定中籤。「厄運當頭，怎麼躲也躲不掉。」他帶著深深的苦澀口吻說。「我生是狗娘養的兒子，死也是狗娘養的兒子。」清晨五點，他抽籤選出一支隊伍行刑，要他們在院子裡集合，接著用一句彷彿預告的話語叫醒死囚。

「上路吧，波恩地亞。」他對他說。「時刻到了。」

「原來是這件事。」上校回答。「我正夢見癤子裂開了。」

自從聽說奧雷里亞諾將遭槍決，蕾貝卡每天凌晨三點起床。她待在漆黑的房間裡，從半掩的窗戶監看墓園那面牆邊的一舉一動。而她坐著的床鋪隨著荷西·阿爾卡迪歐的鼾聲起伏。她等了整整一個禮拜，昔日她也是因著這份隱藏的執著，不斷等待著皮耶特·克雷斯畢寫來的信。「他們不會在這裡槍斃他。」荷西·阿爾卡迪歐對她說。「他們會選半夜就在軍營裡槍斃他，以免大家知道是誰帶領步兵，然後就地掩埋。」蕾貝卡繼續等待。「他們敢在這裡槍斃他，就是一群笨蛋。」她非常確定，還預見自己怎麼開門，揮揮手跟他說再見。「他們不會押著他穿越街道。」荷西·阿爾卡迪歐不死心地說。「他們一共才六個士兵，個個都知道鎮民什麼事都幹得出來。」蕾貝卡無視丈夫的那套邏輯分析，繼續守在窗戶前。

「妳會知道他們就是一群笨蛋。」他說。

禮拜二清晨五點，荷西·阿爾卡迪歐喝完咖啡，解開他的獵犬，這時蕾貝卡關上窗戶，緊緊地扶住床頭，以免跌倒。「他們押他來了。」荷西·阿爾卡迪歐從窗戶探頭出去，看到了他，他沐浴在晨曦中的身影顫抖著，穿著一條他年輕時候的褲子。這時他已經背對牆壁，雙手扠腰，因為胳肢窩的炙人癤子，讓他無法把雙手放下來。「一個人竟能淪落到這般地步。」奧雷里亞諾·波恩地亞上校低喃。「這種只能眼睜睜看六個娘娘腔殺害自己的下場。」他怒氣沖沖地重複這句話，幾乎是激動起來，羅格．卡尼塞洛隊長看了十分感動，以為他正在禱告。當步兵隊舉槍對準他，他感覺怒氣化成苦澀的黏液，麻痺他的舌頭，逼得他閉上眼睛。這一刻，黎明灰濛濛的天光消失無蹤，他看見了還是個小男孩的自己，穿著短褲，脖子上掛著一條繩索，他看見父親在一個陽光燦爛的午後，帶著他走進一頂帳篷，見識冰塊的模樣。當他聽到叫聲，以為那是對步兵下的最後命令。一股好奇像是冷顫一般竄過，他張開雙眼，以為熱燙的子彈會迎面飛來，但是他只看到羅格．卡尼塞洛隊長舉高雙手，荷西．阿爾卡迪歐正穿越街道，拿著他那把駭人的獵槍準備開火。

「別開槍。」隊長對荷西．阿爾卡迪歐說。「上帝的使者。」

從這裡開始，另一場戰爭儼然成形。羅格．卡尼塞洛隊長跟他的六位下屬跟著奧雷里亞諾．波恩地亞上校，一同前去營救革命派將軍維克托里歐．梅迪納，他被判在里奧阿查城處決。他們以為翻山越嶺，沿著荷西．阿爾卡迪歐．波恩地亞建立馬康多的那條山路能節省時間。但是不到一個禮拜，他們就發現這是一條不可能的路線。因此，他們不得不改走比較危險的丘陵，帶在身上的只有執行槍決部隊的彈藥。他們在村子外圍紮營，由一人喬裝過後，握著小金魚在大白天進入村內，聯絡潛伏的自由黨派同伴，要他們隔天早上外出打獵，自此一去不復返。當他們終於能站在山區的一個拐彎處眺望里奧阿查城時，維克托里歐．梅迪納將軍已經遭到槍決。奧雷里亞諾．波恩地亞上校的人手拱他為統領加勒比海沿岸地區革命軍勢力的指揮，賦予將軍軍階。他接下這份工作，但是婉拒升遷，他開給自己的條件是，只要他們無法推翻保守黨政權，就不接受這個官位。三個月後，他們召集了上千人，不過遭到殲滅。倖存的人成功逃到東部邊界。接下來再有他們的消息時，他們已經從安地列斯群島過來，在威拉岬角上岸。政府部分人士透過電報發布，並以布告向全國百姓歡天喜地通知奧雷里亞諾·波恩地亞上校的死訊。但是兩天過後，緊接著前一封而來的電報通知南部平原爆發另一場叛亂。於是，奧雷里亞諾·波恩地亞上校無所不在的神話傳了開來。同時間，各種矛盾的消息滿天飛，有人說他在比利亞努埃瓦打勝仗，在瓜卡馬亞爾吞敗仗，在莫提洛內斯遭印第安原住民生吞下肚，在沼澤區的一座小村莊命喪黃泉，然後又一次在烏魯米塔起義。自由黨領導人當時正在與政府協商國會席次，卻指稱他是無黨派的冒險志士。政府把他歸為土匪之流，以五千塊披索懸賞他的人頭。吞下十六場敗仗之後，奧雷里亞諾·波恩地亞上校帶著兩千名裝備精良的印第安戰士以及一批在睡夢中驚醒的駐軍離開瓜希拉省，棄守里奧阿查城。他的本部原是設置在這兒，並在這兒發布所有對抗政權的戰爭。他從政府手中接到的第一份通告，是要挾他若不帶著他的武力撤退到東部邊界，他們會在四十八小時內狙擊赫林內多·馬奎茲上校。這時擔任他的參謀長的羅格·卡尼塞洛上校垮著一張臉遞給他一封電報，但出乎意料的是，他竟歡喜地讀完。

「太好了！」他歡呼。「馬康多有電報機了。」

他的回答是明確的。他希望三個月內在馬康多設立他的本部。到時候，如果他見到的不是活生生的赫林內多·馬奎茲上校，他一定會喪失理智地拿槍殺光到目前為止所有俘虜的軍官，先從將軍開始，再下令下屬以同樣方式處置戰俘，直到戰爭結束。三個月後，當他以勝利之姿回到馬康多，他在沼澤區路上碰到的第一個擁抱，就是赫林內多．馬奎茲上校的擁抱。

他們家裡充滿孩子。烏蘇拉收容了聖塔蘇菲亞，她的長女和一對在阿爾卡迪歐遭槍決的五個月後誕生的雙胞胎。她不顧孩子父親的遺願，給姊姊取名叫蕾梅蒂絲。「我相信阿爾卡迪歐想講的是這個名字。」她辯稱。「我們不會給她冠上烏蘇拉，因為取這個名字會命運乖舛。」至於一對雙胞胎，她替他們分別命名為荷西．阿爾卡迪歐二世和奧雷里亞諾二世。阿瑪蘭塔負責照顧所有的孩子。她在客廳裡擺置小木椅，設立一所幼兒園，連同鄰居的孩子一併照顧。當奧雷里亞諾．波恩地亞上校返鄉，除了鞭炮聲和噹噹鐘聲，還有一個兒童合唱團歡迎他回家。奧雷里亞諾．荷西已經長得和祖父一般高大，此刻打扮成革命軍軍官，向他行軍禮。

並非一切都是好消息。奧雷里亞諾．波恩地亞上校逃亡一年後，荷西．阿爾卡迪歐和蕾貝卡搬到阿爾卡迪歐蓋的屋子居住。沒有人知道他曾插手阻止槍決執行。他們的新家坐落在廣場上最好的位置，迎著一棵扁桃樹的樹蔭，樹上有三個知更鳥的鳥巢，屋子有扇迎客的大門，還有四扇採光窗戶。他們把這裡打造成歡迎客人上門的家。蕾貝卡昔日的好姊妹，其中包括四個還單身的莫斯克德姊妹，重拾她們多年前在秋海棠長廊上被打斷的刺繡聚會。荷西．阿爾卡迪歐依然坐享侵占而來的土地，保守黨政府承認他的產權。他每天下午拿著雙管獵槍騎馬回家，身邊跟著他的獵犬，馬鞍上掛著一串兔子。九月的某天下午，暴風雨即將來襲，因此他提早回家。他在飯廳跟蕾貝卡打招呼，把狗拴在院子，把兔子掛在廚房，準備晚點醃肉，然後他回臥房更衣。後來蕾貝卡聲明，當她的丈夫進入臥房時，她關在浴室裡，所以不知道發生什麼事。這是個難以信服人的說法，但是沒有其他更真實的版本，沒有人想得到能有什麼理由讓蕾貝卡殺害一個讓她幸福的男人。或許這是馬康多唯一一個從未解開的謎團。當荷西．阿爾卡迪歐一關上門，轟然一聲槍響撼動了整棟屋子。一道鮮血從門下縫隙流出來，穿過客廳到大街上，繼續沿著單側的人行道前進，流下露天臺階，爬上女兒牆，經過土耳其人街，往右轉然後再往左轉，繞過街角，抵達波恩地亞家的屋前，從緊閉的大門下方鑽進去，貼著牆壁繼續前進，以免弄髒地毯，穿過了訪客廳，往秋海棠長廊而去，經過阿瑪蘭塔的椅子下沒被發現，而她正在教奧雷里亞諾．荷西算數，然後鑽進穀倉抵達廚房，烏蘇拉正要打三十六顆雞蛋，準備做麵包。

「聖母瑪利亞！」烏蘇拉驚聲尖叫。

她尋著血跡往相反的方向走，尋找來源在哪兒，她穿過了穀倉，經過秋海棠長廊，這會兒奧雷里亞諾．荷西正誦著三加三等於六和六加三等於九，她穿過飯廳和所有廳堂，到了街上繼續往前走，之後右轉然後左轉，抵達土耳其人街，她沒注意自己還穿著圍裙和室內拖鞋，她到了廣場，走進一棟從沒踏進去過的屋子的大門，推開臥房門，險些被火藥味嗆得無法呼吸，她找到荷西．阿爾卡迪歐臉朝下趴在地板上，身體下面壓著剛剛脫下的綁腿，她看見鮮血來自他的右耳，這時已經停止湧出鮮血。他們在他身上找不到任何傷口，也沒發現武器在哪裡。屍體沾染的濃濃火藥味怎麼也無法去掉。他們先用肥皂和刷子將屍體清洗三次，接著撒上鹽巴和醋搓揉，然後改用泥灰和檸檬，最後他們把屍體泡在一桶鹼水裡，靜置六個小時。屍體經過那樣用力刷洗，連圖騰刺青都開始褪色。他們想到一個不抱希望的辦法，打算用胡椒粒、茴香和肉桂葉調味，再以慢火滾煮一整天，屍體卻已開始腐爛，他們不得不趕緊安葬他。他們特別訂做一個二百三十公分長和一百一十公分寬的棺材，裡邊使用鐵片加強，鎖上鋼螺栓固定，讓他躺進去並緊緊地封好。儘管如此，葬禮進行時棺材所經之處還是聞得到那股氣味，尼卡諾神父的肝臟腫大，肚皮鼓脹，即使臥病在床，也在床上一起向他道別。幾個月後，他們墳墓四周築起防護牆，並在裡面填滿厚厚的泥灰、木屑和石灰，火藥味卻依舊縈繞墓園，直到許多年後，香蕉公司的工程師再用一層水泥封住墳墓。屍體一抬走，蕾貝卡立刻關閉所有的門，把自己活生生關在屋內，她在身上覆蓋厚厚一層鄙視一切的保護殼，任世俗的誘惑都無法破除。她曾經外出過一次，那時她已經非常老了，她腳上踩著一雙老銀顏色的鞋，戴著一頂小花綴飾的帽子，那個時候，正逢流浪的猶太人經過小鎮，他引起的高溫，逼得鳥兒紛紛撞壞屋子窗戶的鐵網，死在臥室裡頭。最後一次有人看到活著的她，是她以精準的槍法射殺一個試圖撬開她家大門的小偷。從那時起，除了她忠心的女僕安潔妮塔外，再也沒有人跟她接觸。有一段時間，據傳她寫信給主教，但從未聽說她收到回信。小鎮就此遺忘了她。

儘管這一次奧雷里亞諾．波恩地亞上校是凱旋歸來，他對這一切表象卻不感樂觀。政府軍沒有抵抗就棄守據點，帶給自由黨派民眾錯誤的想像，革命軍知道真相，尤其是奧雷里亞諾・波恩地亞上校，但卻不適合戳破。這時，他的麾下超過五千人，並治理沿岸兩個省分，但他知道他被困在海邊，陷入混沌不明的政治局勢，當他下令重建軍隊炮擊摧毀的教堂塔樓，尼卡諾神父躺在他的病床上說：「這真是荒謬：信奉上帝的教徒摧毀了教堂，共濟會成員卻派人將它修復。」他在電報收發室跟其他據點的首領與會，花好幾個小時苦思脫逃策略，一次比一次更確定戰爭陷入膠著。每當傳來自由黨的捷報，他們會歡欣鼓舞地宣布勝利的消息，可是他卻埋首地圖找尋勝利真正的範圍，於是他了解了他們的軍隊正置身叢林深處，對抗瘧疾和蚊子，與現實的期盼相反。「我們在浪費時間。」他在各個軍官面前抱怨。「只要自由黨那些高層混帳還在乞討國會席次，我們就會一直浪費時間下去。」夜裡他無法成眠，他仰躺在吊床裡，而掛著吊床的房間，正是他被判死刑的房間。他腦海浮現一身黑西裝的律師在寒冷的清晨從總統府出來，他們立起外套的領子蓋住耳朵，搓揉雙手，低聲交談，然後躲進破曉時刻昏暗的小咖啡館，猜測總統說「可以」時話中的真正意思，或者說「不可以」時真正的意思，他們甚至猜測，當總統說起另一件不相干的事時，究竟在打什麼算盤。與此同時，他正在三十五度高溫的地方打蚊子，感覺黎明來臨，害怕得下令部下投海自盡。

某一晚他心神不寧，聽見碧蘭・德內拉在院子裡唱歌，便要求跟士兵在一起的她替他用紙牌算命。「小心你的嘴巴。」她攤開又收起紙牌三次後，只對他清楚講了這句話。「我不曉得意思是什麼，但是唯一一條清楚的指示是小心你的嘴巴。」兩天後，有人端給勤務兵一杯黑咖啡，這個勤務兵交給另一個同伴，這個同伴再交給另一個，就這樣傳來傳去，最後送到奧雷里亞諾・波恩地亞上校的辦公室。他沒叫咖啡，不過既然送來了，他也就喝了。裡頭摻了足以殺死一匹馬的番木鱉鹼。當他們把他送回家時，他弓著身體，全身僵硬，出現裂紋的舌頭往外吐。烏蘇拉守在他身邊陪他與死神奮戰。她先給他喝催吐劑洗胃，接著拿溫暖的毯子將他包住，接下來兩天餵他吃蛋清，直到他遭毒害的身體恢復了正常的溫度。到了第四天，他脫離險境。迫於烏蘇拉和幾位軍官的堅持，他不得已在床上多躺了一個禮拜。這段時間，他才知道他的詩作沒有被燒掉。「我不想就這麼隨便燒掉。」烏蘇拉跟他解釋。「那天晚上，我走到爐灶邊打算生火，我對自己說還是等到屍體抬回來再說吧。」昏昏沉沉的養病期間，奧雷里亞諾・波恩地亞上校在蕾梅蒂絲那些覆蓋灰塵的娃娃的陪伴下讀著他的詩，想起了他這輩子最重要的時光。於是他再次提筆創作。接下來的許多時間，他遠離成天為沒有未來的戰爭提心吊膽，把他徘徊在死亡邊緣的經驗寫成韻腳詩。這時他的思緒是那樣清晰，能夠一一仔細檢視。有一晚，他問赫林內多・馬奎茲上校：

「兄弟，告訴我一件事：為什麼你要打仗？」

「兄弟，因為非打不可。」赫林內多・馬奎茲上校如此回答。「為了偉大的自由黨。」

「你真幸福，知道理由。」他回答。「我呢，我到現在才恍然大悟，我是為自尊心打仗。」

「這真糟糕。」赫林內多・馬奎茲上校說。

奧雷里亞諾・波恩地亞上校對於他的緊張倒是感到十分有趣。「當然糟糕。」他說。「但不論如何，最好還是別知道打仗的理由。」他看著他的眼睛，露出微笑又說：

「不然就是跟你一樣，為一個對任何人來說都不具意義的東西打仗。」

也因為自尊心，他在黨領導人還沒向大眾修正他是強盜的說法時，不願意跟內陸的武裝部隊聯絡。然而，他知道一旦拋開他的顧忌，戰爭的惡性循環就會結束。他趁著養病時仔細思考一番。這時，他成功說服烏蘇拉拿出埋在地下的剩餘家產，加上大筆的存款；他任命赫林內多・馬奎茲上校為馬康多的軍警總長，親自出馬聯絡內陸的叛軍。

赫林內多・馬奎茲上校不但是奧雷里亞諾・波恩地亞上校的心腹，烏蘇拉也把他當作家中一分子。他看起來弱不禁風，害羞，天生好教養，可是他比較適合打仗，不適合治理。他很容易迷失在政治顧問群那套理論的迷宮裡。但是他成功在馬康多打造寧靜的鄉村環境，正是奧雷里亞諾・波恩地亞上校希望靠製作小金魚餬口到老死的夢想之地。他跟父母住在一起，不過一個禮拜只跟烏蘇拉吃兩三次午飯。他讓奧雷里亞諾・荷西負責管理軍火，給他一些基本的軍事指令，經過烏蘇拉同意，帶他到軍營住幾個月，旨在訓練他成為男子漢。許多年前，當赫林內多・馬奎茲還只是個乳臭未乾的小毛頭時，曾向阿瑪蘭塔吐露愛意。當時她眼裡只有皮耶特・克雷斯畢，差不多到了鬼迷心竅的地步，因此對他嗤之以鼻。赫林內多・馬奎茲耐心等她。有一次，他從監獄寫了一封信給阿瑪蘭塔，請她幫忙縫製手帕，並在上面繡上他的父親姓名的開頭字母。他一併把錢寄過去。一個禮拜後，阿瑪蘭塔帶了一打刺繡手帕探監，把錢退給他，然後他們聊起過去聊了好幾個小時。「等我出去，我要娶妳。」赫林內多・馬奎茲在離別那一刻對她說。阿瑪蘭塔依然笑著看他，但是當她在教導孩子認字時，腦中還繼續想著他，她希望能對他燃起少女時對皮耶特・克雷斯畢的那股熱情。每個禮拜六探監的日子，她會到赫林內多・馬奎茲父母的住家，陪他們去看兒子。有個禮拜六，烏蘇拉訝異地發現她在廚房裡等待餅乾出爐，準備挑走最漂亮的，然後用她為了會面時間縫製的餐巾包起來。

「嫁給他吧。」她對女兒說。「很難再找到跟他一樣的男人。」

阿瑪蘭塔裝出不開心表情。

「我犯不著找男人。」她回答。「我帶餅乾給赫林內多吃，只是可憐他遲早會被槍決。」

她不假思索地說出這句話，可是政府恰巧在這時對外發布威脅，若叛軍不交出里奧阿查城，他們會槍決赫林內多・馬奎茲上校。探監遭到禁止。阿瑪蘭塔躲起來哭泣。她實在無法承受這種類似蕾梅蒂絲猝逝時折磨她的罪惡感，彷彿她的無心之話再一次招致死亡。她的母親安慰她。她肯定地對她說奧雷里亞諾・波恩地亞上校有辦法阻止槍決。並保證戰爭結束後她會把赫林內多．馬奎茲帶出來。後來她提早實現諾言。赫林內多．馬奎茲回家以後，擔任軍警總長新職，她把他當兒子看待，盡其所能讚美他希望將他留下，並鼓起所有勇氣求他記得想娶阿瑪蘭塔的初衷。她的哀求似乎奏效。赫林內多．馬奎茲上校來家裡吃午飯的日子，會待在秋海棠長廊整個下午，跟阿瑪蘭塔玩跳棋。烏蘇拉會端牛奶咖啡和餅乾給他們享用，並負責照顧小孩，讓他們不受打擾。事實上，阿瑪蘭塔也努力想重新點燃少女時代化為灰燼的熱情。她等待午餐的日子，玩跳棋的午後，心中的忐忑不安幾乎到了快無法忍受的地步，有這位擁有遠古名字的戰士陪伴，讓時間過得飛快，她注意到他移動棋子時，指頭會微微地顫抖。不過，當赫林內多．馬奎茲上校再次提起想跟她結婚的那天，卻遭到她斷然拒絕。

「我不會嫁給任何人。」她對他說。「而且你是最不可能的那一個。你太愛奧雷里亞諾，你想娶我是因為你們無法結婚。」

赫林內多．馬奎茲上校是個耐心十足的男人。「我不會放棄。」他說。「我遲早會說服妳。」他繼續來她家。她關在房裡，咬著嘴唇無聲哭泣。阿瑪蘭塔舉起手指塞住耳朵，不想聽到她的追求者告訴烏蘇拉戰爭的最新消息，她渴望見他，但是她有足夠力氣阻止自己跟他見面。

當時奧雷里亞諾．波恩地亞上校尚有時間，每兩個禮拜就會寄一份詳細的報告到馬康多。但是他只寫過一封家書給烏蘇拉，那是在他踏上征戰之途的八個月後。一位特使送來一封滴上封蠟的信，裡頭的一張紙上躺著上校優美的字體：小心照顧爸爸，他就要過世了。烏蘇拉心生警覺。她說：「奧雷里亞諾會這麼說，是因為他知道會發生。」於是她請人幫忙帶荷西·阿爾卡迪歐·波恩地亞進臥室，他不僅跟以往一樣重，經年累月在栗樹下待了這麼久之後，他的本能自主性地增加了體重，甚至連七個男人都抬不動他，他們得用拖的將他帶到床上。當這個受盡日曬雨淋的魁梧老人開始在臥室裡呼吸，空氣立即彌漫一股混合草菇、巴西木以及長久以來累積而成的強烈戶外氣味的怪味。第二天天亮後他人不在床上。烏蘇拉找遍每個房間。最後她找到返回栗樹下的他。因此他們把他綁在床上。儘管荷西·阿爾卡迪歐·波恩地亞還是跟以往一樣力大如牛，但他並未抵抗。對他來說在哪裡都一樣。他回到栗樹下，並不是受到意識驅使，而是身體的慣性。烏蘇拉照顧他，餵他吃飯，告訴他奧雷里亞諾的消息。但許久以來他唯一能溝通的對象其實只有普登修·阿奇勒。普登修·阿奇勒死了太久，屍骨都已化為灰燼，他每天來找他聊天兩次。他們聊鬥雞。他們約定要一起開一座培育這種美妙動物的養殖場，不只是為了一嘗勝利快感，畢竟這時他們已經不再需要勝利，而是要打發冥界無聊的禮拜天。普登修·阿奇勒替他清潔身體，餵他吃飯，告訴他一個叫奧雷里亞諾的陌生人精采的事蹟，這個人在戰爭期間擔任上校。獨處時，荷西·阿爾卡迪歐·波恩地亞安慰自己的辦法，是作一個無窮盡的房間的夢。他夢見自己下床，打開房門，踏進另一間一模一樣的房間，裡頭有一張床頭同樣是鑄鐵的床，一張同樣的藤椅，盡頭的牆壁掛著同一幅救贖聖母的圖像。他從這間房間再進入另外一間一模一樣的房間，打開房門後又走到另一間一模一樣的房間，然後再一間一模一樣的，永無止盡。他喜歡逛過一間又一間房間，彷彿置身在一座掛滿平行鏡子的長廊上，直到普登修・阿奇勒來了，摸摸他的肩膀。這時他會從一間又一間的房間回來，在途中慢慢醒來，走完回頭路之後，在現實世界的房間裡與普登修・阿奇勒見面。但有一晚，也就是他被帶到床上的兩個禮拜後，普登修・阿奇勒卻是在半途的一間房間摸他的肩膀，他以為這是現實世界的房間，所以留了下來。隔天早上，烏蘇拉給他送早餐的時候，在走廊上看見一個男人。那男人體型矮小精壯，穿著一套毛料黑西裝，戴著一頂也是黑色的帽子，帽子很大幾乎蓋住那雙哀傷的眼睛。「老天。」烏蘇拉心想。「我差點以為看到的是梅賈德斯。」那是卡陶雷，薇西塔森的哥哥，失眠症疫情爆發開來時，他逃離了他們家，從此像是斷了線的風箏。薇西塔森問他為什麼回來，他用他神聖的語言回答：

「我是來參加國王的葬禮。」

這時他們進入荷西・阿爾卡迪歐・波恩地亞的房間，使勁全力搖他，在他耳邊大喊大叫，拿一面鏡子擺在他的眼前，無奈怎麼也叫不醒他。不久，當木匠來替他量身訂做棺材時，他們看到窗外飄下黃色小花，恍若一場綿綿細雨，後來花雨像是一場無聲的暴雨襲擊了一整夜，覆蓋了屋頂，堵塞了大門，悶死了所有露天而睡的動物。這麼多花朵從天而降，天亮後，街道像是鋪了一件厚重的床罩，居民得拿鐵鍬和釘耙清除，好讓送葬的隊伍能夠通行。

8

阿瑪蘭塔坐在藤編的搖椅上，膝上擱著進行到一半的工作，凝視著奧雷里亞諾・荷西，他的下巴塗著一層泡沫，正在磨刮鬍刀，這是他第一次刮鬍子。他把稀疏的金色鬚毛子修成八字鬍，卻弄到面皰流血，劃傷上唇。總之，刮鬍子前後看起來沒什麼兩樣，但整個過程卻費了好一番工夫，也讓阿瑪蘭塔在這一刻注意到她開始變老。

「你跟這個年紀的奧雷里亞諾長得真是一模一樣。」她說。「你已經是個男人了。」

他從許久以前就長大成人，從遙遠的那天，當阿瑪蘭塔還當他是孩子在浴室當他的面脫衣服起，她從碧蘭・德內拉把孩子交給她扶養後一直都習慣這麼做。他第一次看她脫衣服，只注意到她雙乳間的深溝。當時的他天真無邪，他問那裡怎麼了，阿瑪蘭塔舉起手，用指尖挖了胸部幾下，然後回答：「有人拿刀劃我好幾刀，好幾刀，再好幾刀。」後來，當她從皮耶特・克雷斯畢的自殺打擊後振作起來，再一次跟奧雷里亞諾・荷西洗澡，這個孩子已經不再注意她的乳溝，而是盯著那一雙綴著深色乳尖的漂亮乳房，感覺一股陌生的顫慄竄過全身。他繼續檢視她，一寸一寸探索她恍若奇蹟的私密，他感覺他在凝視時皮膚起了雞皮疙瘩，就跟她的皮膚碰到水時也起雞皮疙瘩一樣。他從年紀還很小時，就習慣溜下他的吊床，爬上阿瑪蘭塔的床待到天亮，觸摸她能消除他對黑暗的恐懼。然而自從他開始注意她的胴體那天起，他爬進她的蚊帳就不再是怕黑，而是渴望感覺破曉時分阿瑪蘭塔溫熱的呼吸氣息。有一天清晨，當時是她拒絕赫林內多・馬奎茲上校的那段時間，奧雷里亞諾・荷西醒過來，感覺快喘不過氣來。他發現阿瑪蘭塔的手指彷彿發熱的蠕蟲，不安地爬過他的下腹。他假裝睡著，換個更方便的姿勢，這時他感覺阿瑪蘭塔那隻沒纏紗布的手像隻軟體動物，瞎闖進他渴望的水藻之間。儘管他們裝作不知道兩人都知道的事，以及知道彼此知道，這一晚之後，他們共享一個不能戳破的秘密。沒聽到客廳的時鐘響起十二點的華爾茲舞曲，奧雷里亞諾・荷西睡不著，而這位皮膚開始憔悴的成熟處女，沒感覺一手帶大的孩子因為失眠溜進她的蚊帳，不得片刻安寧，她沒想過這其實是舒緩她的寂寞的方法。他們不只睡在一起，盡情愛撫彼此赤裸的身體，更在屋內的每一個角落追逐對方的身影，任何時間都可能關在臥室裡，絲毫不減興奮的狀態。有一天下午，當他們躲在穀倉裡正要接吻，差一點被闖進來的烏蘇拉嚇一大跳。「你很喜歡姑姑嗎？」毫不知情的她問奧雷里亞諾・荷西。他回答喜歡。「很好。」烏蘇拉說，接著她量完做麵包需要的麵粉後返回廚房。這段插曲讓阿瑪蘭塔大夢初醒。她發現她玩火過頭，這已經不是跟小朋友玩親吻遊戲，而是深陷在一段危險、沒有結局的遲暮之戀，於是毅然決然斬斷情絲。這時奧雷里亞諾・荷西已服完軍事訓練，他接受了現實，搬到軍營去睡。每到禮拜六，他就跟著其他士兵光顧卡塔里諾的店，店裡的小姐身上散發一股腐味，就像枯萎的花朵，但是他在漆黑裡將她們完美化，努力將她們想像成阿瑪蘭塔，藉以排解他的寂寞，撫慰他早熟的青春。

不久之後，有關戰事的矛盾消息傳來。正當政府承認叛軍有所進展，馬康多的軍官卻握有機密情報指出即將達成和平協議。四月初，一名特使來到赫林內多．馬奎茲上校面前。他通知，黨內領導高層聯繫內陸的叛軍首領他們將達成停戰協議，交換條件是政府給予自由黨三個部長職位，也就是少數黨派在議會的代表席位，並全面特赦繳械的叛軍。特使帶來一份奧雷里亞諾．波恩地亞上校的高度機密命令，上校表示並不贊成停戰協議的條款。赫林內多．馬奎茲上校挑選了手下五名精兵，帶著他們離開國內，秘密執行他的命令。協議發布前一個禮拜，各種自相矛盾的謠傳滿天飛，奧雷里亞諾．波恩地亞上校帶著十名心腹軍官，包括羅格．卡尼塞洛上校在內，午夜過後悄悄抵達馬康多，他們解散駐軍、埋掉武器、銷毀一切文件。天色破曉後，他們跟羅格．卡尼塞洛上校和他的五名軍官一起離開小鎮。這次的行動快速而且保密到家，連烏蘇拉都不知情，直到最後一刻，有人輕輕敲打她的臥室窗戶，並低聲說：「想見奧雷里亞諾．波恩地亞上校的話，趕快到大門口。」她跳下床，顧不得還穿著睡衣就衝到大門口，但是她只來得及看到奔馳的馬匹，以及遠離小鎮時揚起的漫天灰塵，四周籠罩著寂靜。到了隔天，她才發現奧雷里亞諾．荷西跟著父親離開了。

政府和反對勢力共同發布停戰條款，十天過後，奧雷里亞諾．波恩地亞上校在西邊邊界發起第一次武裝起義的消息傳開來。他那支部隊人數稀少，裝備不良，不到一個禮拜立即遭到擊潰。但在這一年，當自由黨跟保守黨努力促成和議，他又接連發動了七次起義。有一晚，他從一艘縱帆船炮轟里奧阿查城，當地駐軍將十四位最知名的自由黨人士拖下床，射殺他們做為報復。他占領邊界一處海關超過十五天，在那兒號召全國全面抗戰。他的另一次征戰則是在雨林裡迷路整整三個月，那一次他起了荒唐的念頭，打算橫越一片超過一千五百公里遠的蠻荒地，到首都近郊宣戰。另一次，他離馬康多不到二十公里遠，但迫於政府軍隊在當地巡邏，不得不轉進山區躲避，那兒彷彿像是有魔法保護，非常靠近許多年前他父親發現古代西班牙大帆船化石的地點。

這段時間薇西塔森過世了。當初她害怕失眠症而放棄王位逃亡，如今她很高興能在睡夢中自然死亡，她的最後遺願是將床底下攢了二十多年的薪水全數挖出來，交給奧雷里亞諾·波恩地亞上校，讓他繼續打仗。不過烏蘇拉沒挖出那筆錢，因為這時奧雷里亞諾·波恩地亞上校戰死的謠言滿天飛，據傳他是在省府附近登陸時喪命。政府的這份死亡公告，也是兩年內的第四份，一直被認作正確無誤，因為接下來六個月時間他無聲無息。正當烏蘇拉與阿瑪蘭塔跟先前幾次一樣再次服喪，卻傳來一個詭異的消息。奧雷里亞諾·波恩地亞上校還活著，可是他似乎放棄與祖國政府作對，轉而投效加勒比海其他民主共和國已成功的聯邦制度。他每次出現都換個名字，離故鄉越來越遠。後來才知道當時他打算統一中美洲聯邦主義的勢力，掃除北從阿拉斯加南到巴塔哥尼亞高原的保守主義制度。烏蘇拉接到直接由他而來的消息，是一封揉縐的家書，輾轉好幾手從古巴的聖地牙哥市來到她手上，這時距離他離家已經好幾年。

「我們永遠失去他了。」烏蘇拉讀了家書後大嘆。「走上這條路，他恐怕只能在世界的盡頭過耶誕節。」

她吐苦水的對象也是第一個看到這封家書的人，他叫荷西．拉格爾．蒙卡達，曾是保守黨將軍，戰爭結束後擔任馬康多鎮長。「只可惜這位奧雷里亞諾不是保守黨員！」他說。荷西．拉格爾．蒙卡達曾為他的黨打仗，在戰場上爬到將軍的頭銜，不過他從不想從軍。他反而跟許多黨員一樣反軍事主義。他認為拿槍桿子的人是一群沒有原則、專搞破壞和野心勃勃的無賴，他們專門找老百姓的碴兒，靠著為非作歹壯大聲勢。他這個人聰明、善良、個性衝動，他熱愛美食，是個鬥雞迷，曾經他是奧雷里亞諾．波恩地亞上校的死對頭。他甚至制伏了沿岸一帶的職業軍人。有一回，因為得配合戰略，他被迫棄守一處據點，讓給奧雷里亞諾．波恩地亞上校的人馬，他在離去前留下兩封信給他。其中一封信很長，他在信裡邀他參加一場主張戰爭人性化的聯合運動。另一封是給他住在自由黨統治地區的妻子，他哀求他幫他將信送到目的地。自此之後，儘管是在戰火最熾烈的期間，這兩位指揮官仍會決議停戰幾回，交換戰俘。戰事暫歇時刻，往往有一點歡樂的氣氛，蒙卡達將軍會利用這個空檔教奧雷里亞諾．波恩地亞上校下棋。最後他們成為莫逆之交。他們甚至考慮是否可能結合兩黨獲得人心的優點，消滅軍人和政客的影響力，創立人道制度，從雙方的黨義擷取最精華的部分。戰爭結束後，奧雷里亞諾．波恩地亞上校走向狹路，繼續叛亂行動，蒙卡達將軍受命成為馬康多總督。他換上老百姓服裝，撤掉軍人，改換無配置武器的警察，他遵行特赦條款，幫助一些戰死的自由黨人士的家庭。在他的努力下，馬康多升格為市，他也順勢當上第一任市長，他創造了一個互信的環境，讓人以為戰爭是一場已經逝去的惡夢。尼卡諾神父在肝炎折磨下像是一根燃盡的蠟燭，改由克羅南神父擔任神職，大家喊他「狗崽」，他是曾打過第一場聯邦戰役的老兵。布魯諾・克雷斯畢娶了安帕蘿・莫斯克德，他們的玩具樂器店鋪生意欣欣向榮，他蓋了一座劇院，成為西班牙劇團巡演路線上的一個站點。這座劇院有一間寬廣的露天大廳和靠背木頭長椅，一面繡有希臘面具的天鵝絨布幕，以及三個售票窗口，窗口是獅頭造型，售出的戲票就從張開的嘴巴遞出來。同樣這段時間，學校的建築也翻修了。負責管理學校的人是梅裘爾・艾斯卡洛拉，一個從沼澤區派來的老師，他已經上年紀，他對付不用功的學生的奇招，是要他們跪著繞行碎硝石的操場一圈，或者懲罰愛講話的學生吃辣椒，都頗獲家長滿意。聖塔蘇菲亞的一對叛逆雙胞胎兒子奧雷里亞諾二世和荷西・阿爾卡迪歐二世，是第一批坐在新教室裡的學生，他們有自己的黑板和粉筆，還有一個刻有他們名字的鋁杯。蕾梅蒂絲繼承了母親純淨的美貌，有人開始稱她為美人蕾梅蒂絲。儘管年歲已高，經歷多次守喪和各種折磨，烏蘇拉依然不認老。她在聖塔蘇菲亞的幫忙下，重新投入她的糕餅事業，她不但在短短幾年內重新累積兒子打仗花掉的家產，還在她埋藏在臥室裡的葫蘆裡塞滿金塊。「只要我還有一口氣在，這個住著瘋子的家就不會為錢發愁。」她總是將這句話掛在嘴邊。當奧雷里亞諾・荷西離開尼加拉瓜的聯邦黨部隊，加入一艘德國船艦當船員時，家鄉的情況大致是如此，當他出現在廚房裡時，他的體格像健壯的駿馬，毛茸茸的棕色皮膚像是印第安原住民，這次返家他偷偷下了一個娶阿瑪蘭塔的決定。

阿瑪蘭塔一瞥見他，立即看穿他回家的意圖。他們在餐桌上眼神不敢交會。不過回家兩個禮拜後，他已經敢當著烏蘇拉的面，直直地望進她的眼裡，並說：「我一直很想妳。」阿瑪蘭塔開始迴避他。她小心翼翼提防兩人偶遇。她試著無時無刻黏在美人蕾梅蒂絲的身邊。她氣那天姪子問她手上的黑繃帶打算戴到何時，兩頰竟然不爭氣地刷紅了，因為她聽出那句話是暗指她的貞操。自從他回來以後，她進臥室會上鎖，不過連續多個夜晚，她只聽到隔壁房間傳來安穩的打呼聲，於是警戒心開始鬆懈。有一天凌晨，大約是他回家兩個月後，她感覺他踏進她的臥室。這一刻，她非但沒像預期一樣逃開或是放聲尖叫，而是讓一種安心的感覺包圍自己。她感覺他溜進蚊帳，一如他幼時一樣，一如他從小以來的習慣，但是當她發現他一絲不掛，不禁冷汗直流，牙齒顫得咯咯作響。「走開。」她低聲說，一股好奇心快淹沒自己。「走開，不然我要放聲叫了。」但這時奧雷里亞諾・荷西知道自己該怎麼做，他不再是那個怕黑的孩子，而是習慣營地的野獸。從這一晚起，一場沒有結果的戰事無聲無息展開，一直持續到天明。「我是你姑姑。」阿瑪蘭塔低聲說，她已心力交瘁。「我就像你的母親，只差沒給你餵奶而已，況且還有年紀之差。」奧雷里亞諾・荷西待到天色破曉後離開，第二天凌晨又回來，確定她的房門不再上鎖，一次比一次還要興奮。他一直揮不去渴望她的慾望。他在攻下的村莊的漆黑房間裡尋找她的倩影，尤其是在特別破爛的地方，他藉著傷患繃帶乾涸的血跡發出的噁臭味，和死亡威脅剎那的恐懼感，無時無刻，隨時隨地，勾勒她的身影。他試過想消除對她的回憶，藉著相隔兩地，甚至藉著參與他軍中同袍視為畏途的可怕浴血戰來逃開她，但是他越是將她的身影往戰爭最汙穢的地方推去，越是覺得戰爭越像是阿瑪蘭塔。所以他越逃越痛苦，他想過只有死才能抹去她的身影，直到他聽到某個人說了一個老故事，情節是有個男人娶了自己的姑姑，不但是他的姑姑還是他的表妹，他們的兒子也是自己的祖父。

「所以人能娶他的姑姑嗎？」他訝異地問。

「不但可以，」一名士兵回答他。「我們打這場仗的目的甚至是要打倒神父，好讓人可以娶自己的媽媽。」

十五天後，他逃離部隊。他再次見到阿瑪蘭塔時，發現她比記憶中還要憔悴、憂傷和拘謹，事實上她連中年都已經揮別，但是在臥室的幽暗裡，她比以往都還要頑固，她的抗拒比過去都還粗魯。「你是頭野獸。」被他不停追著的阿瑪蘭塔說。「你不能這樣對待可憐的姑姑，你並沒有教宗的特赦。」奧雷里亞諾·荷西保證他會去羅馬，保證他會跪著走遍歐洲親吻上帝的鞋子，只求她放下隔開兩人的吊橋。

「不只是那樣。」阿瑪蘭塔反駁他。「而且後代會長豬尾巴。」

奧雷里亞諾·荷西假裝完全聽不進她的抗議。

「即使生出犰狳也沒關係。」他哀求。

有天凌晨，他再也無法忍受壓抑生理需求，於是他光顧卡塔里諾的店。接待他的女子十分溫柔，費用便宜，雖然有一對鬆弛的乳房，倒也暫時撫慰了他的慾火。他試著改對阿瑪蘭塔不理不睬。他見她在走廊上踩裁縫機縫製衣物，那技巧真是到了令人驚歎的地步，卻連一句話也不對她說。阿瑪蘭塔則感到心中的大石頭終於放下，這時，她也不知道為什麼開始想起赫林內多．馬奎茲上校，為什麼如此懷念那些下跳棋的午後，為什麼她甚至希望他就是睡在她枕邊的人。奧雷里亞諾．荷西不知道他在這場情仗失去了多少疆土，他再也演不下去故作冷漠的戲碼，於是夜裡再一次溜進阿瑪蘭塔的房間。這次她是吃了秤砣鐵了心，拒絕了他，並永遠地鎖上了房門。

奧雷里亞諾．荷西返家幾個月後，家裡來了一個身材曼妙的女子，她的身上散發茉莉花香水味，帶著一個差不多五歲年紀的小男孩。她信誓旦旦地說孩子的生父正是奧雷里亞諾．波恩地亞上校，把孩子帶來給烏蘇拉取名。沒有人敢懷疑這個沒有名字的孩子的出身：他跟上校簡直像同一個模子印出來的，也就是他認識冰塊的那個年紀。女子說，這孩子出生時張開雙眼，看著人們的眼神流露大人的成熟，她看到兒子眨也不眨地盯著東西看的樣子嚇了一跳。「簡直一模一樣。」烏蘇拉說。「只差看著椅子時，無法用視線讓椅子滾動。」她替他取了跟父親同樣的名字，但是冠母姓，因為法律不許沒經生父承認的孩子冠父姓。蒙卡達將軍成為孩子的教父。阿瑪蘭塔要求把孩子留給他們扶養，不過母親反對。

當時，烏蘇拉並不知道民眾把家中閨女送進戰士臥房的習俗，這就好比把母雞跟最漂亮的公雞配種，但這一年過後她知道了：奧雷里亞諾．波恩地亞上校的其他九個孩子陸續送來家裡取名。最大的已經超過十歲，他的長相特異，有著一身棕膚和一雙綠眼睛，完全看不出父系的血緣。這些孩子有各個年紀，各種膚色，但是全都是男孩，他們散發出的孤獨氣息，讓人否認不了親子關係。只有兩個顯得特別不一樣。其中一個看起來比實際年齡大太多，他打破了幾個花瓶和幾個餐盤，彷彿所有他摸過的東西都會摔碎。另一個繼承母親的金髮藍眼，大人讓他留了一頭跟女孩一樣的長髮。他走進屋子裡的模樣十分自在，好似在這裡長大，他直接走到烏蘇拉的臥室的衣箱旁，開口要求：

「我想要發條芭蕾舞娃娃。」烏蘇拉嚇了一跳。她打開衣箱，在一堆積滿灰塵的梅賈德斯時代的老東西裡面翻找，發現了一個用絲襪包起來的發條芭蕾舞娃娃，那是某次皮耶特．克雷斯畢帶來的禮物，早就沒有人記得。在不到兩年時間，他們替所有奧雷里亞諾的兒子取父親的名字，再冠上母親的姓，他們全是上校在馳騁戰場期間到處播下的種：一共十七個。一開始，烏蘇拉送錢給他們，阿瑪蘭塔努力挽留每一個。但到最後，她們只送禮物，當他們的教母。「我們替他們取完名字了。」烏蘇拉說，並在一本小簿子上寫下每個母親的名字和住址，以及孩子的出生地點和日期。「想必奧雷里亞諾記得很清楚，所以就等他回來，由他決定該怎麼處理。」某次吃午飯時，她跟蒙卡達將軍談起這樣數量的後代實在驚人，並說她希望有朝一日奧雷里亞諾．波恩地亞上校回鄉以後，能把所有的孩子都聚在家裡。

「朋友，請別擔心。」蒙卡達將軍語帶神秘地說。「他也許會比您想像的還早回家。」

蒙卡達知道的是奧雷里亞諾·波恩地亞上校已經發動遠比過去任何一場都還要久、還要激烈和血腥的叛亂，但是他並不想在午餐時說出來。

情勢越來越緊張，彷彿回到了第一次戰爭爆發的前幾個月。市長舉辦的鬥雞活動全都取消。阿吉雷士·李卡多隊長，也就是警衛部隊指揮官接掌了市政。自由黨派分子指稱他是煽動分子。「可怕的事要發生了。」烏蘇拉對奧雷里亞諾·荷西說。「下午六點過後不要出門。」她的苦勸只是白費唇舌。奧雷里亞諾·荷西就跟從前的阿爾卡迪歐一樣早已不屬於她。回鄉以後，他不必再煩惱日常生活所需，身上跟伯父荷西·阿爾卡迪歐一樣的強烈性慾和冷漠的特質似乎甦醒了。他對阿瑪蘭塔的熱情熄滅，沒有留下任何痕跡。他有些不務正業，流連撞球間，與女人逢場作戲來排解寂寞，偷走烏蘇拉塞進縫隙後忘記的錢。最後，他只在需要換衣服時才回家。「全都是一個樣。」烏蘇拉哀嘆。「小時候都是好孩子，聽話、守規矩、善良，連一隻蒼蠅都不敢殺死。一長出鬍子後，全部走上歧途。」跟阿爾卡迪歐不同的是，他知道自己的身世，生母是碧蘭·德內拉，她還特地為了他懸掛吊床，好讓他來她家睡午覺。他們除了母子關係，更是共掬寂寞的夥伴。碧蘭·德內拉的風韻完全不復存在。她的笑聲像是低沉的風琴聲。她的乳房在厭倦不時地撫摸後已經萎縮，她的肚子和大腿在迫於向命運低頭不得不在風塵打滾後已被糟蹋，她的心老去，不再感到苦澀。她的身軀臃腫，言語犀利，彷彿被不幸烙印的婦女，她放棄了無用的紙牌算命結果，從幾段外遇的戀情中尋求溫柔的慰藉。附近一帶的女孩會在奧雷里亞諾．荷西睡午覺的那間屋子裡，跟她們逢場作戲的情人見面。「碧蘭，能借一間房間嗎？」她們總是進到房裡才對她說。「沒問題。」碧蘭說。如果當時有其他人在場，她會解釋：

「我很高興知道人們在床上是幸福的。」

她從不收費。她從不拒絕幫忙，一如她不曾拒絕來找過她的無數男人，即使在人生已近黃昏的末段。他們不給她金錢也不施捨愛情，只偶爾帶給她歡樂。她的五個女兒繼承母親放蕩的基因，還在含苞待放的年紀就走上了不歸路。至於留在身邊的兩個兒子，一個加入奧雷里亞諾．波恩地亞上校的軍隊戰死沙場，另一個在十四歲那年企圖從沼澤區一座村莊偷一筐母雞而受傷被逮。奧雷里亞諾．荷西稱得上是個高大的棕膚男人，紙牌算出接下來半個世紀代表他的是聖杯國王，這張牌跟其他張捎來信息的牌一樣引起她的注意，因為上面透露了死亡的徵象。她從紙牌中看到了。

「今晚不要出門。」她對他說。「留在這裡過夜。卡美莉塔．蒙迪耶一直哀求我，她想進你的房間。」

奧雷里亞諾．荷西沒聽懂這個邀請的深一層含義。

「告訴她等我到午夜。」他說。

他去了劇院，一個西班牙劇團正在演出《蘇洛之劍》，事實上這是索瑞亞的作品，只因阿吉雷士．李卡多隊長一聲令下改了劇名，因為他們保守黨分子在自由黨分子的口中就叫「野蠻人」。奧雷里亞諾．荷西拿著票要進門時，發現阿吉雷士．李卡多隊長跟他的武裝士兵正在對群眾搜身。「請注意，隊長。」奧雷里亞諾．荷西對他說。「敢搜我身的人還沒出生呢！」隊長想對他強行搜身，身上沒帶武器的奧雷里亞諾．荷西卻拔腿就跑。這時士兵全都抗命不敢對他開槍。其中一人解釋：「他是波恩地亞家的人。」隊長氣瘋了，把他的槍搶過來，走到大街上，然後拿槍對準他。

「混帳！」他大吼。「如果你是奧雷里亞諾．波恩地亞上校就好了！」

卡美莉塔．蒙迪耶二十歲，還是個黃花閨女，她剛剛以橙花水洗完澡，就在剛撒了一把迷迭香在碧蘭．德內拉的床上時，槍聲響起。原本命運安排奧雷里亞諾．荷西與她相識，認識阿瑪蘭塔所不能給他的幸福的真諦，並生下七個孩子，最後老死在她的懷中，但是那顆子彈射穿他的後背，撕裂了他的胸膛，正如紙牌揭示的不祥預兆。注定同樣在這一晚喪命的阿吉雷士．李卡多隊長，事實上比奧雷里亞諾．荷西早四個小時斷氣。幾乎是在他扣下扳機的同時，響起兩記槍聲，擊倒了他，子彈究竟是從哪兒飛來的永遠是個謎，隨後群眾發出怒吼，撼動了黑夜。

「自由黨萬歲！奧雷里亞諾．波恩地亞上校萬歲！」

午夜十二點，奧雷里亞諾．荷西流血身亡。卡美莉塔．蒙迪耶發現預示她未來的紙牌剩下一片空白，一行四百多個男人的隊伍來到劇院前，舉起手槍射擊棄置在那裡的阿吉雷士．李卡多隊長的屍體。屍體密密麻麻布滿子彈，血肉模糊的模樣像是一塊吸飽湯汁的麵包，需要派出一整支巡邏隊才有辦法將他抬起來放上推車。

蒙卡達將軍對政府軍隊失當的行為深感惱火，他動用他所有的政治人脈，再一次穿上軍服，擔任馬康多的警衛部隊指揮官一職。不過，他並未指望他意在求和的態度竟能阻擋無法避免的事發生。九月傳來自相矛盾的消息。當政府宣布全國都在控制之中，自由黨派人士卻接獲秘密情報，指出內陸發起了幾場起義行動。當局不承認國家正處在內戰，軍事法庭也不肯正式公告，還沒找到奧雷里亞諾．波恩地亞上校，就先判處他死刑。上層命令第一支抓到他的部隊要立刻處決他。「這表示他已經回來了。」烏蘇拉開心地在蒙卡達將軍面前說。但是他沒把握真相為何。

事實上，奧雷里亞諾．波恩地亞上校已經回國一個多月。早在矛盾的謠言出現以前，同時還傳說他出現在其他偏遠的地方，只是蒙卡達將軍並不相信他真的回國，一直到政府正式宣布沿岸的兩個州遭到占領。「恭喜您，我的朋友。」他對烏蘇拉說，並亮出電報給她看。「您很快就會見到他。」這時烏蘇拉才開始擔心。「那您打算怎麼做呢？朋友。」她問。這個問題蒙卡達將軍早已反覆問過自己好幾次。

「我的朋友，我會跟他一樣。」他回答。「盡我的責任。」

十月一日黎明，奧雷里亞諾．波恩地亞上校帶著上千名武裝精良的下屬攻打馬康多，政府下令駐軍要作戰到最後一刻。正午時分，當蒙卡達將軍正與烏蘇拉吃午飯時，叛軍的轟隆隆炮聲傳遍城鎮，炸碎了市府金庫的正面門牆。「他們的武器與我們旗鼓相當。」蒙卡達將軍嘆口氣。「但是他們作戰的決心贏過我們。」下午兩點，正當雙方交織的炮聲震得地面顫動，他來跟烏蘇拉道別，因為他確信這會是場敗仗。

「我向上帝祈求今晚奧雷里亞諾不要回家。」他說。「要是他真的回來，請代我給他一個擁抱，因為我打算永遠都不要再見他。」

這一晚，正當他要逃離馬康多時遭到俘虜，在這之前，他寫完一封給奧雷里亞諾·波恩地亞上校的長信，信裡提及他們曾經想將戰爭人性化的共同目標，並祝他能一路繼續打勝仗，剷除軍人的腐敗和兩黨政治人物的野心。隔天奧雷里亞諾·波恩地亞上校跟他以及母親在家中吃午飯，他們將蒙卡達將軍拘禁在這裡，等待革命軍的軍事法庭決定他的命運。這是個家族聚會。但是當這兩名敵手擱下戰爭回憶過去的同時，烏蘇拉悶悶不樂地想著她的兒子才是不速之客。她從第一眼看到他就有這種感覺，他踏進家門，身旁圍繞一群喧譁的軍人，他們把所有臥室全翻過一遍，直到確認沒有任何危險。奧雷里亞諾·波恩地亞上校非但不信任他，還非常嚴肅地下令不准任何人靠近他三公尺範圍，連烏蘇拉也不例外，他的護衛隊則在房屋四周站崗。他身穿一件普通的斜紋粗棉布軍服，沒有佩戴任何軍階徽章，腳上一雙附帶馬刺的高筒靴，上面滿是泥巴和乾涸的血跡。他的腰帶上掛著一把槍，槍套沒有扣上，一隻手總是摸著槍托，散發一股跟眼底一樣的警覺和堅決。他的頭像是慢火烤過般焦黃，髮線深深往後退去。他臉上的皮膚經過加勒比海海風的吹拂而龜裂，變得猶如金屬一般堅硬。他內心的冷漠和生命力，讓他還能抵抗即將來臨的老化。他比離家時還高一些，蒼白一些，體型也比從前乾瘦，還有他開始抗拒鄉愁。「老天。」烏蘇拉驚覺地嘆道。「現在的你像是個什麼都辦得到的男人。」他的確是。他帶給阿瑪蘭塔一條阿茲提克披肩，在午餐時間回憶當年，講起有趣的小故事，都是從前的他所殘留下來的幽默。當他一完成將屍體葬在公共墓穴後，立刻下令羅格・卡尼塞洛上校的軍法審判盡快進行，他則一肩扛起徹底改革的重責大任，拒絕只是補強現有的保守黨制度。「我們得搶先黨內政治人物一步。」他對他的顧問群說。「等他們睜大眼睛，會看見木已成舟。」他就是在這時決定檢視土地所有權，往前追溯一百年，結果他發現大哥荷西・阿爾卡迪歐合法化的不法行為。他一筆註銷產權紀錄。最後他把工作暫時擱下一個小時，基於禮貌登門拜訪蕾貝卡，並將他的決定通知她。

過去，他守寡的大嫂曾是他信任的戰友，替他守護他壓抑的愛情，她的偏執甚至救了他一命，如今在昏暗的屋內，孤獨的她只是從過去走出來的幽魂。她一身黑，連雙手也包得緊緊的，她的心只剩下一堆灰燼，她對戰爭幾乎一無所知。奧雷里亞諾・波恩地亞上校感覺她瘦成皮包骨，膚色泛青，走路像是踩著一團燐火移動，她四周的空氣彷彿靜止了，還聞得到一股隱隱約約的火藥味。他先跟她談守喪不必這麼凝重，要讓屋子保持通風，要她原諒世界從她的身邊奪走荷西・阿爾卡迪歐。但是所有的安慰對蕾貝卡來說都沒用。她渴望平靜，但已無法從泥土的滋味、皮耶特・克雷斯畢的香水情書，和丈夫凌亂的床鋪找到。只有在這棟屋子裡，當回想過去產生的強大的力量把回憶具體化，讓回憶遊走在屋內，一如人類在牢房裡踱步時才能尋得。她伸直身子坐在藤編搖椅上，凝視奧雷里亞諾・波恩地亞上校，彷彿他才是從過去走出來的幽魂，當她聽見要把荷西・阿爾卡迪歐強占的土地歸回給合法的地主，連一絲驚慌也沒有。

「奧雷里亞諾，你向來一意孤行。」她嘆口氣。「我一直認為你不知感恩。現在我確定我並沒有想錯。」

檢視土地財產權的同時，赫林內多．馬奎茲上校負責簡易判決，最後所有被革命軍俘虜的國軍軍官全數遭到槍決。軍事法庭最後審判的戰犯是荷西．拉格爾．蒙卡達將軍。烏蘇拉替他發聲：「他是我們馬康多最好的一位政府官員。」她對奧雷里亞諾．波恩地亞上校說。「你比我還清楚，我不須費唇舌解釋他有多善良，對我們有多好。」奧雷里亞諾．波恩地亞上校注視她，眼神充滿責備。

「我不能插手執法。」他回答。「如果您有什麼話想對他說，就在軍事法庭上說吧。」

烏蘇拉不但說了，還動員所有住在馬康多的革命軍軍官的母親聯合聲明。這些老媽媽全是當初建村的元老，其中幾個還參與了那場艱辛的翻越山嶺之旅，她們讚美了蒙卡達將軍的品格。烏蘇拉排在隊伍最後一個。她逼人的威嚴、名字的分量、慷慨激昂的陳詞，瞬間撼動了司法的裁定。「您非常認真參與這場可怕的遊戲，打了漂亮的勝仗，完成任務。」她對軍事法庭成員說。「但是不要忘記，上帝賜給我們生命，不管您是如何驍勇善戰的革命軍，我們還是母親，兒子不懂敬重，我們照樣能脫掉您的褲子痛打一頓。」這番話在成為軍營的學校裡迴盪不止，陪審團決定仔細考慮。到了午夜，荷西．拉格爾．蒙卡達將軍遭判死刑。儘管烏蘇拉怒叱，奧雷里亞諾．波恩地亞上校仍拒絕更動判決。黎明前不久，他到拘禁死囚的房間探視他。

「朋友，」他對他說。「記住，不是我要槍殺你。是革命。」

荷西・拉格爾・蒙卡達將軍看見他進來，但沒打算從單人床起身。

「吃屎吧，朋友。」他回答。

奧雷里亞諾・波恩地亞上校從回鄉到這一刻為止，一直不肯給自己跟他坦誠相見的機會。他很詫異他衰老了這麼多，雙手顫抖，帶著一種不同以往的認命等待死亡，這時，他發現自己被一股憐憫之情迷惑心智，不禁深深地鄙視自己。

「你比我清楚。」他說。「所謂的軍事法庭只是幌子，你真正得付出代價的是其他的謀殺罪，這一次我們不惜任何代價都要打贏戰爭。如果你是我，是不是也會這麼做？」

蒙卡達將軍支起身子，拿起襯衫下襬擦拭他那副玳瑁眼鏡框的厚鏡片。「或許吧。」他說。「可是我不擔心被你槍決，總之，像我這樣的人認為這只是一般的死亡。」他把眼鏡放到床上，拿下鏈錶。「我擔心的是，」他繼續說。「這樣憎恨軍人，這樣攻擊他們，這樣想著他們，最後你會變成跟他們一樣。人生沒有這樣值得人痛恨到底的事。」他拿下婚戒和救贖聖母項鍊，擺在眼鏡和鏈錶旁邊。

「如果真的走到那一步。」他下結論。「你不但會是我們國家史上最殘暴血腥的獨裁者，你甚至會下令槍殺我的朋友烏蘇拉，試圖安撫你不安的良知。」

奧雷里亞諾・波恩地亞上校不為所動。這時蒙卡達將軍把他的眼鏡、項鍊、鏈錶和戒指交給他，換個語氣繼續說。

「但是我要你來，不是要責罵你。」他說。「而是想要你幫忙把這些東西轉交給我的妻子。」

奧雷里亞諾．波恩地亞上校把東西收進口袋。

「她還住在馬瑙雷？」

「還住在馬瑙雷。」蒙卡達將軍肯定地說。「一樣是教堂後面的那一棟房屋，你上回送信去過的地方。」

「我會非常樂意送去，蒙卡達。」奧雷里亞諾．波恩地亞上校說。

他踏出屋外，迎來的青藍薄霧溼透了他的臉頰，彷彿過去某天的黎明，這時他才恍然大悟為什麼槍決非得在院子裡執行，而不是在墓園的牆邊。步兵隊排站在門前，向他行最高軍禮。

「可以把他帶過來了。」他下令。

9

第一個發現戰爭空洞的人是赫林內多．馬奎茲上校。他擔任馬康多的警衛部隊指揮官，每個禮拜跟奧雷里亞諾．波恩地亞上校進行兩次電報會談。起初，他們的談話聚焦在某場浴血戰的戰況，透過鉅細靡遺的分析，得以隨時確定正確的戰略位置，決定接下來的方向。奧雷里亞諾．波恩地亞上校從不吐露內心話，即使面對的是最親近的朋友，但電報另一端的他仍保留親切的語氣，讓人能認出是他。許多次，他延長對話，內容也比較家常。然而，隨著戰事擴大且越趨激烈，他的模樣慢慢地消失在一個不真實的世界。他從電報傳來的長短音變得遙遠而縹緲，只是組成字串，逐漸不再具有意義。這時赫林內多．馬奎茲上校聽著，只覺得自己是透過電報跟另一個世界的陌生人接觸，有一種透不過氣的感覺。

「了解，奧雷里亞諾。」他說。「自由黨萬歲！」

最後他完全脫離戰爭。對他來說，戰爭過去是真實的活動，是他年輕時抗拒不了的奔湧熱血，如今卻化作遙遠的一種意象：空無意義。他唯一能喘息的避難所是阿瑪蘭塔的縫紉坊。他每天下午都來探視她。他喜歡看她在美人蕾梅蒂絲幫忙轉動裁縫機搖把時，雙手忙著縫製波浪似的荷葉摺邊。他們可以相處好幾個小時不說話，覺得有雙方的陪伴就很滿足，但是當阿瑪蘭塔暗自開心她的情愛之火仍燃燒著，他卻不知道她那顆猜不透的心暗藏什麼意圖。阿瑪蘭塔聽說他將返鄉後開始忐忑不安。但是當她看見他跟著奧雷里亞諾．波恩地亞上校吵鬧的護衛隊進門，看見他因為流離他鄉的艱苦憔悴不堪，因為年紀和遺忘的折磨顯得蒼老，因為汗水和灰塵與渾身髒汙所發出的動物騷味，那醜陋、左手臂吊繃帶的樣子立刻讓她感到幻滅。「老天。」她心想。「這可不是我期待的他。」然而，第二天他再次上門時一身乾淨，修過鬍子，八字鬍還灑上薰衣草香水，也拿掉了血跡斑斑的繃帶。他帶來一本珍珠白的祈禱書送她。

「你們男人真奇怪。」她說，因為她不知道該回些什麼。「一輩子東征西討，想要扳倒神父，到最後卻送祈禱書當禮物。」

從這一刻起，即使在戰況最激烈的時刻，他依然每天下午探視她。許多次，當美人蕾梅蒂絲不在，他會幫忙轉動裁縫機的握把。阿瑪蘭塔對於他的一往情深、忠誠和體貼感到心慌，他是個掌握大權的人，卻願意在客廳卸下武器，毫無防備地走進縫紉坊。但是四年來，當他鍥而不捨地向她表明他的愛意，她卻總是拒絕他，也想辦法不傷害他，她雖然無法喜歡他，生活中卻已經不能沒有他。美人蕾梅蒂絲看似對一切漠不關心，有人認為她或許心智遲鈍，但連她都能感受到赫林內多．馬奎茲上校忠貞的情意，還替他說話。阿瑪蘭塔猛然發現，這個她養大的小女孩已到含苞待放的年紀，是馬康多有史以來最美麗的姑娘。她感覺內心湧出一股仇恨，一如當年憎恨蕾貝卡般的強烈情緒，她哀求上帝千萬別讓她掉入想置她於死的絕境，於是將她趕出縫紉坊。在這段日子裡，赫林內多・馬奎茲上校開始厭倦戰爭。他以長年養成的謹慎，壓抑的無盡溫柔，準備為了阿瑪蘭塔放棄他犧牲人生精華歲月換來的榮耀。無奈他無法說動她。一個八月的下午，當阿瑪蘭塔毅然決然地拒絕她執迷不悔的追求者後，再也受不了自己的固執，關在臥室裡哭著自己將孤獨老死。

「就讓我們忘掉彼此吧。」她對他說。「我們太老了，再也不是談這種事的年紀。」

同一天下午，赫林內多・馬奎茲上校與奧雷里亞諾・波恩地亞上校進行電報會談。這是一場例行會談，對膠著的戰況沒有任何幫助。奧雷里亞諾・波恩地亞上校結束會談後，赫林內多・馬奎茲上校凝視悲涼的街道，看著扁桃樹上晶瑩剔透的雨珠，感覺自己迷失在孤獨的迷霧中。

「奧雷里亞諾。」他在機器上說。「馬康多下雨了。」

線上一陣漫長的死寂。突然間，機器跳出奧雷里亞諾・波恩地亞上校無情的字眼。

「別蠢了，赫林內多。」他傳來的長短音信號說。「八月當然會下雨。」

他們已經許久沒見面了，赫林內多・馬奎茲上校面對這句隱含攻擊性的回答感到不知所措。然而，兩個月過後，當奧雷里亞諾・波恩地亞上校回到馬康多，他的不知所措化為大吃一驚。連烏蘇拉都發現他驚人的改變。他是悄悄回鄉，身旁沒跟任何護衛，儘管天氣炎熱卻仍包著一條毛毯，他帶回三個情人同住屋簷下，躺在吊床上打發大多數時間。他幾乎不讀回報例行戰事的電報。有一次，赫林內多．馬奎茲上校請示他邊界一處地點是否該撤軍，因為眼看即將變成國際衝突。

「別拿這種小事煩我。」他命令他。「何不去問上帝。」

此刻或許是戰事最關鍵的時刻。起先支持革命的自由黨派地主，跟保守黨派地主密謀阻撓調查產權登記。從流亡開始就從戰爭汲取好處的政治人物開始唾棄奧雷里亞諾．波恩地亞上校偏激的決策，但是他似乎連黨人的背棄也不在意。他再也不讀他那些已累積五冊的詩句，一直遺忘在皮箱的最底層。每晚或者午睡時刻，他會叫來一位情人，從她身上得到基本所需的滿足，然後進入沉沉睡夢，一點也看不出他有絲毫心煩意亂。只有他自個兒明白，他迷惘的心已注定永遠不得安寧。起先，他醉心於回鄉的光榮，不真實的勝利，他站在偉大功績堆砌而成的懸崖上睥睨一切。他信奉馬爾博羅公爵，視他為戰術的偉大導師，而公爵的獸皮衣著和如虎爪彎曲的指甲引起大人的敬佩和孩童的驚恐。他就是在這一刻決定不准任何人靠近他三公尺以內，包括母親烏蘇拉在內。不論他走到哪裡，他的副官都會拿粉筆在他四周畫一個圈，只有他能站在這個圓圈內，迅速下達命令，決定世界的命運，誰都不得違抗。處決蒙卡達將軍後，他首次來到馬瑙雷，急著完成受害者的遺願，他的遺孀接過眼鏡、項鍊、鏈錶和戒指，但是不准他跨進大門一步。

「上校，不准進來。」她對他說。「戰場上是您指揮，但是在我的家裡是由我指揮。」

奧雷里亞諾・波恩地亞上校表面並沒有半點不悅，但等到他的隨扈打劫那位遺孀並放火把屋子燒成灰燼後，他的靈魂才得到平靜。「奧雷里亞諾，注意你的心。」赫林內多・馬奎茲上校提醒他。「你正在慢慢腐敗。」當時他召開了第二次叛軍主要將領大會。他在大會上遇到各路人馬：理想主義分子、野心家、冒險家、反社會人士，甚至是普通罪犯。還有位從前的保守黨官員，他藉著加入叛亂逃避一項挪用公款的法律制裁。他們大多數人不知道為何而戰。這群人龍蛇雜處，懸殊的背景差點引爆內部一場混亂，當中有一位教人聞風喪膽的高官特別引人注目：泰歐斐洛・巴爾加斯將軍。他是位道地的印第安原住民，目不識丁，是個天生的壞胚子，他以救世主自居，在他的同胞間點燃一股盲目的崇信。奧雷里亞諾・波恩地亞上校召開這次大會，目的是凝聚叛軍首領共同抵抗政治家的陰謀。泰歐斐洛・巴爾加斯將軍首先洩漏他的不軌意圖：幾個小時內，他就破壞最優秀的將領之間的合作，奪得主控權。「他是一隻謹慎的野獸。」奧雷里亞諾・波恩地亞上校對他的軍官說。「對我們來說，這個男人比戰爭部長還要危險。」這時，有個年輕的小隊長小心翼翼地舉起食指想要發言，平常他可是以靦腆著稱。

「上校，這很好處理。」他提議。「就是殺掉他。」

奧雷里亞諾・波恩地亞上校不覺得這個冷血的提議不妥，而是驚訝這位隊長領先他的想法千分之一秒。

「別盼著我會下這個命令。」他說。

事實上，他沒下命令。但是十五天後，泰歐斐洛・巴爾加斯將軍就在一次埋伏中喪命，遭到亂刀分屍，於是奧雷里亞諾・波恩地亞上校接掌主控權，所有的叛軍首領承認他的指揮權，但就在這天夜裡，他從夢中驚醒，大叫著他要一條毯子。他感到體內有股冰冷鑽了上來，浸透他的身骨，即使在大太陽底下也啃噬著他，讓他好幾個月無法安眠，直到他把這種感覺變成習慣。他對權力的醉心讓他開始失去理智。他急於化解這股冰冷，派人槍決那位提議殺死泰歐斐洛・巴爾加斯將軍的年輕軍官。他的命令總是在還沒下達之前就被完成，甚至還沒在他腦中形成之前，範圍就遠超過他所能想像的地步。他在坐擁無邊權力的同時，也迷失在孤獨裡，失去了方向。他討厭走在征服的村莊裡受到民眾的歡呼，他感覺他們也曾這樣向敵軍歡呼。他到處都遇到自稱是他的兒子的年輕人，他們用跟他一樣的眼睛看著他，用跟他一樣的聲音跟他說話，以及用同樣的不信任跟他打招呼，一如他也這麼跟他們打招呼。他感覺自己分散了、複製了，卻掙脫不了一種比以往還要強烈的孤獨感。他相信他手下的軍官對他說謊。他跟馬爾博羅公爵的信念開始分道揚鑣。這時他最常掛在嘴邊的一句話就是：「最好的朋友往往是剛死去的那個。」他厭倦了飄泊不定，厭倦這場無止盡戰爭的惡性循環，他一直在原地不前，只是越來越老、越來越累，越來越不懂為什麼、該怎麼做，到何時才會結束。他的粉筆圈外永遠有個人。有人缺錢，有人拖著一個患百日咳的孩子，或者有人明明再也忍受不了嘴裡戰爭的屎味，想永遠睡下，卻依然立正行禮，擠出僅剩的力氣報告：「上校，一切正常。」但是正常正是這場漫無止盡的戰爭最可怕的地方：沒有異狀。他深感寂寞，連預兆都離他而去，他為了逃避那股勢必會纏著他到死的冰冷，回到馬康多尋找最後的避風港，從塵封最久的回憶尋覓溫暖。他的意興闌珊到了極點，當他聽到黨派來一個委員會，要與他討論膠著的戰況，他只是在吊床上翻個身，沒完全甦醒。

「帶他們去找妓女吧。」他說。

委員會一行共六位律師，他們身穿大禮服，頭戴大禮帽，以驚人的耐力忍受十一月豔陽的烤曬。烏蘇拉在屋內招待他們。他們一整天大多數時間都關在房間裡頭進行密商，到了黃昏時刻，他們招來隨扈和手風琴樂隊，自行到卡塔里諾的店裡飲酒作樂。「別打擾他們。」奧雷里亞諾．波恩地亞上校下令。「反正我知道他們要什麼。」十二月初，一場等待許久的會談來到，這場預期不知何時結束的討論，卻不到一個小時就完成。

在熱氣逼人的會客廳裡，一旁是覆蓋白色床單的自動鋼琴，彷彿包著裹屍布的幽靈，奧雷里亞諾．波恩地亞上校這一次沒坐在副官畫的粉筆圈裡。他坐在政治顧問之間的一張椅子上，身上裹著一條羊毛毯，安靜地聆聽那群特使簡短的提議。他們一開口便要求取消徹查土地所有權，好挽回那些自由黨派地主的擁護。再來他們要求別再對抗教會勢力，取得信奉天主教的村莊的支持。最後他們要求取消私生子與合法子女的平權的提議，以維護家庭的完整性。

「意思是，」奧雷里亞諾・波恩地亞上校聽完他們發言後，笑著說。「我們只為了權力而戰。」

「這是策略性改革。」一位代表說。「當前，最重要的是擴增支持戰爭的民眾基礎。之後我們再看情況。」

奧雷里亞諾・波恩地亞上校的一位政治顧問趕緊插手。

「這豈不荒謬。」他說。「如果這些改革是好的，不就等同保守黨的制度是好的。照您的意思，如果我們透過改革成功提高民眾支持基礎，不就是說現行制度的民眾支持基礎是高的。總之，這也就是說我們花了將近二十年時間打仗是忤逆民族感情。」

他打算繼續說下去，但是奧雷里亞諾・波恩地亞上校做個手勢打斷他。「別浪費時間，博士。」他說。「重要的是我們從這一刻起要為權力而戰。」他依舊掛著笑容，拿起了代表交給他的文件準備簽署。

「既然是如此，」他下結論。「我們沒有理由不接受。」

他的下屬憂心地面面相覷。

「請原諒我，上校。」赫林內多・馬奎茲上校輕聲地說。「但這是背叛呀。」

奧雷里亞諾・波恩地亞上校那支沾了墨水的筆停在半空，接著狠狠地對他施加權威。

「交出你的武器。」他命令。

赫林內多．馬奎茲上校站起來，把武器放到桌上。

「到軍營報到。」奧雷里亞諾．波恩地亞上校如此命令他。「等待革命軍法庭處置。」

接著他簽完聲明。把文件交給特使，並告訴他們：

「各位，這是您要的文件。希望對您有用。」

兩天過後，赫林內多．馬奎茲上校遭控犯下叛國罪處死。奧雷里亞諾．波恩地亞上校躺在他的吊床上，對任何同情的哀求都無動於衷。槍決前一天，烏蘇拉違反不得打擾他的命令，到他的臥室見他。她一身黑色打扮，散發出奇凝重的氣息，見面的三分鐘都一直站著。「我知道你要槍決赫林內多。」她冷靜地說。「我無能為力，無法阻止憾事發生。但是我警告你一件事：我以我父母的屍骨，以荷西．阿爾卡迪歐．波恩地亞的回憶，在上帝面前發誓，我只要看到屍體，不論你在哪裡都會把你揪出來，親手殺掉你。」離開房間前，她沒等他的回答，直接下結論：

「這跟你生下來長豬尾巴沒什麼差別。」

這一晚彷彿漫無止盡，赫林內多．馬奎茲上校回憶著跟阿瑪蘭塔在縫紉坊相處的下午，奧雷里亞諾．波恩地亞上校掙扎數個小時，想打破他孤獨的堅硬外殼。自從那個遙遠的下午父親帶他見識冰塊之後，他唯一幸福的時光，就從他在銀作坊製作小金魚的時候溜走。後來他不得不發動三十二次戰爭，不得不違反所有他跟死亡的誓約，像隻豬在光榮的糞坑裡打滾，最後遲了快四十年，才發現單純的美好。

他徹夜未眠，天色破曉後，他就在槍決前一個小時，一臉憔悴地出現在拘禁囚犯的房間。「朋友，鬧劇結束了。」他對赫林內多．馬奎茲上校說。「讓我們趕在蚊子咬死你之前離開這兒。」赫林內多．馬奎茲上校對他的態度不禁感到輕鄙。

「奧雷里亞諾，我不走。」他回答。「我寧願死，也不想看到你變成軍閥。」

「你看不到的。」奧雷里亞諾．波恩地亞上校說。「穿上鞋子，幫我一起結束這場該死的戰爭吧。」

說出這句話時，他沒想到發動一場戰爭要比結束它容易。他花了將近一年艱苦奮鬥，才逼得政府提出對叛軍有利的和議條件，接著再花一年說服黨員接受條件。他手下的軍官不願隨便接受這場勝利，使他不自覺使出殘酷的手段平息他們的造反，甚至借助敵方兵力逼他們投降。

這時的他是最驍勇善戰的戰士。終於，他有了明確目標，他要解放自己，而不是為了抽象的理想或口號而戰，口號往往是政治人物根據情勢可能徹底翻轉的東西，他感到心底燃起一股熱情。赫林內多．馬奎茲上校帶著無比信心和忠誠為了失敗而戰，一如他過去為了勝利而戰，他責備奧雷里亞諾．波恩地亞上校魯莽。「別擔心。」他笑著說。「死亡要比一個人以為的還要困難。」對他來說是如此沒錯。他確信自己的死期已經安排，因此在這天來臨之前，他像是擁有一張神秘力量的護身符或一張有期限的免死金牌，他刀槍不入，不怕戰爭的各種危險，最後他跨越了失敗，這遠比勝利還要艱困、血腥和昂貴。

將近二十年東征西討，奧雷里亞諾・波恩地亞上校曾數次回家，但是他到哪兒，跟隨他四處奔走的軍隊也到哪兒，緊急狀況也就跟著出現，還有他出現必定伴著傳奇的光環，連烏蘇拉也注意到了，種種原因把他變成了陌生人。他最後一次回到馬康多，弄了一間屋子給三個情婦住，卻不常出現在家裡，頂多兩三次，抽空回來一起吃個飯。美人蕾梅蒂絲跟雙胞胎弟弟是在戰火正熾烈時出生，他們幾乎不認識他。阿瑪蘭塔無法把那個製作小金魚的青少年哥哥跟傳奇戰士聯想在一起，而這個戰士後來還跟所有人保持三公尺的距離。但是當停戰即將來臨，她心想或許他會變回凡人，家人會感動他終於得救，他內心沉睡許久的親情會以前所未有的力量重生。

「終於，」烏蘇拉說。「家裡又有男主人了。」

阿瑪蘭塔是第一個懷疑他們是否永遠失去他的人。停戰前一個禮拜，他沒帶隨扈踏進家門，前面走著兩名打赤腳的勤務兵，把騾子的鞍具以及裝詩集的皮箱放在走廊上，那是他舊時龐大的行李堆中唯一剩下的東西，她看見他從縫紉坊前面經過，便叫住他。奧雷里亞諾・波恩地亞上校似乎認不出她。

「我是阿瑪蘭塔。」她開心地說，很開心看到他回家，伸出手讓他看黑紗布。「你看。」

奧雷里亞諾・波恩地亞上校露出微笑，他的表情一如那個遙遠的早晨，他遭叛死刑押回馬康多，第一次看到黑紗布時一樣。

「多可怕！」他說。「時光飛逝！」

政府軍隊得保護他們家，他回家後飽受辱罵、吐口水，大家控訴他阻撓戰爭只為了把屋子賣得更好價錢。他忽冷忽熱、全身發抖，腋下再一次長滿癤子。六個月前，當烏蘇拉聽說停戰消息，便打開當年的新房清掃一遍，在角落焚燒沒藥，心想他會回到這裡，在蕾梅蒂絲發霉的娃娃圍繞下慢慢老去。但事實上，最近這兩年他付出了人生最後的代價，甚至是年老該付的代價。烏蘇拉花工大替他整理好銀作坊，但是當他從那裡經過時，連鑰匙插在鎖頭上都沒發現。他沒注意時間在這個家留下的細小碎塊，在離開這麼漫長時間之後，對任何腦中留著當初鮮活回憶的人來說，碎塊像是一場災難。牆壁的灰泥剝落了，角落長滿骯髒的蜘蛛網，秋海棠覆蓋灰塵，白蟻在樑木蛀下痕跡，軸眼間爬滿苔蘚，任何鄉愁替他布下的陷阱，他一點都不覺得痛苦。他坐在長廊上，身上裹著毛毯，靴子沒脫下，一整個下午凝視雨水掉在秋海棠上，彷彿在等待雨停。這時烏蘇拉明白了他不會留在家裡太久。「如果不是因為戰爭，」她心想。「恐怕是因為死亡。」她的猜測如此清晰，卻又如此有力，於是她認為這是預兆。

當晚用餐時間，雙胞胎中應該是奧雷里亞諾二世的那位用右手掰開麵包，用左手喝湯。他的雙胞胎兄弟荷西·阿爾卡迪歐二世則用左手掰開麵包，用右手喝湯。他們的動作配合得天衣無縫，似乎不像兩兄弟面對面坐著，而是面對著鏡子。這對雙胞胎從他們發現自己一模一樣開始就給人這樣的畫面，如今在剛返家的成員面前再度上演。但是奧雷里亞諾·波恩地亞上校完全沒發現。他似乎對一切漠不關心，連美人蕾梅蒂絲一絲不掛走回臥室，他的目光也沒停在她的身上。只有烏蘇拉敢打斷他的出神。

「如果你又得離開，」晚餐吃到一半，她對兒子說。「你至少要記得我們今晚的模樣。」

這時奧雷里亞諾．波恩地亞上校才發現，烏蘇拉是唯一一個看穿他的不幸的人，不過他並沒有驚慌，而是這麼多年來第一次敢直視她的臉。她的臉龐爬滿皺紋，牙齒蛀蝕，頭髮乾枯褪去顏色，眼神流露訝異。他把眼前的她跟記憶裡最初的她相比，也就是他預見熱湯會從桌上翻倒的那天下午，卻發現記憶裡的她已經崩毀。驀地，他發現半個多世紀過去，時光在她的身上留下各種抓痕、磨傷、蹭傷、潰瘍，他也確定這些傷害並沒有激起他的一點憐憫。這一刻他最後一次努力，尋找心底深處埋葬已經腐爛的情感的角落，卻怎麼也找不到。從前，當他發現身上沾染烏蘇拉的氣味，詫異之餘起碼會感到迷惑和羞愧，而且他不只一次感覺她的想法干擾自己的思緒。不過這一切已經被戰爭掃得一乾二淨。這段時間他對妻子蕾梅蒂絲只剩下模糊的印象，只記得她的年紀足以當他女兒。他在愛情荒漠認識數不清的女人，在整個沿岸撒下他的種子，卻始終沒在感情上留下足跡。大多數女人都是摸黑進入他的房間，黎明前就離開，隔天肉體回憶只殘留一絲絲的厭惡。唯一抵擋得住時間和戰爭摧毀的情感，是他對大哥荷西．阿爾卡迪歐的感覺，當時他們都還是小孩，感情不是以愛為基礎，而是建立在共謀做壞事的一份親暱上。

「對不起。」聽到烏蘇拉的請求，他道歉。「都怪這場戰爭摧毀了一切。」

接下來幾天，他忙著處理掉他來到這個世界留下的所有痕跡。他清理銀作坊，只留下非個人的物品，他把衣物送給勤務兵，把武器埋在後院，一如他父親埋掉殺死普登修・阿奇勒的長矛，同樣具有懺悔的意思。他只留下一把槍和一顆子彈。烏蘇拉沒管他。她只勸阻他不要毀掉掛在客廳的蕾梅蒂絲的銀板照片，那張照片一直以來都是由一盞永遠點燃的燈照亮。「這張照片從很久以前就不再屬於你。」她對他說。「這是家族的聖物。」停戰前夕，家中已經沒有任何能令人想起他的物品，他趁著聖塔蘇菲亞正要給爐灶生火，把裝著詩集的皮箱帶到麵包坊。

「拿這皮箱裡的東西生火。」他對她說，遞出第一卷發黃的詩集。「這卷紙很舊了，會燒得很旺。」

聖塔蘇菲亞個性安靜和善，她從不拒絕任何人，即使是自己的孩子，此刻卻認為這是不對的行為。

「這些紙捲很重要。」她說。

「一點也不重要。」上校說。「這只是寫給自己的東西而已。」

「既然這樣，」她說。「上校，請您親自來燒。」

他不僅燒掉紙捲，也拿起一把小斧頭劈碎皮箱，把碎片丟進火裡。在這之前幾個小時，碧蘭・德內拉來探視他。奧雷里亞諾・波恩地亞上校已經非常多年沒見到她，他十分訝異她老了這麼多，身形也臃腫許多，她的笑容已經不再燦爛，但是他也十分訝異她解讀紙牌的能力到了精深的地步。「小心你的嘴。」她對他說。他再一次問自己，她上一次這麼說，是在他人生抵達榮耀顛峰時刻，不也是出乎意料地準確預估他的命運。不久之後，當他的私人醫生替他清除腋下的癤子，他隨口問他心的正確位置在哪裡。醫生幫他聽心跳，接著拿起一塊棉花沾溼優碘，在他的胸膛畫一個圈。

停戰的禮拜二是個溫和的雨天。五點不到，奧雷里亞諾．波恩地亞上校就來到廚房享用他平常喝的黑咖啡。「你就是在今天這樣的天氣來到這個世界。」烏蘇拉對他說。「你張著眼睛，嚇了大家一跳。」他沒仔細聽她說話，因為他正等著攪亂黎明的軍隊號角聲以及命令的下達聲響起。縱橫戰場這麼多年，他應該要熟悉這些聲音，這一刻，他卻彷彿回到年輕時，面對當年那位裸體女孩，感受到雙腳發軟，皮膚起雞皮疙瘩。他陷入迷惑，最後思緒掉進懷念的漩渦，如果當初娶了她，或許他不會是個光榮的戰士，而是個無名的工匠，一個快樂的平凡人吧。他感覺這股遲到的顫慄來得出乎意料，讓他的早餐變得苦澀。早上七點，赫林內多．馬奎茲上校在一群叛軍的陪伴下上門找他，發現他比以往還要落寞、孤獨，遊走在自己的思緒裡。烏蘇拉替他披上一件新的毛毯。「政府會是怎麼想？」他問她。「他們可能以為你連一條毛毯都買不起了，只好投降。」不過他沒接受她的回答。到了門口，他看雨還下個不停，便讓她替他戴上一頂荷西．阿爾卡迪歐．波恩地亞的毛氈帽。

「奧雷里亞諾，」這時烏蘇拉喊他。「答應我，如果你在那裡不好過，試著想想你的媽媽。」

他對她露出一抹恍惚的微笑，舉起手，張開所有手指，沒吭半個字就離開屋子，迎接沿路的怒吼、侮辱和謾罵，直到城市出口。烏蘇拉拉上門栓，決定餘生都不再拉開。「我們會在這棟屋子裡腐爛至死。」她心想。「我們寧願在這棟沒有男人的屋子裡化成灰燼，也不會讓可悲的居民幸災樂禍，看到我們哭泣。」她花了一整個早上，在屋內最隱密的角落尋找兒子的回憶，卻怎麼也找不到。

馬康多二十公里外，儀式在一棵巨大的爪哇木棉樹樹蔭下舉行，後來就在這棵樹的附近建立了尼蘭迪亞村。一群白袍見習修女招待政府代表和各黨代表，以及繳械的叛軍團，她們鬧烘烘地亂成一團，像是受到雨水驚嚇的白鴿。奧雷里亞諾·波恩地亞上校騎著一隻渾身是泥巴的騾子抵達。他沒刮鬍子，他覺得夢想破滅固然痛苦，不過最痛的是腋下的癤子，所有的希望已經結束，榮耀也早已消失，甚至對榮耀一丁點懷念之情也不復存在。一切按照他的安排，沒有音樂，沒有煙火，沒有喜悅的鐘聲，沒有歡呼，沒有其他可能影響停戰肅穆氣氛的元素。有個街頭攝影師替他拍了唯一的一張肖像，原本可以保存下來，但還沒洗出來銅板就被迫銷毀。

簽約儀式在很短的時間內完成。各方代表坐在一頂有著補靪的馬戲團帳篷中央簡陋的桌子邊，一旁跟著還對奧雷里亞諾·波恩地亞上校忠心耿耿的最後一批軍官。簽約之前，總統的個人代表大聲讀出投降協議書，但是奧雷里亞諾·波恩地亞上校出聲抗議。「別浪費時間在繁文縟節上頭。」他說，接著連讀也沒讀，準備簽名。這時他的一位軍官打破帳篷內令人昏昏欲睡的靜寂。

「上校，」他說。「幫我們一個忙，請不要第一個簽。」

奧雷里亞諾．波恩地亞上校同意了。就在眾人屏息的沉默中，文件在桌上輪流簽了一圈，紙上可以看見潦草的簽名，只剩第一欄還是空白的。奧雷里亞諾．波恩地亞上校準備簽名。

「上校，」這時他的另一位軍官說。「還來得及考慮更好的結果。」

奧雷里亞諾．波恩地亞上校不為所動地簽下第一份文件。他還沒簽完最後一份文件，一名叛軍上校出現在帳篷門口，還拉著一頭扛著兩個木箱的騾子。這名上校年紀相當輕，不過外表冷漠，一副相當有耐心的表情。他是馬康多革命軍的地方財務官。他風塵僕僕趕了六天的路，拖著一頭快餓死的騾子，就是要及時趕上這場停戰簽約儀式，他刻意動作慢條斯理，卸下木箱再打開，把七十二塊金磚一塊接著一塊放到桌上。大家都忘了還有這筆財富存在。最後這一年局勢混亂，中央指揮權四分五裂，革命淪為一場首領之間的血腥殺戮戰，無從判定是誰失職。叛軍的金子先是鑄成金磚，然後覆蓋上黏土，躲過所有的監控。奧雷里亞諾．波恩地亞上校把七十二塊金磚加在投降的清單中，沒多說什麼，就這樣完成了簽約儀式。骨瘦如柴的年輕人依舊站在他面前，睜著一雙琥珀色的眼睛看著他。

「還有什麼事嗎？」奧雷里亞諾．波恩地亞上校問他。

這位年輕的上校咬緊了牙根。

「收據。」他說。

於是奧雷里亞諾·波恩地亞上校交給他有他親簽的收據。接著他喝了一杯檸檬水，吃了塊見習修女分送的餅乾，然後到他們替他準備的營帳休息。他在裡面脫掉襯衫，坐在單人床邊，下午三點十五分，他拿起手槍朝醫生用優碘畫在他胸口上的圓圈開一槍。同一時間，人在馬康多的烏蘇拉正納悶爐子上的一鍋牛奶怎麼還沒沸滾，於是掀開鍋蓋，發現鍋子裡都是蛆蟲。

「他們殺死奧雷里亞諾了！」她驚呼。

她感到寂寞，一如平常看向院子，於是她看到淋得溼答答的荷西·阿爾卡迪歐·波恩地亞，他一臉哀淒，比過世那時還蒼老一些。「他們開槍殺死他！」烏蘇拉更詳細描述。「卻沒有人可憐他，替他合上眼睛。」到了傍晚，她噙著淚水看見幾個橘紅色的發光圓盤穿過天空，她心想那是死亡的信號。當她還在栗樹下趴在先生的膝上啜泣時，他們正把奧雷里亞諾·波恩地亞上校抬走，上校裹著一條血跡乾涸後變硬的毯子，睜著一雙憤怒的眼睛。

最後他脫離險境。子彈穿過的路線乾淨俐落，醫生拿著一條沾上優碘的棉線，從他的胸前穿過去再從背後拉出來。「這是我的大師級作品。」醫生得意地說。「這是唯一能讓子彈穿過去又不會傷害重要器官的位置。」奧雷里亞諾·波恩地亞上校被一群慈悲為懷的見習修女圍起來，她們努力唱著聖詩，祈禱他的靈魂永遠安息，這時他後悔沒照計畫往上顎開槍，他改變主意只是想嘲弄碧蘭·德內拉的預言。

「如果我還沒卸下權力，」他對醫生說。「我一定不經審判槍斃您。並不是因為您救我一命，而是因為你讓我變成笑話。」

自殺失敗後短短幾個小時，他重拾了失去的聲望。原本造謠的人說他出賣戰爭，換取一棟用金磚蓋成的小屋，此刻卻認為他的自殺是榮耀的行為，稱他為烈士。之後，他婉拒總統頒給他的功績勛章，連他昔日的死對頭都來到他的房間求他收回停戰條款，再一次發動戰爭。屋內堆滿向他賠罪的禮物。奧雷里亞諾．波恩地亞上校對昔日戰友熱烈的支持煞是感動，儘管來得太晚，他卻不想錯過這個讓他們高興的機會。他看起來對再次發動戰爭興致勃勃，赫林內多．馬奎茲甚至心想他只是在等一個宣布開戰的理由。事實上，不分自由黨或保守黨戰士，總統一律拒發退休金給他們，這正好就是個好藉口，而且他沒有委任特派委員會審查每一份從軍檔案，國會也通過了津貼法。「這真是可惡。」奧雷里亞諾．波恩地亞上校說。「大家只能眼巴巴等到老死。」奧雷里亞諾第一次從烏蘇拉買給他養病用的搖椅站起來，他在臥室裡兜著圈子走，嘴裡唸著致總統的一番堅決言論。他在一封從未公開的電報，指稱這是第一個違反尼蘭迪亞停戰協議的舉動，他要挾若不在十五天內解決發放退休金的問題，就要誓死宣戰。他的態度公正，甚至獲得退役的保守黨戰士的支持。但是政府唯一的回應是多派點兵力守在他們家門口，藉口保護他，並禁止所有探訪。國家對其他危險的首領，也採取類似的辦法防範。這個手段適中、嚴厲和有效，停戰後兩個月，當奧雷里亞諾．波恩地亞上校已經康復，他的同袍不是死了就是流亡國外，再不然就是加入公家機關，永遠成為公僕。

十二月，奧雷里亞諾·波恩地亞上校走出他的房間，看了一眼長廊，便不再想著戰爭。烏蘇拉使出這把歲數似乎不可能有的活力，恢復了這棟屋子的生氣。「你們會看到，」她說。「當一個做母親的知道兒子能活下來後會有什麼改變。這裡雖然是瘋人屋，卻比任何地方還要好，還要歡迎每一個人。」她把屋子清洗和粉刷一遍，更新家具，整理花園，種植新花卉，打開每扇門和窗戶，讓夏天刺眼的陽光傾瀉一地，照亮每間寢室。她宣布結束所有的守喪，換下嚴肅的舊洋裝，改穿比較年輕的衣裳。自動鋼琴的樂聲替這個家恢復了歡樂的氣氛。阿瑪蘭塔聽了之後想起皮耶特·克雷斯畢，想起他傍晚戴著梔子花出現，和他的薰衣草香水味，她乾涸的內心深處湧出一股經時間洗滌後淨化的怨恨。有一天下午，烏蘇拉正在整理客廳，她請求監視屋子的士兵幫個忙。年輕的司令官向下屬應允她的請求。烏蘇拉慢慢地分派新工作給他們。請他們吃飯，送他們衣服鞋子，教他們讀書寫字。後來政府撤銷對他們的監視，其中一名士兵住下來，跟在她身邊服侍非常多年。而年輕的司令官愛上美人蕾梅蒂絲，卻因為無法忍受她的冷漠發了瘋，就在新年那天黎明，為愛死在她的窗邊。

10

許多年後，垂死的奧雷里亞諾二世躺在病榻上，不由得想起那個陰雨的六月午後，他踏進臥室見他的第一個孩子。這個一臉愁容的寶寶是個愛哭鬼，一點也沒有波恩地亞家族的特徵，他卻毫不猶豫地替他取好名字。

「他叫荷西·阿爾卡迪歐。」

他新婚一年的美麗妻子費蘭妲·卡爾皮歐同意他的決定。反而是烏蘇拉按捺不住內心隱約的焦慮。她從漫長的家族史，這樣堅持取同樣名字的習慣，似乎得出決定性的結論。所有叫奧雷里亞諾的男丁都個性孤僻，但是頭腦清楚，所有叫荷西·阿爾卡迪歐的都個性衝動而有魄力，然而都被烙下悲劇的印記。唯一例外是荷西·阿爾卡迪歐二世跟奧雷里亞諾二世。他們童年時期長得太像，又一樣調皮，連他們的媽媽聖塔蘇菲亞都分不出他們來。命名那天，阿瑪蘭塔替他們戴上標上個別名字的手環，穿不一樣顏色的衣服，上面繡上他們名字的開頭字母，但是開始上學以後，他們會交換衣服和手環，喊跟對方交換的名字。梅裘爾·艾斯卡洛那老師習慣從襯衫辨識他們，穿綠襯衫的就是荷西·阿爾卡迪歐二世，但當他發現他戴著奧雷里亞諾二世的手環，而另外一個穿白襯衫以及戴著荷西．阿爾卡迪歐二世手環的卻自稱是奧雷里亞諾二世時，就不知所從。從那時起，他不再確定誰是誰。他們長大後，上天讓他們判若兩人，烏蘇拉不斷問自己，這兩兄弟是不是在某次玩複雜的對調遊戲時，犯了點什麼錯，結果永遠地交換了身分。一直到剛進入青春期，他們都還像是同時運作的機器。他們同時間睜開眼睛醒來，同時間想上廁所，有同樣的健康問題，甚至夢到同樣的東西。家裡的人以為他們動作一致只是因為想捉弄人，一直到有一天聖塔蘇菲亞給了其中一個一杯檸檬水，他嘗了一口，另一個說檸檬水忘了加糖，大家才發現真相。聖塔蘇菲亞的確忘了加糖，於是她把這件事告訴烏蘇拉。「每一個都一樣。」她聽了並沒有太驚訝並說。「天生就是瘋子。」然而時間卻打亂了這一切。對調遊戲最後叫奧雷里亞諾二世的那個長得跟祖父一樣體格魁梧，叫荷西．阿爾卡迪歐二世的那個卻變得跟上校一樣骨瘦如柴，他們唯一還相似的地方是承繼家族的孤獨氣質。或許是體型、名字和性格完全顛倒，烏蘇拉不禁懷疑他們的身分在小時候就像洗牌那樣對調了。

這一對兄弟在戰火正熾烈時變得完全不同，荷西．阿爾卡迪歐二世要求赫林內多．馬奎茲上校帶他去看槍決現場。他不顧烏蘇拉反對，最後實現了願望。相反地，奧雷里亞諾二世一想到處決畫面就嚇得發抖。他寧願待在家裡。十二歲那年，他問烏蘇拉鎖起來的那個房間裡有些什麼。「資料。」她回答他。「都是梅賈德斯的書，和他過世前幾年寫的怪東西。」她的回答沒有澆熄他的疑問，反而讓他更好奇了。他不斷要求，努力保證他不會弄壞裡面的東西，因此烏蘇拉把鑰匙拿給他。自從他們抬走梅賈德斯的屍體後，再也沒人進去那裡一步，他們在門上掛大鎖，上面的零件因為生鏽連成一塊。但是當奧雷里亞諾二世打開窗戶，讓熟悉的陽光一如往常照亮房間，裡面卻沒有一點灰塵或蜘蛛網蹤跡，彷彿打掃得乾乾淨淨，比他下葬那天還要乾淨，墨水瓶裡的墨水還沒乾掉，金屬沒有生鏽失去光澤，連從前荷西・阿爾卡迪歐・波恩地亞蒸發水銀的試管的餘燼也還沒完全熄滅。架子上的書每一本都用厚紙書套裝訂，蒼白的顏色就如同透出紋路的人類皮膚，手稿也完整如初。儘管這裡關閉了那麼多年，空氣卻比屋子其他地方還要清新。全都看不出任何歲月痕跡，幾個禮拜後，當烏蘇拉提著一桶水和一支掃把進入房間，準備清洗地板，卻發現什麼事也不必做。奧雷里亞諾二世正全神貫注讀著一本書。這本書雖然沒包書套也沒有書名，他卻讀得津津有味，故事敘述一名女子坐在桌邊用大頭針插米粒吃飯，一個漁夫跟鄰居借鉛塊捕魚，後來他回贈一條魚做為報酬，魚肚裡有顆鑽石，還有實現願望的神燈以及飛毯。他驚訝地問烏蘇拉故事是否都是真的，她回答都是真的，許多年前吉普賽人曾帶著神燈跟飛毯來過馬康多。

「問題是，」她嘆口氣。「這個世界慢慢毀滅，這種東西都已經消失無蹤。」

奧雷里亞諾二世看完了書，因為缺頁有很多篇故事沒有結局，接著他開始讀手稿。不過對他來說太困難。上面的字體簡直就像衣服攤開曬在鐵絲網上，看起來比較像是樂譜而不是文章。一個炎熱的正午，正當他仔細看手稿時，他感覺自己不是一個人在房間裡。而梅賈德斯就坐在窗邊背光處，雙手擱在膝上。他看上去不到四十歲。身上同樣是那件款式老舊的背心，戴著一頂寬邊帽，兩邊白色鬢角滴著因熱氣溶化的髮油，跟當年荷西・阿爾卡迪歐和奧雷里亞諾還是孩子時看到的他一模一樣。奧雷里亞諾二世立刻就認出他是誰，因為家族對他的記憶世代相傳，他從祖父那裡繼承了這份回憶。

「您好。」奧雷里亞諾二世說。

「你好，年輕人。」梅賈德斯說。

從這一刻起好幾年間，他們幾乎每天下午見面，梅賈德斯跟他聊這個世界，把他古老的智慧灌到他的腦袋瓜裡，但是他怎麼也不肯解釋手稿的內容。他說：「等百年過後吧，現在不該有人知道內容。」奧雷里亞諾二世從沒對人透露他們秘密的相會。有一次，他以為他的小天地就要洩底，因為烏蘇拉突然出現，而梅賈德斯還在房間裡。但是她看不見他。

「你在跟誰說話？」她問他。

「沒有啊。」奧雷里亞諾二世說。

「你曾祖父就這樣。」烏蘇拉說。「他也會喃喃自語。」

這段時間，荷西・阿爾卡迪歐二世滿足了看槍決現場的願望。往後餘生他都會一直記得六顆子彈齊發擦出的白色火光，迴盪在群山之間的轟然巨響，死囚悲傷的微笑和發怔的眼神，他直挺挺地站著，鮮血溼透了身上的襯衫，當他們將他從柱子上鬆綁，放進裝滿石灰的箱子裡，那抹笑還停留在他臉上。「他還活著。」他心想。「他們要活埋他。」這幅畫面深深地烙印在他的腦海，自此他開始厭惡軍事演習和戰爭，這不是因為執行槍決，而是習慣活埋死囚太過駭人。沒有人知道他是何時開始敲教堂塔樓的鐘，幫忙安東尼奧・伊沙貝爾神父主持彌撒，也就是狗崽神父的繼任者，以及照顧神父家院子裡的鬥雞。當赫林內多・馬奎茲上校知道這件事後，著實罵了他一頓，因為他學的全是自由黨分子唾棄的工作。「問題是，」他回答。「我感覺自己是保守主義分子。」他深信這是命中注定。赫林內多・馬奎茲上校大吃一驚，把這件事告訴烏蘇拉。

「這樣比較好。」她附和那孩子。「希望他能投身神職，讓上帝能走進這個家。」

很快地，大家聽說安東尼奧・伊沙貝爾神父開始替他準備初領聖餐。他一邊讓他看剁雞脖子羽毛，一邊教他讀教義手冊，並且舉簡單的例子解釋，比如把母雞放進窩裡孵蛋時，談起上帝造物的第二天，小雞會在蛋裡面成形。不久之後，神父開始出現老糊塗症狀，幾年後，他竟然說惡魔可能成功叛變上帝，又說坐在天堂寶座的其實是惡魔，他故意隱藏身分，欺瞞粗心大意的信徒。荷西・阿爾卡迪歐二世經過導師大膽無畏的洗腦，短短幾個月已熟練如何使用神學技巧來對付惡魔，以及在鬥雞比賽布下陷阱。阿瑪蘭塔替他製作一套立領亞麻西裝和領帶，給他買一雙白鞋，並在大蠟燭的緞帶烙下燙金的名字。初領聖餐的前兩晚，安東尼奧・伊沙貝爾神父跟他關在聖器室裡，讓他借助一本罪行字典進行懺悔。他列的清單實在太長，習慣六點上床睡覺的老神父在還沒結束前就在椅子上睡著了，對荷西・阿爾卡迪歐二世來說，這一連串的提問有新發現。當神父問他是否跟女人做過壞事，他很老實回答沒做過，一點也不訝異他這麼問，但是當他聽到神父問是否跟動物做過壞事時，他愣住了。五月的第一個禮拜五，他忍受滿腹好奇的折磨領完聖餐。不久，他問佩托尼歐這個問題。佩托尼歐是聖器看管員，他住在教堂塔樓上，看起來一副病懨懨的模樣，據說他喝蝙蝠鮮血為生。佩托尼歐回答他：「因為有些道德敗壞的天主教徒會跟母驢做那檔事。」荷西．阿爾卡迪歐二世很是好奇，他不斷追問，直到佩托尼歐失去耐心。

「我每個禮拜二晚上會去。」他老實說。「如果你保證不告訴任何人，下個禮拜二我就帶你去。」

下個禮拜二，佩托尼歐真的帶著一張小木凳從塔樓下來，到這一刻為止還沒人知道那張凳子是做什麼用途。他帶著荷西．阿爾卡迪歐二世到附近的一座果園。這個孩子自此迷上這種夜間狩獵，過了許久以後他才光顧卡塔里諾的店。後來他變成鬥雞高手。「把那些動物帶去其他地方。」烏蘇拉第一眼看他帶著這種美麗的打鬥動物進門，就這樣命令他。「鬥雞已經帶給這個家太多苦難，不要再帶牠們回來。」荷西．阿爾卡迪歐二世沒抗議就帶走了，但是他還是能繼續養牠們，因為他的外婆碧蘭．德內拉巴不得他來家裡，對他的請求來者不拒。他很快就發揚安東尼奧．伊沙貝爾神父傾囊相授的鬥雞知識，贏來的錢不只養大雞群，也滿足了男人的驕傲。烏蘇拉把這個時期的他拿來跟他的兄弟比較，百思不解這兩個幼年時簡直一模一樣的孿生兄弟，最後怎麼會變得如此不同。她的疑惑沒有持續太久，因為不多久奧雷里亞諾二世開始顯露懶散和放蕩的那一面。他關在梅賈德斯房間裡時是個專注的人，一如年少時的奧雷里亞諾・波恩地亞上校。但就在尼蘭迪亞停戰協議前不久，一次偶然機會讓他抽離他的專注，回到外面真實的世界。有個販售手風琴彩券的年輕女人向他熱情地打招呼。奧雷里亞諾二世並沒有太驚訝，因為老是有人錯認他跟他的孿生兄弟。不過他沒向她解釋她搞錯對象，任憑她哭哭啼啼想讓他心軟，最後把他帶回她的房間。她從見面一開始就對他萬般溫柔，並在彩券動手腳，讓他抽到手風琴頭獎。兩個禮拜過後，奧雷里亞諾二世發現女子輪流跟他和他的兄弟上床，以為他們是同一個男人，但他沒戳破這個情況，反而決定能拖多久是多久。他不曾再回到梅賈德斯的房間。午後，他大多待在院子裡聽學彈奏手風琴，完全不顧烏蘇拉反對，當時因為守喪緣故，屋子裡禁止任何音樂，況且烏蘇拉瞧不起這種師承漢子弗朗西斯克流浪漢所彈奏的樂器。然而，後來奧雷里亞諾二世琴藝精湛，即使後來結婚生子，成為馬康多其中一個最令人敬重的人物，依舊是如此。

經過兩個月跟同一個女人交往後，他開始監視他的兄弟，破壞他的約會計畫，確定荷西・阿爾卡迪歐二世不會見情人的那晚，他會跟她睡。有天早上，他發現自己病了。兩天後，他看見兄弟在浴室裡抓著樑柱，滿身大汗，哭得不能自已，於是他明白了。他的兄弟告訴他，那名女子怪他傳染一種放蕩的病給她，於是將他拋棄。他也告訴他正在接受碧蘭・德內拉的治療。奧雷里亞諾二世暗地使用刺激性的高錳酸鉀溶液洗滌，又喝尿劑，兩兄弟分別經過三個月偷偷治療終於痊癒。荷西・阿爾卡迪歐二世從此不再見那名女子。奧雷里亞諾二世得到她的原諒，跟她廝守一輩子。

她叫佩特拉・柯提斯。她是在烽火連天時期跟著賣彩券謀生的姘夫來到馬康多，姘夫死了以後，她繼續靠這門生意餬口。她是個黑白混血的年輕女子，乾乾淨淨，一雙黃色杏眼讓她的長相多了一種母豹的兇狠氣質，但她其實有顆善良的心和追求愛情的美妙志向。當烏蘇拉發現荷西・阿爾卡迪歐二世變成鬥雞高手，奧雷里亞諾二世在情人熱鬧的派對上彈奏手風琴，她傻眼到差點瘋了。彷彿他們繼承了家族所有的缺點，完全沒有優點。於是她決定不准再取奧雷里亞諾與荷西・阿爾卡迪歐這兩個名字。然而，當奧雷里亞諾二世的第一個孩子出世後，她不敢反對他取的名字。

「好吧。」烏蘇拉說。「但有個條件：由我來養孩子。」

她已經百歲，眼睛也因為罹患白內障快瞎了，然而她精力不減當年，性格正直，心智平衡。再也沒有誰比她更適合來教養廉直的子孫，以重振家族名聲，這名子孫不會知道什麼是戰爭、鬥雞、命運悲慘的女人和瘋狂的行徑，烏蘇拉認為，就是這四大不幸決定了他們家族後代的沒落。「他會當神父。」她慎重地許下承諾。「如果上帝讓我繼續活著，他必定會成為教宗。」所有人聽到她的話都笑了，笑聲不只在房間裡，而是充滿整棟屋子，因為奧雷里亞諾二世那些吵鬧的狐群狗黨正好在客廳聚會。原本已經掩埋在記憶深處的戰爭，此刻隨著香檳的開瓶聲又被掀了開來。

「祝教宗。」奧雷里亞諾二世舉杯慶祝。

在場賓客同聲舉杯歡祝。接著賓主開始彈奏手風琴，煙火齊放。歡樂的鼓聲傳遍城鎮。到了清晨，喝得醉醺醺的賓客宰殺六頭牛，擺在街頭供大眾享用。沒有人因此生氣。自從奧雷里亞諾二世當家以來，這類宴客屢見不鮮，即使不像這次是為了將來某位教宗誕生這麼恰當的理由。短短幾年，他不費吹灰之力累積了沼澤區一帶最龐大的財富，這純粹是幸運，他的家畜有如神助一般大量繁殖。他的母馬生了三胞胎，母雞一天下兩次蛋，豬隻以不可思議的速度長胖，除了魔法外，沒人能解釋為什麼繁殖力這麼旺盛。「趁現在少花一點。」烏蘇拉告誡她好大喜功的曾孫。「這種運氣不可能持續一輩子。」可是奧雷里亞諾二世沒理會她的話。他越是開香檳招待朋友，他的家畜越是以瘋狂的速度繁殖，他越是相信他的運氣不是靠他的行為，而是他的情婦佩特拉·柯提斯旺夫興家，她的愛有一種刺激大自然的力量。他深信他的財富是由她而來，因此從不讓她離開他的牲畜，即使後來結婚生子，他仍取得費蘭妲的同意跟她住在一起。他跟祖父和曾祖父一樣長得魁梧高大，但是比他們懂得享受人生和多了一份收服人心的親切，他幾乎沒時間照顧家畜，他做的僅是帶佩特拉·柯提斯到養殖場，騎馬載著她巡視土地，讓所有烙上他的印記的牲畜都染上無可救藥的繁殖病。

他這輩子壽命很長，這筆無法操控的財富跟家族的所有好運，同樣是來自意外。佩特拉·柯提斯一直到戰爭結束之前都是靠賣彩券維生，奧雷里亞諾二世偶爾會偷烏蘇拉的積蓄幫她。他們是輕浮的一對，只擔心能不能每晚一起睡，在床上縱慾到天明，即使是不方便的日子。「那個女人會害你。」每當烏蘇拉看見曾孫像個遊魂踏進家門，就這麼對他大吼。「她把你迷得失魂落魄，總有一天我會看到蟾蜍鑽進你的肚子，讓你痛得扭成一團。」荷西·阿爾卡迪歐二世在很久之後才發現兄弟假冒他身分的事，但無法理解他的迷戀。他記得佩特拉·柯提斯是個普通的女人，應該說她在床上不太主動，完全不懂歡愛的技巧。奧雷里亞諾二世無視烏蘇拉的吵鬧和兄弟的嘲弄，滿腦子只想著如何找到能養活佩特拉·柯提斯的工作，想著與她熱烈纏綿的夜晚，想著趴在她身上或躺在她下方一起死去。當奧雷里亞諾·波恩地亞上校重新打開他的銀作坊，終於在臨老時刻渴望平靜的生活，奧雷里亞諾二世心想，打造小金魚或許是一門好生意。他花了非常多時間待在燠熱的小房間，看著上校從失意中不自覺養出的耐心，把堅硬的金屬片慢慢打造成金色的鱗片。他認為這份工作太吃力，加上佩特拉·柯提斯的倩影不斷干擾，三個禮拜後他就不見人影。這段時間，佩特拉·柯提斯正在推銷兔子彩券。但是彩券還來不及賣掉，兔子已經繁殖了一堆，而且長大的速度驚人。起初，奧雷里亞諾二世並沒有警覺兔子旺盛的繁殖力。但當鎮上已經沒人想再買兔子彩券，有一晚他感覺面向院子的那面牆傳來巨響。「別怕。」佩特拉·柯提斯說。「那是兔子。」他們被兔子吵得睡不著。天亮時，奧雷里亞諾二世打開門，看見院子裡滿滿的都是兔子，沐浴在泛藍的曙光中，佩特拉·柯提斯笑得半死，忍不住跟他開玩笑。

「這些都是昨晚生下的。」

「太可怕了吧！」他說。「妳何不試試母牛彩券呢？」

幾天後，佩特拉·柯提斯努力清空院子，把所有的兔子換了一頭母牛，兩個月後，母牛產下三胞胎。故事就是從這裡開始。一夜之間，奧雷里亞諾二世搖身變成地主和養殖場主人，他甚至來不及擴充爆滿的馬廄和豬舍。他的事業像是作夢似地發達，他笑得合不攏嘴，不得不用荒謬的態度來發洩他的好心情。「休息一下吧，母牛，生命苦短。」他大聲說。烏蘇拉不禁問自己，曾孫到底在搞什麼鬼，他是不是去搶來的？他會不會淪為偷牲口的賊？每當她看見他一高興就開香檳，從頭頂淋下去，就破口大罵他浪費。她煩得不得了，有一天奧雷里亞諾二世一早起床後心情特好，他拿著一箱錢、一罐糨糊和一支刷子出現，大聲唱著漢子弗朗西斯克的老歌，把屋子從裡到外從上到下，貼滿一塊錢披索的紙鈔。自從自動鋼琴送來以後，這棟古老的宅第一直是白色外觀，如今給人像是清真寺的錯覺。家裡一片鬧烘烘，烏蘇拉氣瘋了，全市的人開開心心在街道上觀賞這幅讚揚揮霍的畫面，奧雷里亞諾二世從正面門牆貼到廚房，連浴室和臥房都沒放過，最後把多出來的鈔票撒在院子裡。

「從現在開始，」他終於開口。「我希望這間屋子裡的人不要再跟我談錢。」

事情就是這樣。烏蘇拉撕下黏在大塊石灰泥上的鈔票，把屋子漆回白色。「老天爺，」她哀求。「請把我們變成跟當初建村一樣窮吧，否則下輩子我們會因為浪費得到報應。」她的哀求得到回應，卻沒照著她的意思發展。一個撕鈔票的工人不小心撞到一尊巨大的聖約翰像，那是戰爭最後幾年某個人擺在他們家的石膏像，結果空心的雕像倒地碎裂。雕像裡塞滿金幣，沒有人記得是誰把真人尺寸的聖人雕像放置在這裡。「是三個男人搬來的。」阿瑪蘭塔解釋。「他們向我要求借放在這裡到雨停，我告訴他們擺在角落才不會被撞到，他們很小心地把雕像擺好，從此之後就一直擺在那裡，因為他們再也沒回來找雕像。」不久前，烏蘇拉才替聖人點蠟燭，五體投地跪拜，完全沒料到她膜拜的非但不是聖人像，而是排列起來將近兩百公里長的金幣。她太晚發現自己竟成了異教徒，更是悲傷不已。她朝金光閃閃的一堆金幣吐口水，拿來三個帆布袋裝起來，埋在隱密的地點，希望那三名陌生人遲早會回來將東西要回。許久以後，烏蘇拉晚年困頓，她經常跟打從他們家經過的無數名旅人聊天，問他們是不是曾在戰爭期間暫放一尊聖約翰石膏像在這裡，要他們代為保管到雨停。

烏蘇拉對這類事情感到沮喪，偏偏在這段時間經常遇到。馬康多如遇奇蹟降臨般繁榮興盛。建村先人打造的房屋，從原本的泥磚和蘆竹換成木製百葉窗和水泥地面的磚頭建築，比較能忍受下午兩點那令人窒息的燠熱。荷西．阿爾卡迪歐．波恩地亞時代的老村莊，如今只剩下覆蓋灰塵的扁桃樹還忍受著最艱困的環境，以及那條清澈的河流，當初河底一顆顆恍若史前時代巨蛋的大石頭，早在荷西．阿爾卡迪歐二世執意清空河道，開闢船運生意，經過發瘋似地猛力搥打後化為粉碎。這是個瘋狂的夢想，不亞於他曾祖父有過的那些夢，因為崎嶇的河床和無數的激流根本阻礙了馬康多到大海的交通。但是荷西．阿爾卡迪歐二世一時膽大妄為，執意進行他的計畫。在此之前，從沒見過他有什麼想像力。在愛情方面，除了跟佩特拉．柯提斯那段不成熟的戀情外，他不曾再與其他女人交往。烏蘇拉認為他是家族史上最黯淡無光的角色，即使成為鬥雞高手還是難以吸引他人的目光，奧雷里亞諾．波恩地亞上校曾對他談起，他在戰爭期間親眼看過那艘擱淺在距離大海十二公里遠的西班牙帆船，已經燒得只剩骨架。這麼久以來，許多聽到這個故事的人頂多認為不可思議，在荷西．阿爾卡迪歐二世聽來卻認為這是個啟示。他把鬥雞賣給出價最高的人，雇用工人，購買工具，執意進行擊破石頭、挖掘河道、清除礁石，甚至是分流瀑布等巨大工程。「我就知道，」烏蘇拉大叫。「時光就像在兜著圈子，帶我們回到了最初。」荷西·阿爾卡迪歐二世估計河流可以航行時，向他的孿生兄弟詳細介紹了他的計畫，然後從他那兒募得一筆繼續工程所需的錢。後來他消失許久時間。正當有人說他的購船計畫不過是想從兄弟那兒詐錢的幌子，卻傳來有一艘奇怪的船往城鎮駛來的消息。馬康多的居民早已不記得荷西·阿爾卡迪歐·波恩地亞曾經做過的艱鉅工作，他們爭相湧到岸邊，睜大驚恐的雙眼，不敢置信地看著第一也是最後一艘停泊在鎮上的船。那不過是一艘木筏，由二十個男人拖著粗厚的繩索，沿著河岸邊走邊拉著。荷西·阿爾卡迪歐二世站在船首，眼神閃爍著滿意的光芒，指揮這次花費高昂的航行。跟著他一起抵達的還有一群打扮花枝招展的婦女，她們撐著色彩鮮豔的洋傘阻擋毒辣的陽光曬烤，肩上披著美麗的絲質披肩，臉上塗著粉彩，頭上插著鮮花，手臂纏繞黃金蛇環，牙齒間閃爍著鑽石。這艘木筏是荷西·阿爾卡迪歐二世唯一開進馬康多的交通工具，就這麼一次，但是他稱這次的壯舉是一場勝利，從不承認他的失敗，他把多筆可疑的帳單交給他的兄弟，隨即回到飼養鬥雞的生活。這一次不幸的冒險唯一留下的影響，是跟著他們來的法國女郎的美妙技藝顛覆了傳統的尋歡方式，也增進了社會福祉，並擊倒了卡塔里諾過時的店，把整條街變成掛滿日本燈籠和懷舊手搖風琴的雜貨市集。她們推動火辣的嘉年華，整整三天讓馬康多陷入瘋狂的歡樂，而唯一永遠影響奧雷里亞諾二世的是他因此認識了費蘭妲·卡爾皮歐。

美人蕾梅蒂絲變成選美王后。烏蘇拉震懾於曾孫女令人不安的美貌，無法阻止選美活動的進行。在此之前，她一直禁止她出門，如果是跟阿瑪蘭塔參加彌撒，一定戴上黑面紗。鎮上的男人沒那麼虔誠，他們在卡塔里諾的店裡假扮神父舉行會遭天譴的彌撒，他們上教堂唯一的目的是一睹美人蕾梅蒂絲的面容，即使是驚鴻一瞥也好，她傳說中的美貌像是燎原野火傳遍沼澤區一帶。他們等待許久才得以一償心願，但這個機會或許永遠別出現得好，因為大多數人從此再也不能安枕無憂。有個從外地來的男人看了她以後內心失去寧靜，飽受不幸和苦難的折磨，幾年後他在鐵軌上睡著了，結果被一輛夜行火車輾得粉身碎骨。當他出現在教堂時，身上穿著一件綠燈蕊絨衣和刺繡背心，大家立刻知道他是從非常遙遠的地方來的，也許是國外某個遠方的城市，受了美人蕾梅蒂絲的魅力吸引而來。他長相俊美、瀟灑又穩重，那份優雅恐怕連皮耶特·克雷斯畢站在他身旁也相形失色，許多女人恨恨地笑著說，真的該戴面紗的人應該是他吧。他在馬康多沒跟任何人來往。某個禮拜天的黎明時分，他騎著有天鵝絨鞍褥和銀色馬蹬的馬出現，彷彿童話故事走出來的王子，望完彌撒後就離開了城鎮。

他的出現引起注目，所有第一眼在教堂看到他的人莫不認為他跟美人蕾梅蒂絲之間默默展開一場緊張的決鬥，一場秘密的誓約，一場無法取消的挑戰，最高潮的情節不只會有愛情，也會穿插死亡。到了第六個禮拜日，這位紳士拿著一朵黃玫瑰出現。他跟以往一樣站著聽完彌撒講道，最後他擋住美人蕾梅蒂絲的去路，把那朵孤單的玫瑰花遞給她。她很自然地收下，彷彿早已準備好接受這份榮耀，這時她掀開面紗一會兒，露出微笑道謝。她只做了這個動作。但是對這位紳士，和對所有不幸目睹這一幕的所有男人而言，這一瞬間變成了永恆。

從那之後，這位紳士雇用樂團在美人蕾梅蒂絲窗邊演奏，有時演奏到黎明。只有奧雷里亞諾二世深深同情他，試圖阻止他的不屈不撓。「別浪費時間了。」有一晚他對他說。「這間屋子裡的女人要比騾子還糟糕。」他跟他交朋友，邀他共飲香檳，想讓他明白他們家族的女人都有一副鐵石心腸，但並沒有成功化解他的執迷不悟。奧雷里亞諾．波恩地亞上校無法忍受夜夜演奏，威脅要送他幾顆子彈結束他的痛苦。他怎麼也不肯放棄，直到他感到士氣低落，處境堪憐。他的外表從俊秀和完美無瑕變成骯髒而衣衫襤褸。據傳他放棄了他遠在其他國家的權力和財富，儘管他的出身永遠是個謎。他變得時常與人爭吵，流連酒館，在卡塔里諾的店裡清醒時經常滿身糞便。他的故事最令人悲傷的一點，是當他以王子之姿出現在教堂裡，根本沒引起美人蕾梅蒂絲的注意。她收下黃玫瑰，不是故意而是覺得有趣，她覺得獻花的舉動挺古怪，因此掀開面紗想看清楚他的臉，而不是要讓對方看她的臉。

事實上，美人蕾梅蒂絲並不是這個世界的生物。一直到青春期快結束，她還得靠聖塔蘇菲亞幫她洗澡穿衣，即使後來她能自理，還是得看著她，以免她拿著沾上自己糞便的小棍子，在牆壁上畫小動物。她到二十歲還沒學過讀寫，不會準備吃飯餐盤，總是一絲不掛在屋子裡走動，因為她的天性不容於任何世俗的規範。當年輕的司令官向她表達愛意，她拒絕僅僅是認為他的舉動無聊透頂。「妳看他多無聊。」她對阿瑪蘭塔說。「他說他快因我而死，把我說的好像是急性盲腸炎。」當他真的被發現死在她的窗邊，美人蕾梅蒂絲更肯定她一開始的印象。

「看到了吧。」她說。「他真的無聊。」

她看似具有深度智慧，能看穿任何表面的形式，洞察事物的核心。起碼奧雷里亞諾．波恩地亞上校是這麼認為，對他來說，美人蕾梅蒂絲並不是大家想像的心智遲緩，而是相反。「她就好像打完一場二十年的仗回來。」他經常這麼說。烏蘇拉則感謝上天賜給這個家這麼純潔無瑕的孩子。但是她同時也對她的美貌感到不安，她認為這是一種矛盾的特質，一種在天真無邪深處埋藏的邪惡陷阱。因此，她決定把她與世界隔絕，使她遠離塵世所有的誘惑，卻不知美人蕾梅蒂絲打從娘胎開始已不受任何世俗的汙染。她從沒想過她會在喧鬧的嘉年華會上當選王后。但是奧雷里亞諾二世很興奮他能扮成老虎參加嘉年華會，便帶著安東尼奧．伊沙貝爾神父來說服烏蘇拉，嘉年華會不是如她所說是異教慶典，而是一項天主教傳統。最後她被說服了，不甘願地答應讓曾孫女參加加冕典禮。

蕾梅蒂絲．波恩地亞摘奪嘉年華會后冠的消息，在短短幾個小時內越過沼澤區，傳到遙遠的地域，在那些地方並沒有人聽聞她驚為天人的美貌，倒是她的姓氏引起了騷動，有些人依然認為那代表叛亂。不過這是庸人自擾。在當時，奧雷里亞諾．波恩地亞上校早已看破紅塵，老態龍鍾，慢慢地完全不再過問國家現況。他關在銀作坊裡，跟外界唯一的聯繫是販售小金魚。和平初臨時有一批士兵監視他們家，後來其中一人留下來替他到沼澤區一帶的村莊兜售小金魚，再帶回滿滿的金幣和一籮筐消息。他說，保守主義派政府得到自由主義分子的支持正在修改行事曆，要讓每一任總統就任百年。國家終於與教宗簽訂和約，從羅馬來了一位紅衣主教，他頭戴鑽石頭冠坐在厚實的黃金寶座上，自由黨的部長跪下來親吻他的戒指，並派人記錄這一幕。有個西班牙劇團的臺柱女演員在首都巡演時，在她的化妝間遭一群蒙面歹徒綁架，而相隔一週的禮拜日，她卻赤裸著身子在共和國總統的夏宮裡表演舞蹈。「不要跟我談政治，」上校對他說。「我們的工作是賣小金魚。」外頭謠傳，他不想再知道國家現狀是因為他已靠工作發財，當這些話傳到烏蘇拉耳裡，她忍不住笑了。她是個徹頭徹尾的實際派，因此無法理解上校的生意，他賣掉小金魚拿到金幣，再將金幣打造成小金魚，就這樣他賣得越多，工作就越多，才能滿足每況愈下的惡性循環。其實他感興趣的不是生意而是工作本身。他得高度專注在工作上，鑲嵌魚鱗，嵌入迷你紅寶石，壓薄魚鰓，再黏上船舵，沒空回想已化為泡影的事。他全神貫注，力求工藝精準，很快地，他老得比打仗那些年還快，工作姿勢引起脊椎側彎，公釐的距離讓他視力耗損，但是心無旁騖使他的心靈得到平靜。他最後一次處理跟戰爭相關的事，是一群分屬兩黨派的老兵希望尋求他的支持，讓終生俸通過，這個案子雖然經過保證，卻一直在原地打轉。「忘掉這個東西吧。」他對他們說。「您看到了，我也推掉我的退休金，斬斷可能等到死的痛苦。」起先，赫林內多．馬奎茲上校黃昏時會來探訪他，他們倆就坐在大門口憶當年。可是阿瑪蘭塔忍受不了她對這個男人的回憶，他疲態盡露，頭頂因禿髮顯得早衰，因此阿瑪蘭塔毫不留情地折磨他，最後，他除非特殊場合才會到他們家，癱瘓之後便完全消失。奧雷里亞諾・波恩地亞上校憂鬱、安靜，沒留意一股新的生命力正從屋子裡竄起，他只懂得安詳的晚年就是誠實地跟孤獨和解。淺睡一晚後，他清晨五點起床，到廚房喝完那杯永遠的苦澀咖啡，接著一整天關在銀作坊裡，到了下午四點，他拉著一張板凳穿過長廊，無視於鮮豔欲滴的玫瑰花叢，這個時間的陽光，和面無表情的阿瑪蘭塔，每到向晚，她的憂鬱總像壓力鍋的響聲那樣清楚。他走到門口坐下來，一直到無法忍受蚊子叮咬為止。有一次，有個人打斷他的孤獨。

「您好嗎？上校？」那人經過時問。

「我在這裡。」他回答。「等待我的送葬隊伍經過。」

因此，當美人蕾梅蒂絲摘奪后冠，這個姓氏再一次出現所掀起的不安是沒有實際根據的。然而，很多人卻不這麼想。人潮興高采烈地湧到廣場上，卻不知一場悲劇正悄悄降臨。這場嘉年華會進入最高潮，奧雷里亞諾二世很滿意終於實現扮老虎的夢想，開心地走在放肆的人群之間，聲音因為嘶吼過度都沙啞了，這時，通往沼澤區那條路上出現了一大群遊行裝扮的人，他們抬著金轎，上面坐的是一位你所能想像的、貌美天仙的女人。霎時，馬康多平時心平氣和的居民全都紛紛摘下面具，想要一睹這位頭戴綠寶石皇冠和身披貂皮披肩的美女，她像是合法的正牌女士，不只是用一身亮片和縐紋紙裝扮的冒牌貨。不是明眼人也能看出這是挑釁。但奧雷里亞諾二世立刻回過神，他宣布來者是貴客，安排美人蕾梅蒂絲和不請自來的王后同坐在寶座上。到了午夜，那些扮演貝都因人的外地人加入瘋狂盛會，點燃華麗的煙火炒熱氣氛，以及表演幾項雜耍，讓人想起當年吉普賽人的幻術。正當嘉年華會的歡樂氣氛沸騰到最高點，突然間有人打破了這個脆弱的平衡。

「自由黨萬歲！」他大叫。「奧雷里亞諾・波恩地亞上校萬歲。」

射擊的火光奪去煙火的璀璨，驚慌的尖叫遮去了音樂，恐懼取代了歡樂的情緒。許多年後，大家仍相信那位不請自來的王后身邊的衛兵是政府軍騎兵，那身華麗的長袍下藏著步槍。政府特別發出公告否認指控，並保證徹查這次的血腥事件。然而真相從未水落石出，咬定那個衛兵是依據司令官的信號採取行動的說法一直流傳著，這不是挑釁，當時他朝擁擠的人群開槍。當現場恢復平靜，所有假貝都因人溜得一個不剩，只剩下躺在廣場上的死傷者，總共有九位小丑，四位戴小鴿子面具的女人，十七位紙牌國王，一個惡魔，三位音樂家，兩位法蘭西貴族，和三位日本女天皇。在一片驚慌無措之中，荷西・阿爾卡迪歐二世成功保住美人蕾梅蒂絲一命，奧雷里亞諾二世抱著不請自來的王后回到家，她的衣服已經撕爛，貂皮披肩濺上血跡。她名叫費蘭妲・卡爾皮歐。是從全國五千名最美的女人當中選出的最美的一位，他們帶她來到馬康多，向她保證要任命她為馬達加斯加女王。烏蘇拉把她當作女兒照顧。全鎮的人非但沒有懷疑她的清白，反而同情她的單純。那場屠殺發生的六個月後，當傷患已經康復，公共墓穴上頭最後的花凋謝了，奧雷里亞諾二世動身前往她跟父親居住的遙遠城市，把她接來馬康多結婚，辦了一場連續二十天的熱鬧喜宴。

11

十二個月後，他們的婚姻瀕臨破裂，因為奧雷里亞諾二世為了補償佩特拉·柯提斯，派人畫下她裝扮成馬達加斯加王后的肖像。費蘭妲知道以後，整理好她新嫁娘的衣箱，沒說一句道別就離開了馬康多。奧雷里亞諾二世在沼澤區那條路上追上她。經過不斷哀求，並表明悔改的決心後，終於把她帶回家，拋棄了情婦。

佩特拉·柯提斯深知自己的力量，一點也不擔心。是她把他變成了男人。是她讓他離開梅賈德斯的房間，在這個世界找到立足之地，否則他還是那個與現實脫節、滿腦子奇想的孩子。他天性沉默孤僻，凡事都從獨特角度思考，是她把他塑造成活力十足、開朗、坦率，完全相反的性格，是她教他懂得生活的情趣和派對與揮霍的樂趣，她把他從裡到外打造成她從青少女時期就夢想的男人。他結婚了，就跟兒女遲早會成家立業一樣。他不敢提早告訴她消息。他以幼稚的態度來面對這個情形，假裝他既生氣又後悔，希望找到辦法讓佩特拉·柯提斯自己提分手。有一天，奧雷里亞諾二世有失公平地責備了她一番，但她避開陷阱，讓事情恢復井然有序。

「問題在於，」她說。「是你想娶那個王后。」

奧雷里亞諾二世滿心羞愧，他假裝大發一頓脾氣，說他感到不被了解和羞辱，從此不再來探訪她。佩特拉·柯提斯一刻也沒放鬆棲息在她內心深處如野獸般的驚人控制力，她聽著婚禮的音樂和煙火聲，開放婚宴熱烈的氣氛，彷彿這一切不過是奧雷里亞諾二世再一次的惡作劇。她對那些可憐她命運的人報以微笑，安撫他們。「不要擔心。」她對他們說。「起碼這位王后讓我有事可忙。」有個鄰居送來香氛蠟燭給她照明分手的情人的畫像，這時她用一種神秘的肯定語氣對她說：

「唯一會吸引他來這裡的蠟燭永遠都點著。」

正如她的預言，蜜月過後奧雷里亞諾二世就回來找她。他帶著同樣一批狐群狗黨，一個街頭攝影師，一套服飾，和費蘭妲在嘉年華會穿過的那件沾上血跡的貂皮披肩。當天下午，狂歡派對熱鬧登場，他把佩特拉·柯提斯裝扮成王后，替她加冕為永遠的馬達加斯加女王，然後把相片分送給朋友。她不只答應玩這個遊戲，內心還同情他，心想他為了和解想出這個荒謬的辦法時，應該忐忑不安。一直到晚上七點，她都沒換下裝扮，直接在床上迎接他。這時他差不多新婚兩個月，但她立刻發覺他的房事不太順利，於是享受了一種甜蜜的復仇快感。然而，兩天過後，他不敢再踏進她的家門一步，還派了一個中間人來談分手條件，於是她明白她需要比預期還要更有耐心，因為他似乎打算妥協。不過她也不慌張。她再一次讓他方便處理事情，她逆來順受，讓大家繼續相信她是個可憐的女人，而奧雷里亞諾二世在她那兒唯一留下的紀念是一雙漆皮皮靴，他曾說過他想要穿這雙鞋進棺材。她把靴子用破布包起來收在一個衣箱底，準備一場無怨無悔的等待。

「他遲早都非得回到這裡不可。」她對自己說。「即使只是為了來穿上這雙靴子。」

她的等待沒有想像的那麼久。事實上，奧雷里亞諾二世從新婚夜起就清楚他會回到佩特拉・柯提斯身邊，遠在他需要穿上那雙漆皮皮靴之前：費蘭妲不屬於這個世界。她在遠離大海一千公里遠的一座破落的城市出生長大，那兒的石頭小巷到了夜裡依然有大馬車駛過的嘎吱聲，讓人心驚膽戰。每到下午六點，三十二座塔樓會同時響起喪鐘。她住在一棟鋪設陰森森地磚的古宅裡，陽光永遠照射不進去。院子裡的柏木間，臥室那毫無生氣的簾帷，茂密的夜來香花圃拱道，沒有一絲生氣可言。青春期之前的好幾年間，費蘭妲對外的接觸只有某個不睡午覺的鄰居家傳來的憂傷鋼琴聲。她在母親的臥室裡，透進彩色玻璃又綠又黃的天光照在母親生病的面容上，空氣中飄浮著灰塵，她聆聽那有條不紊、連續不斷和悲傷的琴音，心想外頭的世界有這般的音樂，她卻在編織喪禮花籃消磨時光。她的母親因五日熱汗流浹背，跟她談著家族光榮的過去。當費蘭妲還很小時，有個月夜，她看見一名美麗的白衣女子穿過花園往祈禱室走去。雖然這個畫面一閃而過，她卻深感不安，她感覺那名女子是她，看見的彷彿是二十年後的自己。「那是妳那位當王后的曾祖母。」她的母親趁停止咳嗽時對她說。「她是在割夜來香莖部時，聞到有毒的氣體過世。」許多年後，當費蘭妲開始感覺自己長得跟曾祖母一樣，她懷疑起小時候看到的畫面，但是她的母親斥責她不該懷疑。

「我們非常有錢有勢。」她對女兒說。「有一天妳會當上王后。」

她信了母親的話，儘管他們家的長形餐桌鋪的是亞麻桌巾，上頭擺著銀製餐具，卻只能享用一杯摻水的巧克力和一塊甜麵包。她的父親費南多為了替她購置嫁妝，抵押了房子，但她一直到結婚那天，一直都夢想著傳說的王位。這不是天真也不是好高騖遠。他們就是這樣教育女兒。自從懂事以來，她記得她都是使用印有家族武器盾牌標誌的黃金便盆解決需要。她在十二歲那年第一次出門，搭乘的是馬車，僅僅為了到兩個街區外的修道院。她的同學很詫異她不跟大家坐在一起，而是獨自坐著一張高背椅子，遠離其他人，即使下課也不跟她們一起玩。「她是特別的。」修女解釋。「她以後會當王后。」她的同學信了這番話，因為當時她已出落成她們看過最美麗、超逸和端莊的女孩。過了八年，她學會用拉丁文作詩，彈奏古鋼琴，和男人談論獵鷹術，跟主教談信仰辯護，和外國政治領袖討論國事，跟教宗談上帝，但到後來是回家繼續編織喪禮花籃。而她發現家裡像是遭洗劫過後般空無一物，只剩寥寥無幾的幾件基本家具、燭臺和銀製餐具，因為生活物品一件接著一件賣掉，全用來支付她的教育費。她的母親已死於五日熱。她的父親費南多先生身穿硬領黑色西裝，胸前斜掛著一條黃金鏈錶，每個禮拜一給她一塊錢銀幣當家用，再帶走她前一個禮拜完成的喪禮花籃。他一整天不分時間都待在他的辦公室，偶爾外出，一定趕在下午六點前回家，陪她一起誦唸玫瑰經。她沒有親近的朋友。她從沒聽說國家血腥的內戰。她從不錯過聆聽下午三點的練琴。當她開始放棄成為王后的夢想，他們家大門響起兩聲急迫的敲門聲，門外站著一名長相瀟灑的軍人，他動作隆重，臉上有一道傷疤，胸前掛著一枚黃金徽章。他跟她的父親關在辦公室裡。兩個小時後，她的父親來裁縫室找她。「收拾妳的東西。」他對她說。「妳得出門，旅途很遠。」於是他們將她帶到馬康多。短短一天時間，命運一個利爪撲過來，把現實的重擔全部壓在她的身上，此刻她沒了父母多年來的庇護。後來她返家，關在房間裡痛哭，無視於費南多先生的哀求和解釋，以及他試著想抹去那次可恥的惡作劇所留下的傷疤。她向自己發誓一輩子都不離開房間，但這時奧雷里亞諾二世上門來找她。這可以說是個出乎意料的機緣，因為她在驚訝而憤怒，羞愧而生氣之餘對他說謊，永遠不讓他知道她的真實身分。當奧雷里亞諾二世離開家鄉找尋她的下落，手上僅有的幾條真實線索，只有她那錯認不了的高地人口音，以及她以編織喪禮花籃維生的工作。他帶著堅毅的決心尋人，一如當初荷西·阿爾卡迪歐·波恩地亞翻山越嶺的那股無畏的衝勁，奧雷里亞諾·波恩地亞上校發動以失敗收場的起義那股莽撞的傲氣，以及烏蘇拉奮力延續血脈的那股愚昧的固執，於是奧雷里亞諾二世馬不停蹄，找到了費蘭妲。沿途當他問哪兒有賣喪禮花籃，就有人帶他挨家挨戶挑選最精緻的款式。當他問世界上最美的女人在哪兒，所有的母親都帶來她們的女兒給他看。他找不到方向，彷彿走在雲霧繚繞的隘道上，遊蕩在遺忘的時間裡，以及闖進幻滅的迷宮中。他穿越了枯黃的荒漠，在那兒思緒的回音不斷迴盪，不安恍若預兆般引發幻影。經過幾個禮拜的一無所獲，他來到一座陌生的城市，在這兒所有的鐘樓都敲著喪鐘。他從未看過也從未聽聞這裡，卻立刻認出那些鹽巴侵蝕的牆壁、菇菌蛀空腐壞的木頭陽臺，以及釘在大門上幾乎被雨水洗去字樣的招牌：販售喪禮花籃。從這一刻起到費蘭妲離開修道院與院長照顧的那個冷颼颼早晨，她幾乎來不及讓修女縫製她所需要的嫁妝，她把燭臺、銀製餐具和黃金便盆，以及無數沒有用處的家具裝進六個衣箱裡，那些家具是她的家族沒落將近兩個世紀後遺留下來的物品。費南多先生婉拒陪他們上路的邀請。他承諾晚一點，等手上工作處理完再去，祝福女兒後，他又關在辦公室裡，也給她寫信，信上還附上悲傷的插畫和家族武器盾牌的標誌，這是費蘭妲這輩子和父親唯一一次人情上的接觸。對她來說，她是在這一天真正出生。但是對奧雷里亞諾二世來說，這天是幸福的開始也是結束。

費蘭妲有一本用金鑰匙鎖上的美麗日曆，裡面記著她的精神導師親自用紫黑墨水標示的禁慾日子。扣除聖週、禮拜天、宗教節慶、每月的第一個禮拜五、靜修日、祭祀日和月事來潮日，曆本上可行房的日子只剩下四十二天，分散在一片紫黑色的打叉記號之中。奧雷里亞諾二世相信，時間會鏟倒那一片充滿敵意的鐵網，他延長原本預定的婚宴時間。烏蘇拉叫人把香檳和白蘭地空瓶扔到垃圾場，以免屋子裡堆得到處都是，但光是這樣就已經忙得筋疲力竭，同時她很訝異這對新人在不一樣的時間分睡在不同的房間裡，而外頭煙火、音樂和宰殺牲畜繼續進行，她想起她的新婚，自問費蘭妲該不會也戴著一條貞操帶，而這遲早會引來鎮民訕笑，導致一場悲劇。但費蘭妲跟她說，他只是把洞房夜多延了兩個禮拜。時間一過，她像是祭品般準備犧牲，真的打開了房門，奧雷里亞諾二世望著這位世間最美麗的女人，她像是受驚的小動物睜著晶亮的眼睛，一頭古銅色頭髮披散在枕頭上。他著迷地望著眼前這一幕，慢了半拍才發覺費蘭妲穿著一件長袖的白睡衣，長度垂到腳踝，下腹部位開了一個又大又細緻的縫邊圓洞。奧雷里亞諾二世忍不住放聲大笑。

「我這輩子從沒看過這麼下流的東西。」他大叫，笑聲傳遍屋裡每個角落。「我娶了一個修女。」

一個月後，他還是沒辦法讓妻子脫下那件睡衣，便找人替扮成王后的佩特拉·柯提斯拍照。不久，他成功讓費蘭妲點頭答應回家，她接受了他急於求和，卻沒能給他來這座有三十二座鐘樓的城市找她時所夢想的平靜。奧雷里亞諾二世只在她身上找到深深的哀傷。有一晚，就在他們長子出生的不久前，費蘭妲發現丈夫偷偷重回佩特拉·柯提斯的床。

「沒錯。」他承認。接著他用一種無奈的口吻解釋：「我得這麼做，牲畜才會不停繁衍下去。」

他提出看似無法否認的證據，花了些時間說服她接受這種奇異的伎倆，並答應費蘭妲唯一的條件，保證他不能死在情婦的床上。他們就這樣過著三人行的日子，互不干擾，奧雷里亞諾二世對兩人一樣溫柔，佩特拉·柯提斯炫耀這個和解，費蘭妲假裝不知道事情真相。

然而，費蘭妲並沒有因為兩人的約定而融入這個家庭。烏蘇拉再三勸她與丈夫恩愛後下床別再戴那條羊毛護頸圍巾，卻絲毫沒用，這已經引起鄰居竊竊私語。她無法說服她使用廁所或夜間尿壺，或把黃金便盆賣給奧雷里亞諾．波恩地亞上校做成小金魚。阿瑪蘭塔聽不順耳她濃濃的腔調以及拐彎抹角的講話習慣，所以總在她面前發出無意義的聲音。

「嘰嘰咕咕。」她說。「嘰嘰咕咕哩嚕哩嚕哩哩囉囉哩哩囉囉」。

有一天，費蘭妲對阿瑪蘭塔的嘲弄惱火不已，想知道她到底在說些什麼，阿瑪蘭塔倒是不拖泥帶水，直接回答她。

「我說，」她說。「妳是那種會把兩件不相干的事搞混在一起的人。」

從這天起，她們不再交談一句話。碰到逼不得已的狀況，她們就互相留話或以間接方式傳達意思。儘管這個家充滿敵意，費蘭妲則依然故我，沿用她從父母家帶來的習慣。最後，她改掉每個人餓了就到廚房吃飯的慣例，規定他們在一定的時間到飯廳吃飯，大餐桌得鋪設亞麻桌布，擺置燭臺和銀製餐具。過去烏蘇拉認為吃飯是日常生活中再簡單也不過的事，如今變得如此隆重，氣氛緊繃，第一個站出來抗議的是沉默的荷西．阿爾卡迪歐二世。但是新的用餐習慣已經規定，包括晚餐前必須誦唸玫瑰經，這些舉動倒是引起鄰居相當大的注意，謠言很快地傳開來，說波恩地亞一家人不像其他凡夫俗子坐在餐桌旁是要吃飯，而是把吃飯變成進行大禮彌撒。烏蘇拉的迷信甚至跟費蘭妲承繼父母的觀念相互牴觸，烏蘇拉的迷信嚴格說來是一時的靈感，並非從風俗習慣而來，媳婦娘家則是對每個場合都有詳細規定。烏蘇拉掌握大權時，部分舊時的習慣也一直保持著，家族的生活多少受她那種一時而起的想法影響。但是當她失去視力，年歲漸高，她不得不退居一旁，讓費蘭妲從來到這個家的那一刻起，開始她那套嚴謹的規定，由她一人掌握了家族的命運。烏蘇拉授意聖塔蘇菲亞經營的糕餅和動物造型糖果生意，在費蘭妲看來是不得體的工作，不多久就結束這樁生意。屋子的每扇門原本從黎明到睡覺前都會開著，她卻認為陽光曬得臥室太熱，午覺時間也得關上，最後乾脆永遠不再打開。門楣從建村之後常掛著一束蘆薈和麵包，如今換成耶穌聖心的壁龕。奧雷里亞諾・波恩地亞上校察覺家裡的變化，預言了後果。「我們快變成高雅人士了。」他抗議。「等走到那一步，我們會再一次反抗保守黨派制度，但這次擁護的是君主制度。」費蘭妲非常精明，小心翼翼地避開他。她私底下討厭他不受約束的性格和他抗拒所有社會規範的態度。她受不了他每天清晨五點的咖啡、銀作坊的混亂、磨損脫線的毛毯，以及他黃昏時刻坐在對街大門口的習慣。可是她得對這個部分睜一隻眼閉一隻眼，因為她十分清楚老上校是一頭經歷歲月和夢滅消磨的猛獸，萬一激起他的老來叛逆，可能會連根拔起這個家的地基。她不敢反對丈夫決定替兒子取曾祖父的名字，因為她到這個家不過一年時間。但是當女兒出生時，她毫不猶豫表示她得跟外婆一樣叫蕾娜塔。烏蘇拉則認為孩子應該叫蕾梅蒂絲。經過一番激烈爭吵後，奧雷里亞諾二世出面協調這有趣的場面，最後大家決定將她取名蕾娜塔・蕾梅蒂絲，可是費蘭妲依然叫她單名蕾娜塔，她先生的家族和整座城鎮叫她梅妹，也就是蕾梅蒂絲的小名。

起初，費蘭妲不談娘家，但慢慢地她開始理想化父親的形象。她在餐桌上把父親形容為超凡入聖的人物，不受所有浮華虛榮牽絆，成了一位聖人。奧雷里亞諾二世一面訝異妻子這般不恰當地讚頌岳父，一面忍不住在她背後開些小玩笑。其他家庭成員也學他的說法。烏蘇拉得盡力維護家裡的和氣，又得默默忍受家庭的摩擦，對此曾一度脫口而出玄孫將來必當主教，因為他是「聖人的外孫以及王后和牲畜大盜的兒子」。儘管引來訕笑，家中孩子卻把外祖父當成傳奇人物，平時讀他寫來的虔誠的《聖經》經文，每年耶誕節收到他寄來的禮物，那一大箱的禮物根本塞不進對街大門。事實上那是他最後所能浪費的家產。他們用禮物在孩子的臥室裡搭蓋一座聖壇，真人尺寸的聖人像有雙玻璃眼珠，栩栩如生的外觀令人感到不安，而那身精美的刺繡服飾，使用的是馬康多居民從沒人穿過的上等呢絨材質。慢慢地，一種喪葬氣氛侵入波恩地亞家，把他們原本明亮的屋子變成冷冰冰的古屋。「我們簡直是收到了一座家族墓園。」有一次奧雷里亞諾二世說。「只欠柳樹和墓碑了。」那一箱箱的禮物從來沒有適合小孩玩耍的東西，但孩子們一整年都在期盼十二月到來，那些出乎意料的過時禮物，無論如何都是家裡的新消息。到了第十年的耶誕節，當小荷西．阿爾卡迪歐準備離家就讀神學院，外祖父的大箱禮物比往年還早抵達，箱子釘得很牢，塗上一層防水的樹脂，跟往常一樣用歌德字體寫著收信人是尊貴的費蘭妲．卡爾皮歐．波恩地亞夫人。她在臥室裡讀家書，孩子們迫不及待開箱。奧雷里亞諾二世照例幫忙，他們一起撕開樹脂封條，掀開蓋子，拿出保護作用的木屑，發現裡面是一具鎖上銅栓的長形鉛箱，孩子們焦急難耐，奧雷里亞諾二世鬆開八個螺栓，拿開鉛蓋，他及時發出一聲慘叫，趕快把他們帶到一邊，因為他看見穿著一身黑的費南多先生就這麼躺在裡面，胸前放置一個十字架，脹破的皮膚發出惡臭，浸泡在冒著一顆顆珍珠般泡泡的汁液裡，彷彿一鍋正在慢火燉煮的湯汁。

波恩地亞家的小女嬰出生不久後，政府出乎意料地安排奧雷里亞諾．波恩地亞上校的聖年，以慶祝簽訂尼蘭迪亞停戰協議週年。這個決定有違官方政策，上校強烈抨擊，反對這場紀念活動。「這是我第一次聽說聖年這個詞。」他說。「但是不論是什麼意思，這都只是一種嘲弄。」他狹小的銀作坊裡擠滿使者。穿著深色西裝的律師回來了，他們比起從前像烏鴉那般圍在他身邊打轉時顯得蒼老也嚴肅許多。上校看到他們出現，一如先前來處理停戰事宜時，只是這次的目的是送來頌詞，簡直讓人無法忍受。他命令他們不要來打擾他，堅認自己不是他們口中的民族英雄，而是個沒有回憶的工匠，他唯一的心願是拖著疲憊的身軀，在遺忘和在製作小金魚的悲苦中走完餘生。他最氣憤的是聽說總統希望參加在馬康多舉辦的活動，然後親自頒發功績勛章給他。奧雷里亞諾．波恩地亞上校派人逐字轉告他，他真的懷著忐忑的心期待這個可以暗殺他的遲來機會，不過取他一命不是因為他的專制和落伍作為，而是怪他不尊重一個對任何人無害的老頭兒。他威脅的語氣十分認真，於是總統在最後一刻取消行程，改派他個人的代表前來頒發勛章。赫林內多．馬奎茲上校面對各方而來的壓力，不顧中風的病體，離開病榻，前去說服他的老戰友。當奧雷里亞諾．波恩地亞上校看見這位從年輕時一起分享他的勝利和不幸的朋友出現，靠著大坐墊坐在由四個壯漢抬著的搖椅上，毫不懷疑他費這麼大工夫是要向他表達他的支持。但是當他明白他真正的來意，便要他離開銀作坊。

「實在太遲了。」他對他說。「要是當初讓你被他們槍決了，倒是幫了你一個大忙。」

這場聖年紀念活動還是如期舉行，只是沒有任何波恩地亞家的人出席。巧的是，活動日期剛好落在嘉年華會那週，因此奧雷里亞諾・波恩地亞上校堅認這是政府事先的安排，目的是刻意加深嘲弄的殘酷。沒有人能阻止他這麼想。他在冷清的銀作坊裡，聽著傳來的軍樂、炮聲、讚美頌鐘聲，以及他們在他家對面以他的名字命名街道時，發表的演說內容。他氣得眼眶溼潤，深感無能，而且這是他承認戰敗以來第一次痛苦自己不再有年輕時的勇氣，無法再發動流血戰爭，徹底根除保守黨派制度。當頒獎的回音還沒消失，烏蘇拉敲下了銀作坊的門。

「別來煩我。」他說。「我很忙。」

「開門。」烏蘇拉用平常的語氣說。「這件事跟慶祝活動沒關係。」

奧雷里亞諾・波恩地亞上校這才拿掉門栓，看見門外站著十七個男人，他們的長相十分不同，有各色人種，但是個個散發孤傲的氣質，在世界上任何地方都能認出他們的身分。他們是他的孩子。他們互不認識，沒有事先說好，卻在聽到了聖年慶祝活動之後，從沿岸最偏遠的角落同時來到這裡。他的每個兒子都很驕傲擁有父親的名字和母親的姓氏。他們住了三天，烏蘇拉感到滿意，費蘭妲覺得反感，家裡鬧烘烘的跟打仗一樣混亂。阿瑪蘭塔從老舊文件堆裡翻出當初記載名字、生日和取名日的帳簿，在相對應的空欄加註他們目前的住址。從這份清單可以擬出二十年戰爭的足跡。他們可以依照清單重建他夜宿的路線，從離開馬康多的那天凌晨起，帶領二十一個壯丁前往一次幻滅的起義行動，到他包裹著一件硬邦邦的染血毛毯的最後一次返鄉。奧雷里亞諾二世可沒錯過機會，他開香檳和彈奏手風琴音樂，替堂叔們辦了一場熱熱鬧鬧的狂歡派對，像是遲一步補償沒能辦成聖年慶祝活動的嘉年華會。他們打碎了半數的餐具，拿著毯子追逐一隻公牛想包住牠拋起來，踩壞了玫瑰花叢，槍殺了母雞，逼阿瑪蘭塔跳皮耶特．克雷斯畢的悲傷華爾茲舞曲，成功讓美人蕾梅蒂絲穿上男人的褲子爬欄杆取物，在飯廳放開一頭滿身油汙的豬撞倒費蘭妲，但是沒有人為這一團亂而難過，因為這棟屋子充滿朝氣，像是發生一場有益健康的地震。起先，奧雷里亞諾．波恩地亞上校不怎麼相信他們，甚至懷疑跟其中幾個是否真有父子關係，後來他對他們的瘋狂行徑感到有趣，並在他們離開前送每個人一隻小金魚。某天下午，連畏縮的荷西．阿爾卡迪歐二世都邀他們來鬥雞，不過其中幾位奧雷里亞諾很熟悉鬥雞場下流的伎倆，第一眼就拆穿安東尼奧．伊沙貝爾神父的機關，最後差點以悲劇收場。奧雷里亞諾二世見到這群瘋狂的親戚能給他無數舉辦狂歡派對的點子，認為全部都該留在他身邊工作。唯一接受他邀請的是奧雷里亞諾．特里斯德，他是個大塊頭的黑白混血兒，有著祖父的衝勁和探險精神，他已探索過大半個世界，留在哪裡對他來說都一樣。其他人多數都還單身，不過都已決定他們的人生方向。而他們每一個人都有雙工匠的靈巧雙手，都居家，都愛好和平。聖灰星期三，在他們返回沿岸各地之前，阿瑪蘭塔說服他們穿上禮拜服，陪她上教堂。他們抱著好玩而不是虔誠的心態，到了聖餐受領處，接受安東尼奧·伊沙貝爾神父在他們額頭上塗上聖灰十字。回家路上，年紀最小的那位想將額頭擦乾淨，卻發現那十字是擦不掉的，其他兄弟的同樣也擦不掉。他們試過清水和肥皂，也試過泥土和菜瓜囊，最後還試了浮石和鹼液，還是沒辦法去掉聖灰十字。相反地，阿瑪蘭塔和其他一同參加彌撒的人輕易地就擦掉了。「這樣也好。」烏蘇拉道別他們時說。「從現在開始，沒有人能搞混他們。」他們四散離去，留下樂隊和綻放的煙火，整座城鎮以為波恩地亞的血脈會繼續延續許多個世紀。額頭頂著聖灰十字的奧雷里亞諾·特里斯德在城鎮郊區蓋了一座製冰工廠，正是荷西·阿爾卡迪歐·波恩地亞懷抱發明家癡夢時所夢想的工廠。

幾個月後，奧雷里亞諾·特里斯德已經是大家熟知並且受到敬重的人物，他開始找房子，想把母親和單身姊妹（並非上校的女兒）接來，最後看上坐落在廣場轉角一棟老朽的大宅，似乎已經廢棄沒人居住。他打聽屋主是誰。有人告訴他那是無主之屋，從前住了一位靠吃土和牆壁灰泥果腹的孤獨寡婦，這幾年只看過她出現在街上兩次，戴著一頂人造小花綴飾的帽子，腳上踩著一雙老銀顏色的鞋，她越過廣場前往郵局，寄出寫給主教的信。他們對他說，她唯一的陪伴是個沒人性的女僕，這位女僕會殺貓和所有潛入屋內的動物，再把屍體丟到大街上，讓腐爛的惡臭彌漫整座城鎮。最後一次太陽曬乾動物屍體已經是很久以前的事，每個人都認為女屋主和女僕應該遠在戰爭結束前就已死亡，如果說那棟屋子到現在還屹立不搖，是因為這幾年沒經歷嚴酷的冬季或狂風吹襲。屋子鉸鍊氧化碎成鐵屑，門板不堪蜘蛛網堆積，窗戶被溼氣侵蝕黏住，地板遭雜草和野花鑽破，裂縫間棲息著蜥蜴和各類小爬蟲，似乎肯定了裡面至少半個世紀無人煙的說法，奧雷里亞諾．特里斯德個性衝動，他不多浪費時間證實。他小心翼翼地推開大門，那遭蛀蝕的木頭門框無聲倒下，揚起大量的灰塵和白蟻窩的塵土靜靜飛舞。奧雷里亞諾．特里斯德佇立在門口，等待塵霧散去，這時他看見大廳中央有個穿著上個世紀服飾的女人，她骨瘦如柴，光禿禿的頭頂只剩下幾綹髮絲，她睜著一雙美麗如昔的大眼，但是眼中希望的光芒早已熄滅，而她的臉在寂寞的摧殘下爬滿紋路。奧雷里亞諾．特里斯德彷彿看到另一個世界的景象，他太過震驚，沒發現那個女人正拿著一把舊式軍用手槍對準他。

「對不起。」他低喃。

她依舊動也不動杵在堆滿雜物的大廳，仔細檢視眼前這位額頭印有聖灰印記的虎背熊腰的年輕人，隔著塵霧，她看見霧裡出現的人彷彿斜揹著雙管獵槍，手裡拎著一串兔子。

「老天哪！」她低聲驚呼。「太不公平了，為什麼要牽動我的回憶！」

「我想租房子。」奧雷里亞諾．特里斯德說。

這時那女人舉起手槍，穩穩地對著他額頭上的聖灰十字，帶著堅毅的決心扣著扳機。

「滾。」她下令。

當晚，奧雷里亞諾·特里斯德在吃晚飯時告訴全家這個故事，烏蘇拉難過地哭了。「老天。」她雙手捧著頭部低呼。「她還活著！」時光流逝、戰爭和無數日常生活的磨難，她幾乎忘掉了蕾貝卡。只有無情而變老的阿瑪蘭塔依然感覺她還活著，住在她潮溼長蟲的窩裡慢慢腐朽。她在黎明時分因為心底的冰霜凍醒，躺在孤單的床上想起她，她在用肥皂塗抹乾癟的乳房和瘦陷的腹部時想起她，她在穿上白色襯裙和老婦的波形褶邊胸衣時想起她，以及當她更換手上的贖罪黑紗布時想起她。阿瑪蘭塔無時無刻，不論是睡著還是醒著，在最順利或淒苦的時刻，都想著蕾貝卡，因為寂寞勾起她的回憶，焚毀這一生堆積在她心底一堆麻木的懷舊愁緒的垃圾，卻把最為苦澀的部分淨化、讚頌，然後變成永恆。美人蕾梅蒂絲是從她這裡得知蕾貝卡的存在。每當她們經過那棟頹圮的屋子前，她就告訴她那個不幸的意外，那個恥辱的故事，希望透過這個方式，讓姪孫女分擔令她窒息的怨恨，即使她死了之後也能繼續延續下去，無奈她的目的沒有達成，因為蕾梅蒂絲無法感受任何強烈的情感，更不用說是別人的情感。而烏蘇拉跟阿瑪蘭塔的感受卻是相反，她記憶中的蕾貝卡是純潔無瑕的，那個小女孩帶著一口裝著父母骨骸的帆布袋來到家裡的可憐模樣，壓倒其他讓她憤怒地斷絕與這個家的聯繫所帶來的傷害。奧雷里亞諾二世認為應該把她接回家裡住，保護她，不過蕾貝卡堅不妥協，推掉他的好意，她在這麼多年來受盡折磨和不幸，才得以領會孤獨的甘甜，她不打算放棄這一切，換取虛情假意的憐憫，破壞老年的寧靜。

二月，奧雷里亞諾．波恩地亞上校的其他十六個兒子回來一趟，額頭上的聖灰十字依然沒有褪去，奧雷里亞諾．特里斯德在熱鬧的慶祝會上告訴其他兄弟蕾貝卡的故事，於是他們花半天時間讓屋子外觀煥然一新，換掉門板和窗戶，把正面門牆漆上活潑的顏色，扶正牆壁，最後鋪上水泥地面，但是他們沒得到整裝內部的許可。蕾貝卡甚至連頭都沒探出門外。她讓他們完成瘋狂的整修工作，然後計算出大概的花費，派安潔妮塔也就是依舊陪伴她的老女僕拿一把錢幣給他們，那是最後一次戰爭期間流通的貨幣，蕾貝卡以為還在繼續使用。直到這時，大家才明白她到底跟世界失聯到什麼地步，以及領悟只要她還有一口氣在，妄想救她脫離藺居生活根本是癡人說夢。

奧雷里亞諾．波恩地亞上校的兒子們的第二次馬康多之行，另一個叫奧雷里亞諾．山德諾的兄弟留下來跟在奧雷里亞諾．特里斯德身邊工作。他是前幾個來到波恩地亞家接受取名的孩子，烏蘇拉和阿瑪蘭塔對他印象深刻，因為短短幾個小時內，凡是他摸過的易碎東西一定體無完膚。後來時間減緩了他在成長時的血氣方剛，此刻他是個身材中等的男人，皮膚留有天花肆虐的疤痕，但是他驚人的破壞力並沒有改變。他打破一大堆盤子，甚至連碰都沒碰到，於是費蘭妲決定在他打破她最後一批昂貴的餐盤之前，替他買一套白鐵餐具，不過即使是耐摔的金屬餐盤也在很短時間內斑駁變形。他對自己的能力感到生氣，卻又無法改變，但相反地，他也具有一種能馬上得到他人信任的親和力，以及超強的工作能力。在短時內，他增加冰塊的生產，超過當地市場所需的供給量，奧雷里亞諾·特里斯德不得不想辦法把生意拓展到沼澤區的其他村莊。就在這個時候，他決定跨出決定性的一步，不僅想將工廠的設備現代化，更想連結世界其他角落。

「這裡得興建鐵路。」他說。

這是馬康多居民第一次聽說這個名詞。烏蘇拉站在桌前，看著奧雷里亞諾·特里斯德的設計，簡直就是傳承自荷西·阿爾卡迪歐·波恩地亞當年的太陽戰爭設計圖，於是她相信時間其實一直在原地打轉，可是奧雷里亞諾·特里斯德跟祖父不同，他沒有失眠也沒有失去胃口，更不會亂發脾氣折磨其他人，他擬出最瘋狂的計畫，相信可以立刻實現，計算出合理的成本和所需的時間，親自完成一切，不讓太多人干涉。至於奧雷里亞諾二世，他從曾祖父身上繼承了某種特質，幸好也是奧雷里亞諾·波恩地亞上校沒有的特質，那就是永遠學不會教訓。他出資引進鐵路，態度一如當初投資雙胞胎兄弟荒唐的海運公司一樣草率。奧雷里亞諾·特里斯德查詢月曆，在下一個禮拜三出發，打算等雨季過去再返鄉，之後便消息全無了。奧雷里亞諾·山德諾苦於工廠產能過剩，開始實驗以果汁取代清水來加工，無意間他想出了製作冰淇淋的最重要原理，他準備用新方法開拓多樣化的產品，把自己當作工廠老闆，因為雨季過後他的兄弟並沒有回來，夏天過去了他依舊音訊杳然。然而，剛進入冬季時，有個女人在一天最熱的時間到河邊洗衣服，結果她一邊驚慌失措地慘叫，一邊奔過中央街道。

「有東西過來了。」她開口解釋。「有個像是廚房的可怕東西，後面拖著一座村莊。」

這一刻，一陣駭人的汽笛聲和令人不安的粗喘聲傳來，整座城鎮為之震動。幾個禮拜前，有一群工人鋪設了枕木和鐵軌，但是沒有人注意他們，因為大家以為那是吉普賽人的新玩意兒，過了百年之後，聲譽受損的他們帶著哨子和鈴鼓，吆喝著誰知道是什麼來自耶路撒冷騙人的神奇糖漿藥水。當所有的居民從汽笛和蒸汽聲回過神，便湧到街道上，他們看見奧雷里亞諾・特里斯德從火車頭上跟他們揮手打招呼，像是著魔似地看著鮮花裝飾的火車晚了八個月終於第一次駛達鎮上。這輛無辜的黃色火車將會帶給馬康多相當多的疑慮和考驗，相當多的歡樂與不幸，以及相當多的改變、災難和愁緒。

12

馬康多的居民看到這麼多神奇的發明，全都眼花撩亂，不知道該從哪一樣開始驚歎。他們熬夜盯著發白的電燈泡猛瞧，奧雷里亞諾．特里斯德在第二趟火車之旅帶回了供電的發電機，而他們花了一段時間和工夫才適應那令人發怔的轟隆隆噪音。布魯諾．克雷斯畢經營的獅頭售票窗劇院生意興隆，但是他們對栩栩如生的電影感到生氣，因為當他們為電影中死去且下葬的角色哭得肝腸寸斷，卻發現同樣的人在下一部電影復生，而且變成阿拉伯人。於是付了兩分錢欣賞劇中人物故事的觀眾，無法忍受這般可惡的嘲弄，竟砸壞座椅。市長應布魯諾．克雷斯畢的要求，發布公告解釋電影是一部集結幻影的機器，不值得觀眾過度氾濫的情緒。許多人聽了這番解釋，紛紛覺得洩氣，認為這又是吉普賽人誇張的表演，因此選擇不再上電影院，他們覺得自己傷心的事情已經夠多了，不必要再為虛幻人物假想的不幸浪費眼淚。愉快的法國女郎帶來的留聲機也上演同樣的情景，那機器取代了過時的手風琴，有一段時間深深地影響樂隊的生計。起初大家非常好奇，甚至有一些名門婦女假扮一般百姓只為了靠近觀看留聲機，但是靠近反覆觀看之後，大家很快地認清那不是他們想像的，也不是那些女郎宣稱的魔術機器，那不過是個呆板的把戲，比不上樂隊演奏來的感人、有人味，充滿真正日常的生活味。由於太過失望，當留聲機流行開來後，甚至家家戶戶都有一臺時，結果不是大人用來當娛樂聆聽，而是小孩拿來當玩具拆解。當火車站裝設了電話，因為電話有搖把，鎮民還以為那是陽春版的留聲機，可是當有人找機會試過之後，連最不相信的人都嚇呆了。上帝彷彿要測試馬康多居民承受驚訝的能力，讓他們不斷開心再失望，懷疑再確認，甚至沒有人有把握事實的界線到底在哪裡。真相與幻象這般緊密地交纏在一起，連栗樹下荷西．阿爾卡迪歐．波恩地亞的幽魂都感到不耐，白天在屋子裡遊蕩。火車正式開通之後，固定在每個禮拜三早上十一點到站，他們蓋了一座基本的木頭火車站，配有一張辦公桌，一具電話和一扇賣車票的窗口，馬康多的街道上出現男男女女，他們假裝若無其事，實際上卻像馬戲團看戲的觀眾。這座城鎮曾經因為吉普賽人學到教訓，對於如同走鋼索表演的流動商販來說，這裡看不到美好的未來，這些人同樣能言善道，不過他們推銷的是汽笛鍋，而不是一套七日回魂的生活方式；但是當中有些因為旅途疲累而接受這裡的人，或者是總是行事不謹慎的人，反倒得到豐厚的益處。在這些喜劇的人物中，有個叫赫伯特的男人在某個禮拜三來到馬康多，到波恩地亞家作客吃午餐，他有副圓滾滾的身材，笑臉迎人，穿馬褲和綁腿，戴上軟木帽，戴著金屬框眼鏡，張著黃眼珠，一舉一動就像隻優雅的公雞。

大家並沒有太注意他，直到他吃了第一串香蕉。奧雷里亞諾二世和他是巧遇的，當時他操著一口蹩腳的西班牙語抗議雅各旅館沒有空房。於是他帶著他回家，他經常帶許多外地人回家。這個人經營熱氣球生意，跑遍半個世界賺了不少錢，可是他說服不了馬康多的居民搭乘，因為他們看過吉普賽人的飛毯，認為熱氣球是退步的發明。他打算搭下班火車離開。吃午餐時，一串布滿褐斑的香蕉端上桌，那是一種通常會掛在飯廳的水果，他不怎麼感興趣，但拔了一根來吃。但是他一邊講話，一邊品嘗、咀嚼，看起來不像是聰明人隨意的模樣，倒像是饕客吃得津津有味，第一串下肚後，他要求再送來一串。這時，他從總是隨身攜帶的工具箱裡拿出一個裝著光學儀器的小盒子。他全神貫注，彷彿鑽石買家般小心翼翼地鑑定香蕉，並拿著一支特製小尖刀切成幾個部分，放到藥商使用的秤盤上，再以軍火商的測量儀器計算大小。接著，他從箱子裡拿出一組器具，測試溫度、環境的溼度和陽光的強弱。他恍若進行一場耐人尋味的儀式，所有的人再也無法靜下心吃飯，巴望著赫伯特能開口解釋一下，不過他什麼也沒說，把謎底留給陌生人自己揭曉。

接下來幾天，他拿著一瓶麥芽酒和一個小籃子在城鎮附近捕捉蝴蝶。禮拜三來了一群工程師、農學家、水文學家、地形學家、勘測員，接下來幾個禮拜，他們探勘赫伯特捕蝶的同樣地點。不久傑克．布朗先生搭乘一節加掛在黃色火車尾端的車廂抵達，那節車廂整個都是銀色薄板，高背椅鋪上天鵝絨，屋頂是藍色玻璃。除了布朗先生，還有一群穿著黑西裝的正經律師也搭乘特等車廂來到，他們跟在布朗先生身邊打轉，如同從前如影隨形跟著奧雷里亞諾．波恩地亞上校一樣，居民看到這幅場景後，開始想像那些農學家、水文學家、地形學家、勘測員，和赫伯特先生跟他的熱氣球與彩色蝴蝶，以及布朗先生跟他的活動靈廟與兇猛的德國牧羊犬，這必然跟戰爭有關係。然而，滿肚子疑問的居民並沒有太多時間思考，當他們開始疑惑這些人到底在搞什麼鬼，整座城鎮已經變成一座營地，鐵皮木屋如雨後春筍般冒出來，住滿搭乘火車從大半個世界湧來的外地人，他們不只坐滿車廂座位，甚至站在平臺上或趴在車廂屋頂。之後，美國人把他們面容憔悴的妻子帶來了，她們一襲薄棉洋裝，頭戴大頂的薄紗帽，落腳在軌道的另外一頭，自成一個聚落，那邊的街道兩旁種滿棕櫚樹，屋舍裝設鐵窗，露臺上擺置小白桌，天花板垂掛電扇，寬廣的青青草地上飼養著孔雀和鵪鶉。那一帶用鐵絲網圍起來，好似一座巨大的養雞場，在夏季涼爽的月份，天亮後可以看見電網上掛著燒焦的燕子屍體。沒有人知道他們來找什麼，還是說他們其實只是慈善家，他們遠遠超越從前的吉普賽人，在這個地方掀起滔天的混亂，帶來更長久也更難以理解的影響。他們擁有過去只有上帝才有的資源，他們改變降雨的模式，加速收割的週期，他們改變河道，將冰涼的河水和白色石頭引到村莊的另外一頭，那是墓園的後面。也就是在這一次，他們在荷西・阿爾卡迪歐荒蕪的墳塚上蓋起一座水泥碉堡，封住屍體的火藥氣味，以免汙染河水。他們把溫柔的法國女郎居住的那條街，拓展成一處更寬廣的聚落，而某個上天賜福的禮拜三來一整列火車，上頭是他們自各國帶來的，不像是真實世界的妓女，她們個個精通古老的性愛技巧，擁有各式各樣的藥膏和器具，能撩撥冷感的男人，煽惑害羞的男人，滿足飢渴的男人，誘引正經的男人，磨鍊不專心的男人，以及改正孤僻的男人。土耳其人街開滿了明亮的舶來品店，也趕跑了老舊的工藝品店，禮拜六的夜晚，街上擠滿探險的人潮，他們步履蹣跚，穿梭在賭桌、射鏢遊戲檯，替人算命和解夢的巷子，和一張張擺上油炸食物和飲料的桌子之間，到了禮拜天清晨，地上偶爾可見倒地的快活醉漢，但多數是吵架後遭槍擊、毆打、割傷和酒瓶打傷的好奇民眾。蜂擁而至的搬家人潮相當混亂，一開始根本連走都沒辦法走，因為在街上堆著家具、衣箱，而且木器行搬貨到府後，一有空地就擺，完全沒有經過同意，夫妻還把吊床掛在扁桃樹之間，就這麼頂著帳篷，在大白天眾目睽睽下歡愛。唯一安靜的角落，是坐落在外圍的僻巷，性情溫和的安地列斯群島黑人住民群聚在這一幢幢木樁地基蓋的木屋裡，他們日落時會坐在門廊上，用乏味的帕皮阿門托語高唱哀傷的聖歌。赫伯特先生來了八個月，馬康多在這短短的時間內變化劇烈，連早先的居民都得早起重新認識他們的城鎮。

「看看我們造了什麼孽。」這時奧雷里亞諾・波恩地亞上校經常把這句話掛嘴邊。「都是因為我們邀請一位美國佬吃香蕉。」

相反地，奧雷里亞諾二世很開心看到外地人蜂擁而至。他們家很快地住滿陌生的旅客，擠滿來自世界各地熱中狂歡的同好，於是不得不在院子多蓋幾間臥室，擴建飯廳，把舊餐桌換成十六個座位的新餐桌，並添購盤子和餐具，即使如此吃午飯還是得輪流。費蘭妲強忍著她的不滿，像伺候國王那般招待最沒品的賓客，他們踩著滿是泥巴的靴子弄髒長廊，他們在花園裡小便，隨地打地舖睡午覺，講話時完全沒顧慮女士的敏感和男士的抱怨。阿瑪蘭塔對一群粗俗的人闖進屋裡感到相當生氣，因此她恢復以前在廚房吃飯的習慣。奧雷里亞諾・波恩地亞上校認為大部分踏進銀作坊跟他打招呼的人並不是憐憫或敬佩他，而是出於好奇，想一窺歷史遺跡或博物館化石，於是他將門鎖上，自此大家不曾再看過他，只有偶爾幾次遇見他坐在對街門口。相反地，每當火車要來，烏蘇拉就跟小孩一樣興奮，這時的她已經老得扶著牆壁和拖著腳跟走路。「肉跟魚都得準備。」她下令，家裡四個廚娘在聖塔蘇菲亞一絲不苟的指揮下個個認真工作，好準時上菜。「誰知道外地人想吃什麼菜。」她堅持地說。「所以什麼都得準備。」火車是在天氣最熱的時候進站。午餐時刻，屋子裡跟市場一樣鬧烘烘的，食客連東主是誰都不知道，他們成群結隊闖進來，搶奪最好的用餐位置，廚娘則在上菜時撞到彼此，她們端上一大鍋一大鍋的湯，一鍋鍋的肉，一盆盆的蔬菜，和一盤盤的米飯，接著把一桶桶的檸檬水不斷地舀給大家。吃飯的場面實在混亂，費蘭妲認為很多人吃了兩遍，因此氣得不得了，而且竟有搞不清楚自己在哪兒的食客要她結帳，讓她不只一次想像個潑婦罵街。赫伯特先生來了一年多之後，大家只知道美國佬想種植香蕉，地點就是當年荷西・阿爾卡迪歐・波恩地亞和他的人手出發尋找偉大發明的路線上被蠱惑的地帶。奧雷里亞諾・波恩地亞上校的另外兩個額頭印著聖灰十字的兒子聞風而來，他們以簡單的一句話解釋他們的決定，或許這句話也能解釋所有人的動機。

「我們來到這裡，」他們說。「是因為大家都來。」

只有美人蕾梅蒂絲對於香蕉熱無動於衷。她停駐在美好的青春歲月，越來越不受外在形式約束，越來越無視外在世界的惡意和猜忌，她活在自己只有單純的事實的世界裡。她不懂女人為什麼要穿胸衣和襯裙，讓人生變得這麼複雜，因此她自己縫製帆布長袍，直接從頭套下去穿上，解決了穿衣問題，不但省去其他步驟，也讓她保有裸體的感覺，她認為居家體面就是了解事物本質。她非常討厭修剪一頭如飛瀑般流洩到小腿肚的頭髮，或者拿髮插固定盤好的髮髻或用彩色緞帶編成辮子，於是動手理個大光頭，把剪下的髮絲做成假髮給聖人像。她凡事化簡的本領最令人驚奇的地方是，她越是擺脫流行的束縛追求舒適，越是無視傳統順從自然本性，她不可思議的美貌就越是擾亂人心，舉止越是讓男人心癢。當奧雷里亞諾．波恩地亞上校的兒子第一次來到馬康多的時候，烏蘇拉想起他們跟曾孫女是同血緣，也想起家族那早已遺忘的恐懼，嚇得直發抖。「張大眼睛。」她警告她。「妳要是敢跟他們任何一個生孩子，都會生出長豬尾巴的後代。」她沒把她的警告放在心上，還穿上了男裝，在沙地上打滾，好爬上抹油的木柱，十七個堂叔受不了這幅養眼的畫面，亂成了一團，差點引發一場悲劇。因此，每當他們來探訪，絕不留宿在家裡，至於留在鎮上的四個，都聽從烏蘇拉安排住在出租房間。然而，美人蕾梅蒂絲若是知道他們小心翼翼到這種程度，一定笑到肚子痛。她一直到活在世上的最後一刻鐘，都不知道她是天生尤物，注定要引起天大混亂。每一次她違抗烏蘇拉的命令來到飯廳，總會引起外地人之間一陣驚慌失措。她只穿了一件簡樸的長睡衣，可以清楚看見裡面未著寸縷的胴體，沒有人能理解她剃光頭髮，裸露完美的頭型，並不是想挑戰什麼，她不害臊露出大腿納涼，喜歡飯後吸吮手指，也不是想挑逗人犯罪。外地人很快就發現美人蕾梅蒂絲走過之後，空氣會飄蕩一縷使人心意迷亂的幽香，一種磨人的痛苦，幾個小時過後還繚繞不去，但是家中成員從來沒注意過。有些男人是情場老手，在現實世界經過歷練，卻都異口同聲肯定地說，他們從沒遇過像美人蕾梅蒂絲這樣因體香勾起的不安。不管她去過秋海棠長廊、訪客廳內，或屋內任何一個角落，都能正確指出她離開了多久。她走過的路線非常清楚、明確，不過家裡的人從很久以前就習慣這種每天聞到的氣味，所以無法分辨，反倒外地人馬上就認出來。因此，也只有外地人能懂為什麼年輕的司令官為愛而死，以及為什麼那位外國來的紳士會變得失魂落魄。美人蕾梅蒂絲沒發現她走過之處必造成騷動，到過的地點必引起心猿意馬，她對男人本無惡意，但她的天真純樸卻迷得他們神魂顛倒。最後烏蘇拉強迫她跟阿瑪蘭塔待在廚房吃飯，擺脫禮教規範之後，她反而感覺輕鬆許多。對她來說，在哪兒吃飯都一樣，她是按照食慾不定時進食。有時，她會凌晨三點起床吃點東西，然後睡一整天，接下來好幾個月過著日夜顛倒的生活，直到偶然一個意外把生活導回正常。當一切比較正常時，她通常早上十一點起床，脫光衣服關在浴室裡兩個小時，一邊殺蠍子，一邊從漫長深沉的睡夢中慢慢清醒。接著她拿起葫蘆瓢從浴池舀水。這是一場猶如置身隆重場合的儀式，耗時、慎重而奢侈，不認識她的人會以為她狂熱崇拜她的身體。然而，她不覺得這樣孤單的儀式有什麼情色成分，這只是她等待肚子餓時打發時間的方式。有一天，當她開始沐浴，有個外地人掀開一片屋瓦，乍見她赤身裸體，差點喘不過氣來。她從那破碎的瓦片看到他那震驚的眼神，反應不是害臊，而是擔憂。

「小心。」她驚呼。「您會摔下來。」

「因為我想看妳。」那外地人低聲說。

「喔，好吧。」她說。「不過小心點，那些瓦片已經破爛不堪。」

外地人露出驚愕而痛苦的表情，他似乎正默默地忍著體內原始的衝動，以免眼前美景像海市蜃樓般消失。美人蕾梅蒂絲以為那名男子的痛苦，是因為害怕瓦片破裂，於是她加快洗澡速度，以免他繼續暴露在危險中。她一邊拿著葫蘆瓢淋水，一邊對他說屋頂的狀況是得處理的問題，她認為浴室裡到處是蠍子，都是那堆淋過雨而腐爛的枯葉造成的。外地人會錯意，以為她叨叨絮絮是想掩飾她的興奮，因此當她開始抹肥皂，他忍不住再大膽往前一步。

「讓我來幫妳抹肥皂。」他低聲說。

「謝謝您的好意。」她說。「不過我有一雙手就夠了。」

「就算抹後背也可以。」外地人哀求。

「何必多此一舉。」她說。「人從不在後背抹肥皂。」

後來當她擦乾身體時，外地人淚眼汪汪地哀求她嫁給他。她很坦白地說，她要嫁的男人絕不會浪費一小時，甚至沒吃午餐，只為了看一個女人洗澡。最後當她套上長袍，男子確認長袍底下跟大家猜測的一樣是未著寸縷，感覺這個秘密像燒紅的鐵烙印在他心上，讓他再也受不了了。這時他多拆下兩塊瓦片，想往浴室內再探低一點。

「太高了！」她嚇了一跳，警告他。「您會摔死的！」

破爛不堪的瓦片轟一聲碎裂，男子甚至來不及驚恐尖叫，腦殼直接撞上了水泥地面當場慘死。飯廳裡的其他外地人聽到吵鬧聲，趕忙過來帶走屍體，卻發現死者的皮膚沾上美人蕾梅蒂絲濃烈的香味。那香氣滲透了屍體的每個毛孔，他撞裂的腦殼不是流出鮮血，而是一種帶著那股神秘香味的琥珀色油脂，於是大家明白美人蕾梅蒂絲的香味會不斷糾纏男人，就連他們死了也不放過，直到屍骨化為灰燼。再出現一個犧牲者的話，外地人和許多馬康多早年的居民就會相信蕾梅蒂絲·波恩地亞散發的不是愛情的芬芳，而是奪命的氣味。幾個月後，證實傳說的機會來臨，美人蕾梅蒂絲跟著一群女性朋友去參觀新開拓的香蕉園。對馬康多居民來說，繞行香蕉園無盡綿延的潮溼道路一圈，是近來流行的娛樂。那兒籠罩的安靜似乎是從其他地方搬來的，因為全新沒使用過，傳聲效果比較差。有時，說話聲隔著半公尺距離都聽不清楚，在香蕉園的另一頭卻能聽得一清二楚。許多馬康多的年輕女孩覺得這個新遊戲有趣又驚奇，害怕又想拿來捉弄人，到了晚上她們聊起香蕉園的踏青彷彿那是夢境。那股寂靜是那樣馳名，烏蘇拉不忍剝奪美人蕾梅蒂絲的樂趣，便答應讓她找天下午去，但是要戴帽子和穿上適當的洋裝。從她們一群女孩踏進香蕉園開始，空氣中就瀰漫致命的芳香。在排水溝裡工作的男人感覺有股怪異的吸引力，彷彿什麼看不見的危險正威脅著他們的生命，許多人無法壓抑想痛哭的衝動。美人蕾梅蒂絲和她嚇得花容失色的朋友，及時逃進了附近一棟屋子，避開一群兇暴的男人襲擊。不久，四個奧雷里亞諾前來搭救她們，他們額頭上的聖灰十字使人肅然起敬，彷彿那是一種家系印記，是一種堅毅不撓的標誌。美人蕾梅蒂絲沒告訴任何人，有個男人趁亂伸出一隻手摸了她的肚子一把，猶如老鷹利爪攀著懸崖。她正面對上了那個男人，只見他突然一臉迷茫，一雙悲傷的眼眸彷彿哀憐的焰火，烙印在她的心坎上。當晚，那男人在土耳其人街吹噓他的大膽舉動，自以為運氣很好，不料幾分鐘後竟遭馬匹踩碎胸腔，一群外地人看著他在大街上垂死掙扎，口吐鮮血窒息而死。

這四件無可辯駁的事實，證實了美人蕾梅蒂絲的確具有招致死亡的力量。有些言語輕浮的男人頂多只敢說，能跟這樣令人神魂顛倒的尤物共度春宵做鬼也值得，但沒人真的敢嘗試。或許，只要一種像愛情那樣原始而簡單的感覺，就能化解她的危險，抱得美人歸，不過並沒有人想通。烏蘇拉不再掛心她。之前她還想救她，努力讓她愛上做家務事。「男人的要求比妳想像的還多。」她語帶神秘地對她說。「除了妳知道的東西外，要煮的，要打掃的，要煩惱的小事，還有一籮筐。」其實她一直催眠自己訓練她從家務打造幸福，因為她相信一旦滿足熱情後，世上沒有一個男人能忍受得了妻子什麼都不會做，一天都不能。然而從玄孫荷西．阿爾卡迪歐出生後，她一心一意想栽培他當教宗，最後她不再掛心曾孫女。她放手讓她自生自滅，她相信遲早會發生奇蹟，在這個無奇不有的世界，總會有個男人能以無比的耐心照顧她。阿瑪蘭塔在很久以前就完全放棄把她變成一個能幹的女人。在那些已遺忘的縫紉坊午後，當姪孫女連替她轉動縫紉機搖把都顯得意興闌珊時，她就很簡單地得出她是個傻妞的結論。「我們得用抽獎才能把妳嫁出去。」她實在不懂為什麼她對男人的情話都無動於衷。後來，當烏蘇拉規定美人蕾梅蒂絲得戴面紗參加彌撒，阿瑪蘭塔心想這個方式很具神秘感，或許能引來某個相當好奇的男人，以十足耐心探索她的芳心最脆弱的一角。但是當她看見她對待追求者不屑一顧的冷漠方式，即使對方比王子還有魅力，她便完全放棄希望。費蘭妲甚至懶得了解她。當年她在那場濺血嘉年華會看見打扮成皇后的美人蕾梅蒂絲，以為她是個超然絕俗的仙子。後來當她目睹她用雙手抓食物吃，只能回答簡單的問題，她唯一難過的是這個家族的傻子都活得特別久。儘管奧雷里亞諾·波恩地亞上校一直相信美人蕾梅蒂絲是他所認識心智最清醒的人，並經常提起這件事，以及她不時嶄露讓大家跌破眼鏡的驚人本領，家裡的人仍決定由上帝來處置她的命運。美人蕾梅蒂絲遊走在她內心孤獨的荒漠中，沒有背負罪惡的十字架，在沒有惡夢的夢境、漫長的沐浴儀式，在不定時用餐，在長時間不留下任何痕跡的靜默中，慢慢老去，直到一個三月的下午，當費蘭妲在花園裡摺疊亞麻床單，要求家裡的女人來幫忙。當大夥開始動手，阿瑪蘭塔發現美人蕾梅蒂絲臉色慘白，像是透明的影子。

「妳不舒服嗎？」她問她。

美人蕾梅蒂絲緊緊抓住床單另外一頭，露出一抹憐憫的微笑。

「正好相反呢。」她說。「我從沒感覺這麼舒服過。」

當她說完這句話，費蘭妲感覺有一陣帶光的微風吹走她手中的床單，在空中吹張開來。阿瑪蘭塔感覺襯裙的蕾絲花邊莫名顫動，她試著想抓住床單，以免掉落地面，而就在這一刻美人蕾梅蒂絲開始騰空而起。只有幾乎瞎眼的烏蘇拉冷靜看出那是一陣不可思議的風，就讓床單隨著光線而去，凝視美人蕾梅蒂絲向她揮揮手道別，床單如波光粼粼的浪花般隨風搖曳，跟著她一起升空，一起告別這個充滿甲蟲和大理花的地方，一起永遠消失在天空高處，連記憶所及飛得最高的鳥兒也到不了的地方。這一刻，時間剛過下午四點。

當然，外地人以為美人蕾梅蒂絲終究難以抗拒命運的安排成為女王蜂，而她的家人編些升天的謊言來挽救她的名節。費蘭妲相當嫉妒，但接受了這個神蹟，過了許久還繼續向上帝祈求她能拿回床單。大多數的人相信這個奇蹟，他們甚至點亮蠟燭，舉辦連續九天的祈禱儀式。也許這是接下來很長一段時間的話題，只不過後來所有的奧雷里亞諾慘遭滅絕，讓大家從驚訝陷入驚嚇。其實奧雷里亞諾・波恩地亞上校從某些跡象隱約預見兒子悲慘的下場，但他一直不認為那是個預兆。當奧雷里亞諾・塞拉多和奧雷里亞諾・阿爾卡亞在混亂時刻來探訪，並表示他們想留在馬康多，他們的父親試著勸他們打消念頭。他不懂他們留在這個一夕之間危機四伏的小城鎮要做什麼。可是有奧雷里亞諾二世的支持，奧雷里亞諾・山德諾和奧雷里亞諾・特里斯德也提供兩兄弟到他們公司工作的機會。奧雷里亞諾・波恩地亞上校不是很清楚原因，但卻不贊成他們的決定。自從他看到布朗先生搭乘第一輛來到馬康多的汽車——喇叭嚇得狗兒狂吠的橘色敞篷車，這位老戰士目睹居民諂媚阿諛、大驚小怪的模樣而氣憤極了，他發現，現在鎮上的男人跟當初拋妻棄子和揹獵槍上戰場那時比起來，他們的本性有某樣東西已經變質。而鎮上的高官從尼蘭迪亞協定簽訂後，由馬康多一群心態已顯疲憊，轉而只求和平的保守黨員，選出了一批怠惰的鎮長和不做事的法官。「這根本是可悲的惡棍主導的政權。」當奧雷里亞諾・波恩地亞上校看見帶著警棍的警察赤腳經過時說。「我們打了那麼多仗，結果只爭取到屋子不必漆成藍色。」然而，香蕉公司來了以後，當地官員換上一群專制的外地人，布朗先生帶他們住進那座電網圍起的養雞場裡，他解釋，這是為了讓他們享有官銜應有的對待，不必忍受熱氣、蚊蟲以及鎮上數不清的不便和匱乏。從前的警察變成佩短刀的殺手。奧雷里亞諾・波恩地亞上校關在銀作坊裡思索這些改變，這是他過著沉默和孤獨生活的這些年來第一次感到痛苦，相信當年沒有繼續奮鬥到底是個錯誤。就在這幾天，已遭人遺忘的馬尼費克・維斯巴上校的一個兄弟帶著七歲的小孫子在廣場上的推車喝冷飲，這個孩子不小心撞到警長，將飲料灑在他的制服上，這個野蠻人竟拿起短刀將小孩剁成肉醬，還一併將試圖阻止的祖父砍頭。全鎮的人目睹了一群男人把屍體運回他家，一個女人跟在後面拉著頭髮拖著頭顱，和一個血淋淋的布袋，裡面裝著孩子的屍塊。

這件事對奧雷里亞諾・波恩地亞上校來說怎麼也彌補不了。他立刻感到怒氣翻騰，跟他年輕時看見那具被瘋狗咬後又慘遭亂棒打死的女人屍體時一樣。他望了一眼站在死者家前的好奇民眾，感覺一股對自己的深深怨恨湧了上來，以昔日中氣十足的聲音對著他們吶喊他內心再也承受不住的怨恨。

「總有一天，」他大喊。「我會帶著我的所有兒子除掉這些該死的美國佬！」

那個禮拜，隱形的兇手彷彿獵殺兔子般，一一殺害他那住在沿岸不同地區的十七個兒子，每一個都是對準額頭上的聖灰十字。奧雷里亞諾・特里斯德晚上七點走出母親家，一顆從漆黑中冒出的獵槍子彈貫穿他的額頭。奧雷里亞諾・山德諾被人發現死在工廠的吊床上，眉間插著一把尖棒完全沒入頭顱的冰鑿。奧雷里亞諾・塞拉多跟女朋友看電影後送她回父母家，當他走在燈火通明的土耳其人街上，有個人從人群中對他開了一槍，讓他跌進沸騰的奶油鍋中，兇手身分從未查出。幾分鐘後，有人敲下奧雷里亞諾・阿爾卡亞跟一個女人所在的房間的房門，對著他大喊：「趕快逃命！有人在追殺你的兄弟。」跟他在一起的女人後來回憶，他跳下床開門，遇上埋伏在外的毛瑟槍，子彈打穿他的頭顱。那個死亡之夜，正當波恩地亞家替四具屍體守靈，費蘭妲像個瘋子跑遍全鎮尋找奧雷里亞諾二世的下落，當時佩特拉・柯提斯正把他鎖在衣櫥裡，還以為追殺令的對象是所有繼承上校名字的人。她一直到第四天才放他出來，這時從沿岸各地發來的電報，足以讓大家明白隱形殺手只對額頭印有聖灰十字的兄弟下毒手。阿瑪蘭塔找出記載姪子資料的記帳本，每接到一封電報就刪掉一個名字，最後本子上只剩下老大的名字。他們清楚記得他，因為他有一雙綠色大眼和一身黝黑的皮膚，對比相當強烈。他叫奧雷里亞諾・阿馬多，是個木匠，住在山腳一座偏僻的村落。奧雷里亞諾二世等了兩個禮拜，還不見通知他死訊的電報，心想他可能不知道自己深陷危險，便派信差去警告他。信差帶回消息說，奧雷里亞諾・阿馬多逃過一劫。發生狙殺的那個夜晚，有兩名男子到他家找人，他們開槍射殺他，但是瞄不準他的聖灰十字。最後奧雷里亞諾．阿馬多跳出院子的柵欄，消失在山區猶如迷宮的山路間，幸虧他向印第安原住民買木柴，跟他們變成朋友，所以對那座山瞭若指掌。從此再也沒有聽說他的消息。

那幾天奧雷里亞諾．波恩地亞上校在愁雲慘霧中度日。總統拍給他一封弔唁電報，在電文中承諾一定緝兇到底，並對死者表示敬意。鎮長受總統命令參加葬禮，並帶來四個喪禮花圈打算擺在棺材上，但是上校把他趕到大街上。喪禮過後，他親自寫了一封措辭粗暴的電報，不過電報員拒絕替他發出。於是他再補充一些，字句特別冒犯，放進信封寄出。他對這樁悲劇並不感到難過，一如他遭逢妻子的死，或者他在戰爭期間多次遭遇朋友的死，他感到的是一種令他盲目和暈頭轉向的憤怒，一種空虛的無力感。他甚至控訴這是安東尼奧．伊沙貝爾神父的陰謀，因為他將無法清除的灰燼烙在他的兒子身上，讓敵人能輕易辨識。這位神父年事已高，腦袋也糊塗了，總是在布道時胡言亂語嚇唬信徒，有一天下午，他拿著一碗裝盛禮拜三使用的聖灰出現在波恩地亞家，打算替他們一家塗聖灰，證明用清水就能洗掉。可是這件家族慘劇帶給大家太深的陰影，連費蘭妲也不敢嘗試，自此之後，聖灰禮拜三再也不見任何波恩地亞家的人跪在受領聖餐處。

後來過了許久，奧雷里亞諾．波恩地亞上校還是無法找回內心的平靜。他丟下製作小金魚的工作，幾乎食不下嚥，拖著毯子，咀嚼著無聲的怒氣，像抹遊魂在家裡晃晃蕩蕩。三個月後，他的頭髮化為斑白，嘴唇上方從前蓄的尖尖八字鬍沒了顏色，但是他那雙眼再一次燃起兩簇火焰，嚇壞了那些看過他出生模樣的人，那個時候他光是兩眼注視，就能讓椅子滾動。他痛苦而憤怒，試著想喚醒在他年輕時曾指引他的預兆，當年他就是靠著指示勇闖危機四伏的道路，抵達了光榮的荒漠。他找不到路，迷失在一棟別人的屋子裡，在這裡已經沒有人能勾起他一絲絲的情感。有一次他打開梅賈德斯的房間，尋找戰前那段過往的痕跡，卻只看到殘磚碎瓦、垃圾，以及一堆堆廢棄多年後的舊物。再也沒人看過的書籍的封面，遭溼氣浸透的古老羊皮紙，竟長出了青紫色的花朵，而這裡的空氣曾是屋子裡最乾淨和舒服的，如今卻彌漫著回憶腐爛後的臭味。有一天早晨，他在栗樹下撞見烏蘇拉，她正趴在、坐在死去的丈夫腿上哭泣。家裡只有奧雷里亞諾·波恩地亞上校不曾再繼續見到這位在戶外飽受折磨大半個世紀的強壯老人。「快跟你爸爸打招呼。」烏蘇拉對他說。他停下腳步，駐足在栗樹前一會兒，確定連這個空蕩蕩的地方也無法激起他的一絲情感。

「什麼？」他問。

「他很悲傷。」烏蘇拉回答。「因為他認為你快死了。」

「請轉告他。」他嘴角上揚。「人不是在應該死的時候死，而是要在能死的時候死。」

他過世父親的預告翻動了他內心僅存的傲氣，但是他以為那是突然冒出的一股力量。因此，他糾纏烏蘇拉想問出聖約翰像裡面發現的金幣埋在院子裡的哪個角落。

「你永遠不會知道。」她以前次的教訓為戒，斬釘截鐵地拒絕兒子。「總有一天，」她繼續說。「這筆財富的主人會出現，只有他能挖出寶藏。」沒有人想透，為什麼一個向來慷慨無私的男人開始覬覦錢財，而且他要的並不是應急用的小錢，而是一大筆連奧雷里亞諾二世聽到也都驚訝得合不攏嘴的財富。他過去曾鼎力相助的同袍都躲起來不願見他。有人就是在這段日子聽到他感嘆：「現在的自由黨和保守黨分子唯一的差別只在，前者參加五點的彌撒，後者參加八點的彌撒。」然而，他堅持不懈，哀求到底，甚至突破他對尊嚴的底線，他到處遊說，這裡募集一點，那兒募集一些，經過默默的努力和鍥而不捨，終於在八個月內募集到比烏蘇拉埋藏的數目還要多的錢。這時，他前去探訪纏綿病榻的赫林內多·馬奎茲上校，希望他能幫忙發起全面性戰爭。

曾經有某一段時間，赫林內多·馬奎茲上校即使坐著輪椅，仍是唯一能打通昔日叛軍勢力早已蒙灰的網絡的要角。尼蘭迪亞協定簽訂後，奧雷里亞諾·波恩地亞上校過著隱居生活，以打造小金魚度日，他仍與一些直到戰敗前對他忠心耿耿的叛軍軍官保持聯繫。他跟著他們經歷一場令人傷心的抗爭，在受盡羞辱並遞送申請書後，卻得到明天再來、快好了，以及我們正在仔細審核您的申請等答覆；最後他們卻輸掉抗爭，拿不到應該發放卻從沒發放的終身俸，打不贏那些在回函上寫上「您忠實的僕人敬上」的公僕。相較之下，二十年的流血戰爭反而沒像這場無限期的貪腐抗爭帶給他們這樣深的傷害。赫林內多·馬奎茲上校曾逃過三次暗殺，撐過五次負傷，打過無數大小戰役都毫髮無傷，卻在老年落入枯等的囚籠，與這個可悲的挫敗糾纏，住在一棟借來的屋子裡，凝視菱形窗戶傾瀉進來的日光思念著阿瑪蘭塔。他還掌握消息的最後幾位老兵，有一些出現在報紙刊登的照片，他們露出受傷的表情，接受某個不知名的共和國總統頒發幾枚印著他的肖像的鈕釦，讓他們別在衣領上，並歸還他們一面沾染血跡和彈藥灰的國旗，讓他們以後可以覆蓋在自己的棺木上。至於其他比較有骨氣的老兵，仍靠著救濟癡等信件寄來，他們慢慢地餓死，在憤怒中苟延殘喘，在該死的精美榮耀中老去。因此，當奧雷里亞諾．波恩地亞上校力邀他發起致命性的大規模戰爭，徹底消滅這種腐敗的制度和外國侵略者支持的醜事時，赫林內多．馬奎茲上校忍不住一陣發抖，同情起他。

「唉，奧雷里亞諾。」他嘆氣。「我知道你老了，但是現在我發現你比外表看起來還要老啊。」

13

烏蘇拉年事已高，最後幾年她過得迷迷糊糊，很少投注時間在荷西・阿爾卡迪歐的教宗教育訓練上，轉眼間她的玄孫就要上神學院。他的妹妹梅妹在費蘭妲的嚴厲和阿瑪蘭塔的怨恨中長大，幾乎在同個時間，她也到了讀修道院的年紀，修女將訓練她成一位古鋼琴家。烏蘇拉很痛苦，荷西・阿爾卡迪歐對於成為教宗興趣缺缺，她非常懷疑先前那套訓練他的方式是否真的有效，但是她不覺得錯在她使不上力的老邁，也不在她霧茫茫的視力，她幾乎看不見物體輪廓了，而是一種她其實也說不上來但隱約感覺到的東西，比如光陰消蝕的方式。她總是說：「現在一年年的到來已經跟以前不一樣。」她感覺再也管不動日常生活事物。她心想，以前孩子長得真慢。她想起花了多少時間才養大長子荷西・阿爾卡迪歐，最後他跟吉普賽人跑了，她也想起過了多少時間他才回家，這時他像條蛇全身都是刺青，講起話來像個星象學家，還有阿瑪蘭塔和阿爾卡迪歐忘記印第安語和學講西班牙語之前家裡發生的事。她想起可憐的荷西・阿爾卡迪歐・波恩地亞在栗樹下忍受多少白天日曬和夜裡露水浸溼，以及他死後所有流過的淚，他度過無數戰爭，也為了奧雷里亞諾・波恩地亞上校擔心受苦許久，到後來奄奄一息的兒子被送回家，那時年紀也還不到五十歲。曾經，她即使一整天製作動物造型糖果，也還有時間照顧孩子，看他們的眼白就知道是否該吃一匙蓖麻油藥。現在卻相反，她已經無事可做，從日出到日落揹著荷西．阿爾卡迪歐走來走去，這樣糟糕的時間安排，逼得她不得不做事老是半途而廢。事實上，烏蘇拉並不認老，即使到後來她連歲數都不記得，到處招惹麻煩，一再拿同樣的問題煩外地人，問他們是否曾在戰爭期間在他們家裡留下一尊聖約翰像，要他們幫忙保管到雨停。沒有人注意她是何時開始失去視力。在她人生的最後幾年，即使無法下床，看起來只像是年紀太大，卻沒人發現她已瞎眼。她在荷西．阿爾卡迪歐出生前已經注意這個問題。起先她以為只是眼睛太疲累，暗地裡食用骨髓漿液，拿蜂蜜敷眼睛，但她很快明白往後注定要活在昏暗中，甚至她連後來電燈發明了也不太清楚，因為裝了前幾盞燈之後，她只勉強看見光暈。她沒跟任何人說起這件事，因為這等於她向大家承認她是廢物。她默默地學習摸索東西的距離和人的聲音，到後來因為白內障失明後，還繼續憑著記憶看東西。不久她突然發覺氣味是個好工具，在一片霧茫茫中，氣味要比物體大小和顏色更有幫助，終於她擺脫承認失能的困窘。她在黑漆漆的房裡能夠穿針和縫釦眼，她知道牛奶何時就要滾沸。她非常清楚每一樣東西的位置，有時她忘了自己其實看不見。有一次，費蘭妲在屋內翻箱倒櫃，因為她把婚戒弄丟了，烏蘇拉幫她在孩子們的臥室架子上找到。事情很簡單，因為當其他人在屋子裡漫不經心走著，她可是聚精會神監視他們，以免他們意外發現她的秘密，過了一段日子後，她發現每個家族成員每天都不知不覺走同樣的路線，重複同樣的動作，幾乎在同個時間說同樣的話。當他們意外脫軌，就可能是丟了什麼。因此，當她聽見費蘭妲丟了婚戒而情緒失落，烏蘇拉想起這一天發生的唯一一件不同的事是拿孩子們的墊子出去曬太陽，因為梅妹前一晚發現臭蟲。兩個孩子也幫忙清潔工作，烏蘇拉心想費蘭妲一定把戒子放在唯一一個他們拿不到的地方：架子上。費蘭妲反而只在平時活動的路線尋找，卻不知道受限日常生活習慣，要多花工夫才找得到遺失的東西。

對烏蘇拉來說，帶養荷西・阿爾卡迪歐能幫她減輕注意家中變化的力氣。當她發現阿瑪蘭塔正在給臥室的聖像穿衣服，便假裝教孩子辨識顏色的不同。

「我們來看看，」她對他說。「告訴我聖天使長拉斐爾穿什麼顏色的衣服。」

就這樣，孩子說出了她眼睛看不到的訊息，早在他上神學院之前，烏蘇拉已經能從聖像衣服的觸感知道是哪些不同顏色。有時也會發生意外。有一天下午，當阿瑪蘭塔正在秋海棠長廊上刺繡，烏蘇拉撞上了她。

「老天。」阿瑪蘭塔抗議。「走路要小心看路啊！」

「是妳有錯。」烏蘇拉說。「妳沒坐在該坐的位置。」

她說得沒錯。但是這一天她注意到沒有人發現的事，太陽會在一年的不同月份不著痕跡地改變位置，坐在長廊上的人跟著慢慢換了地點，卻都沒注意。從這一刻起，烏蘇拉得記住日期來辨識阿瑪蘭塔坐的地方。雖然她的雙手抖得越來越厲害，腳步也越來越沉重，卻到處都能看到她嬌小的身影。她跟從前一肩扛起家庭責任時一樣勤奮。然而，當她承受著老年的孤獨同時，得緊盯家中發生的大小事，包括細枝末節在內，她第一次真正看清楚過去忙碌過頭看不到的東西。這陣子，大家忙著準備荷西．阿爾卡迪歐上神學院的事，而她在不知道第幾次重溫一遍自從馬康多建村以來的過往之後，完全改變她對後代子孫一向的看法。她發現，她曾以為奧雷里亞諾．波恩地亞上校是在經過殘酷的戰爭洗禮後失去對家庭的關愛，而實際上他根本不曾愛過任何人，包括他的妻子蕾梅蒂絲，或者無數個有過一夜情的女人，更不用提他的兒子，她看到他打了那麼多戰爭，並非如每個人以為的是為理想而戰，他也不像每個人以為的是因為疲倦放棄即將到手的勝利，不管是勝利還是失敗，他都只為一個理由，純粹就是他那股應當遭受千夫所指的傲氣。她的結論是，這個要她犧牲生命也在所不辭的兒子，只是個無法愛人的男人。當她懷著他的時候，有一晚她聽見肚子裡傳來他的哭聲。他的悲鳴是那樣清楚，連睡在一旁的荷西．阿爾卡迪歐．波恩地亞都醒了過來，以為孩子將來會當口技表演員，感到相當開心。有些人預測他會是個算命師。她卻怕得發抖，她相信那聲深沉的哀鳴是第一個預兆，揭示孩子生下來將帶著豬尾巴，她哀求上帝就讓孩子胎死腹中。可是邁入老年清楚的神智，讓她得以看到並且不斷叨唸，當孩子在母親肚子裡哀鳴，不是會當口技表演員，也不是有什麼當算命師的天分，而是一種傳達他無法愛人的清楚信號。兒子的形象遭到貶低之後，她突然變得同情他，連過去欠的一併加倍給他了。相反地，她曾對阿瑪蘭塔的鐵石心腸感到心驚，也對她深沉的怨恨感到難過，此刻她恍然大悟女兒是有史以來最溫柔的女性，她很難過地明白她對皮耶特・克雷斯畢那些不公平的折磨，不是像大家以為那樣出於報復，或者她毀掉赫林內多・馬奎茲上校的人生，也不是像大家以為那樣由於內心苦澀的怨恨，前後兩次，她愛得癡狂卻又拿不出勇氣，經過一番垂死掙扎，最後非理性的恐懼戰勝，永遠攫住阿瑪蘭塔，折磨她的心，就在這段日子她開始提起蕾貝卡，一種遲來的悔恨和突然的敬佩，加深她心底那股對她的憐惜，這個孩子不是吃她奶水而是吃土長大，她不但吃土還吃牆壁的灰泥，她跟他們家族沒有血緣關係，她的父母身分不明，他們葬在墳墓裡的遺骨還繼續喀啦喀啦作響，她個性衝動，胃口一向旺盛，卻是唯一有著烏蘇拉冀望自己的子嗣所能有的無比勇氣。

「蕾貝卡，」她摸著牆壁邊走邊說。「我們對妳真是不公平！」

家裡的人只當她在胡言亂語，尤其是當她學大天使長加百列舉著右手臂走路之後。然而，費蘭妲發現她在胡言亂語的同時又顯得神智清醒，因為烏蘇拉能毫不猶豫地說出家裡近一年花了多少錢。阿瑪蘭塔也這麼覺得，有一天她的母親在廚房裡攪拌一鍋湯，不知道有人聽見她說話，突然間就嘀咕地說，他們向第一批來到村裡的吉普賽人買下的玉米碾磨機，早在荷西・阿爾卡迪歐繞行世界二十五圈之前就不知去向，其實是在碧蘭・德內拉的家。碧蘭・德內拉差不多一百歲了，雖然她胖得不得了，能嚇跑孩子，一如當年她的笑聲嚇跑鴿子一樣，但是身體強壯和動作靈活，她一點也不訝異烏蘇拉說對了，因為她從經驗知道人老了敏銳度比紙牌算命還準確。

然而，當烏蘇拉發現她來日不多，無法淬鍊荷西・阿爾卡迪歐的志向，掩不住沮喪之情。於是她開始犯錯，她放棄更能看清楚東西的直覺，而是試著想用眼睛去看。有一天早上，她把一罐墨水當作花露水，倒在孩子的頭上。她什麼都想插手管，卻一再搞砸事情，她感覺脾氣失控，搞得心神不寧，她試著想趕跑眼前的漆黑，最後那黑暗卻猶如蜘蛛網包圍，緊緊地纏住她。這時，她驚覺她的笨拙並不是因為年邁或失明打了第一場勝仗，而是時間出錯了。她心想，從前是不一樣的，這就如同土耳其人在丈量一碼印花布動手腳，上帝對年和月也做了同樣的事。現在，不僅孩子長得比較快，連情感發展的脈絡也不再一樣。就在美人蕾梅蒂絲的靈魂跟身體升天的同時，不為人著想的費蘭妲在家裡走來走去，叨唸著她帶走了床單。就在奧雷里亞諾兄弟在墳墓裡屍骨未寒，奧雷里亞諾二世又開始舉辦派對，家裡擠滿喝醉的賓客，他們彈奏手風琴和飲用香檳，彷彿死的不是基督信徒只是狗兒，彷彿這棟經過許多煩惱和販售許多動物造型糖果換來的瘋子之屋，注定變成道德墮落的垃圾場。烏蘇拉一邊想著這些事，一邊整理荷西．阿爾卡迪歐的行李箱，她疑惑是否就此長眠比較好，就讓人撒把土在她身上，她質問上帝，心中沒有一絲恐懼，是否人真的是鐵鑄造的，就是要忍受這麼多苦難和折磨；她一遍又一遍質問，越來越是不解，她感覺有種難以壓抑的慾望，希望像外地人那樣亂說一氣，允許自己終於能任性一下，這是她多期盼的一刻，是她多少次延後的一刻，她不想再屈服於原則，她想一鼓作氣宣洩不滿，罵出一個世紀以來逆來順受所吞下肚的無數髒話。

「混帳！」她大叫。

阿瑪蘭塔正把衣服放進行李箱，她還以為是蠍子螫了母親一下。

「在哪裡？」她提高警覺問。

「嗄？」

「蠍子呀！」阿瑪蘭塔解釋。

烏蘇拉舉起一根手指指著心臟。

「在這裡。」她說。

禮拜四下午兩點，荷西·阿爾卡迪歐出發前往神學院。每當烏蘇拉想起他，記得的是她所想像的道別情景，他神情哀傷、嚴肅，聽從她的教誨連一滴眼淚也沒掉，他穿著一套銅釦綠色燈芯絨西裝，脖子戴著一個漿過的領結，熱得差點窒息。她在他頭上噴灑花露水，飯廳裡頓時彌漫濃烈的香氣，如此一來好讓她能跟著他後面，一路追著他在屋內的蹤跡。共進道別午餐時，一家人強顏歡笑以掩飾他們的緊張，並過於讚揚安東尼奧·伊沙貝爾神父說過的話。但是當他們拿出四角鑲銀的天鵝絨內襯行李箱，那心情就像從屋子裡抬出棺木一樣。只有奧雷里亞諾·波恩地亞上校拒絕參加告別。

「我們家只欠這樣的角色。」她嘟囔。「教宗啊！」

三個月後，奧雷里亞諾二世跟費蘭妲帶著梅妹上修道院學校，返家時並帶了一架古鋼琴，放在原本自動鋼琴的位置。就在這段日子，阿瑪蘭塔開始替自己縫製壽衣。香蕉熱潮已經冷卻。外地人來了之後，馬康多本地居民遭受排擠，只能費力地抓住他們僅有的可憐辦法求生，此刻他們總算士氣大振，感覺自己彷彿熬過了一場船難。波恩地亞家一直都歡迎客人中午來用餐，不過香蕉公司離開之後，他們恢復舊時的生活方式。然而，這種熱情待客的本質有了徹底的改變，因為費蘭妲訂下她的規則。這位矢志當上王后的舊時女學生，趁著烏蘇拉失明看不見，阿瑪蘭塔專心縫壽衣，終於能自由選擇想招待的食客，並搬出雙親灌輸給她的那套古板規矩強要大家遵守。她的一絲不苟，把這間屋子變成一座遭到過時習俗箍緊的堡壘，但是這座城鎮在外地人揮霍輕易賺來的財富之後，早已換上粗俗的外貌。她評斷是不是好客人的方式直截了當，就是跟香蕉公司不能有瓜葛。連她的小叔也在她的歧視黑名單上，因為他在香蕉熱初期曾再度賣掉他的美麗鬥雞，受雇香蕉公司當工頭

「只要他還跟外地人牽扯不清。」費蘭妲說。「就休想踏進這個家一步。」

她的丈夫奧雷里亞諾二世覺得家裡規定太嚴，到佩特拉．柯提斯那兒反而輕鬆許多。一開始，他以藉口不捨妻子太過操勞，轉移舉辦派對的地點。接著，他藉口牲畜的繁殖力下降，搬走了畜欄和馬廄。到最後，他的藉口是情婦的屋子比較涼爽，把處理生意的小辦公室搬了過去。當費蘭妲發現丈夫還沒死，自己卻成了活寡婦，想把一切恢復從前的模樣時已經為時已晚。奧雷里亞諾二世幾乎不在家吃飯，他還繼續維持的表面關係，比方說回家跟妻子睡覺，已經無法說服任何人。有一晚，他一個不小心睡在佩特拉．柯提斯床上，第二天早上醒來後嚇了一跳。那天，費蘭妲並沒有如他預期開口責罵，也沒有吐出一絲怨恨的嘆息，倒是將他的兩箱衣物送到他的情婦家。

她是在大白天派人送過去，特別指示要穿越大街，讓每個人都看到，她以為這樣一來出軌的丈夫一定忍受不了羞辱，會羞愧地低著頭回家。可是這個壯烈的舉動，不過是再次證明費蘭妲並不了解丈夫的個性，更不懂這座與她的父母沾不上邊的城鎮，因為凡看到那兩箱衣物的人都暗暗地說，這裡每一個人都瞭若指掌的故事，終於無可避免發展到劇情最高潮的部分，奧雷里亞諾二世舉辦了一場連續三天的派對，慶祝他得到自由。對於做為妻子最不利的一點是，中年後不懂得愛惜自己，她一襲長到腳跟的深色服飾，佩戴老氣過時的圓形垂飾，還流露一股不恰當的驕傲，情婦反倒變年輕了，她穿著亮眼的天然絲質洋裝，奪回愛情後，那雙眼閃耀著勝利的光芒。奧雷里亞諾二世再一次燃起青少年時期的熱情，對她毫無保留地付出，就跟以前一樣，只是那時的佩特拉．柯提斯愛的不是他，而是把他當作是他的孿生兄弟，同時和他們兩兄弟上床，以為上帝賜給她莫大幸運，交往的對象在床上像是兩個不同的男人。他們之間重新點燃的慾望是那樣急迫，不只一次，他們在吃飯時凝視對方的眼睛，一句話也沒說，就把餐巾丟在盤子上，回到臥房或許餓死或許為愛而亡。奧雷里亞諾二世曾偷偷去找過法國女郎，在她們那兒看過一些奇珍異寶，因此他給佩特拉．柯提斯買了一張帶有織錦華蓋的床舖，窗戶掛上天鵝絨窗簾，屋頂裝上天花板，臥房的每面牆懸掛大面的水晶岩鏡子。他比以前更愛開派對，也喝得更糊塗。每天早上十一點到站的火車，替他送來了一箱又一箱的香檳和白蘭地。從火車站回家的路上，他會拉著所有遇到的人參加即興舉辦的昆比亞舞會，不分本地人或外地人，是認識或快認識的人。連只講外國話的布朗先生，通常都避免出現在類似場合，如今也受到奧雷里亞諾二世誘人的邀約吸引，好幾次醉倒在佩特拉·柯提斯的家，他甚至命令兇猛的德國牧羊犬跟著他隨手風琴節拍嘟囔唱出的德州歌曲起舞。

「休息一下吧，母牛。」奧雷里亞諾二世在派對氣氛沸騰到最高點時大叫。

「休息一下吧，生命苦短。」

他從未像此刻如此意氣風發，受大家歡迎，牲畜繁殖的速度也到了瘋狂的地步。為永不歇息的派對，他們宰殺了那樣多的牛、豬和雞，大量的血把院子的土壤染黑弄得泥濘不堪。院子變成丟棄骨頭和內臟的掩埋場，變成傾倒廚餘的垃圾堆，因此隨時都得點炸藥嚇跑禿鷹，以免牠們來啄賓客的眼睛。奧雷里亞諾二世的胃口奇大，能相比的大概只有剛環遊世界返鄉時的荷西·阿爾卡迪歐，所以他體型變得臃腫，老是一臉醉相，動作像烏龜一樣緩慢。他失控的食慾，無止盡揮霍的財力，前所未見的熱情好客，不只在沼澤區傳開來，還吸引沿岸一帶最貪得無厭的饕客。饕餮之徒從各地蜂擁而至，參與在佩特拉·柯提斯家舉辦的考驗食量本事和耐力的競賽。奧雷里亞諾二世一直蟬聯衛冕者寶座，直到那個不幸的禮拜六卡蜜拉·沙卡斯頓出現為止，她是個以「大象」稱號聞名全國的偶像人物。他們纏鬥不休，一直比到禮拜二黎明。剛開始二十四小時，奧雷里亞諾二世看似勝券在握，他狼吞虎嚥，吃掉了一頭小牛和樹薯、山藥和烤大蕉，還有一箱半的香檳。他看起來更有衝勁、活力，相較之下他的對手沉著，有專業的架式，不過對於將屋子擠得水洩不通的觀眾來說少了趣味。當奧雷里亞諾二世急著想獲勝，用牙齒撕開肉來吃，大象卻像個外科醫生細細地切開肉，從容不迫地咀嚼，似乎有些享受品嘗的樂趣。她長得高大魁梧，但是溫婉的女人味柔化了壯碩的外表，而且她有一張相當漂亮的臉蛋，一雙仔細保養的細嫩的手，還有教人無法抵擋的魅力，當奧雷里亞諾二世看見她進門，忍不住嘟囔他寧願跟她在床上一較高下，而不是在桌上一決勝負。後來，當他目睹她吃完牛臀肉，依然不失優雅的用餐禮節，他的語氣轉為認真，稱讚這位綽號大象的挑戰者美麗、迷人和食慾旺盛，可以說是理想的女人。他沒說錯。在「大象」之前的稱號「胡兀鷲」根本是不知道她真功夫胡亂冠上的。據傳她的工作是牛肉攪碎工，或在希臘馬戲團表演的鬍子女丑，但她其實是個歌唱學校的校長。她開始學習吃是成為令人敬佩的母親之後，她想讓孩子好好吃飯，但不是用刺激的方式來促進他們的食慾，而是心平氣和地用餐。她的理論是人只要能平心靜氣，就可以不停地吃到累為止，她也從身體力行得到證實。因此她放下工作和家庭，來跟一個全國知名的饕餮之徒較勁，是基於道德而不是想比賽。她第一眼看到奧雷里亞諾二世，就知道他會輸掉名聲，但是不會喪失食慾。第一晚結束後，大象看起來相當平靜，奧雷里亞諾二世卻因為不停說笑感到疲累。他們睡了四個小時。醒來後，每個人喝掉五十顆柳橙榨的果汁，八公升的咖啡和三十顆生蛋。到了第二天的黎明，大象已經許久沒睡，一共吃掉兩頭豬，一串大蕉和四箱香檳，這時她懷疑奧雷里亞諾二世無意中找到她的那套秘笈，只不過他不計後果豁出去了。那麼他就比她想像的是個還要危險的對手。然而，當佩特拉・柯提斯再端來兩隻烤火雞時，奧雷里亞諾二世差不多肚皮快脹破了。

「吃不下的話，就別再吃了。」大象對他說。「我們平手。」

她說這句話是真心的，她知道她再多吃一口都可能害對手喪命，她辦不到。但是奧雷里亞諾二世以為她再一次丟出戰帖，於是將火雞狼吞虎嚥下肚，連原本已經不可思議的能耐也不堪負荷。他昏了過去。他的臉撞上裝著骨頭的盤子，像狗一樣嘴巴吐出白沫，發出奄奄一息的喘息。他昏昏沉沉，感覺彷彿被人從一座高塔最高處丟下一個無底的深淵，他抓住的最後一絲理智，發現在這個彷彿永無止盡的墜落結束的盡頭，等著他的是死亡。

「帶我去費蘭妲那裡。」他及時擠出這句話。

朋友合力送他回家，他們以為這個要求是因為他曾經承諾妻子絕不能死在情婦的床上。佩特拉．柯提斯替他擦亮他想穿進棺木的那雙漆皮靴子，當她正找人送靴子過去時，有人來通知她奧雷里亞諾二世已經脫離險境。事實上，他不到一個禮拜就恢復健康，十五天過後他舉辦了一個前所未有的派對，慶祝他活了下來。他繼續住在佩特拉．柯提斯家，但是每天去看費蘭妲，有時留下來跟家人一起吃飯，命運似乎把他的角色調換過來，讓他變成情婦的丈夫和妻子的情人。

費蘭妲終於能鬆口氣。她活在厭惡當中，唯一讓自己分心的辦法是午睡時間彈奏古鋼琴和寫信給兩個孩子。她每十五天寫一次，鉅細靡遺的家書卻沒有一行字是真話。她對他們隱瞞了她的悲傷。儘管每件事依舊，陽光灑在秋海棠上，下午兩點的天氣悶熱，街上傳來一陣陣派對喧鬧聲，屋子卻籠罩悲哀氛圍，越來越像她父母那棟殖民時期的大宅。費蘭妲孤獨地徘徊在三個活死人和一縷作古的幽靈之間，有時，當她在客廳裡彈奏古鋼琴，荷西．阿爾卡迪歐．波恩地亞會好奇地坐在暗處聆聽。奧雷里亞諾．波恩地亞上校就像影子。自從上次出門向赫林內多．馬奎茲上校提議發動一場不可能有結果的戰爭外，幾乎都躲在銀作坊裡，除非到栗樹底下小解。他不見任何訪客，只有理髮師每三個禮拜上門一次。他吃烏蘇拉每天送來一次的任何食物，他一樣熱中鑄造小金魚，只是聽說買下的人是當作古物而不是當藝術品珍藏後，他就不再出售。他把新婚開始就裝飾他的臥室的蕾梅蒂絲的娃娃拿到院子燒掉。烏蘇拉發現了他所做的事，但無法阻止他。

「你真是鐵石心腸。」她對他說。

「這不是什麼鐵石心腸。」他說。「這是因為臥室裡都是蛀蟲。」

阿瑪蘭塔專心編織她的壽衣。費蘭妲不懂為什麼她會偶爾寫信給梅妹，甚至寄禮物給她，卻不願跟荷西．阿爾卡迪歐說上一句話。她曾透過烏蘇拉傳達疑問，只得到阿瑪蘭塔回答：「他們死都不會知道原因。」這句話深植在她心中，變成一個永遠解不開的謎。阿瑪蘭塔高䠷、纖瘦、高傲，總是穿泡泡紗襯裙，優雅容貌不受歲月和悲傷回憶的糟蹋，而額頭上似乎烙印著純潔的聖灰。但聖灰其實在她手上，包在那個她親自洗燙，連睡覺都不摘下的黑紗布裡。她的生活就在縫製壽衣度過。或許可以說她白天縫製，夜晚再拆掉，她不是想藉此排解孤獨，而是加以擁抱。

遭丈夫遺棄後，費蘭妲最擔心的是梅妹第一次放假回家卻找不到父親。不過奧雷里亞諾二世因為消化不良被送回家倒是解決了這個問題。梅妹回家時，她的父母已經約定讓女兒相信奧雷里亞諾二世還是個顧家的好丈夫，也不要讓她注意家裡悲傷的氛圍。每年有兩個月，奧雷里亞諾二世一定扮演好模範丈夫的角色，他舉辦冰淇淋和餅乾派對，他們快樂活潑的女兒彈琴助興。從這時已經可以清楚看出這個小女孩並沒有多少母親的影子。比較正確的說法是，她根本是阿瑪蘭塔的翻版，那個只有十二還是十四歲的阿瑪蘭塔，當時她還不識愁苦滋味，走在屋內總是踩著像跳舞般的步伐，只是後來偷偷愛上皮耶特．克雷斯畢，善良的心也跟著扭曲了。不過梅妹不同於阿瑪蘭塔，也不同於其他成員，在她身上還看不到他們家族詛咒般的宿命，即使她得遵守鐵律，每天下午兩點關在客廳裡練琴，她似乎對這個世界是感到滿意的。她顯然是愛家的，她帶著青少女的雀躍，一整年都在期盼回家，她有些像父親那樣愛熱鬧和呼朋引伴。這種繼承自父親的劣根性，是在她第三次放假回家時窺見，那次她帶著四位修女和六十八位同班女同學一起到家，她擅自決定邀她們到家裡玩一個禮拜，沒有事先通知任何人。

「家門不幸！」費蘭妲怨嘆。「這個小妞跟她爸爸一樣荒唐。」

他們只能向左鄰右舍借床鋪和吊床，訂好九趟輪流上桌吃飯順序，定好洗澡時間，最後借來四十張板凳，讓所有穿藍制服和男性靴子的小女孩不必一整天到處晃來晃去。最後這次的招待失敗，因為當吵鬧的女學生才輪流吃完早餐，又得開始輪午餐，接著晚餐，一整個禮拜下來她們也只去香蕉園踏青。天黑後，修女都累壞了，動不了也沒辦法再指揮，一大群依舊精力充沛的女學生在院子裡高唱刺耳的校歌。有一天，她們差點從烏蘇拉身上踩過去，因為她堅持她能幫忙卻幫了倒忙。還有一天，修女手忙腳亂，因為奧雷里亞諾．波恩地亞上校在栗樹下撒尿，完全不在意院子裡的女學生。阿瑪蘭塔差點引起驚慌，因為有個修女在廚房撞見她正在給湯加鹽巴，唯一擠出的話是問她那些白色粉粒是什麼。

「砒霜。」阿瑪蘭塔說。

梅妹到家那晚，女學生亂成一團，甚至當她們睡前想上廁所，都凌晨一點了才輪到隊伍最後幾個。於是費蘭妲買了七十二個尿盆，但是這只是把問題從晚上拖到隔天早上，因為天亮之後，女孩在廁所前排成長長的隊伍，每個人手上拿著要洗的尿盆。有些人得了熱病，有些人被蚊子叮咬，大多數人展現驚人耐力面對最嚴苛的狀況，即使在一天最熱的時間還在花園裡追逐嬉戲。她們離開以後，費蘭妲終於鬆了口氣，也就原諒了她們破壞花草、損毀家具，以及在牆壁上畫滿塗鴉和標語。她歸還借來的床和板凳，把七十二個尿盆收進梅賈德斯的房間。這個緊閉的房間四周一直徘徊著屋子裡其他時空的魂體，從此之後大家卻只記得它是「尿盆房間」。奧雷里亞諾．波恩地亞上校倒是覺得這個名字很貼切，因為當家裡其他人還認為梅賈德斯的房間一塵不染、不受破壞時，他早已覺得那邊是垃圾堆。總之，他不在乎誰有道理，他會知道那個房間的命運是因為費蘭妲在他的銀作坊前來來去去，忙了一個下午收尿盆，打擾了他的工作。

同樣這幾天，荷西．阿爾卡迪歐二世回到家裡。他穿過長廊，沒跟任何人打招呼，接著跟上校關在銀作坊裡談話。烏蘇拉雖然看不見他，卻從他那雙工頭靴子的踏地聲聽出來，這時她很驚訝這個孩子跟家族隔著一段難以拉近的距離，甚至是跟他童年時玩交換角色遊戲的雙胞胎兄弟，如今他們倆外表已經沒有半點相似之處。他身材挺直，一臉嚴肅，像是若有所思，散發一種阿拉伯人的哀傷，黝黑的臉上有種憂鬱氣息。他長得比較像他的母親聖塔蘇菲亞。烏蘇拉自責在提起家人時總會忘了他，但是當她感覺他在屋子裡，又注意到上校答應讓他在工作時間進到銀作坊時，再一次過濾她的舊時回憶，她相信他的確在童年某個時間跟雙胞胎兄弟對調身分，因為沒有人比他更適合叫奧雷里亞諾。沒有人清楚他的生活細節。某次曾聽說他居無定所，把鬥雞寄放在碧蘭．德內拉家飼養，有時他會睡在她家，但幾乎都在法國女郎的房間過夜。他東飄西蕩，沒有牽掛，沒有野心，是烏蘇拉計畫架構中的一顆迷途的星子。

事實上，自從那個遙遠的凌晨，荷西．阿爾卡迪歐二世跟著赫林內多．馬奎茲去軍營之後，他就不再是他們家族的一分子，也永遠不會再屬於任何家族，當時他不只看到槍決現場，還有囚犯臉上悲傷和略帶嘲弄的微笑，讓他一輩子都忘不掉。那幅畫面不只是他最早期的回憶，也是他童年唯一的回憶。他還記得有個穿過時背心和戴黑色寬邊帽的老人，他在一扇燈火通明的窗戶講著美好事物，卻無法確定他屬於哪個時代。這個記憶很模糊，沒給人任何教訓或懷念，不像他對那個囚犯的回憶，後來卻改變了他的人生方向，隨著他變老越來越清晰，彷彿時間洪流反而把他推向那個回憶。烏蘇拉希望荷西・阿爾卡迪歐二世能勸奧雷里亞諾・波恩地亞上校別關在銀作坊裡。「說服他去看電影。」她對他說。「他不喜歡電影，但至少出門呼吸點新鮮空氣也好。」但是她馬上就發現他對她的請求無動於衷，一如上校對她也是一個樣子，這兩個人彷彿穿上了厚厚的盔甲不受感情的打動。她不知道他們關在銀作坊裡那麼久究竟聊了些什麼，或者說根本沒有其他人知道，但她明白家族裡頭只有他們兩個因為性情相似而相吸。

事實上，連荷西・阿爾卡迪歐二世也無法說動奧雷里亞諾・波恩地亞上校放棄隱居離群。大舉入侵的女學生踩到他的底線。他推說新婚房間長蛀蟲，即使燒掉蕾梅蒂絲可愛的娃娃也沒用，他在銀作坊掛了一張吊床，除非到院子小解才踏出門口一步。烏蘇拉無法跟他說上一句話。她知道他不會看飯菜一眼，而是直接擱在工作桌的一頭，不管湯凝結或肉涼了，直到完成小金魚為止。自從遭到赫林內多・馬奎茲上校拒絕臨老還發動戰爭，他的孤僻越來越變本加厲。他把門從裡面栓上，最後家人都當他已經過世。一直到某年十月十一日才又有了動靜，他踏出對街大門口，去觀看某個馬戲團遊行。這一天跟奧雷里亞諾・波恩地亞上校最後幾年的每一天都一樣。他清晨五點在牆外青蛙和蟋蟀合鳴中醒來。陰雨從禮拜六開始綿綿不絕，但他不需要聽到雨水打在花園綠葉上的窸窣聲，早已從骨頭發冷知道外頭下雨。他跟平常一樣裹上羊毛毯子，穿上舒服的原色衛生棉褲，不過款式過於老派，他戲稱是「歌德衛生褲」。接著他穿上緊身長褲，不過他打算先洗個澡，所以沒扣上鈕釦，襯衫衣領也沒戴上平常使用的金釦。之後他拿起毛毯包住頭當作頭巾，舉起手指梳理骯髒的八字鬍，然後到院子裡去撒尿。距離日出還有一段時間，荷西．阿爾卡迪歐．波恩地亞在屋簷下打盹兒，頭頂上被雨水溼透的棕櫚樹葉屋頂已經腐爛。他看不見父親，他從來都沒看過他的幽魂，因此當熱呼呼的一泡尿濺上父親的鞋子，自然也聽不見他從睡夢中驚醒後對他嘟囔的一句話。他打算晚點再洗澡，這不是因為天氣又溼又冷，而是因為十月的濃霧。回銀作坊途中，他聞到爐火的氣味，聖塔蘇菲亞正在生火，因此他到廚房等她煮好咖啡，打算帶走他的黑咖啡。聖塔蘇菲亞跟每天早晨一樣問他今天禮拜幾，他回答十月十一日禮拜二。他望著這位面無表情的女人，火光把她的身影染成金色，她不論是在這一刻或是人生的任何時刻似乎不曾真正存在，突然間他想起戰火正熾的某年某個十月十一日，他驚醒過來，確定跟他上床的女人死在他床上。那女人的確死了，他忘不了這個日期是因為她在死前一個小時也問過他日期。雖然想起這段往事，他卻沒注意他的預兆已經離他多遠，咖啡滾煮時，他繼續想著那個女人，純粹出於好奇而不是懷念，他一直不知道她的名字，也沒看過她活著時的臉孔，因為她是摸黑爬上他的吊床。然而，有太多女人用同樣的方式闖進他的生命，他不記得她在他們初次碰面的激情中哭得唏哩嘩啦，死前不到一個小時曾發誓要愛他到死。他端著冒熱氣的咖啡走進銀作坊，已經把剛剛的女人或其他任何一個女人丟到腦後，他打開燈，細數他收在一個錫罐裡的小金魚。一共有十七條。自從決定不再出售，他依舊每天打造兩條小金魚，等數量到了二十五條就倒進鍋爐熔掉，重新再做。他工作了一整個早上，全神貫注，心無雜念，沒注意到了十點雨勢變大，有人來到銀作坊前大喊把門關上，以免淹水，他連自己都沒注意，直到烏蘇拉端著午餐進來，關掉電燈。

「下大雨！」烏蘇拉說。

「因為是十月。」他說。

吐出這句話時，他甚至沒抬起頭，而是緊盯著這一天的第一條魚，他正在鑲紅寶石眼睛。當他完成後，把魚放進罐子跟其他小魚放在一起，才開始喝湯。接著他開始吃飯，細嚼慢嚥，吃掉全部擺在同一個盤子裡的一塊洋蔥燉肉、白飯和炸大蕉切片。他不管在最好或最差的狀況，胃口始終沒改變。吃完午餐，他覺得發懶。他出於一種科學迷信，飯後兩個小時的消化時間絕不工作、閱讀、洗澡或做愛，這個信念根深柢固，他因而好幾次延遲戰事，免得軍隊消化不良。因此他躺上吊床，拿著一支小刀掏耳屎，幾分鐘後睡著了。他夢見一棟白色牆壁的空屋，對於自己是第一個走進去的人，感到忐忑不安。他在夢中想起前一晚以及最近幾年許多個夜晚，都作過一樣的夢，他知道一旦睡醒這幅畫面就會消失，因為這個不斷夢見的夢只有在同樣的夢裡才會想起。片刻過後，當理髮師敲下銀作坊的門，奧雷里亞諾·波恩地亞上校睜開眼，真的以為自己不過打盹兒短短幾秒，時間不足以作夢。

「今天取消。」他對理髮師說。「我們約禮拜五。」

他三天沒刮鬍子，下巴已經長出白色鬍碴，他想既然禮拜五要剪頭髮，也就沒必要刮鬍子，可以兩件事一起做。睡午覺流下的討厭的黏稠汗水，喚醒他腋下癤子的疤痕。雨停了，不過太陽還沒露臉。奧雷里亞諾．波恩地亞上校打了一個響亮的嗝，感覺到喝下的湯的酸味湧了上來，像是受到身體的命令，他披上毛毯去上廁所。他蹲在木箱上比平常久了一點，底下濃濃的發酵的臭氣沖天。最後習慣告訴他回到工作的時間到了。蹲茅坑時，他想起這一天是禮拜二，荷西．阿爾卡迪歐二世不會來銀作坊，因為今天是香蕉公司各個農場的發薪日。想起這件事，跟想起這幾年來的所有事情一樣，讓他忍不住回想戰爭。他想起赫林內多．馬奎茲上校曾答應要幫他找一匹額頭有白星的馬，後來再也沒有提起這件事。接著，他的思緒飄向其他瑣碎的往事，不過十分混亂，既然他沒辦法想別的事，乾脆學著冷靜回想，不讓無法逃開的回憶再傷害他的感情。返回銀作坊，他見溼氣散去，心想是洗澡的好時間，但是阿瑪蘭塔搶先他一步。所以他開始鑄造今天的第二條魚。當他正在鑲魚尾巴時，太陽露臉了，一股猛烈的熱氣，讓光線彷彿小船搖晃著。下了三天的細雨後，此刻空中滿是飛蟻。這時他發現尿急，但他忍到製作完小金魚。下午四點十分，他來到庭院，聽見遠處傳來銅管樂器聲，敲鑼打鼓聲，和小朋友的歡呼聲，這是他揮別年輕歲月後，第一次踏進懷念的陷阱，彷彿回到吉普賽人展示神奇事物的那個下午，他的父親帶他去見識冰塊。聖塔蘇菲亞放下手邊工作，從廚房飛奔到門口。

「是馬戲團。」她大喊。

奧雷里亞諾．波恩地亞上校沒去栗樹下，他也來到對街大門，加入了一群觀看遊行的好奇民眾。他看見一個身穿黃金服飾的女人騎在大象的脖子上。他看見神情悲傷的駱駝。他看見穿上荷蘭民族服飾的熊拿著湯杓和鍋子打著音樂節拍。他看見遊行隊伍尾端小丑在單腳旋轉。當隊伍經過以後，他再一次看見的是他的那張孤獨不幸的臉孔，這時空曠的街道上只剩刺眼的陽光，空中滿是飛蟻，還有幾個面露遲疑的好奇民眾。他走到栗樹下，滿腦子還想著馬戲團，當他撒尿時，試著繼續想，記憶卻一片空白。他像隻小雞垂下頭，額頭靠著栗樹樹幹動也不動。到了第二天早上十一點，聖塔蘇菲亞到後院倒垃圾，發現一群黑鷲飛下來，整個家才知道發生了什麼事。

14

梅妹的最後幾次放假，碰上家裡替奧雷里亞諾．波恩地亞上校守喪。屋子大門深鎖，不能舉辦派對。他們得低聲交談，安靜吃飯，一天誦唸三次玫瑰經，就連在悶熱的午覺時間練琴，迴盪的琴聲都似乎沾染了哀傷的氣息。費蘭妲其實背地裡對上校懷著敵意，不過她對於政府隆重地褒揚、紀念她昔日的敵手留下深刻印象，因此她決定嚴格執行守喪。奧雷里亞諾二世照例在女兒放假期間回家過夜，費蘭妲也趁機多少奪回一點合法妻子的優勢，因為隔年梅妹迎接了新生的妹妹，家人不顧媽媽的反對，替小寶寶取名為阿瑪蘭塔．烏蘇拉。

梅妹畢業了。她拿到一張古鋼琴演奏家證書，證明她的琴藝精湛，她在慶祝畢業的派對上演奏十七世紀的民俗歌曲，守喪也隨著這次的慶祝畫下句點。賓客對她的琴藝反而不及對她的雙重個性更感驚歎。她的個性輕佻，甚至有些幼稚，似乎不太適合嚴肅的表演，但是她一坐到古鋼琴前面就好像變了個人，那突然轉換的成熟氣質，讓她看起來像個大人。她一直是這樣。事實上她沒有特殊才能，但是她不想違抗母親，因此嚴以律己以求耀眼成績，不管他們要求她學哪一種職業技能，她都會做到。

她打從還是個小女孩就討厭費蘭妲的嚴厲、擅自替人作決定的習慣，練琴雖然不輕鬆，但總比她的母親為了貫徹決定不惜使出的更嚴格手段好。畢業典禮上，她感覺那張歌德體大寫字母的羊皮證書，終於讓她從承諾解放，一種她不只因為服從也為了自在而接受的承諾，她相信從這一刻之後，固執的費蘭妲就不會再理會這種連修女都認為是博物館化石的樂器。起先幾年，她以為自己打錯如意算盤，因為在訪客廳，以及在馬康多舉辦的各式各樣慈善晚會、學校表演和國家慶典上，讓半座城市以上的人聽到睡著之後，她的母親依舊邀請所有她認為懂得欣賞女兒才藝的新居民上門。一直到阿瑪蘭塔過世，屋子再一次為守喪大門深鎖，梅妹才得以封起古鋼琴，把鑰匙遺忘在某個衣櫃裡，費蘭妲也不再堅持查出鑰匙是何時遺失，該由誰負責。梅妹拿出當初她學琴時的同樣毅力撐完一場又一場的表演。她認為這是獲得自由付出的代價。費蘭妲對她的溫馴感到開心，也為大家讚嘆她的琴藝感到驕傲，因此從不反對她邀一大堆女生朋友上門，午後到香蕉園逛逛，以及跟奧雷里亞諾二世或信得過的太太去看電影，只要安東尼奧·伊沙貝爾神父講道壇上評過那是部好電影。梅妹就是在這幾種娛樂裡流露她真正的喜好，她的快樂正好是紀律的另一面，她喜愛熱鬧的派對，聊戀愛八卦，跟朋友長時間膩在一起，學抽菸和談男人的事，一次喝光三瓶蘭姆酒，最後脫光衣服互相測量和比較身體的每個部位。梅妹永遠忘不了有天晚上，她嘴裡嚼著甘草根回到家，費蘭妲和阿瑪蘭塔正默默地吃晚飯，她在餐桌邊坐下來，沒讓她們察覺她神色異常。她剛在一位女性朋友的臥室度過可怕的兩個小時，她又哭又笑又怕，但是稍後她發現一種怪異的感覺油然而生，一種她所缺乏的勇氣，她就是需要這種勇氣逃學，告訴她的母親古鋼琴是灌腸劑。她坐在餐桌一頭喝著一碗雞湯，流進她的胃裡的湯彷彿甦醒仙丹，梅妹於是看清楚費蘭妲和阿瑪蘭塔怨嘆現實世界的臉。她得費好大的力氣才忍住不罵她們裝模作樣、心靈貧乏，和瘋了似地自以為高尚。她第二次放假回家就知道她的父親回家住是為了維持表面的幸福美滿，她了解母親，之後當她找機會認識了佩特拉·柯提斯，也就能諒解父親。連她都想當父親情婦的女兒。梅妹喝了酒暴露脆弱的那一面，她瘋狂想著，若她在這一刻說出她的想法，會引起什麼樣的怒氣，她暗暗竊喜，這調皮的模樣太明顯，連費蘭妲都注意到了。

「怎麼了？」她問。

「沒事。」梅妹回答。「我到現在才發現我有多愛妳們。」

阿瑪蘭塔對她這句話裡的濃濃恨意嚇一大跳。但是費蘭妲非常感動，後來當梅妹半夜頭痛欲裂醒來，嘔出一口口膽汁，呼吸不過來時，費蘭妲差點瘋了。她依照新來的法國醫生的囑咐，讓女兒喝下一瓶蓖麻油，在她肚子上敷藥糊，頭上放冰袋，特殊進食和休養五天，這個怪醫生替她仔細檢查兩個多小時後，竟籠統地說只是婦女病。梅妹感覺勇氣盡失，沮喪不已，除了忍耐沒有其他辦法。烏蘇拉已經全盲，但依舊腦筋靈活和神智清楚，只有她能正確判斷。她心想：「我看那是酒醉的症狀。」但是她放棄這想法，還怪自己亂想。奧雷里亞諾二世看到梅妹臥床，不禁深感內疚，決定以後要多關心她。就這樣，這一對父女之間誕生一段愉快的同袍情誼，父親得以暫時脫離吃喝玩樂的苦澀孤獨，女兒得以擺脫母親的監督，避開似乎一觸即發的家庭風暴。於是，奧雷里亞諾二世延後所有約會，守在梅妹身邊，帶她上電影院或去馬戲團，大部分空閒時間都花在她身上。最後這段時間，他的肥胖已經到了不可思議的地步，甚至沒辦法彎腰綁鞋帶，而恣意滿足各種胃口，讓他的性格變得暴躁易怒。他從關心女兒找回往日歡笑，因為待在她身邊，慢慢地遠離放蕩的生活。這時梅妹已成年。她跟阿瑪蘭塔一樣長得不是那麼漂亮，但她比較善良，沒有心機，是那種第一眼就能給人好感的人。她有著現代的靈魂，牴觸了費蘭妲舊式的簡樸和掩不住的小氣心態，幸而得到奧雷里亞諾二世的全力支持。奧雷里亞諾二世決定替女兒更換從小住到大的房間，至今她還害怕房間裡一尊尊張著令人心驚的雙眼的聖像。他另外替她準備一間房間，裡面擺置一張華蓋床鋪，一個大梳妝臺，並掛上天鵝絨窗簾，不知不覺複製了佩特拉・柯提斯的臥房。他對梅妹相當大方，根本不知道給了她多少錢，只是任由她從口袋掏錢，他也讓她知道香蕉公司的百貨商行進了哪些美容新貨。梅妹的房間裡滿是拋光指甲的浮石塊、髮捲、潔齒劑，製造淚光效果的眼藥水，和一堆的新化妝品與美容用品，每當費蘭妲走進女兒臥房，就非常生氣她的化妝臺應該跟那些法國女郎沒兩樣。然而，這時費蘭妲得照顧體弱且脾氣反覆無常的小阿瑪蘭塔・烏蘇拉，又得經常寫信給紙上醫生。因此，當她發現這對父女同一個鼻孔出氣時，她只要求奧雷里亞諾二世保證絕不能帶梅妹去佩特拉・柯提斯家。這是個多餘的警告，他的情婦非常討厭他們的父女情，完全不想知道有關他女兒的事。她正感覺莫名恐懼，直覺告訴她，梅妹只要願意就能做到費蘭妲所做不到的事：從她身邊奪走一段她認為能持續到死的愛情。有史以來第一遭奧雷里亞諾二世得忍受情婦的臭臉對待和冷嘲熱諷，他甚至害怕飄泊不定的行李箱最後得回到妻子家。不過這件事並沒發生。佩特拉．柯提斯非常了解她的情人，再也沒人像她這樣了解一個男人，她知道奧雷里亞諾二世討厭改變和變動，不喜歡生活太複雜，所以行李箱會留下來，她使出他女兒無法相爭的唯一幾樣武器，準備重新征服他的心。這也是不必要浪費的力氣，因為梅妹永遠都不會想介入父親的私事，如果非得介入不可，她也可能站在情婦那邊。她可沒時間打擾任何人。她到現在還是遵照修女教導，親自打掃房間和整理床鋪。早上她忙著整理衣服，在長廊上刺繡或使用阿瑪蘭塔老舊的裁縫機縫補。其他人睡午覺時，她就練琴兩個小時，她知道這種每日的例行工作能讓費蘭妲心安。基於同樣理由，她會到教會市集和學校晚會辦音樂會，不過類似的邀請已經越來越少。傍晚梳洗過後，她換上簡單的洋裝和一雙綁鞋帶硬皮短靴，若是跟父親沒有約定，就到朋友家待到晚餐時間。這時奧雷里亞諾二世會來找她，帶她去看電影。

梅妹的女性朋友中有三個美國女孩，她們不局限在電網籬笆內，也跟外頭本地的馬康多女孩交朋友。其中一個叫派翠西亞．布朗。由於奧雷里亞諾二世熱情好客，布朗先生也歡迎梅妹到他家，邀她參加禮拜六的舞會，只有在他家舞會見得到美國人和本地人交錯的身影。費蘭妲得知後，她暫時忘掉阿瑪蘭塔．烏蘇拉，忘掉通信的紙上醫生，煞有其事地溫情相勸。「想想看，」她對梅妹說。「墳墓裡頭的上校會作何感想。」當然，她找過烏蘇拉幫腔。想不到瞎眼的老太太反應出乎她意料，她認為只要梅妹堅定立場，不改信基督教，沒必要責怪她參加美國人的舞會，以及跟同年齡的美國女孩交朋友。梅妹非常清楚高祖母的意思，於是舞會第二天她會比平常早起參加彌撒。費蘭妲一直到梅妹告訴她美國人想聽她演奏古鋼琴後才讓步。那臺琴再一次搬出屋子送到布朗先生家，而梅妹在他們那兒得到更真誠的掌聲和熱情的祝賀。從那之後，她不只受邀參加舞會，也加入他們禮拜天的游泳池畔戲水聚會，以及每個禮拜一次的午餐約會。梅妹學會游泳，泳技不輸高手，她也學會打網球，以及品嘗維吉尼亞火腿搭配鳳梨切片。她參加舞會、游泳和打網球，很快地也會說英語。奧雷里亞諾二世相當興奮女兒的進步，於是向一位街頭商販買了一套六冊有大量彩色圖片的英文百科全書，讓梅妹空閒時閱讀。她不再熱中於戀愛八卦話題或跟朋友關起來嘗試新鮮玩意兒，轉而投注全副精神在閱讀，這不是家人對她的規定，而是她不再想聊些流行的秘辛。她憶起那次酒醉，只覺得可笑，認為那是一場幼稚的冒險，當她把那個故事告訴奧雷里亞諾二世，她的父親比她更覺可笑。「妳媽要是知道了……」他笑得岔氣，每當他聽女兒吐露秘密，總是會說這句話。當女兒跟他分享初戀心情，他也作同樣保證，梅妹告訴他，她對一個跟父母來度假的紅髮美國青年有好感。奧雷里亞諾二世笑了出來說：「妳媽要是知道了……」不過梅妹也告訴他那青年後來回國，不曾再有消息。她的態度成熟，懂得拿捏分寸，讓家裡和樂融融。於是奧雷里亞諾二世轉而多花一點時間在佩特拉·柯提斯身上，雖然他現在沒體力和心思舉辦跟過去一樣熱鬧的派對，他仍不錯過任何能舉辦的機會，拿出上面幾個琴鍵已經得用鞋帶繫住的手風琴。在屋內，阿瑪蘭塔永遠在縫製她那件縫不完的壽衣，烏蘇拉無法抗拒衰老，她的眼前一片朦朧昏暗，只看得見栗樹下荷西·阿爾卡迪歐·波恩地亞的幽魂。費蘭妲的權威越來越不可動搖。她每個月寫信給兒子荷西·阿爾卡迪歐，家書裡沒有一句謊言，她只對他隱瞞跟紙上醫生通信的事，那些醫生已經檢查出她的大腸長出良性腫瘤，準備替她進行所謂的心靈感應手術。

可以說，在這棟波恩地亞家的疲倦老宅，還能讓規律的和樂一直保持下去，只是阿瑪蘭塔的去世再一次掀起波瀾。她的死相當突然。儘管她老了，不太跟其他人往來，身子骨還算強健，也一直很健康。自從那天下午，她毅然決然拒絕赫林內多·馬奎茲上校後關起來痛哭一場，再也沒有人知道她腦袋裡在想什麼。當她哭完出來，所有的眼淚已經乾涸。她看到美人蕾梅蒂絲升天沒哭，碰到奧雷里亞諾兄弟全數遭暗殺也沒哭，連她在這個世界上最愛的奧雷里亞諾·波恩地亞上校死去也沒掉淚，她一直到家人在栗樹下發現上校的屍體才確定這件事。她幫忙搬運遺體。她替他穿上戰士服、刮鬍子、梳頭髮，仔細上膠的八字鬍整理得比他人生風光那幾年還漂亮。大家都習慣了阿瑪蘭塔對於死亡儀式的熟悉，沒人覺得這一幕流露著愛。費蘭妲氣她不懂天主教看待生命的關係，只懂得處理死亡事宜，彷彿喪葬習俗無關宗教。阿瑪蘭塔深深地陷在她的回憶裡，無心了解那些宗教細微的論點。她老了之後，回憶越發鮮明。當她聽著皮耶特·克雷斯畢的華爾茲舞曲，感覺有股跟青少女時同樣想哭的衝動，彷彿時間的腳步和受過的教訓失去了作用。她把音樂紙捲丟進垃圾堆，藉口潮溼腐爛，但是紙捲依舊在她的記憶中轉動，琴錘依舊敲打著旋律。她曾經想藉由對姪子奧雷里亞諾·荷西的充滿困難的熱情湮滅樂聲，也試著逃進赫林內多·馬奎茲上校的冷靜和男子氣概的保護，但都無法抹去樂聲，連她到了老年最絕望的時刻也做不到，小荷西·阿爾卡迪歐上神學院的三年前，她曾幫他洗澡，她不像個祖母輕撫孫子，而是像女人撫摸男人，一如法國女郎，一如她十二歲、十四歲時看見皮耶特·克雷斯畢穿舞蹈褲子，拿著魔杖隨著節拍器揮舞時，也曾經想要那麼做。有時她任由痛苦啃噬，有時她氣得拿針扎手指頭，但是她越是生氣，越是嘗到芳香卻長蛀蟲的愛情石榴的苦澀，一路糾纏她到嚥下最後一口氣那天。一如奧雷里亞諾·波恩地亞上校念念不忘戰爭，阿瑪蘭塔也無法自拔地想著蕾貝卡。但是當她的哥哥成功封存回憶，她的回憶卻繼續沸騰。多年來她只求上帝不要懲罰她比蕾貝卡早死。每一回，當她經過她家前，發現屋子逐漸損壞，就非常高興上帝聽到她的祈求。有一天下午，當她在長廊上縫衣物，她突然很確定她會在這裡，以同樣的姿勢坐在同樣的陽光底下，聽到有人捎來蕾貝卡的死訊。於是她一直坐在同樣地方等待消息，就像等待一封信，有一次她拆掉釦子再重新縫上，以免等待過於漫長和不安。家裡沒人發現阿瑪蘭塔替蕾貝卡縫了一件漂亮的壽衣。後來，當奧雷里亞諾·特里斯德說他看到她皮膚滿布皺紋，頭頂只剩幾綹乾黃的髮絲，恍若一縷幽魂時，她一點也不吃驚，因為這個描述正是她許久以來的想像。她決定要替蕾貝卡修復遺體，用石蠟補強臉上歲月的痕跡，拿聖人像的頭髮替她製作假髮。她打算修復一具美麗的遺體，穿著亞麻壽衣，躺在鋪上紫色花邊長毛絨的棺木裡，風光的葬禮結束後送給蛆蟲當大餐。她懷著深仇大恨進行計畫，她曾發抖地想著即使是基於愛應該也是同樣的一套方式，但她不容自己猶豫驚惶，而是繼續小心翼翼地檢視細節，最後她甚至比精通死亡儀式的專家造詣更高深。她進行可怕的計畫時，忘了再怎麼祈求上帝，自己還是可能比蕾貝卡早死。事情真的這樣發生了。但是阿瑪蘭塔在臨終那一刻並沒有感到挫敗，而是感覺卸下所有怨忿，因為她早在幾年前就預見自己的死。當時是炎熱的正午。梅妹剛去上學不久，她在長廊上縫紉，撞見了死神。她馬上認出它，它化身為一個長髮披肩的藍衣女子，看起來一點也不可怕，打扮有些過時，有點像是來家裡幫他們廚房工作那時的碧蘭·德內拉。好幾次費蘭妲在場卻看不見它，儘管它是那樣真實、有人性，甚至有一次還要求阿瑪蘭塔幫忙穿針。死神並沒有說她何時會死，也沒說她的死期比蕾貝卡早，只交代她隔年四月六日開始縫製自己的壽衣。它答應她想縫製如何繁複和精緻的壽衣都可以，只要懷著跟縫製蕾貝卡的壽衣一樣的虔誠，它說在她完成的那一天天黑後，她會不帶痛苦、恐懼和怨恨死去。阿瑪蘭塔盡可能拖延時間，她訂製亞麻紗線，自己製作亞麻布。她如此仔細，光這個工作就花去四年時間。接著她開始刺繡。隨著完工時間無可避免地來到，她慢慢明白只有奇蹟能讓她繼續把工作拖延到蕾貝卡死後，不過當她聚精會神，反而能以平靜的心情接受挫折感。她在這時也明白了奧雷里亞諾·波恩地亞上校不斷製作小金魚的循環是多麼惡性。當她的世界隨著軀體畫下句點，內心也不再有任何怨氣了。她很難過為什麼沒能在多年以前領悟，在她還來得及淨化回憶，在嶄新的陽光下重建世界，黃昏時不再因為想起皮耶特·克雷斯畢書信的香味發抖，也能將蕾貝卡救出不幸的泥沼，這不是因為恨，也不是因為愛，而是她深深地了解了孤獨。某天晚上，她從梅妹的話裡聽出怨恨而感到慌張，但並不是因為她傷害她，而是她在另一個青春少女身上看到自己的影子，看似純淨的生命其實已遭仇恨啃噬。但這時的她已接受自己的命運，不再害怕沒有任何改正的機會。她唯一的目標是縫完壽衣。她加快速度，不再像一開始以華而不實的繁複做工拖延完成時間。她提前一個禮拜預估將在二月四日晚上縫上最後一針，於是她要梅妹提前一天舉辦原本在隔天的古鋼琴演奏會，她沒多作解釋，但是小女生根本不理她。於是她想辦法將死期拖延四十八小時，二月四日那天晚上電廠在一場暴風雨中受損，她以為死神應允她的希望。隔天早上八點，當她縫上最後一針，完成窮盡心血所能完成的精緻作品，她平靜地宣布她即將在黃昏時刻死去。她不只告訴全家人，還通知整座城鎮，因為阿瑪蘭塔打算彌補她小氣吝嗇的一生，能幫大家的最後一個忙，是替他們帶信給已逝的親人。

阿瑪蘭塔·波恩地亞將在傍晚帶著給逝者的書信告別人世的消息，已在中午之前傳遍馬康多，到了下午三點，客廳已擺著一大箱信件。不想寫信的人，就請阿瑪蘭塔捎口信，她在一本小簿子上記下話跟收件人的姓名和死亡日期。「請放心。」她安撫發信人。「等我到了那邊，一定會先找到人，把口信帶給他。」這個場面看起來像場鬧劇。阿瑪蘭塔臉上沒有絲毫驚慌，也沒有一丁點痛苦，她甚至因為完成工作，看起來年輕一點。要不是顴骨突出，牙齒掉了幾顆，看起來應該比實際年齡年輕許多。她要人將信件放進塗上瀝青的箱子中，指示到時怎麼擺放在墳墓裡，以避免溼氣損害。早上她找來木匠量棺木的尺寸，她就站在客廳裡，彷彿要訂做的是一套洋裝。她在最後時刻還那樣神采奕奕，費蘭妲還以為她在捉弄大家。烏蘇拉從以往經驗知道波恩地亞家人都是無病痛過世，她毫不懷疑阿瑪蘭塔預見了自己的死亡，但無論如何，她害怕的是搬運信件和急著送達，發昏的發信人可能會將她活埋。因此，她認為要把屋裡清空，便與這些闖入者大聲吵架，到了下午四點，總算把人都趕出去。這時，阿瑪蘭塔把她的個人物品分給窮人，只在木板未拋光的肅穆棺材上面放著一套身後穿的衣物和一雙樣式簡單的絨布便鞋。她記得奧雷里亞諾·波恩地亞上校死時，只有一雙銀作坊穿的拖鞋，所以大家得替他買雙新鞋，所以她可沒忘記這個細節。快要五點時，奧雷里亞諾二世來接梅妹去演奏會，卻看到家裡正在準備喪禮，覺得詫異。到這個時間唯一還保有活力的只有冷靜的阿瑪蘭塔，甚至還有切牛肚的時間。奧雷里亞諾二世和梅妹用開玩笑的口吻跟她道別，並向她保證隔週的禮拜六會幫她辦復活派對。民眾爭相遞給阿瑪蘭塔·波恩地亞給逝者的信，說話的嘈雜聲滿天飛，引來安東尼奧·伊沙貝爾神父注意，下午五點他前來舉辦臨終聖禮，並等了超過十五分鐘，臨終者才從浴室出來。當老神父看見她一襲上等白棉睡袍，頭髮放下來垂在背後，以為這是場鬧劇，便打發助手離開。然而，他打算利用這個機會，聽沉默將近二十年的阿瑪蘭塔告解。阿瑪蘭塔只是簡單回答她很心安，不需要任何心靈上的協助。費蘭妲聽了怒火中燒。她不管是否有人聽見，大聲地質疑阿瑪蘭塔犯了滔天大罪，竟然寧願以褻瀆行徑死去，也拉不下臉懺悔。這時阿瑪蘭塔躺下，要烏蘇拉向大家證明她仍保持處子之身。

「請大家不要亂想。」她提高音量，好讓費蘭妲聽見。「阿瑪蘭塔・波恩地亞就像她來到這個世界一樣，以純潔之身離開。」

她沒起身。她靠著坐墊，彷彿真的病了，她給自己打長長的辮子，然後盤在耳後，遵照死神指示要以這個模樣躺在棺木裡。接著她跟烏蘇拉要一面鏡子，這是四十多年來她第一次照鏡子，她發現臉龐是如何受到年紀和磨難的糟蹋，相當訝異竟與自己在內心想像的容貌那樣相似。烏蘇拉從臥室的寂靜中明白天色開始暗下。

「跟費蘭妲道別吧。」母親哀求女兒。「一分鐘的和解要比一輩子的友誼有價值。」

「沒那個必要了。」阿瑪蘭塔回答。

梅妹站在臨時搭建的舞臺上，燈光亮起，節目開始進行第二部分，她的思緒卻不由自主地飄向阿瑪蘭塔。彈奏到一半，有人在她耳邊低聲通知消息，於是她中斷了表演。當她趕回家時，奧雷里亞諾二世還得推擠人群開路，去看終生未嫁的老婦人的遺體，她的容貌憔悴而臉色不佳，手上纏著黑紗布，穿上精美的壽衣。她就躺在客廳裡，一旁擺著一箱信件。

烏蘇拉替阿瑪蘭塔進行九夜的祈禱儀式後，不曾再下床。聖塔蘇菲亞負責照顧她。她給她送飯到臥室，端胭脂樹種子水給她清洗身體，讓她知道馬康多發生的大小事。奧雷里亞諾二世經常來看她，帶些衣服讓她在床邊更換，也帶來日常必需用品，因此一個什麼東西都觸手可及的世界很快地就建立起來。她贏得了小阿瑪蘭塔·烏蘇拉深深的好感，還教這個跟自己一模一樣的小女孩認字讀書。她的思緒清楚，生活自理也沒問題，大家認為她只是百歲了，自然比以前衰弱，儘管視力不佳卻沒人懷疑她完全瞎掉。這時她時間很多，能平心靜氣來看守這個家的生活，首先她發現了梅妹默默的困擾。

「過來這兒。」她對她說。「現在只有我們兩個，告訴我這個可憐的老太婆妳怎麼了。」

梅妹只是嘻嘻笑，帶過對話。烏蘇拉沒有追問下去，但是當梅妹不再來看她，她便確定她的懷疑。她知道她比平常早起床梳理打扮，出門之前一刻都無法靜下來，整夜都在隔壁房間床上翻來覆去，以及連蝴蝶飛舞都能感到痛苦。有一次，烏蘇拉聽到梅妹說要去看爸爸，她很訝異費蘭妲竟然沒想太多，當後來奧雷里亞諾二世來家裡找女兒，一點也沒懷疑出了什麼岔。太明顯了，梅妹鐵定有什麼秘密與急事，壓抑的焦慮早在費蘭妲撞見女兒在電影院跟男人接吻後，幾乎掀翻屋頂那晚之前就已存在。

梅妹太過沉浸在她的世界，她怪烏蘇拉洩漏她的秘密。其實她是自露馬腳。她早就洩漏了蛛絲馬跡，連最遲鈍的人都發現了，費蘭妲慢了許久是因為她也有自己的秘密，忙著跟醫生通信。儘管如此，她還是發現了女兒異常的沉默、突如其來的驚嚇、脾氣陰晴不定，以及說話反覆矛盾。她決定不著痕跡地監視她。她照樣讓她跟同一票女性朋友出門，幫她梳裝打扮參加禮拜六的派對，絕不問任何不恰當的話，以免她警覺。她已經握有梅妹言行不一的證據，卻還不急著表露她的疑問，而是等待著最適當的機會。有一晚，梅妹說她要跟父親去看電影。不久之後，費蘭妲聽見從佩特拉·柯提斯家傳來的派對的煙火聲，和奧雷里亞諾二世演奏手風琴的樂聲。於是她換衣服出門，走進電影院，認出女兒坐在昏暗的前排座位。她猜對了，但情緒激動讓她沒看清楚正在跟女兒接吻的男子是誰，只從觀眾的噓聲和如雷般的大笑聲中聽見他顫抖的嗓音。「親愛的，很抱歉。」她聽到他這麼說。她一句話也沒說，把梅妹拖出放映廳，帶著她從熱鬧的土耳其人街走，讓她感到羞愧，然後將她關在臥室裡，將房門上鎖。

第二天下午六點，有名男子來拜訪費蘭妲，她從他的聲音認出來對方是誰。他很年輕，臉色青黃，有一雙深色眼睛，如果她認識吉普賽人，或許就不會對他眼底的憂鬱感到那麼訝異，如果她的心柔軟一點，或許就能了解女兒為什麼迷上他作夢般的表情。他穿著一套破爛的亞麻布衣服，腳上一雙補得不能再補的鞋子都是鋅白色的補靪，手上拿著一頂上個禮拜六剛買的康康帽。這名男子不曾像此刻這麼驚慌，未來也應該不會有這種機會，但是他的尊嚴和氣勢讓他得以不受羞辱，他的優雅氣質與生俱來，只差一雙洗不乾淨的手和因為粗重工作而裂開的指甲。然而，費蘭妲只消瞄他一眼，就知道他是做苦工的。她發現他身上穿的是他最好的一套衣服，襯衫底下是受盡香蕉公司百般折磨的身軀。她沒讓他有機會開口說話。她甚至不讓他進門。一會兒過後，她還因為屋子裡滿滿都是飛舞的黃色蝴蝶，不得不關上門。

「走吧。」她對他說。「你不該跟正經人家打交道。」

他叫毛里西奧．巴比隆尼亞。他在馬康多出生長大，目前是香蕉公司車房技工學徒。有一天下午，梅妹陪派翠西亞．布朗去拿車要去香蕉園，意外認識了他。當時司機生病，公司便改派他載她們前去，因此梅妹實現了坐在副駕駛座的願望，近距離觀看如何駕車。毛里西奧．巴比隆尼亞不像正職司機拒絕，而是讓她看看如何實際駕車。那段日子梅妹經常到布朗家，一般認為淑女開車是件丟臉的事。因此，她光聽解說已經很開心，接下來幾個月她都不曾再見到毛里西奧．巴比隆尼亞。不久她想起自己在那趟車上曾注意到他的容貌俊美，只是有雙粗糙的手，後來她告訴派翠西亞．布朗，她討厭他那有些高傲的自信。她第一次跟父親看電影的那個禮拜六，她再一次見到毛里西奧．巴比隆尼亞，他穿著亞麻服裝，坐在離他們不遠的位置，她注意到他對電影興趣缺缺，轉過頭來看她，沒看太多次，就讓她發現了他的視線。梅妹覺得他的方法太粗糙。最後，毛里西奧．巴比隆尼亞過來跟奧雷里亞諾二世打招呼，這時梅妹才知道他們兩個認識，他以下屬的態度對待她父親，因為他曾在奧雷里亞諾．特里斯德那座簡陋的電力廠工作。這件事讓她不再那麼討厭他的傲氣。他們一直不曾單獨相處，除了打招呼，沒講過其他話，直到有天晚上，她夢見他在一場船難救起她，但是她並不感激，而是相當生氣。上天像是賜予他一個大好機會，因為不只是毛里西奧．

巴比隆尼亞，梅妹渴望的是任何對她有興趣的男人。因此夢醒後，她生氣的是自己非但沒討厭他，而是急著想見到他。接下來一個禮拜，那股渴望變得一天比一天還強烈，到了禮拜六那天，她得費好大力氣克制那股急迫，以免毛里西奧．巴比隆尼亞在電影院跟她打招呼時，發現她一顆心差點從喉嚨裡跳出來。她迷糊了，她不懂這種既興奮又生氣的感覺，第一次，她對他伸出手，直到這一刻毛里西奧．巴比隆尼亞也才大膽握住她的手。就在這千分之一秒，梅妹後悔自己的衝動，但是當她發現他的手冰冷而冒著汗，她的後悔很快地轉變成一種殘酷的滿足。這天晚上，她明白自己如果不向他表達她的感覺，絕對一刻都無法平靜，整個禮拜都會心神不寧。她用盡各種讓派翠西亞．布朗帶她去車房的招數，結果都沒成功。最後，她利用一個來馬康多度假的紅髮美國青年，藉口想認識新款汽車，終於讓對方帶她去車房。再一次見到他的那刻起，梅妹就決定不要再欺騙自己，她明白了自己渴望想跟毛里西奧．巴比隆尼亞獨處，她氣的是這個傢伙一看到她到來，就拆穿她的意圖。

「我來看新車。」梅妹說。

「這個藉口很棒。」他說。

梅妹發現他的氣燄高張，想破腦袋要羞辱他。但是他沒給她時間思考。「別怕。」他壓低聲音對她說。「這不是有史以來第一次女人對男人魂牽夢縈。」她感到非常沒有安全感，新車都沒看就離開了車房，當天夜裡她在床上翻來覆去，氣得痛哭不止。至於開始對她有好感的紅髮美國青年，在她看來還只是個包尿布的小鬼。她就是在這個時候發現黃色蝴蝶總是伴隨毛里西奧．巴比隆尼亞出現。她之前也看過蝴蝶，特別是在車房那一次，她以為牠們是被油漆的氣味吸引過來。有一次她在昏暗的電影院裡，感覺蝴蝶就在她的頭上飛舞。但是當毛里西奧．巴比隆尼亞出現在人群中，只有她認出他那像幽魂般的身影，她明白了蝴蝶跟他有關。毛里西奧．巴比隆尼亞經常出現在公眾場合：音樂會、電影院和大型彌撒，她要找他不用看到他在哪裡，因為蝴蝶會洩漏他的行蹤。有一次，奧雷里亞諾二世忍受不了那令人窒息的滿天飛舞的蝴蝶，她有股衝動想把秘密告訴他，但是直覺告訴她，這一次父親不會跟平常一樣笑著說：「妳媽要是知道了……」有一天早上，當母女倆在修剪玫瑰叢時，費蘭妲發出一聲驚叫，要梅妹離開她站的位置，也就是之前美人蕾梅蒂絲升天的地點。有那麼一瞬間，她以為女兒的身上也會發生同樣的神蹟，因為她看到突然出現一群飛舞的昆蟲而嚇昏頭了。那是蝴蝶。梅妹凝視著彷彿從陽光中冒出來的牠們，心猛然一跳。這一刻，毛里西奧．巴比隆尼亞拿著一盒包裹出現，他說那是要給派翠西亞．布朗的禮物。梅妹努力克制臉紅，壓抑忐忑的心，最後成功露出一抹自然的微笑，拜託他把包裹擺在扶手上，因為她的雙手都是泥巴。這時費蘭妲唯一注意到的是他跟膽汁一樣的膚色。短短幾個月後，當她將這個男人轟出家門時，根本想不起來曾經看過他。

「那個男人真奇怪。」費蘭妲說。「他的臉色看起來像是快死了。」

梅妹以為母親是對蝴蝶留下深刻印象。當她們剪完玫瑰花叢，她洗好手，帶著包裹回到臥房準備打開。裡面是一種中國玩具，是由五個同心盒子組合而成，最後一個盒子放著一張卡片，上面寫著幾乎不懂得寫字的人費力畫上的語言：禮拜六電影院見。梅妹愣了半晌才倒抽一口氣，包裹放在扶手上那麼久，費蘭妲隨時都可能好奇打開，她佩服毛里西奧·巴比隆尼亞的大膽和聰明，卻也很感動他天真地等待她前去赴約。梅妹這時候早知道奧雷里亞諾二世禮拜六晚上與人有約。然而，整個禮拜焦慮狠狠地焚燒著她，她說服父親留她一個人在電影院，放映結束後再來找她。當燈光亮著時，有隻夜間蝴蝶在她頭上盤旋。於是事情發生了。當燈光暗下，毛里西奧·巴比隆尼亞在她身旁坐下來。梅妹感覺深陷在不安的泥沼裡，像夢裡一樣能解救她的只有這個渾身機油味的男人，而他幾乎被漆黑掩去了輪廓。

「如果妳沒來，」他說。「就永遠不會見到我了。」

梅妹感覺他的手擺在她的膝蓋上，於是她知道這一刻他們倆已經跨越了最不穩定的時期。

「我最討厭你的一點，」她笑著說。「是你總是說些不該說的話。」

她為他癡狂。她睡不著，吃不下，飽受寂寞煎熬，甚至覺得父親都礙眼。她假借各種約會編織一張錯綜複雜的網，用來誤導費蘭妲，她不再跟女性朋友見面，把社會禮俗拋到腦後，只求見毛里西奧·巴比隆尼亞一面，不論是什麼時間，不管是在哪裡。起先她厭惡他的粗俗。他們第一次單獨見面，是在車房後面四下無人的草地上，那次他毫不留情地將她逼到失去理智，再沒有力氣應付。過了一段時日，她發現他的粗俗也是一種表現柔情的方式，自此以後她的心不再平靜，她只為他而活，她心煩意亂，渴望被他那股用漂白水洗淨機油的氣味包圍。阿瑪蘭塔死前不久，她突然在瘋狂的狀態中找到一絲理智，開始害怕不確定的未來。那時，她聽說有個女人會用紙牌算命，就偷偷地去找她。這個女人是碧蘭．德內拉。她看到梅妹進來，立刻知道她內心的來意。「坐下。」她對她說。「我不需要紙牌就能算出任何波恩地亞家人的命運。」梅妹不知道，也永遠不會知道這個百歲女算命師是她的曾祖母。她也不相信她單刀直入地告訴她戀愛的飢渴只能在床上找到饜足。她的看法跟毛里西奧．巴比隆尼亞一模一樣，但是梅妹拒絕相信，因為她猜測他是受到不好的意見影響。於是她心想，一種形式的愛情會擊敗另一種形式的愛情，因為男人的本性是一旦胃口曾經滿足就會拒絕飢餓。碧蘭．德內拉不但抹去她錯誤的想法，還願意借出她的那張鋪上亞麻床單的老床，她曾經在上面孕育梅妹的祖父阿爾卡迪歐，後來又有了奧雷里亞諾．荷西。此外，她教她用芥末敷藥的蒸汽避孕，還給了幾帖意外懷孕時使用的草藥配方，這種藥甚至連「罪惡感」都能排得一乾二淨。算命的結果給了梅妹跟喝醉那天下午相同的勇氣。然而，她的決定不得不因為阿瑪蘭塔的過世延後。接下來的九夜連禱，毛里西奧．巴比隆尼亞混在進入屋內的民眾間，時時刻刻都待在她的附近。接下來是拉長的守喪時間和必要的大門深鎖，他們分開了一段時間。這段日子梅妹的心情混亂，是那樣難以壓抑焦慮，那樣費力壓抑渴望，以至於當終於能出門的第一天下午，她直奔碧蘭．德內拉的家。她毫不猶豫，不再害臊，把形式規範拋到一邊，獻身給毛里西奧．巴比隆尼亞，她的動作是如此靈巧，感覺是如此熟稔，就連她的男友都懷疑她是否沒經驗。之後三個多月，他們每個禮拜上床兩次，奧雷里亞諾二世無意間成為不知情的共犯，他只為了看到女兒能從母親嚴厲的掌控中喘口氣，保證女兒的不在場證明。

費蘭妲在電影院抓到他們的那天晚上，奧雷里亞諾二世飽受良心譴責，他去臥房看遭母親監禁的女兒，相信她會對他哭訴內心秘密，補足欠他的一番解釋。但是梅妹什麼都不告訴他。她對自己太有自信，太深陷在她的孤獨中，讓奧雷里亞諾二世覺得父女情分已盡，所有的同袍和同謀情誼已成為過去幻影。他想找毛里西奧·巴比隆尼亞談談，心想或許拿出昔日老闆的身分可以勸他打消意圖，不過佩特拉·柯提斯說服他那是女人的事，因此他不知如何是好，只能期盼禁足能結束女兒的苦難。

梅妹一點也沒有痛苦的樣子。相反地，烏蘇拉從隔壁房發現她能安穩睡覺，冷靜做家事，規律吃飯，消化情況也不錯。經過兩個月的禁足後，烏蘇拉唯一好奇的是梅妹不像大家一樣早晨洗澡，而是選在晚上七點。有一次她猜想是為了避開蠍子吧，但是梅妹躲她躲得遠遠的，她相信是烏蘇拉告密，而高祖母不想無禮地打擾她。傍晚過後屋內會出現黃色蝴蝶。每天晚上，梅妹從浴室回來就會看到費蘭妲拿著殺蟲劑奮力地撲殺蝴蝶。「這是不祥預兆。」她說。「我一輩子總聽人說夜間的蝴蝶會帶來厄運。」有一晚梅妹在洗澡，費蘭妲意外進入她的臥房，發現裡面有大量的蝴蝶，差點讓人喘不過氣來。她隨手拿起抹布嚇牠們，而當她把女兒晚上洗澡以及掉在地上的芥末敷藥兜在一起，心差點停止跳動。這一次她不再像第一次等待恰當時機。第二天，她邀請同樣是高地人的新市長來吃午飯，向他要求派人夜間看守她家後院，因為她認為有人溜進來偷母雞。當天夜裡，毛里西奧・巴比隆尼亞一如最近幾個月來打算掀開浴室屋瓦，要與裡頭一絲不掛的梅妹見面，她站在蠍子和蝴蝶之間，為了愛發抖著。士兵擊倒了他。一顆子彈卡在他的脊椎，導致他終生癱瘓只能躺在床上。後來他孤獨老死，飽受回憶以及一刻都不放過他的黃色蝴蝶的雙雙折磨，他沒有一聲抱怨，沒有一句抗議，即使背上汙名成為遭大家唾棄的偷雞賊，也從沒想要托出實情。

15

當他們把梅妹．波恩地亞的兒子帶回家時，正逢狠狠打擊馬康多的事件開始明朗。人心惶惶不安，沒有人有氣力關心個人醜聞，因此費蘭妲利用這個不可多得的好時機把孩子藏起來，彷彿他不曾存在。她得接納孩子，是因為沒有拒絕的空間。她得違反意願忍受他一輩子，因為事實揭露那刻，她沒有勇氣照著內心的決定，將他淹死在浴室的浴池裡。她把他鎖在奧雷里亞諾．波恩地亞上校的舊銀作坊。她說服聖塔蘇菲亞相信孩子是她在一個漂在水上的籃子裡找到的。烏蘇拉到死都不會知道他的身世。有一次，小阿瑪蘭塔．烏蘇拉在費蘭妲餵小寶寶時闖進銀作坊，也相信漂浮的籃子的故事。奧雷里亞諾二世則不知道孫子的存在，自從妻子用毫無理智的方式一手執導了梅妹的悲劇，他就完全與妻子疏遠，他一直到孩子帶回家中三年後才知道這件事，因為孩子趁費蘭妲不注意逃出囚禁的房間，在長廊上逗留了半晌，他全身光溜溜，頂著一頭打結的亂髮，令人印象深刻的是生殖器像雞冠花垂著，他一點都不像人類，而是像百科全書上定義的食人怪。

費蘭妲沒料到命運像是無法改變，又添上這一筆鬧劇。她自以為永遠親手埋葬了家族醜聞，這個孩子卻像恥辱般回到她的生活。當脊椎裂掉的毛里西奧·巴比隆尼亞被帶走以後，費蘭妲已經擬好詳細計畫，準備消除恥辱所留下的痕跡。她沒跟丈夫商量，隔天就替女兒打包行李，將她或許會用到的三套替換衣物放進皮箱，然後在火車抵達前半個小時去找她。

「走吧，蕾娜塔。」她對女兒說。

她沒跟梅妹作任何解釋。梅妹不期待也不想要解釋。她不知道她們要去哪裡，即使會被帶去屠宰場也不在乎了。自從她聽到後院響起槍聲，同時伴隨毛里西奧·巴比隆尼亞痛苦的哀號聲，她便不再開口，餘生不曾再說過一句話。母親命令她離開臥房，她既沒梳頭也沒洗臉，像是夢遊般登上火車，沒注意黃色蝴蝶還跟著她。費蘭妲永遠不知道女兒從此不再說話，也沒有費心查出她絕對的沉默是因為下定決心，還是遭受悲劇打擊後無法再說話。梅妹沒注意火車經過她從前最喜歡的區域。她沒看到鐵路兩側綠葉成蔭、綿延不絕的香蕉園。她沒看到美國佬的白色屋舍，在灰塵和酷熱摧殘下乾枯的花園，穿藍條紋襯衫和短褲的女人在門廊下打紙牌。她沒看到載滿一串串香蕉的牛車走在灰塵覆蓋的道路上。她沒看到年輕女孩像鯉魚在清澈的河中跳躍，想讓火車上的乘客對她們在陽光下發亮的胸部嘆息，她也沒看到工人居住雜亂而簡陋的小屋，毛里西奧·巴比隆尼亞的黃色蝴蝶就在那邊飛舞，屋前門廊上有幾個坐在便盆上的小孩，他們都是青綠膚色，個個骨瘦如柴，還有一個個懷孕的女人對著經過的火車破口大罵。每次她從學校返家時，這幅一閃而逝的畫面對她來說充滿歡樂，此刻卻再也喚不醒梅妹的心。她沒看窗外，也沒注意香蕉園消失了，悶熱散去，火車駛過罌粟花平原，那艘燒焦的西班牙帆船骨架還在那裡，接著，乾淨的空氣撲來，漂浮著骯髒泡沫的大海出現了，這裡正是將近一個世紀以前荷西．阿爾卡迪歐．波恩地亞夢碎的地點。

下午五點，她們抵達沼澤區的終點站，費蘭妲要女兒下火車。她們爬上一輛像是巨型蝙蝠的小車，馬氣喘吁吁地拉著她們穿越荒涼的城市，街道似乎延伸到天邊，地面因為硝石裂開，空中繚繞的琴聲，一如費蘭妲少女時期在午覺時間聽到的練琴聲。她們搭上一艘渡輪，船上的舵輪發出巨大聲音，船身鏽蝕的鐵片就像爐嘴作響。梅妹關在她的船艙裡。費蘭妲一天送兩餐放在她的床邊，再把碰也沒碰的兩餐端走，梅妹並不是想餓死，而是聞到食物的氣味就想吐，連水都嘔出來。這時她還不知道芥末敷藥擋不住她的生育力，也因此幾乎是一年後，費蘭妲見到送來給她的孩子才知道了原因。船艙裡令人窒息，鐵壁的顫抖，以及舵輪攪動爛泥發出的難以忍受的臭味，讓梅妹快瘋了，根本記不得日子。她知道的是自從看到最後一隻黃色蝴蝶在風扇葉片間粉身碎骨，已經過了非常久的時間，她把蝴蝶的死當作毛里西奧．巴比隆尼亞已經死亡的不可爭的事實。然而，她不認輸。當她騎在騾子背上繼續艱苦的跋涉，腦子裡依舊想著他，她經過了不可思議的高原，奧雷里亞諾二世為了尋找世間最美麗的女人曾迷失在這裡，當她們尋著印第安原住民的山路再一次登上山嶺，進入一座悲涼的城市，三十二座教堂的喪葬的青銅鐘聲在城內崎嶇的岩石高地迴盪。這一晚，她們在那棟殖民時期的大宅過夜，費蘭妲在臥室長出雜草的地面鋪上木板，兩人躺在上面，再蓋上從窗戶拆下的破爛窗簾，而每一次翻身，窗簾就破得更厲害。梅妹知道她們在哪裡，因為當她怕得睡不著時，看見了一位黑西裝紳士，也就是在遙遠的某年耶誕節前夕，送到家裡來的那副鉛製棺木裡的人。第二天彌撒過後，費蘭妲帶著她前往一棟陰森森的建築，梅妹馬上認出這裡是常聽母親提起接受王后教育的修道院，於是她明白這趟旅行已經抵達終點。當費蘭妲在隔壁辦公室跟某個人談話時，她留在一間掛著殖民時期主教的大幅油畫的大廳等待，她冷得直發抖，因為身上還穿著黑色小花薄棉洋裝和一雙綁鞋帶的硬皮短靴，來到高原，靴子因為冰冷而膨脹。她站在彩色玻璃的黃光傾瀉而下的大廳中央繼續想著毛里西奧·巴比隆尼亞，這時一位非常美麗的見習修女從辦公室出來，手上提著她那個只裝三套衣物的小皮箱。她經過梅妹身邊，對她伸出手，腳步沒有停下。

「走吧，蕾娜塔。」她對她說。

梅妹牽著她的手，跟著她走。費蘭妲最後一次見到女兒，是她努力跟上見習修女腳步的模樣，最後修道院的鐵柵欄關上了。梅妹依舊想著毛里西奧·巴比隆尼亞，想著他身上的機油味和跟著他的蝴蝶，她後半輩子的每一天都一直想著他，直到多年後某個秋天凌晨老死在克拉科夫一間陰暗的醫院，那時她換過許多名字，至死都沒再說過一句話。

費蘭妲搭乘火車返回馬康多，車上有武裝警察戒備。她在這趟返家旅途發現乘客神色緊張，軍人駐守在鐵路沿線的村莊，氣氛十分不尋常，她確信有什麼嚴重的事即將爆發，但一直到返回馬康多，她才聽說荷西・阿爾卡迪歐二世煽動香蕉公司工人罷工。「這是我們家缺少的。」費蘭妲自言自語。「缺一個無政府主義分子。」兩個禮拜後，罷工爆發，但是並沒有如大家懼怕的發生嚴重的後果。工人只要求不要逼他們禮拜天採收和裝運香蕉，這個請求看起來相當合理，連安東尼奧・伊沙貝爾神父都支持，他認為符合上帝的法則。這場行動的勝利，和接下來幾個月成功推動其他場行動，讓荷西・阿爾卡迪歐二世不再是無名小卒，不再是人們口中那個只懂得把法國女郎帶來城裡賣笑的傢伙。他拿出當初衝動賣掉鬥雞創立那間後來沒成功的航運公司的決心，辭掉香蕉公司小組工頭的工作，參加工黨。很快地，他被指稱為對抗執法單位的國際陰謀組織的探員。有天晚上，當他開完秘密會議出來，遭一個陌生人朝他開四槍，他奇蹟似地逃過一劫。那一整個禮拜謠言滿天飛。接下來幾個月情勢相當緊張，連活在黑暗世界的烏蘇拉都感覺彷彿回到從前那段兒子奧雷里亞諾口袋裝滿叛亂藥丸的艱困歲月。她想跟荷西・阿爾卡迪歐二世談談，告訴他家族第一位革命軍的事蹟，可是奧雷里亞諾二世跟她說，他從前一晚的暗殺之後就下落不明。

「跟奧雷里亞諾一樣。」她驚呼。「這就像世界一直在原地旋轉。」

費蘭妲完全無感於這段日子的動盪不安。她沒經丈夫同意，擅自決定梅妹的命運，後來跟丈夫大吵一架，就再也沒跟外界接觸。奧雷里亞諾二世打算救回女兒，甚至不惜出動警察協助，但是費蘭妲給他看了女兒自願接受監禁的文件。

事實上，梅妹是在監禁後才簽下文件，她滿不在乎地簽名，一如她任憑自己遭受宰割。奧雷里亞諾二世其實不信證據的真實性，也不信毛里西奧．巴比隆尼亞會潛入院子偷母雞，但是兩份文件安撫了他的良心，於是他不再有任何悔恨，回到佩特拉．柯提斯的庇護，繼續辦熱鬧的派對和揮霍無度的食宴。費蘭妲無視城鎮人心惶惶，不理會烏蘇拉可怕的預言，即使她的計畫已化為烏有，仍然最後一次奮力一搏。她寫大量的家書給即將成為下級教士的兒子荷西．阿爾卡迪歐，信中提到他的姊姊蕾娜塔得黃熱病，已經安詳地回到天父的懷抱。接著，她把阿瑪蘭塔．烏蘇拉託給聖塔蘇菲亞照顧，專心寫信給紙上醫生，重拾因為處理梅妹問題遭打斷的通信。首先她先確定進行心靈感應手術的日期。手術已多次延後，但是紙上醫生回覆，馬康多社會情勢動盪，目前並不適宜。費蘭妲一方面急了，一方面搞不清楚狀況，便回信跟他們解釋沒有什麼動盪情勢，這一切全是她的小叔瘋狂的舉動所引起的，他從前也瘋過鬥雞和船運，現在是一頭熱地搞工會運動。炎熱的禮拜三，正當他們還在為日期爭論不休，一個老修女提著一個小籃子，敲下了他們家的大門。聖塔蘇菲亞替她開門，以為她提的是禮物，便想取走那個蓋著精緻的蕾絲桌布的小籃子。不過修女阻止她，她身負指令，得以最隱密方式，親自將籃子交給費蘭妲．卡爾皮歐．波恩地亞太太。費蘭妲昔日的修道院院長在信裡向她解釋，嬰兒在兩個月前出生，由於梅妹怎麼都不肯開口表示意見，她們便替孩子取了祖父的名字奧雷里亞諾。費蘭妲怒火中燒，她反對這個命運的捉弄，但有足夠力氣在修女面前吞下她的不滿。

「我們會對外說這個孩子是在漂來的籃子裡發現的。」她露出微笑說。

「沒有人會相信。」修女說。

「如果大家相信《聖經》上的故事。」費蘭妲回答。「沒理由不相信我的說法。」

修女留在他們家吃午飯，並等待回程火車，她答應他們保密，絕不再提起這個孩子，不過費蘭妲想除去這個見證她的恥辱的眼中釘，她哀嘆現在已廢除中世紀絞死壞消息信差的習俗。這一刻，她決定等修女一離開，就把孩子淹死在浴室的浴池裡，不過她不夠狠心，她選擇耐心等待上帝秉持無盡的慈悲替她解脫包袱。

最年幼的奧雷里亞諾滿週歲時，緊張的局勢毫無預警爆發。荷西·阿爾卡迪歐二世和其他工會領袖從一直以來的秘密行動，突然間在某個週末現身在香蕉種植區一帶的村莊，推動示威遊行。警察不得不出來維持公共秩序。但是到了禮拜一晚間，領袖全數在家中遭逮捕，雙腳銬著五公斤重的腳鐐，送往省立監獄。他們帶走的人包括荷西·阿爾卡迪歐二世和流亡到馬康多的墨西哥革命上校羅倫左·葛維藍，這個人說他曾親眼見證同袍亞特米奧·克魯茲的英勇事蹟。然而，政府跟香蕉公司談不攏由誰支付這些人在獄中的伙食費，於是不到三個月就放他們自由。這一回，工人不滿的是居住環境有害健康，醫療服務沒有落實，以及工作條件不平等。此外，他們表示發放的薪資並不是現金，而是票券，只能用來在公司開的雜貨店購買維吉尼亞火腿。荷西·阿爾卡迪歐二世洩漏這套票券系統遭捕，他說這是公司補貼水果貨船的一種方法，要不是載著雜貨店的貨品，所有的船恐怕都得空船從紐奧良回到香蕉裝貨港口。其他不滿的指控大家都知道。公司的醫生不替病患看病，只要求他們站在醫療站前面排成一排，不管是得瘧疾、淋病還是便秘，全由一位護士放一顆跟硫酸銅一樣顏色的藍藥丸在舌頭上。這是一種非常籠統的治療法，小孩子往往排好幾次隊拿藥丸，他們不吞下，而是帶回家把樂透唱出的號碼寫在上面。公司雇工住在擁擠破爛的宿舍。工程師沒替他們蓋廁所，反倒在耶誕節帶著流動廁所到各個宿舍區，五十個人使用一間，向大家示範如何使用才能耐用。曾經惹惱奧雷里亞諾．波恩地亞上校的黑西裝老律師，如今搖身變成香蕉公司的高層人士，他像變魔術一樣用他們的意見扭曲這些指控。工人擬好連署請願書，等待許久時間，還是無法正式遞交給香蕉公司。布朗先生一聽說協議一事，便爬上掛在火車後頭的玻璃窗豪華包廂，跟著他的公司幾位比較知名的代表離開馬康多。然而下一個禮拜六，幾名工人在一間妓女戶逮到一位代表，於是由一個自願幫忙的女人引他上鉤，趁他光著身體時，逼他簽下一份請願書。那幾位神情哀傷的律師在法庭上表示這個男人跟公司一點關係也沒有，為了不讓人對他們的話有所質疑，他們給他冠上侵占的罪名，讓他坐牢。不久，布朗先生竟隱姓埋名搭乘三等車廂，他們逮到他並讓他簽下請願書。第二天出席法庭時，他染了一頭黑髮而且講得一口流利的西班牙語。律師表示這個人不是出生於阿拉巴馬州的普拉特維爾市的公司負責人傑克．布朗先生，而是一名出生於馬康多的無辜草藥商販，名叫達戈貝托．馮塞卡。過了一會兒，律師見工人還想繼續辯護，便向旁聽席出示布朗先生的死亡證書，上面有領事和外交部長的簽章，證實布朗先生在六月九號在芝加哥遭一輛消防車壓死。工人對於這樣曲折離奇的情節感到厭煩，他們跳過馬康多官員，直接把他們的抗議上訴高等法院。但堪稱幻術家的法官卻表示他們的控訴無效，因為香蕉公司不論過去或未來都不會有正式雇工，他們招聘的是不定期的短期雇工。如此一來，法院裁定維吉尼亞火腿、神奇藥丸和耶誕節廁所的虛構故事並沒有意義，並慎重宣告香蕉公司的正式雇工從不存在。

大規模罷工於是爆發。耕種荒廢了，果實在樹上過熟，一百二十節車廂的火車停在鐵軌上。無所事事的工人在鎮上到處遊蕩。土耳其人街上彷彿迎來一個延長許多天的禮拜六，雅各旅舍的撞球間得二十四小時輪班疏散人潮。當政府宣布軍隊將來此恢復公正秩序那天，荷西．阿爾卡迪歐二世正好是在撞球間。雖然沒有預知能力，卻感覺這個消息猶如死亡預兆，自從赫林內多．馬奎茲上校帶他去看執行槍決的那個遙遠的早晨，他就一直在等待的死亡。然而，他並未因為這個不祥預兆而驚慌。他早已預見命運的捉弄，沒有意外發展。不久，當鼓聲響起，號角吹鳴，人潮吶喊，他明白了一切終於結束，不只是一場撞球比賽，而是從槍決那天凌晨開始捉弄他的一場默默進行的獨一無二的比賽。這時他在大街上看見了三個步兵團，他們踩著整齊劃一的步伐，猶如搖櫓工跟隨鼓聲的節奏，地面都為之震動。他們恍若多頭龍粗重的喘息在正午的強烈日光下蒸發為臭氣。他們矮小、精壯、粗俗。他們汗如雨下，皮膚發出一股烈陽烤曬過的體味，臉上掛著高地人一貫的悲傷與冷漠。他們花了一個多小時走完街道，或許可以想像只不過是幾支隊伍不停繞圈子吧，因為他們長得一模一樣，彷彿同個母親生下的孩子，每一個人都像是失去理智忍受背囊和水壺的笨重，佩戴裝上刺刀的步槍的羞愧，以及盲目服從和榮耀感雜陳的不快。烏蘇拉躺在昏暗中的床上聽著他們的聲音，舉起手指比畫十字。剎那間，聖塔蘇菲亞重拾存在感，她放下剛燙好的繡花桌布，往前俯身，掛念她的兒子，荷西．阿爾卡迪歐二世正一臉漠然地凝視最後一批士兵從雅各旅舍的門前經過。

軍法賜予軍隊評議糾紛的權力，但是沒想要調解。士兵來到馬康多後，馬上把步槍放到一邊，開始採收和裝運香蕉，讓火車恢復運作。原本甘願等待的工人，帶著他們工作使用的大鐮刀躲進山裡，開始打劫。他們放火燒農場和倉庫，破壞鐵軌阻止運貨，逼得火車不得不借助槍林彈雨開路，以及割斷電報和電話線。路旁的溝水都染成血紅色。還活著的布朗先生跟他的家人和其他同胞被帶出鐵絲電網，遠離馬康多到安全的地點，受軍隊保護。眼看情勢即將演變成一場不對等的血腥內戰，政府召集工人到馬康多集合。這個召集令並宣布省警衛部隊指揮官將在隔個禮拜五抵達，準備介入這場衝突。

禮拜五，荷西．阿爾卡迪歐二世擠在一早就聚集在火車站的人潮裡。在此之前他參加了一場工會領袖會議，奉命跟著葛維藍上校混進人群，依情況引導他們。他感覺不太自在，嘴裡一層黏稠的鹹味，他發現軍隊在小廣場四周架起了機關槍，用大炮來保護香蕉公司鐵絲電網內的小城市。接近十二點，超過三千人等待一列沒有抵達的火車，其中包括工人、婦女與孩童，他們湧到車站對面空地，也擠滿附近軍隊以一排排機關槍封閉的街道。這幅場景看起來不像一場迎接活動，倒像歡樂的派對。土耳其人街的油炸小吃和飲料攤都來到這裡，民眾雖然得忍受煩悶的等待和太陽的烤曬，卻都抱著興高采烈的心情。快到下午三點時，聽說政府的火車延到隔天才會抵達。疲累的民眾沮喪地嘆了口氣。這時一位中尉爬上車站屋頂，就在十四支對準民眾的機關槍之間，要求他們安靜。荷西・阿爾卡迪歐二世的旁邊有個打赤腳的婦人，她身軀腫，帶著兩個大概四歲跟七歲的孩子。她抱起小的，雖然跟荷西・阿爾卡迪歐二世素昧平生，卻要求他幫忙抱起大的孩子，好讓他聽清楚他們要講什麼。荷西・阿爾卡迪歐二世讓那個孩子騎在他的肩膀。許多年後，這個孩子依舊敘述著自己曾看見中尉以留聲機喇叭宣讀省警衛部隊指揮官的四號政令，卻沒人相信他的話。這份政令是由卡洛斯・柯提斯・巴爾加斯將軍，和他的秘書安立奎・賈西亞・伊沙薩少校簽署，以三條總共八十字的條款宣告罷工工人是一群罪犯，授權軍隊槍殺他們。

政令宣讀完畢，引起一片震耳欲聾的口哨聲和抗議聲，接著換一位軍隊小隊長爬上屋頂，拿著留聲機喇叭作勢要發言。群眾再一次安靜下來。

「各位先生女士，」小隊長輕輕、慢慢地說，語調透露些許疲憊。「您有五分鐘時間可以離開這裡。」

比先前更加劇烈的口哨聲和叫喊聲響起，淹沒了開始計時的號角聲。沒有一個人離開。

「五分鐘到了。」小隊長以同樣的語調說。「再一分鐘，就要開火。」

荷西・阿爾卡迪歐二世冒著冷汗，他把孩子從肩膀抱下來，交給婦人。「這些混帳是敢開槍的。」她喃喃地說。荷西．阿爾卡迪歐二世來不及回答，因為就在這一刻，他聽見葛維藍上校彷彿附和婦人，粗聲大喊一遍同樣的話。荷西．阿爾卡迪歐二世震懾於四周緊張的氣氛，具魔力般的死寂，他相信這一群愣在原地的人，已經為死亡所迷惑，怎麼都不會離去。荷西．阿爾卡迪歐二世踮起腳尖，身子挺得比前方的民眾還高，有生以來第一次大聲呼喚。

「混帳！」他大聲吶喊。「我們就送您這一分鐘。」

大聲吶喊完畢，一種感覺竄遍他全身，但那不是驚慌而是一種不真實的幻覺。小隊長下令開火，十四支機關槍立刻回應他的命令。不過一切似乎是場鬧劇。機關槍裝上的彷彿是騙人的爆竹，只聽見它吃力的噠噠聲，吐出火光，但是群眾沒有一丁點反應，沒有半聲叫喊，甚至也沒有嘆息聲，他們的意志剎那化為鋼鐵般堅毅，杵在原地不動。突然間，從車站一側傳來聲嘶力竭的叫喊，劃破這幅著魔般的場景：「啊啊啊，母親啊。」於是群眾中央爆發一股巨大的力量，彷彿地震搖晃，火山爆發，災害肆虐，往四面八方蔓延開來。荷西．阿爾卡迪歐二世根本來不及舉起小孩，帶著弟弟的母親則感染了群眾的驚慌。

許多年後，那個孩子不管鄰居當他是老瘋子，還繼續說著當時荷西．阿爾卡迪歐二世高高舉起他，群眾的恐懼恍若浪潮，讓他們飄浮在半空，隨著人潮湧進了鄰近的小巷。小孩在高處，絕佳的位置讓他看見這時人群抵達街角，一排機關槍開始掃射。好幾人同時大叫：

「趴到地上！趴到地上！」

前幾排遭到子彈掃射的人早已趴在地上。活著的人非但沒趴下，反而想返回小廣場，這時恐慌蔓延開來，他們遇上了從反方向湧來的驚恐人潮，因為機關槍也開始不停掃射對面小巷。他們被團團圍住，像個巨大的漩渦轉動著，最後只剩下中心，因為外緣慢慢地倒下，一圈圈像是剝洋蔥似的，機關槍像嗜血的剪刀一步步地大開殺戒。那個孩子目睹一個女人張開雙臂呈十字狀跪下，不可思議地，人潮避開她的四周，附近空蕩蕩。荷西．阿爾卡迪歐二世把他放在這裡，下一刻滿臉鮮血倒下，不久大批人潮掃過這裡，踏過那個女人，頭上豔陽高照，烏蘇拉曾經賣過那樣多動物造型糖果的該死的世界也跟著崩塌。

荷西．阿爾卡迪歐二世睜開眼睛時，仰躺在一片昏暗中。他發現他在一列長長的火車上，四周籠罩靜謐，染血的頭髮結塊變硬，全身骨頭疼痛不已。他睏得不得了。他打算睡上很久；他已不再恐懼，改躺身體比較不痛的一側，這時他才發現他是躺在死人身上。這個車廂擠得滿滿的，只剩下中央走道。那場大屠殺之後應該過了好幾個小時，因為屍體如同秋天雪白的石膏像，溫度已變涼，肢體也已僵硬，把屍體丟上車廂的人還有時間排列整理，像是搬運一串串香蕉。荷西．阿爾卡迪歐二世試著想逃離這場惡夢，他爬過一節又一節車廂，往火車行駛的方向前進，當火車經過沉睡的村莊時，他從木板夾縫透進來的一束束光芒看見死去的男人、女人和孩童，這些屍體將會像處理賣不掉的香蕉般丟進大海裡。他只認出一個在廣場上賣涼水的婦人和葛維藍上校，他的手上還捲著當時想在一片驚恐中用來開路的墨西哥莫雷利亞城銀飾扣腰帶。他爬到第一節車廂後，往漆黑中一跳，就躺在溝渠中等到火車完全通過。這是他所見過最長的一列火車，幾乎有兩百節貨櫃車廂，除了前後兩個火車頭，中間還有第三個火車頭。火車沒有任何燈光，連顯示位置的紅燈綠燈都沒有，在黑夜裡以靜悄悄的速度往前滑行。車廂屋頂有士兵和架在上面的機關槍黑暗的輪廓。

午夜過後下了一場傾盆大雨。荷西・阿爾卡迪歐二世不知道跳下的地方是哪裡，但是他知道往火車的反方向走，就能抵達馬康多。他走了三個小時，全身溼透，頭痛欲裂，終於看見晨光下的第一批房屋。他尋著咖啡香氣，踏進一間廚房，裡頭有個女人抱著一個孩子，正俯身在火爐上。

「早。」他有氣無力地說。「我是荷西・阿爾卡迪歐二世・波恩地亞。」

他一個字一個字吐出完整的名字，為了讓自己相信他還活著。他的決定是正確的，因為那個女人本來以為她看到出現在門邊的是幽靈，他的身影孱弱，表情陰沉，頭和衣服血跡斑斑，像是經過死亡洗禮。她知道他是誰。於是她拿來一條毯子讓他裹上，替他用火爐烘乾衣服，幫他煮熱水清洗皮膚表面撕裂的傷口，給他乾淨的毛巾包紮頭部。接著她倒給他一杯不加糖的咖啡，她聽說波恩地亞家的人都這麼喝，並攤開爐火旁的衣服。

荷西・阿爾卡迪歐二世喝完咖啡，終於開口。

「應該有三千個人吧。」他低聲說。

「噢？」

「死亡人數。」他解釋。「當時應該有三千個人在火車站。」

那女人對他投去同情的眼神。「這裡沒有死人啊。」她說。「從你那位叔公上校簽署和約之後，馬康多一直相安無事。」荷西・阿爾卡迪歐二世回家前，經過了三個廚房，聽到每個人都對他說同樣的話：「這裡沒有死人的。」當他經過火車站的小廣場時，他看見賣油炸小吃的桌子疊在一起，但是遍地不見任何大屠殺的痕跡，大雨下不停，街道上空無一人，家家戶戶門窗緊閉，看不到屋內有任何動靜。唯一有人煙跡象的是第一聲彌撒鐘聲。他敲下葛維藍上校家的門。一個他看過幾次的懷孕的女人當著他的面把門關上。「他走了。」她驚慌地說。「他回故鄉了。」那個電網圍起的社區跟往常一樣由兩個當地警察看守，他們穿著雨衣和頭盔，在大雨下跟石頭一樣動也不動。在僻巷裡，安地列斯群島黑人住民正合唱禮拜六的讚美詩。荷西・阿爾卡迪歐二世跳過院子的柵欄，從廚房進入屋子。聖塔蘇菲亞幾乎說不出話來。「別讓費蘭妲看到你。」她說。「她剛起床。」她像是要達成什麼承諾，把兒子帶到尿盆房間，幫他整理梅賈德斯搖搖欲墜的床，等到下午兩點費蘭妲睡午覺時，再從窗口遞來一盤食物。

奧雷里亞諾二世因為遇到下雨，所以留在家裡睡覺，下午三點他還在等雨停。他聽到聖塔蘇菲亞偷偷告訴他孿生兄弟在梅賈德斯的房間，因此便在這個時間跑去看他。他不相信大屠殺一事，也不相信有輛載滿屍體的火車駛向大海的惡夢。前一晚他們讀到一封奇怪的政府公告，宣布工人已經接受撤出車站的命令，和平返家。那份通告同時也提到工會領袖基於高度愛國精神，將他們的要求減為兩點：改進醫療服務和每間屋子蓋廁所。不久另一份公告又說，軍事高層與工人達成協議後，趕緊把結果通知布朗先生，他不但接受新條件，還要連辦三天公開的派對，慶祝這場對立終於落幕。只是當軍方問他何時會宣布簽訂協議日期，他只是看著窗外布滿閃電的天空，露出一副不確定的高深莫測的表情。

「等雨停吧。」他說。「只要繼續下雨，所有的活動就得延後。」

整個香蕉種植區已經三個月沒下雨，此刻正逢乾旱時期。但是布朗先生宣布他的決定時，暴雨突然來襲，也就是那場讓荷西．阿爾卡迪歐二世回馬康多路上措手不及的大雨。接著雨下了一個禮拜。政府公布官方的版本已經重複上千次，傳遍全國，最後變成唯一的版本：所有工人都滿意地回家，沒有人死亡，香蕉公司把所有活動延到雨停以後。軍法還是繼續實行，預防下個不停的暴雨造成大眾災難，需要採行緊急辦法，軍隊也繼續駐紮。白天，軍人走在大水奔流的街道上巡視，他們的褲管捲起到膝蓋，跟孩子玩起溺水遊戲。夜晚宵禁時間過後，他們會用槍托推倒大門，把可疑分子拖下床，帶往一個沒有回程的旅行。他們還繼續尋找和消滅罪犯、殺人犯、縱火犯和違反四號政令的叛亂分子，但是軍人對於擠滿辦公室尋找消息的受害者的親屬否認有這種事。「我們相信那只是作夢。」軍官說。「在馬康多，什麼事都沒發生，現在沒有，未來也不會有。這是一座幸福快樂的城鎮。」他們就這樣抹去殲滅工會領袖的事實。

唯一躲過的是荷西．阿爾卡迪歐二世。二月的一個晚上，門板傳來槍托清楚敲打的聲音。還在等雨停要離開的奧雷里亞諾二世開了門，外頭是奉一名軍官之命前來的六名士兵。他們全身溼淋淋，不吭一聲，搜索一間接著一間的房間，一個接著一個的衣櫃，從廳堂到穀倉。當他們點亮電燈時，烏蘇拉醒了過來，當他們搜索裡面時，沒發出一聲嘆息，但是她舉起手指比劃十字，對準士兵移動的方向。聖塔蘇菲亞及時通知睡在梅賈德斯房間裡的荷西．阿爾卡迪歐二世，但是他明白要逃跑已經太遲了。因此聖塔蘇菲亞關上門，他換上襯衫並穿好鞋子，坐在床邊等待他們到來。這時他們正在搜索手工藝品銀作坊。軍官打開大鎖，拿著手電筒很快地掃過裡面一圈，他看到工作桌、裝著酸液瓶子的玻璃櫃，以及仍保持在主人生前擺放位置的器具，似乎明白沒人住在裡面。然而，他故意問奧雷里亞諾二世是否為銀匠，後者便跟他解釋這是奧雷里亞諾．波恩地亞上校的銀作坊。「啊哈！」軍官說，並打開電燈，命令下屬地毯式搜查，沒忽略十八隻還沒熔掉的小金魚，就藏在瓶子後面的一個錫罐裡頭。軍官把小金魚擺在工作桌上，一個接著一個檢視，這時他似乎恢復了人情味。「如果您答應的話，我想帶走一個。」他說。「這個東西曾是代表叛亂的暗號，但如今是一種紀念物。」這位軍官相當年輕，差不多只是個少年，卻一點也不扭捏，給人一種到剛才為止都沒注意到的天生的親切感。奧雷里亞諾二世把小金魚送他。軍官把東西收進襯衫口袋，眼睛閃爍著童稚的光芒，接著把剩下的放進錫罐裡，物歸原位。

「這是個無價的紀念品。」他說。「奧雷里亞諾．波恩地亞上校是我們國家的一位偉人。」

然而，那突然的人情味並沒有阻擋他繼續工作。他站在梅賈德斯的房間前，這個房間也上了大鎖。聖塔蘇菲亞抱著最後一絲希望來到他身邊。「這個房間已經半個世紀沒人住了。」她說。軍官讓人打開房間，手電筒光束掃過裡面，奧雷里亞諾二世和聖塔蘇菲亞在光束掃過他的臉時，看到他那雙像是阿拉伯人的眼睛，兩人都明白他們的擔心即將結束，另一個只能屈服而鬆口氣的擔心即將開始。但是這名軍官繼續拿著手電筒搜查裡面，直到照到那七十二個堆在櫃子上的尿盆才稍微有點疑問。這時他打開電燈。荷西·阿爾卡迪歐二世坐在床邊，帶著嚴肅和心事重重的表情準備好了要離開。房間盡頭是架子，上面擺著脫線的書本和羊皮紙捲，工作桌乾淨整齊，墨水瓶裡的墨水還是新鮮的。空氣一樣純淨、透明，跟奧雷里亞諾二世童年時認識的一樣，不受灰塵和時間的摧毀，當時只有奧雷里亞諾·波恩地亞上校看不到這個景象。

「屋子裡住幾個人？」他問。

「五個。」

軍官顯然一臉疑惑。他的視線停駐在奧雷里亞諾二世和聖塔蘇菲亞一直望著荷西·阿爾卡迪歐二世的位置，荷西·阿爾卡迪歐二世似乎也發現了軍官看著他但看不到他的人。接著他關燈，拉上了門。當他對著士兵講話時，奧雷里亞諾二世明白這位年輕的軍官只看到跟奧雷里亞諾·波恩地亞上校看到的一樣的房間。

「這房間的確至少一個世紀沒人住了。」軍官對士兵說。「裡面甚至可能有蛇。」

門關上那一瞬間，荷西·阿爾卡迪歐二世確定他的戰爭也跟著畫下了句點。多年前，奧雷里亞諾・波恩地亞上校曾跟他談起戰爭的美妙，試著從他自身經驗舉出無數例子。他相信他的話。但是在這個軍人看著他卻沒看見他的人的夜晚，荷西・阿爾卡迪歐二世回想最近幾個月來的緊繃氣氛，車站的恐慌，載著死屍的火車，他的結論是奧雷里亞諾・波恩地亞上校若不是騙子就是傻子。他不懂為什麼他要費盡唇舌解釋他對戰爭的感受，其實只要一個詞就夠了：恐懼。相反地，他在梅賈德斯的房間接受到超自然的光線、雨聲，和隱形的安全感，他找到了前半生不曾有過的平靜，他唯一揮之不去的害怕是遭到活埋。他把他的感受告訴每天給他送飯的聖塔蘇菲亞，她向他保證她會努力活下去，確保兒子不會被活埋。荷西・阿爾卡迪歐二世擺脫恐懼之後，開始研讀梅賈德斯的羊皮紙捲，看了許多遍後，他發現看越多遍越迷糊。他習慣了雨聲，兩個月後重新適應一種全新的靜謐，不過聖塔蘇菲亞進出房間會干擾他的孤獨。因此他要求她把飯菜擺在窗檯上，並鎖上房門。其他家人逐漸忘了他，包括費蘭妲在內，當她知道軍人看著他卻沒看到他，便不在意他留在那個房間。他閉關六個月後，軍隊離開馬康多，奧雷里亞諾二世拿掉大鎖，想等雨停歇時找人聊聊。打開門後，滿地尿盆的臭氣撲來，每個尿盆都用過非常多次。荷西・阿爾卡迪歐二世的臉孔幾乎被頭髮和鬍子掩蓋，他無感於空氣都是噁心的臭氣，一遍又一遍讀著如天書般的羊皮紙捲。天使般的光芒照在他身上。當他感覺房門打開時，只抬起了頭，但是他的雙胞胎兄弟從他的目光已經看見他走上跟曾祖父一樣的不歸路。

「現在我確定聚集在車站的有三千多人。」荷西・阿爾卡迪歐二世只吐出這些話。

16

雨下了四年十一個月又兩天。有時綿綿細雨，大家會穿上最好的一套華服，換上如釋重負的表情，歡慶雨勢終於減緩，但他們很快地習慣把雨勢暫時的停歇解讀成加劇的預兆。天空醞釀暴風雨，北方颶風來襲，掀起部分屋頂，連根拔起香蕉園的最後幾棵樹。烏蘇拉提醒大家，這就像從前流行的失眠症，這場自然災難將引起大家想辦法對抗煩悶。奧雷里亞諾二世是其中一個盡量找事做好來填補等待時的無所事事的人。他恰巧有事回家一趟的那晚，遇到布朗先生引起的暴風雨，費蘭妲在櫃子裡找到一把骨架半壞的雨傘想幫他。「沒關係。」他說。「我等雨停再走。」當然，這只是個說詞，但他的確這麼打算。他的衣服放在佩特拉．柯提斯家，所以他每三天脫下衣服一次，穿著內褲等待清洗乾淨。他為了打發無聊，動手修理屋子無以計數的毛病。他調整鉸鏈，替鎖上油，鎖緊門環，對準門栓。好幾個月時間，他拿著一箱工具走來走去，那應該是吉普賽人在荷西．阿爾卡迪歐．波恩地亞時代遺忘而留下來的東西，沒有人知道是因為不得已的勞動、冬季的煩悶，還是不得不的節制飲食，他的肚子像是皮囊慢慢地洩氣，那張平靜的臉不再那樣紅通通，下巴也不再像烏龜頭層層疊疊，最後他的脂肪不再那麼厚，可以再一次綁鞋帶。費蘭妲看著他裝彈簧鎖又拆時鐘，不禁疑惑他該不會也染上了做好又重做的惡習，就像奧雷里亞諾．波恩地亞上校不停重製小金魚一樣，阿瑪蘭塔不停重縫鈕釦和壽衣，荷西．阿爾卡迪歐二世不停研讀羊皮紙捲，烏蘇拉也不斷重溫回憶。不過她想錯了。這是因為大雨攪亂了一切，連最乾燥的機器，即使三天不上油都會從齒輪之間冒出花朵，錦緞的金絲線也會生鏽，潮溼的衣服長出紅色水藻。空氣太過潮溼，魚都能從門口游進來，游過房間的半空中，再從窗戶游出去。有一天早上，烏蘇拉醒來後發現自己快陷入昏厥，就要平靜地離開，便叫人帶她去安東尼奧．伊沙貝爾神父那裡，即使得用擔架抬過去也好，這時聖塔蘇菲亞發現她的背部布滿吸血蛭。她趕在她失血過多前，一隻隻拔下來，用火紅的煤炭燒死。他們不得不挖溝渠來排出屋內的水，清除蟾蜍和蝸牛，這樣一來才能讓地板恢復乾燥，拿掉墊高床腳的磚頭，再一次穿上鞋子在地板上走路。奧雷里亞諾二世忙著這麼多有趣的雜事，沒發現自己慢慢變老，直到有一天下午，他坐在搖椅上凝視提早降臨的黃昏，想著佩特拉．柯提斯，卻不再感到悸動。他不介意再回到費蘭妲身邊和她索然無味的愛，雖然她隨著年紀增長美貌不再，但是雨水洗去他所有的熱情，他錯把這種空洞的寧靜當作失去性慾。他開心地計畫這場下了一年的雨接下來能做的事。他是其中一位先把鋅板引進馬康多的人，遠比香蕉公司引起流行還要早，他用來替佩特拉．柯提斯蓋臥室的屋頂，聽著雨水打在屋頂上發出的叮咚響聲，感到一種無比的親暱感。但是就連這些年少輕狂幹過的傻事都不再觸動他的感覺，彷彿他已在最後一場派對耗盡最後一滴縱情聲色的慾望，他剩下的美妙獎品就是能不帶苦澀和悔恨來回憶過往。他可以想像這場大雨給了他坐下來反省的機會，帶著老虎鉗和油罐到處走讓他太晚領悟這輩子還能嘗試卻錯過的那樣多有用的職業，不過不管是前者還是後者都不正確，因為坐下來省思和家居活動並不是他思考過後或是得到教訓的結果。而是更久以前，可以追溯到當他在梅賈德斯的房間讀到的飛毯和連船帶船員吞下肚的鯨魚的神奇故事時，只是這場雨勾起他的嗜好。這段日子，費蘭妲一個疏忽，小奧雷里亞諾溜到長廊上，他的祖父立刻知道他的身世秘密。他給他剪短頭髮，穿上衣服，教他不要怕人。很快地他的顴骨、身高、畏懼的眼神，和孤獨的氣息，看起來就像個正統的奧雷里亞諾・波恩地亞。對費蘭妲來說這是個解脫。她檢討過自己的驕傲，但找不到辦法補救，她越是想著解決辦法，越是失去理智。早知道丈夫很開心自己當了祖父，要接下她的工作，她早在去年就該不猶豫、不拖延地卸下包袱。對於換完牙的阿瑪蘭塔・烏蘇拉來說，姪子就像個會動的玩具，讓她得以擺脫下雨的煩悶。這時奧雷里亞諾二世想起在梅妹的舊房間有一套再也沒有人摸過的英國百科全書。他先給兩個孩子看圖片，特別是動物的圖片，不久再看地圖和遠方國家以及著名人物的照片。他不懂英文，也不知道怎麼分辨比較著名的城市和普通的人物，他便自己編名字和故事來滿足小孩無窮的好奇心。

費蘭妲真的以為丈夫要等雨停再回到情婦身邊。開始下雨的前幾個月，她害怕他會溜進她的臥房，迫使她得忍住羞恥，透露自從生下阿瑪蘭塔・烏蘇拉後再也不能同房的秘密。這也是她為什麼急著寫信給紙上醫生，但他們的通信經常因為這種自然災難中斷。最初幾個月，火車在暴雨中出軌，紙上醫生寫來一封信通知他們沒收到她的信。不久，她跟素昧平生的通信者完全聯繫不上，她曾認真考慮戴上丈夫在那次濺血嘉年華會的老虎面具，使用假名接受香蕉公司醫生的檢查。但是經常來家裡通知洪水壞消息的人告訴她，香蕉公司正在拆醫療站，準備移往沒下雨的地方。於是她放棄這個希望。她認命等待雨停，等著郵運恢復正常，這段時間她用想像的方式來抒解自己不為人知的痼疾，因為她寧可死，也不願找馬康多唯一的醫生看病，這位醫生是法國人，行為乖張，跟驢子一樣只吃青草果腹。她去找烏蘇拉，相信她一定知道可以減輕她的病痛的秘方。可是她習慣不叫東西的正確名字，而是拐彎抹角稱呼，於是把前面的字放後面去用，為了講起來不那麼丟臉，她以排出代替生產，把出血說成灼熱，因此烏蘇拉自然認為是腸胃而不是子宮的問題，建議她採取禁食，服用幾帖甘汞。要不是這種病，她根本犯不著為自己得假裝不丟臉而感到可恥，要不是信寄丟了，費蘭妲根本不會在乎下雨，因為她覺得她的人生就是一場綿綿不絕的雨。她不會改變自己的作息也不會放棄禮儀。當餐桌墊著磚頭，椅子架在厚木板上面，以免用餐的客人沾溼雙腳，她照樣鋪上亞麻桌巾和瓷器餐具，晚餐時點亮蠟燭，因為她認為不該把自然災難當作懈怠禮儀的藉口。家裡再也沒有人關心外面。如果由費蘭妲來決定，他們大概再也不會出門了吧，不只是下雨之後，而是在更早之前，因為她認為門就是用來關上的，只有妓女會關心街上發生的新鮮事。然而，當外頭正在舉行赫林內多・馬奎茲上校的葬禮，她卻是第一個打聽，儘管只是從半掩的窗戶觀看，卻讓她對自己薄弱的意志後悔許久。

這是一個再哀淒也不過的送葬行列。他們把棺木抬上一輛牛車，用香蕉葉搭了篷蓋，無奈雨下得太急，街道上滿是爛泥，輪子每前進一步就卡住，篷蓋差點就要塌陷。悲傷的雨水澆在棺木上，溼透覆蓋在上面的國旗，正是遭到最令人敬仰的老兵所唾棄的那面沾染血跡與炮灰的國旗。棺木上也擺置一把綴著銅飾流蘇絲帶的馬刀，也就是赫林內多・馬奎茲上校徒手進入阿瑪蘭塔的縫紉坊前，總是掛在大廳衣帽架上的那把刀。簽定尼蘭迪亞協定時還活著的最後幾名老兵跟在馬車後面，每個人都把褲管捲到膝蓋，有的還打赤腳，蹚著爛泥前進，他們一手拄著夾竹桃木手杖，一手拿著被雨水褪去顏色的紙花環。他們走在還使用奧雷里亞諾・波恩地亞上校當名字的街上時是那樣不真實，每個人經過上校的家時都看了一眼，他們在廣場街角轉彎，結果牛車陷在爛泥裡，只好叫人來幫忙拉出來。烏蘇拉叫聖塔蘇菲亞帶她到大門口。她專注地看著送葬隊伍碰上的大小意外，像天使長宣告一般高舉起手，隨著牛車的顛簸而搖動身子，沒有一個人知道她看不見。

「再見，赫林內多，我的孩子啊。」她大聲吶喊。「替我向我的家人問好，告訴他們，等雨停，我們就能再相聚。」

奧雷里亞諾二世攙扶她回到床上，接著跟平常一樣不拘禮節，問她那番道別的意思。

「我是說真的。」她說。「等這場雨停我就要死了。」

奧雷里亞諾二世警覺街道的狀況。他太晚才開始緊張牲畜的情況，於是他披上一塊油布，前往佩特拉．柯提斯的家。他在院子裡找到她，那兒的水深及腰，她正在讓一匹死馬浮起來。奧雷里亞諾二世拿來一根大棍子幫忙，那具浮腫的巨大馬屍終於翻轉一圈，隨著滾滾泥水漂走了。自從下雨之後，佩特拉．柯提斯就不停地清理院子裡的動物死屍。前幾個禮拜，她曾送口信給奧雷里亞諾二世，要他採取緊急措施，他回信告訴她不急，狀況並不嚴重，等雨停再來想個辦法解決。她差人告訴他牧場淹水，牛群逃到地勢比較高的地方，那裡沒有東西吃，結果不是淪為老虎的食物就是得瘟疫。「沒辦法。」奧雷里亞諾二世回答她。「等雨停就會生出新的牲畜。」佩特拉．柯提斯眼睜睜看著牲畜一批批死亡，剩下那些陷在爛泥巴裡的根本不夠宰殺。她無力地看著洪水無情地奪去曾經在馬康多最為龐大和穩固的資產，只留下惡臭。當奧雷里亞諾二世決定去看看發生什麼事，他只看到一具馬屍，和殘破的馬廄裡一頭乾瘦的騾子，佩特拉．柯提斯看到他回來時並不驚訝，也不開心或怨恨，只擠出諷刺的微笑。

「來得可真是時候。」她說。

她人老珠黃，瘦得皮包骨，因為不斷凝視下雨，那雙肉食性動物的杏眼變得充滿哀傷和溫順。奧雷里亞諾二世在她家住了三個多月，並不是因為他覺得待在這裡比家裡好，而是他需要在這段時間決定是否再一次披上油布回家。「不急。」他說，他在另一個家也是這麼說的。「我們等等看雨再過幾個小時會不會停。」第一個禮拜，他逐漸習慣時間和雨水對情婦的健康的摧殘，他慢慢地感覺眼中的她恢復了從前的模樣，他想起從前那些放縱的歡樂時光，和她的愛引起動物瘋狂地繁殖，第二個禮拜的某天夜裡，一半是為了愛，一半是考量利益，他迫切地愛撫她，因而吵醒了她。佩特拉·柯提斯沒反應。「安靜睡吧。」她低語。「現在已經不適合做那種事。」奧雷里亞諾二世盯著屋頂鏡子裡的自己，看見佩特拉·柯提斯的背脊恍若一條穿過一堆枯萎神經的線，他明白了她說得沒錯，她指的不是時刻，而是他們已經不是做那種事的年紀了。

奧雷里亞諾二世帶著行李回到家，他相信不只是烏蘇拉，所有馬康多的居民都在等待雨停後死去。沿路上，他看到他們環抱雙臂坐在客廳裡，眼神茫然呆滯，感覺時間彷彿變成永恆，一種沒有切割的時間，因為切割成年月日和小時也沒有意義。兩個孩子開心地迎接奧雷里亞諾二世回家，為了他們倆，他再一次拿起發出喘吁吁聲音的手風琴彈奏。可是他們對演出並不像對百科全書那般感興趣，因此他們再一次聚在梅妹的房間，奧雷里亞諾二世用他的想像力把熱氣球化為在雲層間尋找睡覺地方的飛象。有一次，他翻到一張騎馬男子的圖片，儘管圖片中的人穿著異國服飾，卻讓人感覺熟悉，仔細地檢查幾遍之後，他認為那是奧雷里亞諾·波恩地亞上校的肖像。他拿給費蘭妲看，她覺得騎士不只神似上校，而且像所有家族成員，不過那其實是一名韃靼戰士。他的日子就圍繞著羅德島太陽神銅像和弄蛇人中過去了，直到有一天妻子告訴他穀倉裡只剩下六公斤鹹肉和一袋米。

「那妳要我怎麼辦？」他問。

「不知道。」費蘭妲回答他。「這是男人的事。」

「好吧。」奧雷里亞諾二世說。「等雨停了總會有辦法。」

他依舊著迷百科全書上的東西，不操心家裡的問題，即使午餐只能吃剩菜和一點米飯果腹。「現在什麼事都沒辦法做。」他說。「雨不可能下一輩子吧。」他越是逃避穀倉告急，費蘭妲越是生氣，最後她時而抗議，時而發洩，情緒終於忍無可忍地爆發了。某一天，從早上猶如吉他單調的弦音慢慢地升高，到了下午越來越清脆，越來越響亮。一直到隔天用完早餐，奧雷里亞諾二世才注意不斷響著一首曲子，他詫異聽著那此刻已經比雨聲還急切和高亢的嗡嗡聲，發現是費蘭妲在屋子裡走來走去，咳聲嘆氣她從小接受當王后的教育，卻淪落在一間瘋人屋裡當女傭，丈夫遊手好閒、好大喜功、放蕩任性，躺在床上張開嘴，就等著麵包從天上掉下來，她卻得拚死拚活維持一個搖搖欲墜的家，這個家從早到晚有那麼多該做的事，那麼多該忍受的痛苦和該改進的問題，她忙到含淚爬上床睡覺，卻從沒有人對她說：「早安，費蘭妲。」「晚上睡得好嗎，費蘭妲？」也沒有人問她為什麼臉色慘白，為什麼眼睛掛著黑眼圈，即使是禮貌性問候也好。當然，她並不是真的期待聽到，畢竟這個家把她當作包袱、髒抹布和空氣，他們總是偷偷說她壞話，罵她虛偽，說她狡詐，叫她母狗，阿瑪蘭塔都曾經大聲諷刺她是個腦子不清楚的女人，老天爺，這是什麼話呀！願她在九泉之下安息吧，她遵照天父的指示咬牙忍受一切，但是當惡毒的荷西·阿爾卡迪歐二世說，他們家道中落是因為打開大門迎接一個高地女人進門：想一想，高地女人多趾高氣揚，老天，高地女人真是壞心腸，跟那些政府派來殺工人的士兵根本是同流合汙，你說，這不是指她還會指誰？她以阿爾瓦公爵為教父，是出身名門的淑女，甚至總統夫人聽了也會發抖，像她這樣血統高貴的貴族光簽名就能帶出十一個伊比利半島姓氏，只有她在這個充滿私生子城鎮裡面對十六件餐具不會手足無措，結果她外遇的丈夫卻笑破肚皮，說那一堆湯匙和叉子以及刀子和茶匙根本不是給人，而是給蜈蚣使用的，只有她即使閉上眼也能清楚知道何時該倒白酒，倒在哪一邊的哪一個杯子，以及何時該倒紅酒，倒在哪一邊的哪一個杯子，她才不像粗鄙的阿瑪蘭塔——願她在九泉之下安息，還以為白酒是白天喝的，紅酒是晚上喝的，整個沿岸地區只有她能自我吹噓使用黃金便盆如廁，結果奧雷里亞諾·波恩地亞上校就像個共濟會人士粗聲粗氣——願他在九泉之下安息，大膽地問她這習性是打哪兒來的，難道拉在盆子裡的是百合花不是糞便。想像一下，他竟然說出這種話，結果她的親生女兒蕾娜塔，因為曾在她的臥房不小心瞥見盆子裡的大解，便回答那個便盆還真的是黃金做的，上面刻有繁複的家族紋章，不過裡面裝的只是糞便，真的糞便，而且比其他人的還臭，因為是高地人的糞便，想像一下，她可是她的親生女兒啊，所以她對這個家的成員徹底幻滅，但無論如何，她仍有權期待丈夫多尊敬她一些，好歹他是跟她一起走向聖壇的另一半，是她人生的編劇，是合法能傷害她的人，他自願扛下重責大任把她帶離娘家，她在那裡什麼都不缺，沒吃過苦，只編織喪禮花圈當作消遣，她的教父寄來一封親筆信，封口印有他的戒指的封蠟章，只為了交代他的教女一雙手可不是用來從事這個世間的工作，而是彈古鋼琴，但是她的丈夫盲目地帶著她以及所有的勸戒和忠告，離開她的家到這個如同熱鍋的地獄，這裡的氣候熱得令人透不過氣來，然後還沒等她完成聖靈降臨節禁食，就帶著他的行李箱和手風琴，像個游牧民族遷徙到情婦家，那個可悲的女人，喔，說過的，看她扭腰擺臀模樣，就猜得出她跟她是完全相反的類型，她不論在宮廷還是豬圈，在餐桌邊還是床上，都是個淑女，是個良家婦女，她懼怕上帝，服從祂的法則和旨意，所以當然無法跟丈夫做那些他跟情婦做的困難技巧和動作，情婦當然什麼都配合，她就像法國女郎，仔細想想或許還不如她們吧，因為法國女郎至少很誠實，會點亮門口的燈，想像一下，她可是蕾娜塔和費南多．卡爾皮歐備受寵愛的獨生女，竟然得忍受這樣的無禮，她的父親是聖人，是偉大的基督徒，是聖殿騎士團的騎士，上帝賜予他死後在墓裡身體不會腐壞，皮膚恍若新娘禮服綢緞光滑細膩，雙眼炯炯有神，就像綠寶石一樣清澈。

「不對。」奧雷里亞諾二世打斷她的話。「遺體送到家裡時已經發臭了。」

他耐著性子聽她嘮叨一整天，終於逮到她說錯的機會。費蘭妲沒理他，但是壓低了聲音。這一晚吃飯時，她那持續不斷的惱人抱怨聲蓋過雨聲。奧雷里亞諾二世低著頭，吃得很少，早早就回臥房去。隔天早餐時，費蘭妲身體發抖，一副沒睡好的模樣，怨氣似乎發洩得差不多了。然而，當她聽到丈夫問可不可以吃顆水煮蛋時，她不想只是回答雞蛋上個禮拜全部吃光了，於是又開始惡狠狠地咒罵有些男人成天無所事事，竟妄想吃百靈鳥的肝。奧雷里亞諾二世跟平常一樣帶著孩子去看百科全書，費蘭妲跟去假裝整理梅妹的房間，故意要他聽她嘀咕，她說當然囉，要是臉皮不夠厚，怎麼騙兩個天真的小可憐說百科全書上有奧雷里亞諾．波恩地亞上校的肖像。到了下午，奧雷里亞諾二世趁兩個小孩睡午覺時，到長廊上坐著，費蘭妲跟在他後面，打算挑釁他、折磨他，嘮叨的聲音就像馬蠅不停在他身邊嗡嗡響著，她說當然囉，家裡只剩石頭能吃，她的丈夫卻像個波斯國王坐著賞雨，真是懶漢、米蟲、一無是處、懦弱無能，只會吃軟飯，自以為娶的是約拿的妻子，聽了鯨魚把丈夫吞下去的故事還能冷靜。奧雷里亞諾二世假裝聾子，面無表情地聽她罵了兩個多小時。一直到快黃昏，他再也忍受不了不停折磨他腦袋的鼓聲。

「拜託，閉上嘴吧。」他哀求。

費蘭妲不但不住嘴，反而拉高音量。「為什麼要我閉嘴。」她說。「不想聽就走開。」終於奧雷里亞諾二世爆發了。他不疾不徐地站起來，一副想要舒展筋骨的模樣，拿起一盆又一盆的秋海棠、蕨類植物、牛至，再一盆接著一盆丟到地上摔碎，有條不紊地發洩怒火。費蘭妲嚇一跳，她壓根兒沒發現她的喋喋不休隱藏多可怕的力量，即使想收斂也已經來不及。奧雷里亞諾二世一宣洩後便一發不可收拾，他打破玻璃櫥櫃，不慌不忙地拿出餐盤，往地上砸得粉碎。他的動作有條有理、頭腦冷靜，跟當年拿鈔票貼滿屋子牆壁一樣慢條斯理，接著把波西米亞玻璃器皿、手繪花瓶、少女乘坐玫瑰花船的圖畫、金框鏡子往牆壁摔，以及從客廳到穀倉所有能摔的東西，最後從院子中央傳來深沉的爆響，他打破了水缸。之後，他把手洗乾淨，披上油布出門，午夜之前回到家，帶回幾掛乾硬的鹹肉、幾袋米和長了象鼻蟲的玉米，以及幾串瘦小的大蕉。從此之後，他們不再煩惱餓肚子。

每當阿瑪蘭塔．烏蘇拉和小奧雷里亞諾想起那場水災，總是認為那是一段快樂的時光。儘管費蘭妲那樣嚴厲，他們仍趁聖塔蘇菲亞不注意，在院子裡踏泥水，抓來蜥蜴分屍，或者把蝴蝶翅膀上的粉撒進湯裡，玩下毒遊戲。烏蘇拉是他們最有趣的玩具。他們把她當作破舊的大娃娃，帶著她到處走，給她蓋上彩色破布，拿煤灰和胭脂樹紅塗抹她的臉，有一次他們差點拿修枝剪刀，像挖蟾蜍眼睛那樣挖出她的眼珠。他們最開心的是她的那些怪異點子。事實上，她的大腦在雨下到第三年時應該發生了什麼變化，因為她逐漸失去對現實世界的感知，混淆了現在與她人生中幾段遙遠的過去，有一次，她甚至為了曾祖母佩托妮拉．伊寬南過世，整整三天哭得無法自已，而她早在一個多世紀前就入土為安。她的混淆太過嚴重，以為小奧雷里亞諾是她在認識冰塊年紀的上校兒子，錯認唸神學院的荷西．阿爾卡迪歐是跟吉普賽人遠走他鄉的長子。她不停談起家人，兩個孩子便想像他們跟分屬不同時代的過世許久的親人見面。烏蘇拉坐在床上，頂著滿是煤灰的頭髮，臉上圍一條紅色手帕，沉溺在家人的幻影之間，開心地聽著孩子鉅細靡遺描述，彷彿他們真的認識他們。烏蘇拉跟她的祖先聊在她出生前發生的事件，咀嚼他們捎來的消息，跟著一起追悼比他們晚死許久的後輩。

沒多久，兩個孩子發現家人幻影來訪時，烏蘇拉總會問同樣的問題，想查出是誰在內戰期間把一尊真人尺寸的聖約翰石膏像帶來家裡，要他們保管到雨停之後。於是，奧雷里亞諾二世想起這筆只有烏蘇拉知道埋在哪裡的錢財，但是他想破頭還是沒辦法套出她的話來，她的腦袋儘管糊成一團，卻抓住一絲要死守秘密的理智，她認為只有真正的失主能知道金子埋藏的地點。奧雷里亞諾二世便找來往日派對夥伴假扮失主，不過她是那樣狡猾而嚴謹，她布下巧妙的陷阱仔細盤問，拆穿了那個人。

奧雷里亞諾二世相信烏蘇拉會把秘密帶進棺材，所以他雇用一群工人，藉口要開鑿排水溝，挖掘院子和後院，他自己找來鐵棒和各種探測金屬的工具搜索地面，辛苦工作三個月卻一無所獲。接著他去找碧蘭．德內拉，希望能藉由紙牌找到比工人還要多的線索，但是她向他解釋，除非烏蘇拉親自切牌，否則怎麼試都沒用。不過她確認那筆寶藏的確存在，並清楚指出數目是七千兩百一十四枚金幣，以三個帆布袋分裝，用銅線紮緊，埋在以烏蘇拉的床鋪為中心半徑一百二十公尺的範圍內，不過她警告要等雨停，經過連續三年六個月的陽光曝曬，把泥漿變成塵土。她提供的線索太過模稜兩可，聽在奧雷里亞諾二世耳裡就像女巫虛構的故事，因此，他繼續進行挖掘工作，儘管這時是八月，而且根據預言指示，至少要等上三年。首先，他感到詫異而且不解的是烏蘇拉的床到後院的柵欄正好就是一百二十公尺遠。費蘭妲看著丈夫測量距離，擔心他跟他的雙胞胎兄弟變成瘋子，尤其是他又命令工人把溝渠往下再多挖一公尺。他尋寶的鬼迷心竅模樣，簡直跟當年曾祖父瘋狂找尋發明物的路線如出一轍，他把身上僅剩的脂肪消耗光了，凸顯了從前跟雙胞胎兄弟相似的特徵，不只是外表消瘦，還有冷漠的神情和全神貫注的態度。他不再照顧兩個孩子。他吃無定時，滿身泥巴躲在廚房一角，幾乎不回答聖塔蘇菲亞偶爾丟來的問題。費蘭妲從未看過他這樣工作，她以為他的膽大妄為是發憤圖強，他的貪心妄想是犧牲自我，他的固執己見是努力不懈，她後悔之前不滿他的懶散，對他百般尖酸刻薄。這時奧雷里亞諾二世無心再可憐兮兮地求和。他泡在一窪淹到脖子的爛泥漿中，裡面漂浮枯樹枝和腐爛的花朵，他搜完院子和後院之後，也把花園徹底翻了一遍，甚至把屋子東側的長廊地面鑽了相當深的洞，有一晚，大家從夢中驚醒過來，感覺一陣天搖地動，地底傳來駭人的巨響，以為發生了什麼天災，結果是三間臥房崩塌，一條令人毛骨悚然的深深裂痕從長廊的地面延伸到費蘭妲的房間。但是奧雷里亞諾二世沒有放棄繼續尋寶。最後一絲希望已經破滅，唯一似乎有理的是紙牌的預測，於是他補強長廊的地基，把地面裂痕用灰泥填起來，繼續開挖西邊。隔年六月的第二個禮拜，雨勢開始減緩，雲層升高，看來隨時就要放晴。的確如此。某個禮拜五下午兩點，這個世界亮了起來，灑落地面的純淨的金黃陽光，一如磚頭塵粒那樣粗糙，卻又帶著水一般的涼爽，此後十年間不曾再下雨。

馬康多已經化為廢墟。街上的泥沼有支離破碎的家具，長滿紅百合的動物骨骸，以及外地人倉皇逃離馬康多時留下的最後紀念物，當初他們也是這樣大批湧至。香蕉熱期間搭建的簡陋屋舍已經廢棄。香蕉公司拆掉他們的建築。從前電網圍起的小城市如今只剩殘磚碎瓦。木造房屋以及寧靜的午後曾經打紙牌的露臺都夷為平地，彷彿幾年後將把馬康多從地表吹去的那陣預測的狂風提早來襲。這一陣狂風唯一留下證實曾有人煙的東西是派翠西亞．布朗的一隻手套，就卡在一輛被三色堇緊緊纏住的汽車上。荷西．阿爾卡迪歐．波恩地亞在建村初期最愛探險的一帶，也就是後來開闢香蕉園的區域，如今變成一片布滿腐爛殘幹的沼澤，接下來幾年，放眼望去遠處的地平線，看到的都會是接連著大海的靜默的白色浪花。雨停後的第一個禮拜天，奧雷里亞諾二世換上終於乾爽的衣服出門，重新認識這座城鎮，卻禁不住悲從中來。早在香蕉公司像颶風般來襲之前就已定居馬康多的居民，在熬過了這場天災後，坐在大街上享受久違的陽光。他們似乎很開心尋回這座他們誕生的城鎮，儘管皮膚上還殘留綠藻的痕跡以及雨水淤積的氣味。土耳其人街恢復了往日景象，彷彿回到穿拖鞋和戴耳環的阿拉伯人初訪馬康多的時期，他們在跑遍世界拿雜貨交換金剛鸚鵡，後來發現馬康多是個落腳的好地方，於是結束了千年來游牧般的生活。經過這場霪雨，商店的貨品陳舊不堪，門簾長滿苔蘚，櫃檯遭白蟻蛀空，牆壁受到溼氣侵蝕，但是第三代的阿拉伯人還是坐在同樣地方，端著跟父親和祖父同樣陰鬱冷靜的表情，不受時光和災難的摧殘，他們熬過當年的失眠症，和奧雷里亞諾．波恩地亞上校三十二場戰役，既是活生生的人，但也已了無生氣。他們拿出過人的堅韌力量面對賭桌、油炸小吃攤、射擊遊戲攤位以及替人解夢和算命的大街變得殘破不堪，奧雷里亞諾二世恢復以往玩世不恭的態度，問他們避開暴雨的秘訣是什麼，是怎麼逃過淹死的命運，他一個一個問，挨家挨戶問，得到的都是一抹狡詐的微笑和一計迷濛的眼神，他們沒串通好卻給了同樣的答案：

「游泳。」

或許佩特拉．柯提斯是唯一一個跟阿拉伯人擁有同樣勇氣的本地人。她親睹暴雨把她的畜欄和馬廄的最後殘塊沖走，但成功保住她的家。最後這一年，她送了幾次口信給奧雷里亞諾二世，催逼他，得到的回覆卻是要她別再想他何時回去，但他無論如何會帶給她一箱金幣，讓她拿來鋪房間的地板。於是她只能靠自己，挖掘內心能讓她撐過這場災難的力量，但是她找到的恰恰是一股反省的怒氣，她憑著這口氣，發誓要重新積聚先前遭情人揮霍後被洪水摧毀的財富。她的決心相當堅定，當奧雷里亞諾二世在收到最後一則口信的八個月後回到她家，發現她全身發綠，披頭散髮，雙眼凹陷，皮膚長疥瘡，但是她正在一張張的小紙片中寫上摸彩的號碼。奧雷里亞諾二世愣在那裡，他太瘦弱也太嚴肅，佩特拉．柯提斯不相信來找她的是她一輩子的情人，而是他的雙胞胎兄弟。

「妳瘋了。」他說。「難道妳想把骨頭當獎品。」

這時她要奧雷里亞諾二世去房間看看，於是他看到一頭騾子。騾子跟主人一樣瘦得皮包骨，但是跟她一樣還堅強地活著。佩特拉．柯提斯是憑著她的怒氣來養牠的，當餵光了青草、玉米和樹根，她就把騾子帶到房間，給牠吃棉紗床單、波斯地毯、絨毛床罩、天鵝絨窗簾，以及床鋪的絲質華蓋。

17

烏蘇拉費了好大力氣實現她在雨停後的死亡承諾。下雨期間，她恢復理智的次數不多，不過她從八月開始比較常清醒，這時颳起熱風，悶死玫瑰花叢，吹乾了沼澤，最後將熱燙的塵土帶到馬康多上空，掉落在生鏽的鋅板屋頂和百歲的扁桃樹上，永遠地覆蓋在那裡，烏蘇拉發現自己長達三年多的時間淪為兩個孩子的玩具，不禁傷心地哭了。她把大花臉洗乾淨，拿下掛在全身上下的彩帶、乾掉的小蜥蜴和蟾蜍、念珠和阿拉伯人的老舊項鍊，這是她從阿瑪蘭塔過世後，第一次不必他人攙扶下床，再一次參與家庭生活。她有著一顆堅毅的心，靠著內心的活力在朦朧中生活。大家注意到她走路搖搖晃晃，總是像天使長那樣將手臂舉到頭的旁邊，以為她身體還相當脆弱，但還不相信她完全瞎了。她不需要看得見，就知道她在第一次整修房屋時悉心栽種的一盆盆花朵先是遭雨水殘害，後來又因為奧雷里亞諾二世的東挖西掘摧毀，還有牆壁和地面的水泥裂開，家具搖晃和褪色，每扇門的鉸鏈都拆下，整個家陷在一種絕望和不安的情緒，這是她的時代從沒有過的現象。她摸索著走到空蕩蕩的房間，發現白蟻不斷蛀空木頭發出雷般巨響，蠹蟲蛀蝕衣櫃傳出像剪刀的摩擦聲，巨大的紅螞蟻在淹水期間繁殖，此刻正在挖掘房屋的地基，發出驚人的轟鳴。有一天，她打開聖人的衣箱，不得不向聖塔蘇菲亞求救，幫她拿掉從箱子裡跳到她身上的蟑螂，至於裡頭的衣服早被咬得只剩下粉末。「不能這樣消沉地活著。」她說。「再這樣下去，我們就等著被野獸吃掉。」從這一刻起，她再也不肯休息。她天還沒亮就起床，召集有空的人幫忙，連小孩也不放過。她把還堪用的少許衣物拿出去曬，拿著強效殺蟲劑嚇走蟑螂，擦去白蟻在門窗布下的路線，把生石灰倒進蟻窩悶死牠們。她一頭栽進整修屋子的狂熱，不自覺地踏進已遭遺忘的房間。她清除喪失理智的丈夫曾經尋找賢者之石的房間裡的瓦礫和蜘蛛網，將曾被士兵翻得亂七八糟的銀飾銀作坊整理乾淨，最後她要來梅賈德斯房間的鑰匙，想看看裡面變成什麼模樣。聖塔蘇菲亞謹守荷西．阿爾卡迪歐二世的指示，除非真的出現任何他已經死亡的線索，否則不准任何人闖入，因此想盡各種藉口想引開烏蘇拉。但是烏蘇拉決心驅除所有的昆蟲，不放過屋內任何最隱蔽和閒置的角落，她克服萬難，終於在努力了三天之後，讓他們答應打開房門。她差點被沖天的臭氣熏昏，還好扶著門軸撐著，但不到兩秒，她就想起裡面存放七十二個女學生使用的尿盆，以及開始下雨的某個夜晚，士兵前來搜尋荷西．阿爾卡迪歐二世，但是找不到他。

「老天哪！」她驚呼，彷彿看得到眼前畫面。「努力教會你好習慣，不是要你活得跟豬一樣。」

荷西．阿爾卡迪歐二世繼續研讀羊皮紙捲。他頂著一頭雜亂的頭髮，唯一還看得到的是長出綠苔的牙齒和一雙專注不動的眼睛。等他認出那是曾祖母的聲音，他才轉過頭看向門口，試著擠出微笑，不自覺地吐出烏蘇拉曾說過的一句老話。

「能怎麼辦。」他喃喃說。「時間的腳步不可能停歇。」

「對。」烏蘇拉說。「但是沒過得那麼快。」

說出這句話，她發現這句竟然是奧雷里亞諾．波恩地亞上校當初坐牢時回答她的話，於是她忍不住再一次發抖，因為時間並沒有像她剛剛同意的那樣不停歇，而是在原地不停打轉。儘管如此她絕不認輸。她當荷西．阿爾卡迪歐二世還是個孩子，斥責他一頓，堅持他得要洗澡和刮鬍子，要他出力幫忙整修房屋。荷西．阿爾卡迪歐二世光想著要離開這個帶給他平靜的房間，就嚇得屁滾尿流。他大聲吼叫沒人能逼他離開房間，他說他不想再看見那列曾經滿載屍體的兩百節車廂的火車，每天下午從馬康多出發往大海駛去。「那上面的人都曾經在車站。」他大叫。「三千四百零八個人。」這時，烏蘇拉恍然大悟曾孫的世界比她的世界還要黑暗，跟曾祖父一樣困在孤獨和布滿層層障礙的世界裡。她讓他留在房間，但是讓他同意不再上鎖，讓他們每天進去打掃，只留一個尿盆，其餘的全丟掉，要他跟長年囚禁在栗樹下的曾祖父一樣，至少保持能見人的乾淨模樣。起先，費蘭妲當她的忙碌是老來瘋，差點壓抑不住滿腔怒火。就在這個時候，荷西．阿爾卡迪歐從羅馬捎來訊息說，想在宣發永願前回馬康多一趟。她聽到這個好消息整個人振奮起來，突然間她一天澆花四次，希望兒子別對這個家留下不好的印象。她也因為這股勁，加速跟紙上醫生的書信往返，重新在長廊上擺置一盆盆蕨類植物、牛至和秋海棠，過了許久烏蘇拉才知道先前奧雷里亞諾二世在暴怒之下搗毀所有花盆的插曲。不久，她賣掉銀製餐具，改買陶瓷餐盤、湯盆和白鑞湯杓以及白銅餐具，昔日擺置英國東印度公司陶瓷餐具和波西米亞玻璃器皿的櫥櫃顯得簡陋。烏蘇拉試著做得更徹底。「打開門窗。」她大聲吶喊。「煮魚煮肉，買些大烏龜回來，歡迎外地人來家裡角落打地舖，去玫瑰花叢撒尿，到餐桌來盡情吃喝、打嗝和談天說地，叫他們的靴子踏髒屋子內外，想在我們家做什麼都可以，這才是唯一能讓這個家從廢墟重生的辦法。」無奈這只是個空想。她太老了，剩下的日子都是多活的，再也無法靠著賣糖果造型動物重現當年的奇蹟，她的子孫沒有一個繼承她的堅毅。整棟屋子依然按照費蘭妲的命令緊閉。

奧雷里亞諾二世再一次帶著行李箱回佩特拉．柯提斯家，他沒辦法養活一家大小。他和佩特拉．柯提斯靠著騾子摸彩買了其他動物，再靠著這幾頭動物，打穩了簡單的彩券生意。奧雷里亞諾二世挨家挨戶推銷，他為了吸引和取信客人，親自繪製彩色彩券，他沒發現許多人向他購買是基於感恩，更多人是出自同情。然而，這些最有憐憫心的買家有機會以二十分錢贏得一頭豬，或三十二分錢得到一頭小牛，因此他們抱著相當大的期待，在禮拜二晚上擠滿佩特拉．柯提斯家的院子，等待隨機選出的一個孩子從袋子裡抽出得獎號碼。很快地，這個抽獎活動變成每個禮拜一次的派對，到了黃昏，院子裡開始擺設油炸食品桌和飲料攤，許多中獎者就在院子裡宰殺贏來的牲畜，條件是其他人得用音樂和燒酒來交換，因此奧雷里亞諾二世在非刻意的狀況下，突然間重新演奏起手風琴，接著加入了節制版的吃喝比賽。開始這些拷貝自當年的陽春狂歡派對後，奧雷里亞諾二世發現他的體力退步太多，昆比亞舞技也不若過去精湛。他簡直換了一個人。當年他跟「大象」比賽時有一百二十公斤重，現在只剩下七十八公斤；他原本跟烏龜一樣傻呼呼的胖臉，如今變成蜥蜴的尖臉，他總是感到煩心和疲倦。然而，佩特拉·柯提斯覺得他比過去好，或許是因為她搞不清楚愛情與對他的同情，以及兩人在共患難時所激起的團結心。拆掉華蓋後的床鋪，不再是他們縱慾的場所，而是他們分享心事的避風港。他們拿下屋頂的多面鏡子，拍賣之後拿去買摸彩動物，錦織華蓋跟天鵝絨窗簾已經拿去餵騾子，他們熬夜到深夜，像兩個睡不著的老頭子，天真地記帳和補上浪費掉的每一分錢。有時，他們不停重複計算一堆堆小山似的錢幣，驚訝自己竟然算到公雞初啼，從這堆拿一點分到那堆，好讓這一堆能讓費蘭妲滿意，那一堆能讓阿瑪蘭塔·烏蘇拉買鞋子，另外這堆給許久沒穿新衣的聖塔蘇菲亞買洋裝，還有這堆是要給烏蘇拉過世後訂製棺材用的，這堆是買每三個月一磅漲一分錢的咖啡，這堆是買甜味越來越淡的砂糖，這堆是買大水淹過還沒乾燥的木柴，另外這堆是要買彩券用的紙張和彩色墨水，剩餘的那堆是要慢慢付清四月中獎的獎品小牛，這隻牛在他們幾乎賣光所有彩券後得了黑腿病，幸好他們奇蹟似地救回完整的牛皮。他們對貧窮的生活甘之如飴，總是把大部分賺來的錢分給費蘭妲，他們這麼做從不是因為悔恨或憐憫，他們在乎她的生活比他們的舒適。他們兩個都沒發現，其實會這麼做是把費蘭妲當作他們從未有機會生下的孩子，他們甚至有一次吃了整整三天的玉米糊，就是為了讓她能買一條荷蘭桌巾。然而，不管他們再怎麼努力工作，再怎麼攢錢，再怎麼想辦法，守護天使早在他們調配錢幣好努力活下去時累得睡著了。當他們煩惱收入差而失眠時，曾問自己這個世界怎麼了，為什麼動物不再像從前那樣以令人瞠目結舌的速度繁殖，為什麼錢總是左手進右手出，為什麼不久前為昆比亞舞燒掉一疊疊鈔票的人，會認為六隻母雞的摸彩賣十二分錢是搶劫。奧雷里亞諾二世心想邪惡並不存在這個世界上，而是躲在佩特拉·柯提斯內心某個隱密的角落，淹水期間那兒發生某種變化，讓動物的繁殖力變弱，錢財也從中溜走了，不過他並沒有說出來。他對於這個謎感到好奇，因此他深深地剖析她的感情，他原本是想找回利益卻發現了愛情，試著要她愛上自己卻變成愛上了她。佩特拉·柯提斯則是感覺他越是溫柔，越是加深對他的愛，於是年紀走到人生的深秋，她再一次相信年輕時的迷信，那就是貧窮是愛情的奴僕。他們倆回想從前，那些鋪張的派對、大量的財富和不知節制的情慾如今看來是阻礙，他們哀嘆耗費多少人生時光，才在共享的孤獨中找到樂園。他們平淡地在一起這麼多年後才瘋狂陷入愛情，享受在餐桌上而不是床上深愛彼此的奇蹟，即使他們是兩個筋疲力竭的老人，卻是如此快樂，像是小兔子嬉鬧或像狗兒吵架。

摸彩的規模從沒擴大。起先，奧雷里亞諾二世一個禮拜花三天關在從前養殖場的辦公室，畫著一張又一張彩券，依照獎品的內容，仔細畫上一隻小紅牛、一隻小綠豬或者一群小藍雞，再巧妙模仿印刷體寫上佩特拉·柯提斯認為不錯的摸彩生意的名稱：神意彩券。但當他一個禮拜得畫兩千張彩券時，他覺得太累，便委託人製作動物、生意名稱和數字的橡皮章，工作只剩下拿印章沾不同顏色的印泥。人生最後幾年，他想出用猜謎取代數字，猜中的人能平分獎品，不過這套彩券太過複雜，招惹相當多猜疑，試了兩次之後也就放棄了。

奧雷里亞諾二世忙著建立彩券生意的名聲，幾乎沒有時間再看看家裡的兩個小孩。費蘭妲把阿瑪蘭塔．烏蘇拉送到一間私立小型學校，那裡的學生人數不超過六個，但是她不讓奧雷里亞諾上公立學校。她認為答應他離開房間已經是夠大的妥協。此外，當時的學校只收天主教徒夫婦的合法婚生子女，然而那位修女送奧雷里亞諾來時，在他的衣服裡夾了一張註明他是棄嬰的出生證明書。因此，他們將他關在家裡，由聖塔蘇菲亞溫柔看管，以及端看烏蘇拉腦子時好時壞，他會根據兩位長輩的解釋，探索屋內狹小的世界。他是個敏感、高傲的孩子，他的好奇心總是惹得大人火冒三丈，但是上校在他這個年紀已經是張著疑惑或有時洞悉一切的眼神，他卻總是眨著眼睛，眼神有些恍惚。當阿瑪蘭塔．烏蘇拉讀幼兒園時，他在花園裡殺蚯蚓和虐待昆蟲。有一回，費蘭妲抓到他正在把蠍子裝進盒子，打算放到烏蘇拉的蓆子上，便把他關進舊時梅妹的房間，他在裡面瀏覽百科全書上的圖片來打發寂寞。有一天下午，烏蘇拉拿著一把蕁麻在屋子裡邊走邊灑水，發現他在那個房間裡，即使經常跟他在一起，還是又開口問他是誰。

「我是奧雷里亞諾．波恩地亞。」

「對。」她回答。「該是你學銀藝的時間到了。」

她又把他錯認為她的兒子，因為緊接著暴雨而來的熱風，曾讓烏蘇拉的腦子時而恢復清醒，如今不再吹拂。她不曾再恢復理智。她走進房間，看到了曾祖母佩托妮拉·伊寬南一襲會見訪客時穿的笨重的裙撐和綴珠外套，也看到了祖母蘭琪琳娜·瑪莉亞坐在輪椅上正拿著一把孔雀羽毛扇搧風，和曾祖父奧雷里亞諾·阿爾卡迪歐·波恩地亞穿著仿製的總督軍裝禮服，和父親奧雷里亞諾·伊寬南，他發明了一種讓蛆蟲自然從牛身上掉下來的祈禱文，以及她膽小的母親、長豬尾巴的表哥和荷西·阿爾卡迪歐·波恩地亞跟她死去的兒子，他們都坐在椅背靠著牆壁的椅子上，彷彿這不是一次探訪，而是守靈。她咕噥一串無意義的話，講著不同地方和時間錯置的事，當阿瑪蘭塔·烏蘇拉從學校回來，奧雷里亞諾看煩了百科全書，他們發現烏蘇拉坐在床上自言自語，迷失在已逝親人的迷宮裡。「著火了！」有一次她驚慌地大喊，讓整個家一時陷入恐慌，但是她指的著火是四歲那年目睹的一場馬廄的火災。她深深地混淆了過去和現在，死前曾短暫清醒過兩三次，沒有人搞得清楚她說的話是當時的感受或只是回憶。她的身體逐漸萎縮，縮成胚胎大小，活生生地變成木乃伊，在人生最後幾個月，縮成一顆包著睡袍的櫻桃乾，她一直舉著手臂，最後看起來像是蜘蛛猴的一隻手。她經常好幾天動也不動，聖塔蘇菲亞得搖搖她，確定她是不是還活著，然後讓她坐在膝上，餵她幾匙糖水。她就像新生兒老人。阿瑪蘭塔·烏蘇拉和奧雷里亞諾抱起她，帶著她在房間裡走來走去，讓她躺在聖壇上，發現她比聖嬰大不了多少，有一天下午，他們把她藏在穀倉的一個櫃子裡，差點害她被老鼠生吞下肚。某個棕枝主日，他們趁費蘭妲去參加彌撒，進入房間，把她從後頸和腳踝舉起。

「可憐的高祖母。」阿瑪蘭塔．烏蘇拉說。「她老死了。」

烏蘇拉嚇了一跳。

「我還活著！」

「你看，」阿瑪蘭塔．烏蘇拉說，忍著笑意。「她根本沒呼吸。」

「我在說話呀！」烏蘇拉大叫。

「她不會說話。」奧雷里亞諾說。「像蟋蟀那樣死了。」

於是烏蘇拉向事實投降。「上帝啊，」她低聲呼求。「這就是死亡啊。」她開始唸冗長、急促和沉重的禱文，唸了超過兩天，到了禮拜三變成一堆對上帝的哀求和苦勸，希望紅螞蟻不要啃倒房屋，蕾梅蒂絲銀板照片前的燈永遠不要熄滅，小心任何波恩地亞家子孫不要跟同血緣的親戚結婚，以免生出長豬尾巴的後代。奧雷里亞諾二世趁她神智不清，想從她嘴裡套出金幣埋在哪裡，但任憑他怎麼哀求依然沒用。「等失主出現，」烏蘇拉說。「上帝必定指引他找到失物。」聖塔蘇菲亞相信她隨時都會斷氣，因為這幾天她注意到大自然有些不尋常的現象：玫瑰發出土荊芥的氣味，她不小心撒落一瓢的鷹嘴豆，掉在地上排成完美的幾何圖形和海星圖案，有一晚，她還看見夜空上有一排橘紅色的發光圓盤。

聖週星期四破曉，她嚥下最後一口氣。家人最後一次幫她計算年歲是在香蕉公司那個年代，當時估計有一百一十五到一百二十二歲之間。他們把她裝進一個比奧雷里亞諾被送來時的小籃子大不了多少的小盒子埋葬，很少人來參加葬禮，一方面是因為記得她的人不多，一方面是因為那天正午實在太熱，連鳥兒都曬得頭昏目眩，猶如霰彈直直撞上牆壁，或撞破了窗戶的鐵網，死在房間裡頭。

一開始，大家以為是瘟疫。家庭主婦尤其得犧牲午覺時間，打掃鳥屍掃得疲累不堪，男人再接著一車車運到河邊丟棄。主復活日，高齡百歲的安東尼奧·伊沙貝爾神父站在講道壇上肯定地說，他在前一晚曾看到流浪的猶太人，是牠引起鳥類暴斃。他說這號人物是公羊與女異教徒交配生下的恐怖野獸，牠的呼吸會燒燙空氣，凡行經之處新婚婦女會懷上怪物。沒有太多人仔細聽他的天啟式故事，大家都認為神父年紀大了所以胡言亂語，但是禮拜三黎明時分，有個女人發現兩足偶蹄目動物的蹄印，驚叫聲吵醒了所有的人。那些蹄印太過清晰，無法否認，去看過的人都相信類似神父描述的駭人生物的確存在，於是大家聯合起來在院子裡布下機關，最後真的抓到了。烏蘇拉死後兩個禮拜，佩特拉·柯提斯跟奧雷里亞諾二世聽到小牛淒厲的哀號聲，嚇得醒了過來。他們立刻起床，等到趕到附近的一個陷阱旁，已經有一群男人正在把停止哀號的怪物從洞裡覆蓋枯葉的木椿中拔出來。這隻怪物跟牛一樣重，跟青少年差不多高，身上的傷口流出黏稠的綠色血液。牠全身覆蓋粗硬的毛髮，上面布滿密密麻麻的扁蝨，堅硬的皮膚就像鮣魚的硬皮，但是不同於神父的描述，牠類人形部分並不像人類，倒像病懨懨的天使，因為牠有雙光滑細緻的手，一雙深色大眼，兩邊肩胛骨留有結痂的殘肢，應該是有人拿伐木的斧頭砍去一雙壯碩的翅膀。大家把牠從腳踝倒吊在廣場的扁桃樹上，好讓每個人都能親眼目睹，當屍體開始腐爛後，他們把牠丟進火堆燒掉，因為無法確定牠是動物該丟進河中，或是基督徒該下葬。到底是不是牠害死鳥，並沒有辦法證實，但是新婚婦女並沒有懷上怪物，天氣也沒有比較涼爽。

這一年年尾，蕾貝卡過世。她的終身女僕安潔妮塔在女主人鎖在臥室裡三天後，請求官員幫忙推倒房門，他們發現她孤零零地躺在床上，像蝦子蜷曲身體，光禿禿的頭頂長著頭癬，拇指放在嘴裡。奧雷里亞諾二世負責她的葬禮，試著將房屋整修出售，無奈屋內殘破不堪，牆壁剛漆完就開始剝落，而且灰泥塗得不夠厚，無法阻擋毒麥破壞地板，常春藤腐蝕乾草叉。

這是暴雨過後的景況。對照居民的懶散，遺忘猶如一頭兇狠的猛獸，一點一滴地啃噬掉回憶，這段時間，共和國總統在新一年的尼蘭迪亞協定紀念日來臨時，派了幾名使者來到馬康多頒發奧雷里亞諾．波恩地亞上校拒絕好幾次的功績勳章，甚至得花一個下午打聽到哪裡找他的後代。奧雷里亞諾二世打算領取，他以為那是塊厚實的黃金勛章，佩特拉．柯提斯卻勸阻他，她認為那是一場紀念典禮，特使還準備了宣言書和演講，他去了恐怕鬧笑話。同樣這段時間，吉普賽人回來了，他們是繼承梅賈德斯雜技的最後一代，他們看到這座城鎮化為廢墟，居民跟世界嚴重脫節，於是再一次拖著磁鐵到處介紹，彷彿那是巴比倫智者的最新發現，他們也拿出巨大的放大鏡聚集陽光，每個人看到炒菜鍋掉落，湯鍋在地上滾動，個個瞠目結舌，還有人付錢觀看某個吉普賽女人拿下和裝上假牙。車站荒蕪人煙，一輛搖搖欲墜的黃色火車停靠在那兒，已經無法再載客，當年掛著布朗先生玻璃屋頂和安樂椅的車廂，以及水果貨運火車得花一個下午才能拖著一百二十節車廂完全過站的盛況，已消失無蹤。法庭派代表前來了解有關鳥群大量暴斃和「流浪的猶太人」之死，卻在半路上撞見安東尼奧・伊沙貝爾神父跟幾個孩子正在玩蒙眼捉迷藏，便認定他的報告只是年紀大胡思亂想的結果，於是把他送往一處安養院。不久之後，他們派了奧古斯都・安赫神父來接替，他是新一派思想的人，他固執、大膽、魯莽，每天親自敲鐘好幾次，想提振居民的委靡精神，他挨家挨戶叫貪睡的人起床，要他們來參加彌撒，怎知不到一年，連他也敵不過空氣中的散漫、把一切變舊和堵塞的熱燙粉塵，以及在熱得難以忍受的午睡時間，吃著午餐的肉丸時感到的昏昏欲睡。

烏蘇拉死後，這棟屋子再次走向崩壞，即便如阿瑪蘭塔・烏蘇拉這般意志堅定有力，仍無法阻止這件事發生，許多年後，她長成一個公正、開朗、具有現代精神，和堅強的女人，她打開門窗驅趕頹圮，整修花園，撲殺一整天占據長廊上的紅螞蟻，努力想喚醒從前那種已遺忘的好客精神，無奈只是白費力氣。費蘭妲對於閉居生活的狂熱，猶如一座無法攻克的水壩，堵死烏蘇拉百年來的澎湃激流。熱風不再吹拂之後，她拒絕打開門窗，甚至加裝木樑，遵照父親的指令過著遁世生活。她與紙上醫生的通信最後付出昂貴代價卻一無所獲。經過一再延期後，她在雙方同意的日期和時間關在臥室裡，全身只包著一條白床單，面向北邊，到了凌晨一點，她感覺有人拿著一條沾溼冰涼液體的手帕摀住她的臉。當她睜開眼睛時，窗外太陽已經高掛，她的身體有一條弓形的醜陋縫痕，從鼠蹊部往上延伸到胸骨。但是她還沒休息之前，收到一封紙上醫生寫來令她目瞪口呆的一封信，信上說他們花了六個小時檢查她的體內，卻都沒找到符合她多次仔細描述的症狀。事實上，她總是不直稱事情正確名稱的壞習慣再一次造成誤會，因為心電外科手術醫生只發現她有子宮下垂問題，使用子宮托就能改正。費蘭妲失望極了，她想再問得更詳細一點，但陌生的醫生不再回信。她看不懂那封信上的一個陌生名詞，感覺壓力重重，於是她決定把羞恥心放在一邊，問清楚子宮托到底是什麼，卻在這個時候得知法國醫生早在三個月前上吊自盡，由奧雷里亞諾・波恩地亞上校昔日的戰友不顧全鎮反對安葬他。於是她只好暗中委託兒子，讓荷西・阿爾卡迪歐從羅馬寄子宮托給她，她仔細讀完附上的小本說明書，把內容背得滾瓜爛熟，然後丟進馬桶裡，以免有人知道她得什麼病。其實她沒必要這麼謹慎，跟她住在同個屋簷下的人根本不會注意她。聖塔蘇菲亞過著寂寞的老年生活，她除了煮大家吃的少量食物，剩下的精力全部花在照顧荷西・阿爾卡迪歐二世的生活起居。阿瑪蘭塔・烏蘇拉繼承了一點美人蕾梅蒂絲的魅力，她把以前浪費在捉弄烏蘇拉的時間，拿來寫學校作業，她開始嶄露聰明，用功唸書，讓奧雷里亞諾二世再一次燃起他從前對梅妹的期待。他向女兒保證會根據從前香蕉公司時代立下的家規，送她到布魯塞爾完成學業，因為這個心願，他試著想重整被水災摧毀的土地。他跟費蘭妲逐漸形同陌路，偶爾幾次回家，都是為了阿瑪蘭塔・烏蘇拉，小奧雷里亞諾越到青春期，越是畏縮和孤僻。奧雷里亞諾二世相信費蘭妲老了以後心腸會比較柔軟，願意讓這個孩子出門，這個城鎮早已沒人會去費心猜疑他的出身。可是小奧雷里亞諾似乎寧願足不出戶，與孤獨相處，一點也看不出他想認識從大門口開始展開的世界。當烏蘇拉請人打開梅賈德斯的房間當時，他在附近徘徊，從半掩的房門好奇地探頭探腦，沒有人知道他是在何時開始對荷西．阿爾卡迪歐二世感到同病相憐。當奧雷里亞諾二世聽到小奧雷里亞諾敘述那場火車站的大屠殺，才發現他們的友誼已經開始許久時間。有一天，餐桌上有人感嘆這城鎮從香蕉公司離開之後化為廢墟，小奧雷里亞諾卻以恍若大人的成熟口吻和說話技巧反駁。他的觀點有別於一般大眾的看法，他認為馬康多一直是個繁榮和正派的地方，直到香蕉公司進來攪亂、腐化和壓榨，他們的工程師製造了水災，藉以逃避對工人的承諾。他很有自己的見解，費蘭妲看來卻像是嘲弄性地模仿群醫中的基督，是一種褻瀆，他鉅細靡遺地描述軍隊是如何亂槍掃射困在火車站的三千多名工人，如何將屍體運上火車兩百節的車廂，運到大海丟棄。費蘭妲跟大多數人一樣相信官方版本，因此她氣這個孩子繼承奧雷里亞諾．波恩地亞上校，天生是個無政府主義分子，便命令他住嘴。奧雷里亞諾二世看到的反而是他的雙胞胎兄弟的翻版。事實上，儘管每個人都當他是瘋子，在這段時間這個家頭腦最清醒的反而是荷西．阿爾卡迪歐二世。他教小奧雷里亞諾讀寫，帶他研讀羊皮紙捲，把他認為香蕉公司對馬康多來說代表的意義的個人觀點，灌輸到他的腦袋瓜裡。許多年後，當奧雷里亞諾接觸世界以後，大家都覺得他的版本是愚蠢的，因為跟學校課本上歷史學家承認的虛構版本完全相反。他們倆關在這間偏僻的小房間裡，乾風吹不到，塵粒和熱氣也到不了，他們想起曾看過一幅畫面，遠在他們出生之前，有個戴著如烏鴉展翅寬邊帽的老人，背靠著窗戶談論這個世界。他們同時發現，在這間房子裡，時光永遠停駐在三月的禮拜一，因此他們恍然大悟荷西．阿爾卡迪歐．波恩地亞並非家人口中無可救藥的瘋子，他是唯一一個看清楚真相的聰明人，那就是時間也可能會出錯和發生意外，因此可能分裂，在這個房間留下一塊永恆碎片。此外，荷西．阿爾卡迪歐二世終於整理歸納出羊皮紙捲的神秘文字。他相信文字是來自一個四十七到五十三個符號的字母表，組在一起看似小蜘蛛和扁蝨，在梅賈德斯寫的字體優美的文章裡則像是曬在鐵絲網上的衣服。奧雷里亞諾記得他曾在英國百科全書上面看過類似的符號表，因此他把書帶到房間來跟荷西．阿爾卡迪歐二世的表比較。結果一模一樣。

奧雷里亞諾二世想出猜謎彩券點子的那段時間，有一天他醒來後發現喉嚨哽塞，彷彿正在壓抑哭的衝動。佩特拉．柯提斯認為那是健康情況不佳引起的眾多身體不適之一。接下來一年多時間，她每天早上拿著小刷子沾蜂蜜塗他的上顎，餵他喝白蘿蔔糖漿。後來喉嚨塞得更嚴重了，奧雷里亞諾二世便去找碧蘭．德內拉，看看她是不是有什麼改善的草藥仙丹。這位老當益壯的老祖母差不多一百歲了，還繼續經營一間地下妓院，她不相信民間迷信的偏方，因此拿起了紙牌算了算這件事。她看見一匹黃金馬，喉嚨被拿劍的男僕劃傷，她推測是費蘭妲拿別針扎進他的照片，使用卑鄙的手段要丈夫回家，不過她對巫術的知識不足，反倒害他體內長了一顆瘤。奧雷里亞諾二世只有婚禮拍過人像照，全部都收在家族的相本裡，他趁妻子不注意時，搜遍家裡每個角落，最後他在衣櫥底部發現半打未拆封的子宮托。他以為這些紅色的橡膠圈是巫術器具，便拿走一個藏在口袋，帶去給碧蘭．德內拉看。她說不出這是什麼，但覺得太可疑了，所以要他把半打都拿來，在院子裡放火燒掉。為了祛除費蘭妲的妖術，她指示奧雷里亞諾二世淋溼一隻母雞，把牠活埋在栗樹下，他天真地照做，當他拿來枯葉覆蓋還在移動的泥土，似乎感覺呼吸已經比較順暢。另一方面，費蘭妲以為子宮托憑空消失是紙上醫生的報復。所以她在睡袍內側縫上一個內袋，把兒子寄給她的新子宮托收在裡邊。

活埋母雞六個月後，某天半夜奧雷里亞諾二世醒來一陣狂咳，他感覺彷彿有一對螃蟹鉗從裡面夾住喉嚨。這時他領悟，就算燒掉再多邪惡的子宮托，淋溼再多祛邪用的母雞，唯一的真相是他的死期不遠了。他沒對任何人說。他生怕還來不及送阿瑪蘭塔．烏蘇拉到布魯塞爾就嚥下最後一口氣，於是他拚死拚活工作，原本一週一次的摸彩改為三次。他一大清早出門販售，足跡甚至遍布最偏遠和貧窮的社區，他努力販售彩券，這種衝勁只有在來日不多的人身上看得到。「神意彩券來了！」他吆喝。「不要錯過這個百年難得的好機會。」他奮力裝出開心，盡力討人歡喜，一路喋喋不休，但只消看他滿頭大汗，臉色慘白，就能知道他筋疲力竭。有時他改走荒地，找個沒人看到他的地方坐下來休息，舒緩從體內撕碎他喉嚨的壓迫感。三更半夜，他還逗留在紅燈區，用好運預言來安慰那些在留聲機旁啜泣的寂寞女人。「這個號碼已經四個月沒中了。」他說，並拿彩券給她們看。「不要錯過，人生比想像還苦短啊。」最後大家不再尊敬他，轉而嘲弄他，在他人生的最後幾個月，大家不像以往稱他奧雷里亞諾大爺，而是當面叫他神意大爺。他的聲音逐漸變調、走音，最後只能發出狗打呼聲，但是他仍努力不讓聚在佩特拉．柯提斯院子裡的人群失掉中獎的期望。然而，當嗓子逐漸變啞，他發現再過不久痛苦就會難以忍受，他明白不是靠抽豬隻或山羊，就能送女兒到布魯塞爾，因此他突發奇想，拿淹壞的土地來抽大獎，只要有資本的一定能整修。這是個非常特別的摸彩，許多人集資購買一張五塊披索的彩券，一個禮拜內就銷售一空。抽獎那天晚上，一群中獎人辦了一場狂歡派對，絲毫不輸香蕉公司最繁榮時期的派對，奧雷里亞諾二世最後一次拿起手風琴，奏起漢子弗朗西斯克已遭人遺忘的歌曲，只是他已無法再高歌。

兩個月後，阿瑪蘭塔．烏蘇拉踏上前往布魯塞爾的旅程。奧雷里亞諾二世不只把超級大獎摸彩的錢交給她，還多給了過去幾個月省吃儉用攢下的錢，賣掉不再使用的自動鋼琴、古鋼琴和其他雜物加起來的一丁點錢。他算過，這筆錢可以供她讀完書，只欠回程的船票。費蘭妲一直到最後一刻依舊反對女兒出遠門，她知道布魯塞爾離墮落之都巴黎很近，所以相當惱火，後來收到安赫神父給她一封信才冷靜下來，那封信是給一所由修女負責的天主教女青年宿舍，阿瑪蘭塔．烏蘇拉可以住在這兒直到畢業。此外，神父託付一群要前往托雷多的方濟會修女在旅途中照顧她，到了那裡，她們會找可以信任的人送她到布魯塞爾。當他們忙著寫信盡可能安排，奧雷里亞諾二世在佩特拉．柯提斯的幫忙下，打包阿瑪蘭塔．烏蘇拉的行李。他們把東西裝進一個費蘭妲新婚時的行李箱，擺得井然有序，他們的女兒記得很清楚哪些是穿越大西洋途中該穿的洋裝和便鞋，上岸時該穿上銅釦藍色毛料外套和一雙哥多華山羊皮革鞋。她也知道該怎麼走上起降板，以免掉進水裡，以及她要片刻不離修女身邊，除了吃飯，不能離開船艙，以及在海上，無論如何都不能回答任何陌生人的問題，不管是男是女。她帶了一小瓶暈船藥，一本安赫神父親自抄寫的六篇祛除暴風雨祈禱文。費蘭妲替她縫了一條裝錢用的帆布腰帶，教她怎麼緊緊貼在身上，這樣一來睡覺也不用脫下。她想把黃金便盆送女兒，她用漂白水洗過再用酒精消毒，可是阿瑪蘭塔・烏蘇拉婉拒母親的好意，怕學校同學會嘲笑她。幾個月後，奄奄一息的奧雷里亞諾二世腦中浮現最後一次看見女兒的畫面，她沒辦法拉下二等車廂滿是灰塵的車窗玻璃，聽費蘭妲的最後叮嚀。她穿著一套粉紅絲質洋裝，左肩別著一小束假三色堇飾針；她穿著帶搭扣低跟哥多華山羊皮革鞋，一雙長度到小腿的鬆緊帶亮面絲襪。她的個子嬌小，一頭長髮披散，一雙跟烏蘇拉在同年紀時的靈活眼睛，還有她在道別時刻沒掉一滴淚也沒露出微笑的模樣，說明她有著同樣堅毅的性格。奧雷里亞諾二世走在速度慢慢加快的火車旁，挽著費蘭妲的手臂以免她跌倒，他看到女兒親吻指尖對他送出飛吻，只能舉起手打招呼。他們夫妻從婚禮那天之後第一次牽著手，佇立在炎熱的大太陽底下動也不動，凝視火車變成黑點慢慢地沒入地平線。

八月九日，第一封信還沒從布魯塞爾寄到，荷西・阿爾卡迪歐二世在梅賈德斯的房間跟奧雷里亞諾說話時，突然冒出一句：

「你要永遠記得，他們把三千多人丟進海裡。」

接著，他臉朝下趴在羊皮紙捲上，睜著眼睛死了。就在同樣這一刻，他的雙胞胎兄弟躺在費蘭妲床上，在經歷無情的螃蟹鉗漫長的痛苦折磨，喉嚨遭腐蝕之後，走到了生命的盡頭。他在一個禮拜前返家，這時他已經發不出聲音，難以呼吸，瘦得剩皮包骨，他帶著在外遊蕩的行李箱和手風琴，實現他一定會死在妻子身旁的承諾。佩特拉·柯提斯幫忙他打包衣物，離別時沒掉一滴淚，但是她忘記把他希望穿進棺木的漆皮靴子交給他。當她聽說他過世後，換上黑衣，把靴子用報紙包好，請求費蘭妲讓她見遺體。費蘭妲卻不讓她進家門。

「請站在我的立場想想。」佩特拉·柯提斯哀求她。「我是多麼愛他，才能有這般勇氣忍受這樣的羞辱。」

「情婦就是活該該受羞辱。」費蘭妲回答。「那雙靴子，妳就等著替其他男人穿上吧。」

聖塔蘇菲亞拿菜刀砍下荷西·阿爾卡迪歐二世的頭顱，確保兒子不會遭活埋，實現對他的承諾。他們把兩兄弟的遺體裝在一樣的棺木裡，死後他們再次變得相似，彷彿還是青少年當時一樣。奧雷里亞諾二世昔日的酒肉朋友在他的棺木上放置一個花圈，上面繫著一條寫著一句話的紫紅絲帶：「休息一下吧，母牛，生命苦短。」費蘭妲大發雷霆，她認為這是褻瀆死者，叫人把花圈扔進垃圾堆。最後，幾個哀傷的酒鬼將兩兄弟抬出屋子時，一陣慌亂搞混棺木，然後將他們葬錯墳墓。

18

奧雷里亞諾待在梅賈德斯的房間越來越久。他熟記那本解體的書上的傳奇故事、跛子赫曼修士的研究概要；魔鬼論說、試金石秘訣、諾斯特拉達姆斯的預言密碼，和他對瘟疫的調查，因此，到了青少年時期的他對自身時代一無所知，卻具備中世紀人的基本知識。聖塔蘇菲亞任何時間踏進房間，都看到他沉浸在閱讀世界。她會在天亮時刻端給他一杯黑咖啡，到了中午一盤米飯和炸大蕉片，這是自從奧雷里亞諾二世過世後，家裡唯一吃得到的食物。她照顧他的生活起居，幫他剪頭髮，替他捉蝨子，給他穿在遺忘的衣箱裡找到的舊衣服，當他開始冒出鬍子，她就帶來奧雷里亞諾・波恩地亞上校的刮鬍刀和沖泡沫的瓢子。奧雷里亞諾跟奧雷里亞諾・波恩地亞上校就像同個模子刻出來似的，尤其是那突出的顴骨和堅毅以及帶點無情的嘴唇線條，上校的親生兒子反倒沒有一個長得像他，包括奧雷里亞諾・荷西在內。聖塔蘇菲亞覺得奧雷里亞諾經常自言自語，一如烏蘇拉當年也認為奧雷里亞諾二世在這間房內讀書時做過同樣的事。事實上，他在跟梅賈德斯說話。雙胞胎兄弟過世後不久，某個炎熱的正午，他看見窗戶有個戴著黑色寬邊帽的老人的倒影，老人神情哀傷，似乎是一抹從在他出生許久之前就藏在他的記憶裡的一份回憶幻化出的身影。奧雷里亞諾剛剛分類完羊皮紙捲的字母表。因此，當梅賈德斯問他是否發現那上面是用什麼語言寫的，他毫不猶豫地回答。

「梵文。」他說。

梅賈德斯告訴他，他再回到這間房間的機會不多。但是他會放心地前往真正死亡的世界，因為他知道，奧雷里亞諾會在幾年內學會梵文，那些羊皮紙捲等待了一個世紀終於解開了。他向他指出，在香蕉公司時代有一條專門替人算命和解夢的街，後來水災時變成河流，有個加泰隆尼亞智者在那邊開了一間書店，店裡有一本《梵語入門》，若不趕快去買下，六年後恐被蠹蟲蛀光。聖塔蘇菲亞在漫長的一生第一次表露她內心的感覺，她在聽到奧雷里亞諾向她要求買給他一本書，書應該能在第二排書架的最右邊的《拯救耶路撒冷》和《彌爾頓詩集》之間找到時，不禁目瞪口呆。她不會閱讀，所以把他的描述死記下來，賣掉銀作坊裡所剩的十七條小金魚中的一條，用得來的錢買書。只有她跟奧雷里亞諾知道，士兵來家裡搜查那晚把小金魚放在哪裡。

當奧雷里亞諾的梵文越來越進步的同時，梅賈德斯慢慢比較少現身，形體也越來越縹緲，終於在正午刺眼的光線下消失無蹤。奧雷里亞諾最後一次感覺他到來，身影幾乎已經淡得看不見，他聽見他低聲說：「我在新加坡的沙洲上發高燒死了。」這個房間越來越無法阻擋灰塵、熱氣、白蟻、紅螞蟻，蛀蟲把蘊藏智慧的書本和羊皮紙蛀成粉粒。

屋子裡不愁沒東西吃。奧雷里亞諾二世死後隔天，他的一個朋友，也就是送來花圈和一句不敬的輓辭的其中一位，把積欠費蘭妲丈夫的錢還給她。自此，每逢禮拜三就有一位跑腿的小弟送來一籃食物，足夠他們吃上一整個禮拜。沒有人知道食物是佩特拉．柯提斯送去的，她認為透過不斷的施捨能羞辱這個曾經羞辱她的女人。然而，她的怨恨比預期還快消散，但她還是繼續送食物過去，起先是因為傲氣，到了最後變成憐憫。好幾次，當她提不起精神賣彩券，或者民眾對摸彩已經失去興趣，她會寧可餓肚子，餵飽費蘭妲，直到看到她的送葬隊伍經過的那一天。

聖塔蘇菲亞在這個家工作了超過半個世紀，屋子裡人口減少後，她應當有權利休息。她總是默默努力工作，從沒有一聲抱怨，她給這個家庭帶來有天使般氣息的美人蕾梅蒂絲，以及嚴肅得不可思議的荷西．阿爾卡迪歐二世；她奉獻孤獨寂寞的一生，養育幾個幾乎不記得是她親生的兒女和孫子女，她把奧雷里亞諾視作己出，照顧得無微不至，不知道她就是他的曾祖母。只有在這個家才能想像她一直以來都在穀倉打地鋪睡覺，夜裡老鼠的吵鬧聲此起彼落，她從沒告訴任何人，有一晚她害怕地醒來，感覺有人在黑暗中盯著她，那是一隻爬過她肚子的蝰蛇。她知道烏蘇拉要是知道這件事，一定要給她一張床睡覺，但那個時候，家裡忙著麵包店生意，戰爭帶來驚恐，又得照顧孩子，除非在長廊上大聲嚷嚷，不然沒有人會注意有事發生，無暇關心其他人的幸福。唯一記得她存在的是佩特拉．柯提斯，她不曾見過她，不過對方會關心她有沒有一雙可以穿出門的好鞋，缺不缺衣服，即使在後來靠彩券掙錢扭轉奇蹟的時刻。費蘭妲嫁來這個家之後，以為她是終身服侍家裡的女僕，她曾幾次聽說那是她丈夫的母親，簡直不敢相信，她沒繼續了解她，而是直接遺忘了她。聖塔蘇菲亞似乎一點也不在意奴僕的地位。她反而讓人感覺她就是喜歡躲在角落，她不停工作，沒有抱怨，從青少女住在這裡開始，就把屋子打掃得整齊乾淨，特別是在香蕉公司那個時期，這裡根本就不是一個家，比較像是一座軍營了。但是烏蘇拉去世後，聖塔蘇菲亞過人的勤奮，高度工作能力，開始慢慢瓦解。這不只是因為她年事已高，力氣大不如前，而是這間屋子一夜之間衰老了。牆壁爬上一層柔軟的青苔。荊棘淹沒了院子光禿禿的空地，接著鑽出長廊的水泥地，像是打破一塊玻璃那樣鑽破了地面，小黃花從同樣的裂縫探出頭來，一如一個世紀前烏蘇拉在梅賈德斯放假牙的杯子裡發現的小花。聖塔蘇菲亞沒有時間也沒有辦法阻擋大自然的胡作非為，成天在各個臥室逗留，嚇跑那些夜裡又會冒出來的蜥蜴。有一天早上，她看見紅螞蟻放棄坑坑洞洞的水泥地，穿過花園，爬上擺著枯萎秋海棠的扶手，直搗屋內的最深處。她先試著拿掃把殺死牠們，接著用殺蟲劑，最後換石灰，可是不久牠們又會出現在同樣的地方，不認輸，固執往前行進。費蘭妲正在給兩個孩子寫信，她沒注意這場無法阻擋的攻擊引起毀壞。聖塔蘇菲亞繼續孤軍奮戰，她跟荊棘搏鬥，不讓它們入侵廚房，她清除牆壁上的蜘蛛網，但不到幾個小時又再次冒出來，她刮除白蟻。但是當她看見就算一天清掃三次，梅賈德斯的房間還是只有奧雷里亞諾．波恩地亞上校跟那位年輕的軍官曾經預見的景象，布滿蜘蛛網和灰塵，遍布殘磚碎瓦，和圍繞哀淒的氛圍，她了解她輸了。這時她換上最好但破爛的一套衣服，穿上阿瑪蘭塔・烏蘇拉送她的一雙棉襪，烏蘇拉的一雙舊鞋，打包她僅有的兩三套衣物。

「我輸了。」她對奧雷里亞諾說。「這棟屋子對我這把可憐的老骨頭來說太大了。」

奧雷里亞諾問她要去哪兒，她露出茫然的表情，彷彿對自己的命運一無所知。然而，她試著解釋她要去找一個住在里奧阿查城的表妹，度過人生最後的時光。這不是真的。自從父母過世，她再也沒有跟鎮上的其他人接觸，她沒收過信件或口信，也沒談過她有哪位親戚。奧雷里亞諾給她十四條小金魚，原本她只打算帶著僅有的一塊二十五分披索離開。他站在房間窗口，目送她拿著衣物包袱，拖著在歲月的摧殘下佝僂的身軀，踩著沉重的腳步離開院子，再從門外把手伸進大門的一個孔，拉上門栓。從此再也沒有她的消息。

費蘭妲發現她離開後，大吼大叫了一整天，她檢查了衣箱、斗櫃和衣櫥，確定聖塔蘇菲亞沒帶走任何東西。她有生以來第一次自己生爐火，卻燒傷手指，不得不拜託奧雷里亞諾教她怎麼煮咖啡。慢慢地，變成他負責廚房工作。費蘭妲起床後就能吃到準備好的早餐，她不離開房間，除非取走奧雷里亞諾替她留在爐子上加蓋的飯菜，端到鋪上亞麻桌巾和擺置燭臺的桌上吃飯，她坐在主位，孤單地面對十五張空蕩蕩的椅子。即使這般景況，奧雷里亞諾和費蘭妲仍不願分擔寂寞，各自孤獨活著，打掃自己的房間，而蜘蛛網覆蓋了玫瑰花叢，纏上了屋樑和遮住了牆壁。在這段時期，費蘭妲感覺這棟屋子到處是幽靈鬼怪。彷彿屋內的用品，尤其是天天使用的，似乎都長腳會自己改變位置。費蘭妲確定剪刀擺在床上，等她幾乎翻遍房間，卻發現放在廚房的架子上，而她已經四天沒走進那裡。突然間，所有叉子從放置餐具組的抽屜消失，她在祭壇上找到六支，洗碗槽裡發現三支。最讓她頭痛的尤其是，當她坐下來寫信時，東西會走路。她放在右邊的墨水瓶出現在左邊，她找不到紙鎮，兩天後卻發現在枕頭底下。她寫信給荷西・阿爾卡迪歐和阿瑪蘭塔・烏蘇拉總是混在一起，而且好幾次放在錯誤的信封裡。有一回她丟了一支筆。十五天後郵差把筆還給她，說是在郵包裡找到，挨家挨戶問是誰家的筆。起先，她以為是紙上醫生的報復，就像之前失蹤的子宮托，她甚至寫信哀求他們別再捉弄她，寫到一半她不得不擱下去做其他事，等到她回來，她不僅找不到剛開始寫的信，也忘了寫信的目的。有一段時間她心想這是奧雷里亞諾的惡作劇。她監視他，把東西放在他經過的地方，試著想趁他換東西位置時逮到他，但她很快就相信奧雷里亞諾除了去廚房跟上廁所，從沒離開梅賈德斯的房間，而且他不是個會惡作劇的人。最後她相信是幽靈鬼怪搗蛋，改為確定每樣東西一定得放在使用的地方。她把剪刀用一條長繩綁在床頭。她把筆和紙鎮綁在桌腳，把墨水瓶黏在擱板上，也就是她寫字的右邊位置。但問題沒有馬上解決，因為綁好不到幾個小時，綁剪刀的繩子就不夠長，好似那些鬼怪把繩子變短了。綁筆的繩子也一樣，甚至連她的手臂似乎也一樣，寫信沒多久，就搆不到墨水瓶。不管是在布魯塞爾的阿瑪蘭塔・烏蘇拉還是在羅馬的荷西・阿爾卡迪歐，都不知道這些瑣碎的不順。費蘭妲告訴他們她過得很快樂。的確如此，她感覺她卸下所有的義務，回到父母替她打造的世界，不用煩惱日常生活問題，因為已經先用想像解決了。她不停地寫信，最終失去對時間的概念，尤其當聖塔蘇菲亞離開後更是如此，她之前以子女預計返鄉的日期，來計算天數、月和年份。但他們兄妹一再延長時間，她開始混淆日期，錯置期限，她覺得每一天都很像，並沒有過日子的感覺。她對子女延後返鄉沒感到不耐煩，反而相當開心。她一點也不著急荷西・阿爾卡迪歐說要宣發永願已是許多年前的事，至今他還在說等完成高等神學的課業後，要繼續唸外交，因為她了解爬上通往聖彼得寶座的螺旋梯充滿阻礙，相當陡峭難行。她聽到一些瑣碎的消息反而相當激動，比方她兒子看到教宗。當阿瑪蘭塔・烏蘇拉寫信說她會延後完成學業時間，她也感到開心，因為女兒說她的成績好，父親當初計算時間時，沒考慮到值得繼續讀下去這一點。

自從聖塔蘇菲亞買回文法書，已經過了三年，奧雷里亞諾終於完成羊皮紙捲第一頁的翻譯。這不是一件容易的工作，但這只不過是一條看不到盡頭的道路踏出的第一步，因為西班牙譯文的內容只是鎖碼的詩句，沒有太大意義。奧雷里亞諾手邊沒有密碼的線索，無法解碼，但梅賈德斯說過如果他想要讀通羊皮紙捲，加泰隆尼亞智者的書店裡有他所欠缺的工具書，因此他決定找費蘭妲談談，希望她答應他去找書。此刻這間堆滿殘磚碎瓦的房間，已在不停衍生的瓦礫堆中頹圮，他在這裡，思考如何用比較恰當方式提出請求，他預設情景，計算最適合的時機，但是當他抓住唯一能跟費蘭妲講話的機會，看到她從火爐上取走飯菜，他苦心計畫的請求卻卡在喉嚨，說不出口。這是他唯一一次偷偷監視她。他注意她在臥房裡的腳步聲，聽到她走到大門口，收下兒女的來信，把她的家書交給郵差，他聽到深夜時分她的筆以堅定而熱烈的節奏跳躍在信紙上，最後他聽到關燈的聲音，以及黑暗中的輕聲祈禱。這時他才合上眼睛睡覺，相信明天會是預期的好機會。他深信她不會拒絕，因此有天早上他特地修剪長達肩膀的頭髮，刮掉糾結的鬍子，穿上不知道從誰那兒接收來的一件合身褲子和一件假領襯衫，在廚房裡等待費蘭妲來吃早餐。然而他等到的人，頭沒有抬得高高的，也沒有踩著堅毅的步伐，不是平常的她，而是一位散發超凡美感的老婦，她穿著發黃的貂皮披肩，頭戴金紙花冠，一副偷偷哭過許久的哀淒模樣。費蘭妲自從在奧雷里亞諾的衣箱找到當年已遭蟲蛀的王后服飾，其實已穿過好幾回。如果有人看到她站在鏡子前，陶醉地望著自己君主的姿態，一定會以為她瘋了。但她沒瘋。她只是把王后服裝當作回憶的工具。第一次穿上時，她感覺心破了一個洞，眼眶充滿淚水，她這一瞬間似乎回到當年，又聞到來她家接她，想讓她變成王后的那股軍靴的鞋油氣味，她思念遺落的夢想，靈魂碎裂了。她感覺自己好老好累，離人生那段最美好的時間太過遙遠，她甚至開始懷念最糟糕的時刻，這時，她才發現有多想念大發脾氣的丈夫在長廊上掃落牛至，傍晚時玫瑰花叢水分蒸發的氣味，甚至是外地人粗野的性格。她的心是如此堅韌，曾經奮力抵抗現實日常生活最無情的打擊，也絲毫不感痛苦，如今面對幾次懷舊之情席捲而來竟然就崩壞了。她放不開悲傷情懷，這種渴望隨著摧殘她的歲月的腳步，逐漸變成一種壞習慣。她在舔舐孤獨中彷彿多了點人情味。然而，當她這天早上踏進廚房，碰見一個眼神因夢想發亮，乾瘦蒼白的少年端給她一杯咖啡，猛然發現自己有多可笑，整個人被撕裂。她不僅拒絕他的請求，從此還把屋子的鑰匙收在沒用過的子宮托的袋子裡。她的提防是多此一舉，奧雷里亞諾想的話一定能溜出門再回家，只要沒被看到就好。但是長年的囚禁，對外面世界的不安，以及百依百順的態度，他心底叛逆的種子早已乾枯。因此，他回到房間反覆瀏覽那些羊皮紙捲，聽著費蘭妲在她的臥房裡哭泣到深夜。一天早上，他跟平常一樣去生火，發現前一天留給她的食物還在爐子上，灰燼已經熄滅。於是他到臥房一瞧，看到她躺在床上，覆蓋貂皮披肩，比任何時刻都還美麗，皮膚變成象牙白。四個月後，當荷西．阿爾卡迪歐返家，發現母親依舊完整如初躺在床上。

從沒有一個孩子像荷西．阿爾卡迪歐這般像他的母親。他一襲深色的塔夫綢西裝，一件圓硬領襯衫，他沒打領帶，只繫了一條打結的細絲帶。他臉色蒼白，神色憔悴，目光呆滯，抿著薄弱的嘴唇。他頂著一頭黑髮，抹上髮油的頭髮相當光滑，中分的白色髮線相當筆直，就像聖人像的假髮一樣。他那張恍若石蠟的臉孔有仔細刮掉鬍子留下的鬍青，他似乎是知道發生什麼事。他的雙手沒有血色，爬著一條條青筋，手指像是寄生蟲，左食指戴著一枚厚實的黃金戒指，上面有顆向日葵圖樣的蛋白石。當奧雷里亞諾打開大門，他根本無須猜測是誰千里迢迢而來。他踏進家門，空氣中立刻瀰漫一股芳香，那就是烏蘇拉在他小時候灑在他頭上的花露水，好在昏暗中找到他在哪裡。因為難以解釋的原因，荷西．阿爾卡迪歐離家這麼多年，已經中年的他仍是當年那個非常悲傷寂寞的孩子。他直接走到母親臥房，四個月來，奧雷里亞諾曾照著梅賈德斯的藥方，使用外公的祖父的試管來蒸發水銀，以保存屍體的完整。荷西．阿爾卡迪歐沒多問什麼。他在母親遺體的額頭印下一個吻，從她的裙子裡拿出腰包，裡面有三個沒用過的子宮托和衣櫃的鑰匙。他的動作精準確實，跟他憔悴的外表落差強烈，接著他從散發檀香氣味的衣櫃裡拿出一個刻有家族標誌的皮製小盒子，在裡面找到一封厚重的信，費蘭妲在信上發洩無數對他隱瞞的真相。他站著讀信，帶著渴望但不着急，讀到第三頁他停了下來，換上一抹全新的目光，打量奧雷里亞諾。

「原來如此，」他說，語氣流露利刃般的銳利。「你是私生子。」

「我是奧雷里亞諾．波恩地亞。」

「回你的房間。」荷西．阿爾卡迪歐對他說。

奧雷里亞諾離開了，後來聽到冷清的喪禮聲音，也不好奇地出去看。有時，他從廚房看見荷西．阿爾卡迪歐在屋內遊蕩，淹沒在他自己窒息的呼吸聲中，午夜過後，還聽得見他的腳步聲在已經化成廢墟的其他臥房裡踱步。他好幾個月沒聽到荷西．阿爾卡迪歐的聲音，他從不對他說話，他也不期待他會如此，除了羊皮紙捲，他沒時間想其他事。費蘭妲死後，他拿出最後兩枚小金魚的其中一枚，去加泰隆尼亞智者的書店，尋找他需要的書，他對路上所見的一切不感興趣，或許是因為他沒有回憶而無從比較，荒蕪的街道，無人居住的屋舍，跟他渴望認識城鎮時那段時間想像的一模一樣。他應允自己當初費蘭妲拒絕的請求，就這麼一次，就只有一個目的，只能用最少的時間，所以他一刻也不停歇，從家裡走過十一個街區，抵達昔日解夢的那條大街，氣喘吁吁地鑽進雜亂陰暗的店裡，裡面幾乎沒有走動的空間。這裡不像一間書店，倒像舊書垃圾場，書本亂七八糟地塞滿已遭白蟻蛀壞的書架上、蜘蛛網密布的角落，和應該是通道的空間。書店主人正在一張長桌前振筆直書，桌面堆著一本本沉重的厚書，他寫在拆散的學校作業紙上，字跡是紫羅蘭色的，有點像是鬼畫符。他有一頭漂亮的銀髮，髮絲像鳳頭鸚鵡的羽冠那般垂在額頭上，那雙靈活的藍色眸子顯得有些過窄，眼神流露讀書人溫和的書卷氣。他只穿著一條內褲，大汗涔涔，他沒有放下筆，看看是誰上門。奧雷里亞諾有些費力地從驚人的雜亂堆中拿出他要的五本書，因為正是放在梅賈德斯向他指出的位置。他沒說一句話，把書跟小金魚一起交給加泰隆尼亞智者，對方仔細看了一下書，眼睛瞇成一條線。「你應該瘋了。」他用自己的語言說，接著肩膀一聳，把五本書和小金魚還給奧雷里亞諾。

「書給你吧。」他改用西班牙語說。「最後一位讀這些書的人應該是盲眼修士以撒，所以你要想清楚自己在做什麼。」

荷西・阿爾卡迪歐整修了梅妹的房間，他請人來打掃，修補天鵝絨窗簾和豪華床鋪的錦織華蓋，重新使用荒廢的浴室，裡面的水泥浴池已經發黑，覆蓋一層粗糙的纖維物質。最後，他只能在這兩個地方繼續他充滿次級品、破舊的異國物品、假香水和廉價珠寶的世界。屋子裡唯一讓他感到礙眼的是祭壇的聖人像，有一天下午，他在院子裡生火，把聖人像燒得剩下灰燼。他往往睡到早上十一點過後。起床後他穿上一件縫邊脫線的金龍長袍，踩著一雙黃色流蘇拖鞋到浴室去，接著他花很長時間，慢條斯理進行洗浴儀式，讓人想起從前的美人蕾梅蒂絲。洗澡前，他會先從三個大理石瓶拿一把浴鹽撒進浴池，增加洗澡水香氣。他不使用水瓢，踏進瀰漫香氣的水裡，臉部朝上，浮在水面兩個小時，享受清涼，思念著阿瑪蘭塔，昏昏欲睡。回家幾天後，他不再穿那套塔夫綢西裝，除了天氣太熱，他也僅有那一套可穿，他換上合身的長褲，非常類似皮耶特・克雷斯畢上舞蹈課穿的褲子，以及一件生絲襯衫，胸口繡有他的姓名開頭字母。他一個禮拜兩次，到浴池洗這一套衣物，穿著長袍等衣服曬乾，因為他沒有其他衣服可穿。他從不在屋裡吃飯。他會頂著午覺時刻的燠熱出門，直到深夜才回來。之後他繼續不安地在屋內遊蕩，像隻貓輕輕呼吸，思念阿瑪蘭塔。他對這間屋子的回憶只有她，和在夜燈照亮下的聖人像駭人的目光。當他還在羅馬時候的八月，他滿腦子妄想，每每夢中睜開眼睛，他總看見阿瑪蘭塔穿著花邊圓裙，手上纏著黑紗布，從彩色大理石水池冒出來。他在異鄉深感愁苦，把她的模樣理想化了。他跟奧雷里亞諾・荷西不同，不像他藉著在浴血的戰場上衝鋒陷陣抹去她的倩影，反而將她困在他色慾的泥沼中，並捉弄母親，騙她說他希望從事神職。他跟母親都沒想過他們的家書往返只不過是交換彼此幻想的故事。荷西・阿爾卡迪歐一到羅馬立刻放棄神學院學業，跟兩個朋友住在特拉斯提弗列區的一間閣樓，但是他繼續拿神學和教會法規當幌子，以免失去母親在幻想連篇的信裡告訴他的龐大遺產，他得靠這筆錢脫離悲慘不堪的處境。當他接到母親最後一封信，信裡寫著她預感自己即將過世，他便將他虛假的光鮮亮麗生活僅剩的物品塞進一只手提箱，跟一群移民擠在船窖，彷彿待宰的屠宰場動物，穿越大海，他吃冰冷的通心粉和長蛆的乳酪果腹。當他看到破損的家具和長廊上的荊棘，他就知道他掉入一個再也爬不出來的陷阱，回不去羅馬春天燦爛的陽光和亙古的空氣，他讀了母親的遺囑，發現那不過是無關緊要的瑣事，不幸遭遇遲來的概括。當他氣喘發作，累得難以成眠時，他便一再衡量他的不幸到底有多麼深刻，同時在這棟陰森森的屋子裡踱步，回想年事已高的烏蘇拉以誇張手勢灌輸他對這個世界的恐懼。烏蘇拉為了確定在昏暗裡找到他，指定臥房裡的一個角落給他，告訴他太陽下山後鬼魂會現身在屋子裡遊蕩，那個角落是唯一可以躲開死人的地方。「不管你做什麼壞事，」烏蘇拉對他說。「聖人都會告訴我。」他童年的黑夜充滿恐懼，他特別記得那個角落，他總是坐在一張凳子上動也不動，忍受告密者聖人像冰冷目光的監視，害怕地流汗，一直到上床睡覺時刻。其實這是多餘的折磨，因為這個時期的他已對周遭的一切感到害怕，往後將對人生遭遇的一切驚慌不已：街上的女人會害人失血，家族的女人會生下有豬尾巴的孩子；鬥雞會害男人喪命，帶給人一輩子的內疚；一碰武器，會引發二十年的戰爭；錯誤的探險，只會害人悶悶不樂和發瘋，總之，上帝以無盡仁慈創造一切，惡魔會跟著一一破壞。他在浴池裡張開眼睛，他在惡夢連番折磨下感到疲憊不堪，但是窗戶的亮光，以及回憶中阿瑪蘭塔的親撫，和她拿著絲質粉撲在他兩腿間輕拍滑石粉，讓他擺脫了恐懼。連烏蘇拉在花園裡耀眼的陽光底下也像換了個人，這時她不會對他談那些恐怖的事，而是拿碳粉磨亮他的牙齒，好讓他笑起來跟教宗一樣燦爛，接著她還幫他修剪和拋光指甲，好讓從世界各地湧來的朝聖者抵達羅馬時，驚歎他有一雙乾淨優雅的手，她也替他噴灑花露水，讓他的身體和衣服跟教宗一樣飄散香氣。他曾在岡多菲堡的庭院看過教宗站在陽臺上，對著一大群朝聖者用七種語言發表同樣的演講，事實上他只注意他那恍若泡過漂白水的白皙的雙手，一身光亮炫目的夏季服飾，以及散發出一股淡淡古龍水氣味。

荷西·阿爾卡迪歐返鄉約一年後，為了填飽肚子，他賣掉了銀製燭臺和刻有家族徽章的便盆，賣掉當時，才知道整個便盆只有家族武器盾牌標誌是純金，他唯一的娛樂只有聚集鎮上的小孩來家裡玩耍。他會在午覺時間帶著他們回來，讓他們在花園裡跳繩，在長廊上唱歌，踩上大廳內的家具走著，這時他會穿梭在他們之間，教導哪些是好的行為。這段時間，他不再穿合身長褲和絲質襯衫，改換一套在阿拉伯人商店買的普通衣物，但是他依舊保有憂鬱的尊貴和教宗的行為舉止。這些孩子占據了整間屋子，一如過去梅妹的同學那樣，到了深夜，還聽得到他們在奔跑、唱歌和跺腳跳舞，因此這棟屋子就像是沒有紀律的宿舍。奧雷里亞諾並不擔心孩子入侵，只要他們別來梅賈德斯的房間打擾。有一天早上，有兩個孩子推開房門，他們嚇了一大跳，看著眼前邋遢、滿臉鬍子和一頭亂髮的男子正在桌上解讀羊皮紙捲。他們不敢進去，但在門外徘徊不去。他們從門縫探頭察看，交頭接耳，從天窗丟進活生生的動物，有一回他們還從門外跟窗戶外亂釘釘子，害得奧雷里亞諾花了半天時間拔除。他們相當開心調皮搗蛋不會受到處罰，另一天早上，四個孩子趁奧雷里亞諾在廚房，打算毀掉羊皮紙捲。但是當他們一拿走發黃的紙捲，有一股神力將他們舉起，讓他們浮在半空，直到奧雷里亞諾回來搶回羊皮紙捲。從那之後，他們再也不敢打擾他。

孩子當中四個年紀最大的，儘管差不多是青少年年紀仍穿著短褲，他們會負責打理荷西．阿爾卡迪歐的儀容。他們會比其他孩子早到，整個早上替他刮鬍子，拿熱毛巾幫他按摩，給他修剪和拋光雙手和雙腳的指甲，替他噴灑花露水。他們好幾次下水到浴池，幫他從頭到腳抹肥皂，他只是漂在水面思念阿瑪蘭塔。接著，他們替他擦乾身體，撲上滑石粉，穿上衣服。其中有個金色鬈髮的男孩，他有雙像兔子般透紅的眼睛，經常留在屋裡睡覺。他跟荷西．阿爾卡迪歐關係緊密，會在他哮喘發作睡不著時，默默地陪他在幽暗的屋子裡遊蕩。有一晚，他們看見從前烏蘇拉睡覺的臥室，有道暈黃的光芒從彷彿透明的地面穿透上來，好似地底有個太陽把臥室的地板變成玻璃。他們不必點燈，光芒亮得刺眼，他們只是把角落損壞的地板掀開，也就是從前擺置烏蘇拉床鋪的位置，便找到了奧雷里亞諾二世經過瘋狂挖寶後放棄尋找的秘密地窖。裡邊有三個帆布袋，全用銅線綁住，裡面一共有七千兩百一十四枚四面盾牌的西班牙古金幣，像是黑暗中的炭火繼續發亮。

發現寶藏像是火苗突然間竄起。他非但沒按照在悲慘生活中醞釀的夢想，帶著這筆不恰當的財富回羅馬，反倒把這棟屋子變成墮落的樂園。他更新臥房裡的天鵝絨窗簾和華蓋，請人替浴室地板換上瓷磚，牆壁鋪上彩繪花磚，飯廳裡的櫥櫃塞滿糖漬水果、火腿和醃漬酸菜，廢棄的穀倉再一次開啟，儲存荷西．阿爾卡迪歐親自從火車站扛回來的葡萄酒和利口酒，每個箱子都寫著他的名字。有一晚，他跟四個大孩子舉辦通宵派對。清晨六點，他們脫光衣服走出臥房，把浴池的水放掉，倒滿香檳。他們一起下去冒著芳香泡泡的酒裡游泳，像是鳥兒在染成金色的天空飛翔，荷西・阿爾卡迪歐跟以往一樣頭朝上漂浮著，無視他們戲水，張著眼睛思念阿瑪蘭塔。他就這樣專注地咀嚼錯誤的歡樂帶來的苦澀，接著幾個孩子玩累了，一起回到臥房，他們扯下天鵝絨窗簾擦乾身體，混亂中打破水晶岩鏡子，爬上床想睡覺又弄壞了華蓋。當荷西・阿爾卡迪歐從浴室回來，發現臥房像是船難過後景象，他們光著身體擠在一起睡覺。他勃然大怒，不只是因為他們的破壞，也因為在縱情狂歡後浮起一種悲涼的空虛，讓他對自己感到噁心又同情，於是他從存放苦行帶和其他苦行和懺悔時的鐵具的衣箱底部拿出幾條教士打狗鞭，將孩子驅逐出去，他像個瘋子大吼大叫，狠心地抽打他們，即使是對待一群郊狼也不該這般狠毒。之後他哮喘發作好幾天，整個人奄奄一息，像是徹底崩壞了。到了發作的第三晚，他自覺敵不過哮喘，便到奧雷里亞諾的房間，請求他到附近藥房幫忙買吸氣用粉末。於是奧雷里亞諾第二次出門，去幫他辦這件事。他只需要走過兩個街區就能抵達一間小藥房，這間店的櫥窗布滿灰塵，裡頭陶瓷藥罐上寫著拉丁文，一名有著尼羅河毒蛇神秘美感的女孩，把荷西・阿爾卡迪歐寫在紙條上的藥物交給他。第二次觀看荒涼的城鎮，街道只有昏黃的電燈泡照明，他跟第一次一樣沒感到太多好奇心。荷西・阿爾卡迪歐原本以為他逃了，不過還是看到他回來，因為趕路有些氣喘吁吁，長年閉居和缺乏活動，他只能拖著兩條虛弱和笨拙的腿走路。荷西．阿爾卡迪歐返家幾天後，就發現他真的對外面的世界不感興趣，因此違抗母命，讓他自由來去。

「我沒事，不需要出門。」奧雷里亞諾回答他。

他繼續過著閉居生活，專注在慢慢解開神秘面紗的羊皮紙捲上，然而他卻無法解讀其中意思。荷西．阿爾卡迪歐端來火腿片到房間給他，以及能在唇齒之間留下春天滋味的糖花，有兩次他還送來上等紅酒。他對羊皮紙捲不感興趣，以為那是密教的消遣物，不過他發現他這位可憐的親人的確有過人的智慧，通曉神秘的世界知識。他這時才知道他除了讀紙捲，他還會讀英文，看得懂那套六冊的百科全書，從第一頁讀到最後一頁，彷彿讀的是一本小說。起先，他以為奧雷里亞諾能跟他談羅馬，就像住過那裡許多年，但其實是靠百科全書，不過他很快發現他的知識不只來自百科全書，比方說物價。當他問奧雷里亞諾是怎麼拿到那些資訊，他得到的唯一答案是：「一切都是攤在陽光底下的。」奧雷里亞諾倒是很訝異在近距離接觸荷西．阿爾卡迪歐之後，發現他跟在屋子裡遊蕩的模樣竟有這麼大的落差。他會笑，偶爾會懷念這棟屋子的過去，以及擔心梅賈德斯房間殘破的狀況。他們同血緣又共嘗孤獨，雖然走得近，這份情誼卻還稱不上友誼，但是足以支撐他們度過深不見底的寂寞，既讓他們保持距離，又讓他們聚攏在一起。於是，荷西．阿爾卡迪歐能找他解開一些令他失去耐心的家庭問題。奧雷里亞諾也能坐在長廊閱讀，接收阿瑪蘭塔．烏蘇拉繼續準時寄達的家書，以及使用荷西．阿爾卡迪歐回家後重新整修的浴室。

一個炎熱的清晨，兩人聽到對街大門傳來急促的敲門聲，驚醒過來。站在門外的是個深色皮膚的老先生，他的臉孔在一雙綠色大眼睛的襯托下泛著一種陰森的螢光，他的額頭印有聖灰十字。他衣衫襤褸，鞋子破了，身上唯一的行李是肩上揹的舊行囊，他看起來就像乞丐，但是他的動作流露一種與外表格格不入的尊貴。即使廳堂裡一片昏暗，但只要看他一眼，就能發現他能活著的神秘力量，不是自衛本能，而是恐懼的習慣。他是奧雷里亞諾・阿馬多，奧雷里亞諾・波恩地亞上校十七個兒子唯一倖存下來的一個，他過著東躲西藏的日子，度過危機四伏的漫長人生，如今渴望尋求休息。他表明身分，哀求他們給他在這棟屋子一個棲身處，他在逃亡的夜晚想起這裡會是他餘生最後一個安全的堡壘。但是荷西・阿爾卡迪歐跟奧雷里亞諾不記得他是誰。他們以為他是個流浪漢。於是將他粗魯地掃地出門。這時他們從門口看到一齣遠從荷西・阿爾卡迪歐懂事前就拉開序幕的悲劇的終幕。兩個長年追緝奧雷里亞諾・阿馬多的警探，像狗一樣追著他跑過大半個世界之後，從對面人行道的扁桃樹之間冒出來，舉起毛瑟槍對他開了兩槍，子彈俐落地貫穿額頭上的聖灰十字。

事實上，荷西・阿爾卡迪歐自從把幾個孩子轟出門之後，一直在等船班消息，他希望在耶誕節前回到拿坡里。他把打算告訴奧雷里亞諾，甚至擬好計畫，讓他能經營小生意維持生計，因為費蘭妲安息之後，食物籃就不再送上門。然而他最後的心願並沒有實現。九月某天早上，荷西・阿爾卡迪歐跟奧雷里亞諾在廚房喝完咖啡，接著跟平常一樣去洗澡，正當他要洗完時刻，那四個被逐出門的孩子從屋頂的破洞爬進來。他們沒給他抵抗時間，把他的衣服丟進浴池，抓起他的頭髮，把他的頭按到水裡，直到水面不再浮起垂死掙扎的氣泡，他安靜猶如海豚蒼白的屍體沉到香水浴池的底部。接著他們帶走只有他們跟死者知道藏在哪裡的三袋金幣。他們猶如軍人，執行了這場迅速、縝密和殘忍的行動。奧雷里亞諾關在房間裡，不知道發生什麼事。這天下午，他在廚房裡想念荷西．阿爾卡迪歐，便翻遍屋子到處找他，最後發現他漂浮在一池香水水面，巨大的身體已經浮腫，空氣中還縈繞著他對阿瑪蘭塔的思念。這時他才明白自己已經開始喜歡他這個人。

19

十二月初，阿瑪蘭塔・烏蘇拉帶著她衣領繫著一條絲繩的夫婿，搭乘微風吹送的帆船回到家鄉，她沒有提前通知，就這麼突然出現，她穿著一襲象牙白洋裝，戴著一長串達膝蓋的珍珠項鍊，祖母綠和黃玉戒指，剪了一個圓頭髮型，像燕尾般的兩鬢垂在耳朵位置。她六個月前出嫁，先生是個上年紀的法蘭德斯人，身形瘦削，像是水手的感覺。她一推開大門，立刻明白她離鄉的時間比以為的還要久，屋子也比想像的還要破敗。

「老天！」她尖叫，聲音滿溢喜悅而非緊張。「這棟屋子連一個女人都沒有了！」

她的行李連長廊都塞不下，除了費蘭妲寄到學校給她的行李箱外，她還帶回兩個直立式衣櫥，四個大手提箱，一袋洋傘，八盒帽子，一座巨大的鳥籠，裡面有五十隻金絲雀，還有丈夫的腳踏車，車子拆掉後裝在一個特製的盒子裡，可以像提大提琴一樣帶著走。這場漫長的旅程結束後，她一天也不停歇，她換上丈夫帶來的一套破舊的亞麻布工作服，動手整修屋子。她嚇跑占據長廊的紅螞蟻，使玫瑰花叢恢復生氣，連跟拔除荊棘，重新在扶手處的花盆播下蕨類、牛至和秋海棠的種子。她指揮一群木匠、鎖匠和水泥匠，要他們修補地面的裂痕，安裝門窗軸眼，修理家具，漆白屋內和屋外的牆壁，因此她返家三個月後，這棟屋子再一次洋溢青春氣息和派對的活力，彷彿回到自動鋼琴的時代。在這個家，從沒有人像她面對任何狀況隨時都能興高采烈，隨時都能唱歌跳舞，拋棄老舊的東西和習慣。她掃帚一揮，清除了悲傷的回憶，和一堆堆積在角落的雜物和迷信器具，她只留下客廳裡蕾梅蒂絲的銀板照片，這是為了感念烏蘇拉。「看哪，多難得！」她大叫，笑得半死。「十四歲的曾祖母耶！」當一名水泥匠告訴她這個家到處是鬼魂，唯一嚇跑他們的辦法是找到他們埋葬的寶藏，她哈哈大笑，回答她一點也不相信人類的迷信。她是這麼率性，這麼活潑，有著現代和自由的精神，當奧雷里亞諾看見她回家，不知該作何反應。「太棒了！」她張開手臂，快樂地尖叫。「我親愛的食人怪，看看你長得多大了！」在他來得及反應之前，她已經把一張唱片放進手提留聲機，試著教他跳現代舞。她強迫他換掉奧雷里亞諾·波恩地亞上校的髒褲子，送給他幾件年輕的襯衫和一雙雙色鞋，看他花太多時間待在梅賈德斯的房間，就推他出門。

她跟烏蘇拉一樣充滿活力、個子嬌小、個性倔強，又如同美人蕾梅蒂絲有著動人的美貌，她有著能領先時尚潮流的過人天賦。她每回收到最新寄來的時裝雜誌，只用來確定她設計的款式果然是對的，而且她早已用阿瑪蘭塔的手搖陽春裁縫機縫製出來。她訂了幾本歐洲的時尚雜誌、藝文雜誌和流行音樂雜誌，她只看一眼就知道世界的潮流跟她想像的一樣。很難想像，像她這種精神的女人為什麼會回到一個死氣沉沉的城鎮，這裡遭到塵土和酷熱摧殘，況且她還有個有錢的丈夫，不管在世界任何角落，都能生活無慮。他是如此深愛她，心甘情願讓她牽著一條絲繩，跟著她走。然而，隨著時間過去，她留下的決心越加堅定，因為她的計畫都是長期，她的決定都指向在馬康多過著舒適的日子和平靜的養老生活。從那籠金絲雀，就足以看出她的打算不是一時興起。她記得母親曾在信裡提到鳥兒都死光了，於是她特地將出發日期延後好幾個月，尋覓會在加那利群島靠岸的船隻，她在島上挑選了二十五對最優雅的金絲雀，要讓牠們重新出現在馬康多的天空。這是她無數計畫中敗得最慘烈的一個。隨著鳥兒逐漸繁殖，阿瑪蘭塔·烏蘇拉把牠們成雙釋放，但是牠們一發現自由，馬上就逃離城鎮。她用過許多辦法都失敗，像是使用烏蘇拉在第一次整修房屋建造的鳥舍吸引牠們，或是替牠們在扁桃樹上造茅草鳥巢，在屋頂上撒上牠們吃的金絲雀虉草，誘引籠內的鳥兒唱歌，招引飛走的鳥兒回來，因為鳥兒一發現自由就飛走了，牠們只在天空繞了一圈，沒多久就找到回加那利群島的路。

回家一年後，阿瑪蘭塔·烏蘇拉還沒有辦法交到朋友或是舉辦任何派對，但她還是相信能拯救這座遭不幸詛咒的城鎮。她的丈夫葛斯頓自從在那個炎熱的正午下了火車之後，他就明白妻子的決定只不過是思念已化為海市蜃樓的過去，但是他小心翼翼地不去惹惱她。他有把握她遲早會屈服於現實，所以他根本不想浪費力氣組裝腳踏車，只是尋找水泥匠扯下的蜘蛛網上最亮的蛋，用指甲剝開，花幾個小時拿著放大鏡觀看從蛋裡爬出來的迷你蜘蛛。不久，他想阿瑪蘭塔·烏蘇拉不會認輸，要繼續整修屋子，便決定把前輪比後輪大的腳踏車拿出來組裝，也去附近捕捉所有能找到的原生昆蟲，製成標本後裝進果醬罐頭，寄給他在列日大學昔日的自然歷史學教授，他曾在那裡攻讀昆蟲學並進行研究，不過他的正職可是名飛行員。他騎腳踏車出門，通常會穿緊身長褲、及膝襪和一頂無邊便帽，如果走路出門，穿的是潔白無瑕的亞麻服裝，套上白鞋、絲質領結，戴上草帽，還拿著一把藤杖。他有一雙淺色眼珠，更加深給人水手的印象，此外還留了厚重的一字鬍。他比妻子大十五歲，但年輕的品味，全心全意想讓妻子快樂的心念，以及他所有的好情人的特質，縮小了他們年齡的差距。事實上，每個人看到這位要求講究的四十來歲男子脖子繞著絲繩，騎著彷彿出自馬戲團的腳踏車，讓人完全無法想像他跟年輕的妻子有份狂愛的約定，只要兩人有所感覺，就要滿足彼此迫切的需要，不論人在哪裡，不管地點恰不恰當，隨著交往時間越久和環境越來越特殊，他們的熱情越來越深厚和濃烈。葛斯頓學識豐富，想像力無邊，他不但是個狂野的情人，也可能是史上第一個差點害死自己跟未婚妻的男人，只為了緊急迫降到一處紫羅蘭田享受性愛。

他們認識三年之後才結婚。當時他駕駛雙翼飛機，到阿瑪蘭塔・烏蘇拉就讀的學校上空表演翻轉，他嘗試大膽的特技想避開旗桿和帆布與鋁箔紙棚架，飛機卻因為尾翼勾住電線掛在那裡。從那之後，他不顧一條腿還固定夾板，每個週末都到阿瑪蘭塔・烏蘇拉寄住的修女宿舍來接她去他的運動俱樂部。宿舍的規定並不如費蘭妲期望的那樣嚴格。他們開始在荒原五百公尺高的悠閒的上空談戀愛，地面的生物越小，他們就越情投意合。她跟他聊馬康多，形容那裡是世界上最明亮和寧靜的城鎮，她談起一棟縈繞秋海棠芳香的大屋子，說她希望跟忠誠的丈夫和兩個調皮搗蛋的孩子在那裡終老，她要給孩子取名羅地哥和康薩洛，絕不能叫奧雷里亞諾跟荷西．阿爾卡迪歐，她還想要一個女兒叫薇吉妮亞，絕不能叫蕾梅蒂絲。她如此堅定與濃烈的思鄉情懷，把故鄉理想化了。於是葛斯頓明白，他若不帶她回那座城鎮，就無法抱得美人歸。他答應了，後來也願意戴上絲繩，他以為那不過是一時的怪癖，最好及時應付她。但是他們在馬康多住了兩年，阿瑪蘭塔．烏蘇拉依舊跟第一天抵達時一樣開心，他心中的警鈴開始響起。這時他已經把當地能製作標本的昆蟲全都製成標本，跟本地人一樣講了一口流利的西班牙語，把郵寄來的雜誌上的字謎全部解完。他不能拿氣候當藉口催她返鄉，因為上天賜給他能適應殖民地的肝臟，讓他輕易抵抗午睡時間的酷熱和長蟲的水。他相當喜愛本地菜，有一次他連吃了八十二顆蜥蜴蛋。反倒是阿瑪蘭塔．烏蘇拉訂了由火車運來的一箱箱放置冰塊的鮮魚貝類、罐頭肉和糖漬水果，她只吃這些，而且她依舊穿著歐洲流行服飾，訂閱郵寄的時裝雜誌，儘管她沒地方去，也沒有可以探訪的朋友，她的丈夫已經沒有閒情逸致欣賞她的短洋裝、斜戴的毛氈帽以及繞七圈的長項鍊。她能繼續生活在這裡的秘訣似乎是隨時保持忙碌，解決她自己製造的家庭問題，以及故意做不好某些事隔天再改正，這般危險的勤奮，肯定會讓費蘭妲認為女兒遺傳了家族做好、破壞，再重做的惡習。這時她喜愛熱鬧的性格展露無遺，每回收到新唱片，她就邀葛斯頓到客廳來試試同窗同學畫給她的舞步示意圖，直到深夜，最後總變成兩人在維也納的搖椅或在空地板上恩愛起來。她生活幸福美滿，只缺生兒育女，可是她尊重跟先生一起決定的婚後五年再生孩子的約定。

早上時間，葛斯頓為了打發無事可做的時間，通常會到梅賈德斯的房間找奧雷里亞諾。他樂得跟這個孤僻的傢伙回憶他的故鄉，奧雷里亞諾像是真的住過那裡很長時間，連最偏僻的角落都如數家珍。葛斯頓問他怎麼知道這些百科全書上沒有記載的東西，結果他跟荷西·阿爾卡迪歐聽到一樣的回答：「一切都是攤在陽光底下的。」奧雷里亞諾除了學梵文，也學過英文、法文和一點拉丁文與希臘文。這段時間，他每天下午出門，阿瑪蘭塔·烏蘇拉會給他一週的個人花費，他的房間似乎變成了加泰隆尼亞智者書店的分店。他飢渴地閱讀到深夜，葛斯頓看他這樣狼吞虎嚥，認為他買書不是要吸收新知，而是要確定他的知識正不正確，其中他最感興趣的莫過於羊皮紙捲，他把一天最珍貴的早晨時光都花在研讀這些東西。葛斯頓跟他的妻子都希望奧雷里亞諾加入他們的家庭生活，不過他是個內向的男人，給人的神秘感隨著時間有增無減。葛斯頓失敗了，他無法打破這個狀況，無法跟他親近，只能找尋其他娛樂來打發時間。他就是在這個時刻，有了建立航空郵路的想法。

阿瑪蘭塔·烏蘇拉沒發現，她的返鄉其實徹底翻轉奧雷里亞諾的人生。荷西·阿爾卡迪歐死後，他變成加泰隆尼亞智者書店的常客。此外，他自由了，又有時間，於是對這座城鎮感到一丁點好奇，他開始認識它，沒有太過驚奇。他走遍灰塵覆蓋的荒涼街道，帶著不同一般人的科學家的好奇心，踏進化為廢墟的屋舍，觀看生鏽和被求死的鳥兒撞壞的鐵窗櫺，以及被回憶壓得喘不過氣來的居民。他試著想像香蕉公司時代那座曾經光輝燦爛的城鎮，公司昔日的泳池已經乾涸，裡面塞滿腐爛的男鞋和女鞋，幾乎溢出來，他在遭到毒麥破壞的宿舍，發現一具還用鋼鏈綁著鐵環的德國獵犬的骨骸，一具電話響個不停，他接起來，話筒裡傳來一個女人遙遠焦急的聲音，他聽得懂她用英文問的問題，他回答沒錯，罷工已經結束，三千具屍體被扔進大海，香蕉公司離開了，馬康多終於恢復平靜，這都是許多年前的事。他走著走著，走到已經破敗的紅燈區，在這裡曾經為了炒熱跳昆比亞舞的氣氛，燒掉了成疊的鈔票，如今這裡的街道比起其他的街道都還悲涼哀淒，有幾處紅燈還亮著，裝飾著殘花的空蕩蕩的舞廳，有神情憔悴、體態臃腫的寡婦，曾祖母級的法國女郎，還有年事已高的各國妓女，她們還繼續在留聲機旁等待。奧雷里亞諾碰到的人都不記得他的家族，甚至沒聽過奧雷里亞諾．波恩地亞上校，唯一例外的是一個長壽的安地列斯群島黑人住民，這個頂著如棉花般蓬鬆白髮的老先生給他感覺像是底片上的人影，黃昏時刻還繼續在門廊上高唱哀傷的聖歌。奧雷里亞諾跟他用短短幾個禮拜就學會的複雜的帕皮阿門托語聊天，有時會分享他的曾孫女熬煮的雞頭湯，這位女孩體型高大，骨架粗壯，有著母馬的臀部和香瓜般渾圓的乳房，她的頭型圓而完美，頂著一頭鐵絲般堅硬的髮絲，就像個中世紀戰士的頭盔。她叫妮葛蘿蔓塔。這段時間，奧雷里亞諾靠賣掉餐具、燭臺，和屋內其他雜物為生。他身上經常一毛錢不剩，這時他會到市場的飯館討些他們要丟到垃圾堆的雞頭，帶去給妮葛蘿蔓塔煮湯，並要她放馬齒莧增加份量，再撒點綠薄荷添增香氣。老先生過世後，奧雷里亞諾不再到他們家，但是他曾在廣場曬焦的扁桃樹下，遇見妮葛蘿蔓塔發出像是山上動物的嘶聲，勾引幾個深夜還在外遊蕩不睡的男人。他陪過她很多次，用帕皮阿門托語聊雞頭湯和其他悲慘的生活細節，要不是她表示他在身邊會嚇跑上門的顧客，他應該會繼續待下去吧。好幾回，他感到有股慾望在蠢蠢欲動，妮葛蘿蔓塔認為他們倆在共享惆悵情懷，上床只是順其自然的發展，不過他終究沒這麼做。因此，當阿瑪蘭塔．烏蘇拉回到馬康多，給奧雷里亞諾一個緊緊的擁抱時，他還是個處男。他每次看到她，尤其是當她教他跳流行舞蹈，他總覺得身體像塊虛軟的海綿。一如當年碧蘭．德內拉藉口紙牌算命，在穀倉把他的高祖父逗得心慌意亂。他試著平息這種痛苦，於是更加專注在羊皮紙捲上，迴避他的阿姨。她天真的讚美卻像是毒液開始啃噬他，但是他越是躲她，越是期待聽到她的咯咯笑聲，她快樂的貓叫聲，她的感恩詩歌，歡愛總在屋裡最意想不到的地方纏得他喘不過氣來，一刻也不放過他。有一晚，他聽見他們夫妻倆在距離他十公尺遠的銀藝工作桌上，一時慾火難耐，結果打破了玻璃櫃，最後在一窪鹽酸液裡恩愛起來。奧雷里亞諾失眠到天明，隔天慾火焚身一整天，氣得低聲哭泣。他從白天等到黑夜，等了似乎永恆那麼久，這是第一晚他在扁桃樹下的暗處等妮葛蘿蔓塔，他惴惴不安，手裡緊握他向阿瑪蘭塔．烏蘇拉要來的一披索五十分錢，他需要這個錢，想藉由嫖妓讓她難堪，羞辱她，糟蹋她。妮葛蘿蔓塔帶著他回她用假蠟燭照明的房間，爬上她那張摺疊床，上面的亞麻床鋪發出接客接到洗不掉的氣味，占據她猶如母狗勇敢、冷漠和無感的身軀，她原本把他當作膽小的小毛頭，打算隨便打發他，不料卻遇到精力過人的男人，不得不重新調整，迎合地震般強烈的節奏。

他們變成了情人。奧雷里亞諾早上忙著翻譯羊皮紙捲，午覺時間去找妮葛蘿蔓塔，她在她令人昏昏欲睡的房裡等著教他性愛姿勢，首先學蚯蚓，接著學蝸牛，最後學螃蟹，直到得丟下他去攬客。他們在一起幾個禮拜後，奧雷里亞諾發現她的腰部有一圈細鋼線，類似大提琴弦線，而且沒有線頭，她生下來就有，跟著這圈線一起長大。房間的熱氣逼人，他們頂著鋅板屋頂恍若白天的星星的生鏽小孔，在床上愛過一遍又一遍，經常就赤裸身體在床上吃飯。這是妮葛蘿蔓塔第一次有了固定的男人，她大笑說他是她的約會床伴，甚至開始進一步幻想，卻聽到奧雷里亞諾吐露他壓抑著一股對阿瑪蘭塔·烏蘇拉的熱情，這份熱情即使用替代品也無法澆熄，他隨著性經驗拓展了對愛情的看法，卻越來越痛苦。從此之後，妮葛蘿蔓塔還是跟他上床，但非常嚴格要求他付錢，遇到奧雷里亞諾沒錢，她就記帳，但記的不是數字，而是用指甲在門後刻線做記號。黃昏之後，她在廣場上的陰暗處流連，他則像個陌生人走過長廊，沒向平常在這個時間吃晚餐的阿瑪蘭塔·烏蘇拉和葛斯頓打招呼，他回到房間關起來，無法讀書、寫字，甚至無法思考，他焦躁不安，那些笑聲、私語，一開始的嬉鬧，到後來興奮到欲仙欲死的爆炸，填滿了夜幕低垂後的屋子。這是他在葛斯頓開始等待飛機到來的兩年前的生活，下午他還是一樣去加泰隆尼亞智者的書店，有一次他在那兒遇見四個大聲叫嚷的年輕人，他們正為了中世紀滅蟑方法爭得面紅耳赤。書店老先生知道奧雷里亞諾特別著迷只有聖比德讀過的書，便向他要求出手調解這場爭論，口吻有些像是父親般的嚴厲。於是他大氣不喘，解釋蟑螂是地球上最古老的有翅昆蟲，在舊約《聖經》上經常是拖鞋下的亡魂，但任何方法都殺不死這種昆蟲，包括抹上硼砂的番茄片到混合糖粒的麵粉，因為蟑螂一共有一千六百零三種，能抵抗人類從捕獵生物初始就用過的最古老、無情和殘酷的方法，人類認為人除了有繁衍的本能外，應該也有另一種更明確和急迫的本能，那就是殺蟑，蟑螂之所以逃過人類殘酷的撲殺，那是因為牠們利用人類天生怕黑的弱點，逃竄到暗處，在那兒成長茁壯。相反地，牠們畏懼正午的陽光，因此，在中世紀和現在，經過了一個又一個世紀，殺蟑最有效的方法就是刺眼的陽光。

他活像一本活百科的本領，開啟了一段深厚的友誼。奧雷里亞諾繼續跟這四個人每天下午聚會，他們分別叫阿爾瓦洛、海曼、阿馮索和加布列，他們是他這輩子最初也是最後的朋友。對他這樣活在文字構築而成的世界的人來說，這種聚會是一種新發現，彷彿狂風暴雨，每天下午六點在書店開始，破曉在妓院結束。他從沒想過文學是發明來嘲弄人類的最強大玩具，直到某一個狂歡的夜晚阿爾瓦洛露了一手給他看。一段時間過後，奧雷里亞諾發現，從加泰隆尼亞智者身上可以找到太多的偏見，對書店主人來說，智慧若是不能用來發明煮鷹嘴豆的新方法，就一文不值。

那天下午，奧雷里亞諾以一番蟑螂論壓倒眾人，最後他們的辯論在妓院畫下句點，那是一間坐落在馬康多一個邊緣社區彷彿謊言堆砌而成的妓院，賣身的女孩都是為了填飽肚子。妓院老鴇是個臉上堆滿微笑的虛情假意的女人，深受不停開關門的惡癖所苦。她臉上停不了的笑意，彷彿在嘲笑客人容易受騙上當，他們則是覺得這棟建築物彷彿是想像出來的，裡面所有摸得到的東西都十分不真實：一坐下來就解體的家具，開腸剖肚的留聲機裡有一隻母雞在孵蛋，紙花花園，香蕉公司還沒來之前好幾年的年曆，從不曾出版的雜誌上剪下當掛畫的圖片，連從附近趕到的幾個靦腆的小女孩都像是虛構的，老鴇通知她們有顧客上門，她們出現時沒有打招呼，身上一襲應該要是小五歲年紀穿的碎花洋裝，她們脫下出門前穿上的洋裝時，同樣一派天真，在歡愛時刻的驚呼又是多麼殘忍，看那屋頂快塌下來了，而她們一收到一塊五十分披索的酬勞，立刻向老鴇買一條麵包和一塊乳酪，這個女人的笑容更是燦爛，因為只有她知道食物也不是真的。這時的奧雷里亞諾，世界始於梅賈德斯的羊皮紙捲，到妮葛蘿蔓塔的床上結束，他在這座幻想的小妓院找到治療害羞的特效藥。起先他沒什麼進步，老鴇總是在歡愛最高潮的時刻闖進房間，對著男女主角的性癖好狠狠地批評一番。慢慢地，他開始熟悉這個世界的不幸，一個瘋狂的夜晚，他在接待廳脫光衣服，在巨大的生殖器上放一瓶啤酒，像走平衡木一樣在屋裡走來走去。他開創了誇張的玩法，老鴇笑著稱讚，他沒有抗議，也沒有當真，就像當初海曼企圖放火燒屋想證實妓院根本不存在，以及阿馮索扭斷鸚鵡的脖子丟到鍋裡，想煮雞肉蔬菜濃湯。

奧雷里亞諾跟四個朋友的關係緊密相連，對他們同樣親暱和支持，甚至把他們當成一體，但是跟加布列比較親近。這是因為，某一晚他不經意提起奧雷里亞諾．波恩地亞上校，只有加布列相信他不是在說笑，因此對他產生特殊情誼。當時連不常插話的老鴇，都像熱心的接生婆那樣爭著說，她的確聽過奧雷里亞諾．波恩地亞上校，但那是政府為了撲殺追殺自由黨派分子所捏造的人物。加布列反而一點也不懷疑奧雷里亞諾．波恩地亞上校的真實性，因為他的曾祖父赫林內多．馬奎茲上校是上校形影不離的戰友與朋友。當他們一時興起回憶過去，談到那場勞工大屠殺更是爭執不休。每一次奧雷里亞諾碰觸這個題材，往往惹來老鴇跟幾個年紀比她大的人開始痛斥被困在車站的勞工、載運兩百個車廂死屍的火車都是謠言，他們甚至深信法院檔案跟小學課本：香蕉公司從來不存在。因此，一種默契將奧雷里亞諾跟加布列緊緊地連在一起，那些沒人相信的事實影響了他們的人生，兩人迷航在一個已經落幕的世界，在那裡只剩下惆悵。加布列每每驚覺時間太晚，都能隨地倒頭就睡。奧雷里亞諾留他在銀作坊過夜好幾次，但是鬼魂在各個臥房流連到天明，吵得他睡不著。後來，他把他託給妮葛蘿蔓塔，她等很多人待過的房間空出來時會帶他進去，然後在門後畫直線做記號，奧雷里亞諾欠下的債務，已經剩下一點點空間可以繼續畫線。

他們這一群人過著放蕩不羈的生活，不過在加泰隆尼亞智者的要求下，至少努力持續某樣東西。這是一座居民讀完小學後就無心也不可能繼續讀書的城鎮，書店主人卻是古典文學教授，他有一倉庫奇書，曾要他們花一整夜找到第三十七幕的劇本。奧雷里亞諾十分陶醉於這段新友誼，為這個曾經是心胸狹窄的費蘭妲禁止的世界感到驚奇，就在即將解開謎樣的預言詩句之際，他荒廢了羊皮紙捲的鑽研。但是後來證實，每件事都有它的時間，不一定非得告別妓院不可，等到他重拾興致，便回到梅賈德斯的房間，心無旁騖直到破解最後的密碼。這段日子，葛斯頓開始等待他的飛機到來，阿瑪蘭塔·烏蘇拉覺得非常寂寞，有一天早晨她出現在他房間。

「哈囉，食人怪。」她對他說。「你又回到山頂洞來啦。」

她真是風情萬種，身上一襲親自設計的洋裝，脖子垂著一條親手製作的魚骨長項鍊。她相信丈夫的忠誠，不再使用絲繩，這是她返鄉以來第一次似乎有了一點空閒時間。奧雷里亞諾不需要抬頭就知道是她來了。她把手肘撐在工作桌上，問起羊皮紙捲，她離奧雷里亞諾如此近，顯得如此柔弱，他甚至能聽到她心底深處的聲音。他試著壓抑他的慌亂，抓回逃掉的嗓音、流失的生命力，和變成石化後的珊瑚蟲的記憶，他跟她談一如利未人的命運的梵文，談科學可能讓人從時間看到未來，就像從逆光看到寫在一張紙背面的東西，談需要解開預言以免被預言打敗，談猶太預言家諾斯特拉達姆斯的預言密碼，談聖米央的坎塔布里亞城毀滅之說。突然間，當奧雷里亞諾繼續滔滔不絕，他感覺內心有股從出生以來一直沉睡的衝動甦醒過來，他伸出一隻手放在她的手上面，以為這種終於豁出去的動作能從此阻絕他的渴望。然而，她卻天真地輕抓住他的食指，一如她在童年時那麼多次這樣摸著他，摸著他的同時，還繼續聽著他回答她的問題。他們就維持這個姿勢，摸著一根冰冷的手指，並沒有再一次表示任何意思，直到她從短暫的白日夢甦醒，拍了一下額頭低呼：「螞蟻！」接著她舉起指尖對奧雷里亞諾拋出一個飛吻，就像去布魯塞爾的那天下午她對父親送出的那個吻。

「晚一點再繼續跟我解釋。」她說。「我忘記今天得在蟻窩撒石灰。」

她往房間而去，漫不經心地走著，若是途中有事做，就停下來幾分鐘，這時她的丈夫依舊兩眼直盯著天空不放。這個改變給了奧雷里亞諾一絲希望，他開始留在家裡吃飯，自從阿瑪蘭塔·烏蘇拉返家，他已經好幾個月不曾這麼做。葛斯頓很開心。往往長達一個多小時的飯後聊天裡，葛斯頓哀嘆他心痛合夥人欺騙他。他們說飛機已經運上船，那艘船卻沒有抵達，海運公司告訴他那艘船永遠不會來，因為根本不在加勒比海航線的清單上，他的合夥人卻堅稱飛機的確上了船，他們甚至在信裡暗示葛斯頓是不是說謊。他們開始在信裡互相猜忌，於是葛斯頓決定不回信，開始考慮是否迅速回布魯塞爾一趟，釐清事情，再帶著飛機一起回來。然而，他的計畫立刻化為泡影，因為阿瑪蘭塔·烏蘇拉再一次表明，即使丈夫不在，她也絕對不離開馬康多。起初，奧雷里亞諾跟大家一樣認為葛斯頓是個騎腳踏車的傻瓜，還微微同情他。不久，當他在妓院進一步認識了男人的天性，他心想葛斯頓的溫順是因為迫於熱情。但是當他多認識他一點之後，他發現他真實的性格跟外在的百依百順相互衝突，他甚至不懷好意地猜測等飛機搞不好是場騙局。他心想葛斯頓不像外表那麼蠢，而是個有著無比決心、謀略和耐心的男人，他不想再不斷地取悅妻子，不想再對她來者不拒，不想再假裝幸福快樂，因此他打算說服她，讓她掉進他編織的蜘蛛網，直到有一天自己再也無法忍受空等夢想的煩悶時，她便會打包行李和他一起回歐洲。於是奧雷里亞諾對他的憐憫轉變成惡毒的敵意。他認為葛斯頓的計謀太邪惡，但不得不承認非常有用，於是他大膽警告阿瑪蘭塔·烏蘇拉，然而她嘲笑他的猜疑，一點也沒看見他內心的愛、猶疑和嫉妒是那麼沉重，那麼令人心碎。她壓根兒沒想過奧雷里亞諾對她的感覺已經超越手足之情，一直到她開水蜜桃罐頭時扎傷了手指頭，他立刻衝過來替她吸掉鮮血，感到他的飢渴和仰慕，雞皮疙瘩掉滿地。

「奧雷里亞諾！」她不安地笑著說。「你是吸血鬼吧，居心不良！」

這時奧雷里亞諾克制不住了。他怯生生地親吻她受傷那隻手的手心，敞開通往心底最隱密角落的通道，吐出重重心事，釋放舔舐痛苦長成的駭人怪獸。他傾訴他半夜起床，對著她晾在浴室的內衣褲無助而憤怒地哭泣。他傾訴他的渴望多麼強烈，甚至要求妮葛蘿蔓塔學貓叫，在他耳邊嗚咽葛斯頓、葛斯頓，葛斯頓，以及他的心機多麼狡詐，他偷走她的香水瓶，為了灑在那些賣身求溫飽的女孩脖子上讓他能聞到同樣的香味。阿瑪蘭塔·烏蘇拉面對他傾吐這般熾烈的熱情嚇了一大跳，她慢慢地握緊拳頭，指頭彷彿軟體動物般縮了起來，直到那隻受傷的手不再感到一絲疼痛，不再那樣可憐，變成了一團僵硬和無感的骨頭，只露出綠寶石和黃玉戒指。

「畜生！」她像是啐地一聲說。「我要搭第一艘回比利時的船離開。」

有一天下午，阿爾瓦洛來到加泰隆尼亞智者的書店，扯嗓大喊他發現了一間動物園妓院。妓院叫「金兒」，是一處很寬廣的露天場地，有兩百多隻石鴴在裡面隨意遛達，發出震耳欲聾的咯咯聲報時。在舞池四周圍起的鐵絲網柵欄內，以及巨大的亞馬遜山茶花之間，有各種顏色的鷺、養得跟豬一樣胖的短吻鱷、十二個響環的眼鏡蛇，和一隻在迷你人工海洋池裡潛泳的黃金烏龜。有一隻只愛同性的溫馴大白狗，不過為求溫飽也充當種畜。空氣洋溢一股濃濃的純真氣息，感覺似乎剛成立不久，美麗的黑白混血女孩在血紅的花朵之間，伴著過時的唱片音樂，不抱希望地等待，她們精通在人間樂園已遭男人遺忘的情愛技巧。他們一群人參觀這座夢幻溫室的第一天晚上，有個打扮光鮮的老婆婆坐在藤木搖椅上看管進門的客人，當她從這五個人中發現有個身材瘦削、膚色青黃、顴骨突出，尤其身上烙印那股從世界初始以來就存在的天生孤獨氣質，頓時感覺時光倒流，於是她打破了沉默。

「喔唷！」她嘆口氣。「奧雷里亞諾！」

她以為自己又看到奧雷里亞諾・波恩地亞上校，就如許多年前在一盞燈下看到他，那是遠在戰爭爆發、榮耀化為灰燼，和絕望地踏上流亡之前，他在那個遙遠的凌晨，來到她的房間下達了他人生的第一道命令：讓他嘗試男女的歡愛。她是碧蘭・德內拉。幾年前她滿一百四十五歲之後，就戒掉計算年齡的壞習慣，繼續活在她靜止和遙遠的回憶，只看清楚確定的未來，不再由紙牌的圈套和猜測來干涉未來。

從那一晚起，奧雷里亞諾從她的懷抱中找到溫柔、憐憫和理解，但並不知道她是他的高外祖母。她坐在藤木搖椅上回憶過去，重述他們家族的輝煌與不幸，以及馬康多落盡的繁華，與此同時阿爾瓦洛發出震天響的大笑嚇壞短吻鱷，阿馮索編些恐怖故事，說上個禮拜石鴴啄出四個素行不良的男客的眼珠子，加布列跟一個女孩待在房裡，女孩心事重重，她賣身不收他錢，而是要他寫信給她正在奧利諾科河的對岸坐牢的走私販男友，因為邊界的士兵餵他吃瀉藥，讓他坐便盆，結果拉出滿滿都是鑽石的糞便。這間真實的妓院和充滿母愛的老闆，是他長期囚禁在家中夢寐以求的世界。他感覺相當自在，感覺這樣的陪伴接近完美，這兒就是那天下午阿瑪蘭塔．烏蘇拉撕碎他的美夢之後最佳的避風港。他原本打算大吐苦水，希望有人能幫他一掃心中的鬱悶，怎知他趴在碧蘭．德內拉膝上只能痛哭一番，流下幫助癒療的熱淚。她讓他哭完，伸出手指梳過他的頭髮，她不需要聽他說出口，就知道他是為愛哭泣，她當下就認出這種人類史上最古老的哭聲。

「好啦，小朋友。」她安慰他。「現在，告訴我她是誰。」

碧蘭．德內拉聽了奧雷里亞諾的回答後，發出深沉的笑聲，這種從以前到現在不變的爽朗笑聲結束時聽起來像是鴿子咕咕聲。她能戳破所有波恩地亞家的人心中的秘密，她從一個世紀累積下來的紙牌算命和生活經驗，領悟他們家族的故事就像一組不斷運轉的齒輪，一個不停旋轉的輪子，只要軸眼沒有逐漸磨損到無法修復的地步，就會無可救藥地一直轉到永恆。

「別擔心。」她笑著說。「不管她現在在哪裡，都會等著你。」

下午四點半，阿瑪蘭塔．烏蘇拉從浴室出來。奧雷里亞諾看著她從他房間門前經過，身上裹著一件垂褶浴袍，頭上圍著一條毛巾，彷彿穆斯林的纏頭巾。他躡手躡腳跟在她後面，踩著酒醉蹣跚的步伐，尾隨她進入新婚房間，這時她正打開浴袍，看到他又嚇得趕快穿好。奧雷里亞諾安靜地指著隔壁房間，他知道葛斯頓這一刻正要開始寫一封信。

「滾。」她以嘴型說，沒發出聲音。

奧雷里亞諾露出微笑，他把她攔腰抱起，好似捧著一盆秋海棠，接著讓她仰躺在床上。他粗魯一扯，在她還來不及阻止之前，剝掉了她的浴袍，靠近眼前剛沐浴過的胴體，欣賞他早在其他房間的昏暗裡想像過的肌膚色澤、陰毛和隱密的黑痣。阿瑪蘭塔・烏蘇拉認真抵抗，她如同黃鼠狼一樣是個聰明狡詐的女人，閃躲光滑、柔軟和芳香的身軀，奮力抬起膝蓋撞他的腰，伸出指甲抓花他的臉，但是他們倆都大氣不吭，唯恐攪亂某個從敞開的窗戶癡望四月傍晚天空之人的呼吸聲。這是一場激烈的奮戰，一場生死之鬥，然而，似乎沒有一絲暴力的色彩，只有忙亂的進攻，和表面、緩慢、謹慎和嚴肅的閃躲，在一來一往之間，牽牛花甚至有時間再度開花，葛斯頓在隔壁房間遺忘了他的飛行員夢想，他們兩個彷彿敵對的戀人，試著坦誠相見之際握手言和。在激烈的轟響和形式上的抵抗之間，阿瑪蘭塔・烏蘇拉恍然大悟，她小心翼翼噤口，以免引起隔壁丈夫起疑，要比他們試著避開的戰鬥轟鳴，還要沒有理智。於是，她緊閉的嘴唇開始發出低笑，她依舊奮力抵抗，但是只是作勢又啃又咬，慢慢地身子不再閃躲，兩人同時是敵人也是共犯，打架變成普通的調情，進攻變成了愛撫。突然間，阿瑪蘭塔・烏蘇拉像是嬉鬧般再一次調皮起來，她忘了抵抗，當她為自己的疏忽嚇一跳，想要反應卻已經太遲。她動彈不得，感覺一場巨大的衝力直搗她的重心世界，在那邊撒下種子，她看到了在死亡另一頭等待她的是一種什麼樣的熾熱低吟與輕飄飄的感覺，一股難以抗拒的焦躁，瓦解了她抵抗的意志。她緊急伸出手胡亂地尋找毛巾塞住嘴巴，阻止自己逸出已經撕裂她內心的貓叫聲。

20

一個舉辦派對的夜晚，碧蘭．德內拉在看守她的樂園門口時，就死在藤木搖椅上。眾人依照她的遺囑，不使用棺木直接下葬，八個男人用龍舌蘭繩索將坐在搖椅上的她放到一個在舞池中央挖掘的巨大坑洞裡。她旗下的混血女孩都身穿黑色，她們哭得臉色發白，吹熄蠟燭禱告，並將身上的耳環、別針和戒指一一丟進墓穴，封好墳墓，豎立一個墓碑，上面沒有名字也沒有出生和死亡日期，最後她們在墳頭擺上亞馬遜山茶花。接著，她們毒死樂園內的動物，拿磚頭和水泥封死門窗，帶著她們的木衣箱四散到世界各地，裡面裝滿聖人肖像、雜誌圖片、曾短暫交往的男友的照片，她們的男友不是遠在他方就是奇人異士，會拉出有鑽石的糞便，或吃掉同伴，或是在遠洋上以紙牌稱霸的國王。

這就是結局，在一個美好的春天，加泰隆尼亞智者承受不住鄉愁的糾纏，拍賣掉書店，回到他出生的地中海小村莊，之後僅剩的過往時光碎片將在碧蘭．德內拉的墳墓裡，在聖歌和妓女的假珠寶之間腐爛。沒有人預測到他的決定。當年他逃避漫天烽火，在香蕉公司繁榮興盛的時代來到馬康多，他認為開間書店是最實際的點子，他賣好幾種語言的古版書和原版書，偶爾有些在對面屋子等待解夢的客人，會過來翻翻書，不過他們態度遲疑，像是把這些書當成一堆垃圾。他大半輩子都躲在店舖後面悶熱的房間裡，在他從學校作業本撕下的紙張上，沾著紫藍色的墨水，寫下龍飛鳳舞的字跡，但是沒有人真的知道他在寫些什麼。當奧雷里亞諾認識他時，那些亂七八糟的紙張已經累積堆滿兩箱，讓人聯想到梅賈德斯的羊皮紙捲，從這時起，他慢慢地又累積到第三箱，因此大家以為他待在馬康多時沒做其他事。他唯一打交道的人就是那四個朋友，他在他們還是小學生時，拿書跟他們換陀螺和風箏，教他們閱讀哲學家塞內卡和詩人奧維德的作品。他十分熟悉古典作家的生平，彷彿他曾在某個時代跟他們是室友，他知道許多就是不該知道的逸文軼事，比如聖奧古斯丁長袍裡的羊毛緊身衣穿了十四年從來沒脫下，巫師阿諾德．諾瓦小時候被蠍子咬過，從此成了性無能。他對手寫文字的狂熱向來別有居心，一方面極為敬重一方面又八卦無禮。連他自己的手稿也擺脫不了這兩種特性。阿馮索想翻譯他的手稿，因此正在學加泰隆尼亞文，他拿了一卷塞進他的口袋，口袋裡也經常塞滿剪報和古怪的宗教儀式手冊，有一晚他在為求溫飽的女孩賣身的妓院弄丟了口袋裡的東西，智者老爺爺非但沒對他大發雷霆，而是笑岔了氣，說文學的下場就是如此。然而，當他要返回故鄉時，沒有人能勸阻他不要帶走三箱手稿，當車站的檢票員把箱子當貨物運送，卻換來他用迦太基語痛斥一頓，直到他們答應讓箱子跟他留在旅客車廂。「等到人類旅行搭頭等艙，文學卻得待在貨運車廂的那天來臨，」這時他說。「這個世界就完蛋了。」這是人家聽到他說的最後一句話。他度過昏天暗地的一個禮拜，忙著準備上路的最後細節，出發的時間越接近，他的脾氣就越糟糕，腦子就越糊塗，東西放在某個地方卻出現在另外一個地方，當初折磨費蘭妲的鬼怪此刻包圍了他。

「他媽的。」他用加泰隆尼亞語大聲咒罵。「管他的倫敦宗教會議第二十七教規。」

海曼跟奧雷里亞諾幫忙他處理大小事。他們像協助小孩一樣，幫他用安全別針將車票和移民證件別在他的口袋裡，還幫他擬一張離開馬康多到抵達巴塞隆納之前該做的細項清單，但無論如何，他還是不小心把一件褲子加上半數的錢丟進了垃圾堆。出發前一晚，當他釘好箱子，把衣服塞進那只當初提來這裡的手提箱裡，他瞇起那雙像文蛤的眼睛，指著一堆堆他在流亡異鄉時得忍受共處的書，然後提前以祝福的口吻對他的幾位朋友說：

「我留了那堆狗屎給你們！」

三個月後，他們收到一個有二十九封信和五十多張相片的大信封，那是他在海上空閒時所累積下來的東西。他沒有註明日期，然而可以輕易從他寫信的順序做判斷。他在前幾封信，以慣有的幽默敘述旅途上遇到的種種波折，他多想把不准他把三個箱子帶進床艙的監運員丟進海裡，有位愚蠢的太太害怕十三這個數字，並不是因為迷信，而是她認為那是不完整的數字。他在第一頓晚餐贏了一個打賭，因為他認出船上的水是喝起來帶著夜間甜菜根香甜的萊里達的泉水。然而，隨著日子一天天過去，他對船上真實的生活漸漸失去興趣，反而懷念起不久前發生的瑣事，船隻開得越遠，他越覺得回憶充滿悲傷。這種慢慢浮現的懷念之情也可以從相片窺得一二。前面幾張他頂著一頭白髮，穿著樸素的襯衫，站在十月浪花朵朵的加勒比海上，看起來似乎很開心。最後幾張他穿著一件深色大衣，圍著一條絲質圍巾，臉色蒼白，心不在焉，安靜地站在甲板上，這艘載滿惆悵的船像夢遊般，就要駛進秋天的海洋。海曼跟奧雷里亞諾會回他的信。他在前幾個月寫來的信如雪片般飛來，感覺比他還在馬康多時彼此更加親近，也對他決意離開的這件事不再感到氣憤。起先，他寫說一切都沒改變，他出生那棟屋子裡的粉紅螺殼還在，麵包夾鯡魚乾的味道如昔，村莊的瀑布依然在黃昏時刻飛濺而下。他寄來的信仍舊是作業本紙，上面密布龍飛鳳舞的紫藍色字跡，還特別給每個人一段話。然而，也許他沒注意到吧，信件的內容從原本的重新振作和鼓勵，逐漸轉為醒悟的演說。他在故鄉冬天的夜晚，對著壁爐沸騰的熱湯，懷念他書店後面小房間的熱氣、毒辣陽光烤曬覆蓋灰塵的扁桃樹發出的吱吱響，以及午間酣睡時火車的汽笛聲；同樣地，當他在馬康多時，也想念冬天壁爐的熱湯，咖啡小販的叫賣聲，和春天來去匆匆的百靈鳥。他發現這兩種鄉愁就像兩面對立的鏡子，他失去了美妙的不真實的感受，最後，他勸他們所有人離開馬康多，忘掉所有他教他們對於世界和人心的東西，把古羅馬詩人賀拉斯丟到一邊，以及不管他們在世界上的哪一個地方，他們都會永遠記得過去只是謊言，回憶再也無法回頭，所有已經逝去的春天無法尋回，最愚蠢和固執的愛情再怎麼樣也只是轉瞬即逝的片段。

阿爾瓦洛是第一個聽他的勸告離開馬康多的人。他賣掉一切，包括他捉來養在後院嚇唬路人的老虎，他買了一張永久車票，準備搭乘一列永遠開下去的火車。他在從各個中途車站寄回來的明信片上，有如吶喊般描述他從車窗看到的一閃而過的景色，彷彿慢慢地撕碎一首由各種片刻串起的長詩，再加以遺忘：路易斯安那州棉花田裡那彷彿幻影的黑人，肯塔基州藍色草皮上的飛馬，亞利桑那州火紅傍晚的希臘情侶，密西根州在湖畔畫水彩畫的紅色毛衣女孩，她舉起畫筆向他說再見，那代表的不是道別，而是期盼，因為她不知道這是一列一去不回頭的火車。接著阿馮索和海曼離開了，那天是禮拜六，他們打算禮拜一回來，但是從此再也沒有他們的消息。加泰隆尼亞智者離開一年後，只剩加布列仍留在馬康多，他還猶疑不定，靠著妮葛蘿蔓塔勉強的施捨過活，此外他還填問卷，參加一本法國雜誌的比賽，比賽的最大獎項是一趟巴黎之旅。奧雷里亞諾收到那本訂閱的雜誌，還幫助他填答案，有時在他家，但大多數時候在馬康多唯一一間藥房的藥罐和纈草氣味之間，加布列那位個性安靜的女友麥西迪絲就住在這裡。這是過去時光遺留的最後殘跡，過去消失了但是尚未燃燒殆盡，因為還在拖著永無止盡的腳步慢慢地消失，過去燃燒著，每一分鐘都在消失，但是永遠消失不完。這座城鎮已經完全停滯不前，加布列贏了比賽，帶著兩套衣物、一雙鞋和拉伯雷完整的作品前往巴黎。他得向火車司機招手，要對方停下火車接他。此時古老的土耳其人街已變成荒廢的地點，最後一批土耳其人依循千年來坐在門檻上的習俗，等待死亡的降臨，他們多年前已經賣掉最後的一碼布，陰森的櫥窗裡只剩斷頭的模特兒，香蕉公司的宿舍區已經一片荒煙蔓草，或許遠在阿拉巴馬州普拉特維爾城的派翠西亞·布朗，會在難以忍受的夜晚，邊吃醃小黃瓜邊向孫子回憶起這個地方。接替安赫神父的老神父，飽受關節炎和焦慮失眠之苦，他懶洋洋地躺在吊床上等待上帝的憐憫，任憑蜥蜴和老鼠正在爭奪一旁教堂的地盤，至於他叫什麼名字已經沒人想花工夫查清楚。在這個鳥兒都遺忘的馬康多，只有灰塵與燠熱遲遲不肯棄守，連要呼吸都不容易，奧雷里亞諾和阿瑪蘭塔·烏蘇拉卻過得非常快樂，是世界上最快樂的兩個人，儘管他們住在被紅螞蟻蛀得震響無法入眠的屋子裡，受困於孤獨和愛情，以及愛情的孤獨。

葛斯頓返回布魯塞爾。他等飛機等得不耐煩，有一天，他把必需品和信件檔案夾塞進手提箱後離開，打算再搭飛機回來，他得趕在德國飛行員來搶走他的優待權之前，因為那些人向省府高層提出比他野心還要大的計畫。奧雷里亞諾和阿瑪蘭塔·烏蘇拉從第一次偷情的那天下午起，便繼續利用她丈夫少數幾次疏忽的時刻，在難得的碰面機會捂住嘴巴享受熱烈的男歡女愛，但往往因為他突然回來被迫中斷。但是當他們倆獨自在家時，就會深陷延遲享受的激情。他們的情慾是盲目的，是瘋狂的，連費蘭妲躺在墳墓裡的屍骨都懼怕得發抖，他們卻持續燃燒著無比狂熱的狀態。阿瑪蘭塔·烏蘇拉的尖叫聲、喘息的低吟聲，總是在下午兩點的餐桌上以及凌晨兩點的穀倉裡爆發開來。「我最難過的是，」她笑著說。「我們浪費了多少時間。」在昏頭的激情中，她看見紅螞蟻摧毀花園，蛀空屋樑來填飽牠們從史前時代以來的飢餓，也看見牠們猶如熱燙的熔岩再一次淹沒了長廊，但是她只在牠們侵入臥房時，才想辦法對付。奧雷里亞諾荒廢了羊皮紙捲的研究，從此不再出門，也隨便應付加泰隆尼亞智者的信。他們倆失去真實感、時間的流逝，和日常生活的節奏。他們再次關起屋子門窗，省去脫衣的麻煩，他們就像從前的美人蕾梅蒂絲赤裸身體在屋子裡走動，他們在院子裡的泥堆翻滾，有一天下午，他們在浴池裡恩愛，差一點滅頂。短短的時間內，他們比紅螞蟻帶給屋子更大浩劫：他們弄壞了客廳裡的家具，瘋狂激情時刻撕碎了奧雷里亞諾·波恩地亞上校在軍營時經歷的悲傷歡愛的吊床，挖開床墊，把棉花倒在地板上嘗試在暴風雪中窒息的感覺。奧雷里亞諾跟阿瑪蘭塔·烏蘇拉一樣是個狂野的情人，但卻是她獻出瘋狂的點子和詩意的貪婪，製造這個災難過後的樂園，她把難以駕馭的精力發洩在愛情上頭，如同高祖母把全副精力投注在動物造型糖果事業。此外，當她開心唱歌或者為自己的點子笑得半死，奧雷里亞諾就顯得越發沉迷和安靜，因為他專注在燃燒他的熱情。然而，他們的技術都已到達最高境界，當他們在歡愉過後筋疲力竭，也不會浪費疲累的時刻。他們盲目崇拜彼此的身體，發現尚未探索對愛情的厭倦，這要比探索慾望要精采得多。當他拿蛋清塗抹阿瑪蘭塔·烏蘇拉挺立的乳房，或用椰子油輕輕按摩她緊實的大腿和美麗的腹部，她會把奧雷里亞諾驚人的陽具當人偶打扮，拿口紅塗上小丑的眼睛，用眉筆去畫土耳其人的鬍子，然後拿來薄紗打個領結，再用鋁箔紙做個小帽子。有一晚，他們拿糖漬水蜜桃塗抹全身上下，再像狗那樣互舔身體，然後像瘋子一樣在長廊的地面翻雲覆雨，直到食肉的螞蟻如激流湧來，差點活生生吃掉他們，他們這才驚醒過來。

阿瑪蘭塔．烏蘇拉會利用從激情清醒後的短暫時刻回信給葛斯頓。她感覺丈夫是如此遙遠和忙碌，似乎不可能再回到她的身邊。他在最初的幾封信裡告知他的合夥人的確寄了一架飛機，但是布魯塞爾的一間海運公司錯把飛機裝上前往坦干伊加的船，到了那裡之後交給散布各地的馬康多族群。這個烏龍事件引起相當多的意外，光是要拿回飛機就要花費兩年時間。因此，阿瑪蘭塔．烏蘇拉認為他不可能突然回來。奧雷里亞諾則除了加泰隆尼亞智者的來信，和他透過那位安靜的藥劑師麥西迪絲收到的加布列的消息之外，就不再接觸外面的世界。起先朋友跟他們的聯絡是真實的。加布列把回程機票兌成現金，決定留在巴黎，靠著販賣從多芬街一間破旅館的女服務生拿出來的舊報紙和空酒瓶為生。奧雷里亞諾能夠想像他一直穿著高領毛衣，只有在春天來臨，蒙帕納斯露天廣場擠滿戀愛的情侶時才脫下，還有他住在一間瀰漫滾煮花椰菜氣味的房間，白天睡覺，晚上寫信，想要矇騙飢餓的感覺，羅卡馬杜爾應該也是住在這樣的房間所以死去的吧。然而，他寫來的消息越來越模糊，而智者的信越來越少且內容滿是哀傷，奧雷里亞諾經常想著他們，一如阿瑪蘭塔．烏蘇拉掛念她的丈夫，他們兩個在一個空虛的宇宙載浮載沉，日常生活中唯一永恆的事實就是愛情。

突然間，葛斯頓捎來他即將回來的消息，像一聲轟然巨響在他們快樂天真的世界裡炸開來。奧雷里亞諾跟阿瑪蘭塔．烏蘇拉睜大眼睛，探索自己的內心，手放在胸口凝視彼此的臉，他們知道彼此認定對方，寧死也不願分離。於是她寫了一封信給丈夫，敘述矛盾的事實，她強調她愛他也渴望再見他，同時她又承認她不能沒有奧雷里亞諾，這是命中注定的安排。但葛斯頓的回信相當平靜，出乎他們的意料之外，他以父輩的口吻寫了滿滿兩頁信紙，要他們當心熱情的變化無常，最後一段他說自己在這段短暫婚姻裡相當幸福，真心祝福他們也一樣幸福。阿瑪蘭塔·烏蘇拉沒料到他是這種態度，她感到丟臉，認為是自己給了丈夫拋棄她的藉口。六個月後，葛斯頓終於在金夏沙收到飛機，他從那兒再寫了一封信給她，只為了要她把腳踏車寄給他，那是所有他留在馬康多的東西中最有感情的一個。奧雷里亞諾耐著性子忍受阿瑪蘭塔·烏蘇拉的怨恨，他努力向她證明他不論在順境還是逆境都會當個好丈夫，以及在葛斯頓留下的最後一筆錢花光之後，儘管日常生活告急，但反而更加鞏固他們的關係，或許不像熱情那麼醉人和熾烈，卻足以讓他們愛著彼此，就像耽溺在情慾中那段迷亂的日子一樣快樂。當碧蘭·德內拉過世時，他們正要迎接第一個孩子。

阿瑪蘭塔·烏蘇拉在懷孕期間相當嗜睡，但她試著建立她的魚骨項鍊生意。不過，除了麥西迪絲向她買了一打項鍊之外，她找不到其他客人。奧雷里亞諾第一次感覺到他的語言天分和擁有的百科全書知識，以及他不需要親身了解就能知道遠方事物和地方細節的奇異本領，一如他妻子的那盒認證過的珠寶，完全無用武之地，雖然這些珠寶價值不菲，應該跟馬康多最後一批居民所有的錢合起來一樣多。他們奇蹟似地活了下來。儘管阿瑪蘭塔·烏蘇拉一樣保有好心情，親密時也一樣點子百出，她卻開始習慣午餐後坐在長廊上，像是睡午覺，但又睡不著，只是想著事情。奧雷里亞諾會陪伴她。有時他們默默地在那兒待到天黑，面對面凝視彼此的眼睛，帶著無盡的愛意平靜相愛，跟之前在偷情時一樣。他們無法確定未來，只能轉過頭去回憶過往。他們看見自己在水災期間的樂園裡，嘩啦啦踩著爛泥，殺死蜥蜴掛在烏蘇拉身上，玩著活埋她的遊戲，這些回憶讓他們發現他們從有記憶以來，兩人都過得非常快樂。阿瑪蘭塔·烏蘇拉繼續探索過去，她想起闖進銀作坊的那天下午，母親對她說小奧雷里亞諾無父無母，是在漂來的籃子裡發現的。他們感覺這個說法不可靠，但是沒有資料能找出真相。他們唯一確定的是，檢查各種可能性後，費蘭妲絕對不是奧雷里亞諾的生母。阿瑪蘭塔·烏蘇拉認為他是佩特拉·柯提斯的兒子，她只知道她的一些不光彩的故事，這個猜測讓他們內心充滿恐懼。

相信他跟妻子是姊弟之後，奧雷里亞諾相當痛苦，他到神父的家從一堆堆蛀蟲的檔案中，想找出任何有他出生登記的線索。他找到最舊的是阿瑪蘭塔·烏蘇拉·波恩地亞的受洗證書，她是在青少女時由尼卡諾·雷那神父受洗，當時那位神父是以熱巧克力的詭計來證明上帝的存在。於是他想像自己可能是十七個叫奧雷里亞諾的其中一個，他追查了四冊檔案，但是他的年紀跟他們受洗的日期相差太遠。得關節炎的神父躺在吊床上觀察他的舉動，見他迷失在記錄血緣的迷宮中迷惘得發抖，便同情地問起他的名字。

「奧雷里亞諾·波恩地亞。」他說。

「那麼，你不用浪費時間找了。」神父以肯定堅決的口吻說。「許多年前，有一條跟你的姓名一樣的街道，當時人們習慣替孩子取街道的名字。」

奧雷里亞諾氣得直發抖。

「喔唷！」他說。「所以您也不相信。」

「相信什麼？」

「奧雷里亞諾．波恩地亞上校打過三十二場內戰，都輸掉了。」奧雷里亞諾回答。「軍隊包圍三千名工人，開槍殺死他們，把屍體運上一列有兩百個車廂的火車，運到大海棄屍。」

神父以一種同情的目光打量他。

「喔，孩子。」他嘆了一口氣。「我只要確定你跟我此刻是存在的就夠了。」

因此，奧雷里亞諾跟阿瑪蘭塔．烏蘇拉相信了籃子說，這不是因為他們相信，而是他們可以擺脫恐懼。隨著懷孕逐漸到了後期，他們倆似乎變成一體，融入在屋子的孤寂裡，這棟屋子只要風一吹就可能崩塌。他們的活動範圍只剩下基本空間，先是費蘭妲的臥房，他們在這裡汲取迷人的愛情，接著是長廊入口，阿瑪蘭塔．烏蘇拉會在這裡編織給新生寶寶的小鞋子和小帽子，奧雷里亞諾則回覆加泰隆尼亞智者偶爾寄達的信。屋子的其他地方已經任其毀壞。銀作坊、梅賈德斯的房間，還有聖塔蘇菲亞默默幹活的領域已經被埋沒在屋子內的叢林深處，沒人有勇氣去一窺究竟。大自然惡狠狠地包圍奧雷里亞諾跟阿瑪蘭塔．烏蘇拉，他們還是繼續種植牛至和秋海棠，撒下石灰畫出界線保護他們的世界，在人類與螞蟻之間築起最後幾條糾纏許久的戰爭壕溝。阿瑪蘭塔・烏蘇拉疏於照顧長髮，臉上浮現青斑，雙腳腫脹，從前像黃鼠狼般光滑可愛的身體已經變形，她不再是帶著不幸的金絲雀鳥籠和甘願被俘的丈夫返家時的青春洋溢模樣，但是她那充沛的活力並沒有改變。「該死。」她經常笑著說。「誰能料到我們最後真的會變成食人怪！」他們跟現實世界最後一條聯繫的線在孕期第六個月斷了，他們接到一封顯然不是加泰隆尼亞智者寫來的信。信的確是從巴塞隆納寄來的，信封很普通，可是上面是用一般藍色墨水寫的標準字體，感覺似乎捎來了不吉祥的訊息。奧雷里亞諾拍掉阿瑪蘭塔・烏蘇拉正打算開信的手。

「別打開。」他對她說。「我不想知道信裡寫什麼。」

正如他的預感，加泰隆尼亞智者不再寫信過來。那封由其他人代筆的信一直沒人打開，它被擺在費蘭妲曾經遺忘婚戒的擱板上任由蠹蟲處置，被信中壞消息所燃出的焰火所焚毀，這一段沉重而悲哀的時間即將抵達尾聲，這一對孤單的愛侶還在回顧過往，但時間卻是白費力氣，最終未能帶著他們漂流到幻滅和遺忘的荒漠。奧雷里亞諾跟阿瑪蘭塔・烏蘇拉感覺山雨欲來，最後幾個月他們手牽著手，他們的愛忠誠不渝，孩子卻是偷情而生。夜晚，他們抱在一起躺在床上，他們不怕螞蟻在月光下的轟炸，蠹蟲啃咬的巨響，隔壁幾間房中清楚傳來荊棘不斷生長所發出的窸窣聲。許多次，往生親人的喧譁聲驚醒他們。他們聽見烏蘇拉正在爭論延續血脈的造物法則；荷西・阿爾卡迪歐・波恩地亞在探究偉大發明不可思議的真相；費蘭妲在禱告；奧雷里亞諾・波恩地亞上校對戰爭幻滅和投注心力打造小金魚；奧雷里亞諾二世在派對中搞得昏頭轉向，因而寂寞窒息，於是他們明白執念能打敗死亡，於是他們再一次變得無比快樂，他們相信即使當鬼他們也會繼續相愛，一直到很久以後，當昆蟲從人類那兒搶走苦難的樂園，然後又被未來的其他動物搶走。

某個禮拜日的下午六點，阿瑪蘭塔．烏蘇拉感覺分娩的陣痛到來。之前那位負責旗下為求溫飽賣身的女孩們的老鴇，跟往常一樣笑盈盈地將她扶上餐桌，騎在她的肚子上，然後粗魯地擠壓她，讓她不停尖叫，直到聽到一個美麗的小男嬰的啼哭聲而安靜下來。阿瑪蘭塔．烏蘇拉含著淚，看見那個男孩有著波恩地亞家所有叫荷西．阿爾卡迪歐的男丁般高大、魁梧和任性的特徵，有著一雙跟所有叫奧雷里亞諾的男丁一樣精明的眼睛，他們家的血脈再一次從頭延續，洗去了致命的缺點和孤僻的傾向，因為他是家族一個世紀來唯一由愛情結合的結晶。

「他完全是個食人怪啊。」她說。「他會叫羅德里哥。」

「不行。」她的丈夫反對。「他要叫作奧雷里亞諾，將來還會打贏三十二場勝仗。」

奧雷里亞諾拿著一盞燈照明，接著剪掉嬰兒的臍帶，然後拿起一塊布擦掉覆蓋全身的藍色黏液。當他們把嬰兒翻過來，臉部朝下，這才發現他比平常人多了一樣東西，於是他們彎下身子檢查那個東西。那是一條豬尾巴。

他們並未驚慌。奧雷里亞諾跟阿瑪蘭塔．烏蘇拉不知道家族的先例，也不記得烏蘇拉令人害怕的告誡，最後老鴇安慰他們，她想那條沒用的尾巴可以等到孩子換牙以後再切掉。接著他們再也沒機會想這件事，因為阿瑪蘭塔·烏蘇拉嚴重大出血，他們試著拿紗布和煤灰塊來救她，無奈這就像徒手阻擋噴泉的水。起初幾個小時，她試著保持愉快的心情。她拉著嚇得半死的奧雷里亞諾的手，求他不要擔心，像她這樣的人還不想死就決不會死，大笑老鴇用來救她的各種誇張的方法。但是當奧雷里亞諾感覺希望越渺茫，她的身影也就跟著逐漸淡去，好似有人將她從光線中抹去，直到她陷入神智不清。禮拜一那天黎明，他們帶來一個女人在她床邊唸救命經文，這些經文拿來救人跟動物都有效力，可是對阿瑪蘭塔·烏蘇拉激昂的鮮血來說，除了愛，所有的偏方都沒用。到了下午，經過二十四小時絕望的奮戰後，他們知道她已經死去，因為她的出血在無計可施下自行止住，她整個人消了一圈，臉上的青腫褪去，變成雪花石膏般光滑，嘴角也再次浮現笑意。

奧雷里亞諾一直到這一刻才知道他有多愛他的朋友，有多想念他們，願意不惜一切跟他們在一起。他把孩子放在母親給兒子準備的籃子裡，拿一條毯子蓋住屍體的臉，接著在荒蕪人煙的城鎮遊走，希望找到一條返回過去時光的通道。他敲下已經好一段時間沒來的藥房的門，卻發現這是一間木工行。替他開門的老婦人提著一盞燈，並為他的神智恍惚感到同情，她堅持這裡從來不是藥房，她也不認識有位脖子纖細、眼睛迷濛，名叫麥西迪絲的女人。

他把額頭靠在加泰隆尼亞智者之前那間書店的門板上哭泣，他知道他剛才不想打破愛情的魔法，所以忍到這個時候才哭。他用力搥打「金兒」妓院的水泥牆，呼喚碧蘭・德內拉，不搭理飛過天空的幾個橘紅色的發光圓盤，他以前曾多次在舉辦派對的夜晚，從蠍子橫行的院子裡，像個孩子般一臉著迷地凝視。在破敗的紅燈區中唯一一間還開著的酒館裡，一個手風琴樂團正在演奏拉法耶爾・艾斯卡洛納的歌曲，這位歌手是主教的姪子，是漢子弗朗西斯克秘密的傳人。酒館老闆因為忤逆母親，有一隻手臂乾癟而且燒傷了，他邀奧雷里亞諾喝一瓶燒酒，奧雷里亞諾回請他另外一瓶。老闆跟他談起手臂發生的意外。奧雷里亞諾跟他提及他的心有多痛，因為侵犯了姊姊心才會乾枯和燒焦了。最後，他們一起哭了起來，奧雷里亞諾感覺他的痛苦暫時消失了。但是到了凌晨時分，他又再度變得孤零零，他在廣場中央張開手臂，打算叫醒全世界，他聲嘶力竭地大吼：

「朋友是狗娘養的兒子！」

妮葛蘿蔓塔把他從嘔吐物和眼淚聚成的水窪救回來。她帶他到她的房間，幫他清潔身體，餵他喝一碗雞湯。她拿起一塊煤炭塗掉他還欠她的數不盡的愛，刻意回想她最寂寞的悲傷，陪著他一起哭泣。天亮後，奧雷里亞諾在一個笨重而短暫的夢中醒來，恢復神智後，他感到頭痛欲裂。他睜開眼睛，想起了兒子。

他沒看到籃子裡的孩子。他先是詫異不已，接著心底升起一股狂喜，以為阿瑪蘭塔・烏蘇拉死而復活，正在照顧孩子。可是她跟石頭一樣僵硬的屍體還躺在原處蓋著毯子。他想起回到家時，臥房門是打開的。奧雷里亞諾穿過早晨滿溢牛至香氣的長廊來到飯廳，生產遺留下的東西還在那裡：大鍋子、血跡斑斑的床單、煤灰盆，寶寶那條扭成一團的臍帶還放在桌上的打開的尿布上，一旁還有剪刀和絲繩。他想或許是老鴇昨晚回來帶走了孩子，好讓他能安靜思考一番。於是他頹坐在搖椅上，屋子剛整修完那段時間，蕾貝卡曾經坐在這張椅子上教刺繡，後來阿瑪蘭塔也坐在同樣的椅子上跟赫林內多．馬奎茲上校下跳棋，到最後阿瑪蘭塔．烏蘇拉坐在這兒縫製兒子的衣物，他短暫恢復了理智，感覺他承受不了這麼多的過往重重壓著他的靈魂。他的愁緒跟其他人的愁緒像是致命的長矛射傷了他，他佩服蜘蛛在枯萎的玫瑰花叢結網的一派冷靜，毒麥的不屈不撓，還有二月的黎明空氣散不去的燠熱。這時他看見了兒子。他的兒子只剩一具浮腫的乾枯皮囊，全世界所有的螞蟻都聚在一起，奮力地拖著他沿著花園的石頭小徑往蟻窩而去。奧雷里亞諾動彈不得。他不是因為嚇得呆在原地，而是他在這不祥的瞬間，解開了梅賈德斯真正的密碼，他看出羊皮紙捲的內容是按照人類的時間和空間清楚排列：這支血脈的第一個家長會被綁在樹上，最後一個子孫會被螞蟻吃掉。

這輩子，奧雷里亞諾從沒這麼清醒過，他忘了死去的家人，忘記他們的痛苦，他拿起費蘭妲的十字木樑，再一次釘死門窗，以免被外面世界的動靜干擾，這一刻他知道梅賈德斯的羊皮紙捲上記載著他的命運。他找到還完好如初的紙捲，四周圍繞的史前時代以來的植物、冒著蒸汽的水坑和發光的昆蟲，把所有人類在地球上的足跡從房間抹去，他壓根沒想到要拿到光線下去，就站著原地，毫不費力地開始大聲唸出解開的文字，彷彿他在正午刺眼的陽光下讀著用西班牙文寫的東西。梅賈德斯在百年前寫下他們的家族史，連細枝末節都詳細記載。他是用母語的梵文撰寫，輔以奧古斯都皇帝的私用密語來寫偶數句，和斯巴達軍事密碼來寫奇數句。他開始看懂羊皮紙捲的最後一道謎題，也就是當時和阿瑪蘭塔·烏蘇拉愛得昏頭轉向時擱下的部分，梅賈德斯不是照人類傳統的時間來記載，而是著眼在一個世紀發生的生活故事，一切同時存在於一瞬間。奧雷里亞諾非常著迷於這個發現，他逐字大聲唸出梅賈德斯曾唱給阿爾卡迪歐聽的通諭，其實那是關於他被處決的預言，他讀到世界上最美麗的女人誕生，後來肉體和靈魂一起升天，他得知雙胞胎遺腹子的身世，這兩兄弟後來放棄解讀羊皮紙捲，除了沒有能力、信心不夠堅定，也因為時機還未到。讀到這裡，奧雷里亞諾迫不及待想知道自己的身世，於是直接跳了過去。這一刻開始颳起一陣溫和輕柔的風，帶來了過往的聲音，舊時老鸛草的私語聲、糾纏不休的懷舊醒悟的嘆息聲。他沒注意到風吹了起來，因為這時他正在揭開他誕生之謎的最初線索，他看見他色慾薰心的外祖父為了無意義的事，穿越一座幻境高原尋找一位美女，最後卻不能給她幸福。奧雷里亞諾知道這是指誰之後，繼續尋著揭開他子孫的密境，找到注定他出生的那一刻，暮色籠罩，有個女人出於叛逆，在蠍子橫行和黃色蝴蝶飛舞的浴室，獻身給一個滿足了淫慾的工人。他全神貫注，沒感覺第二道風吹來，那氣旋的威力將門窗連根拔走，掀起東邊門廊的屋頂，鏟開了水泥地面。這一刻，奧雷里亞諾發現阿瑪蘭塔·烏蘇拉不是他的姊姊，而是他的阿姨，而法蘭西斯·德瑞克爵士攻打里奧阿查城，只不過是讓他們在恍若迷宮般複雜的血緣關係裡糾纏不清，直到生下帶著傳說中的動物特徵的後代，來阻斷他們的血脈。這一刻，《聖經》中的狂暴颶風吹起，把馬康多變成塵埃和殘磚碎瓦的可怕漩渦，奧雷里亞諾決定不浪費時間讀他已滾瓜爛熟的事件，跳過十一頁，開始解讀他目前正面對的一刻，他一邊解讀一邊經歷，一邊解開羊皮紙捲的最後幾頁，一邊預測自己的未來，彷彿照著一面會講話的鏡子。這時他又跳了幾頁想趕快看到預言，提前知道他的死期和死法。然而，在讀到最後一句詩之前，他已經明白自己永遠不可能走得出這個房間，因為那句詩預告，在奧雷里亞諾·巴比隆尼亞完全解開羊皮紙捲之後，風將會摧毀這座鏡子之城（或者說這座海市蜃樓），將它從人類的記憶中抹去，所有羊皮紙捲上寫的一切從一開始到永遠都不會再出現一次，因為遭詛咒的百年孤寂的家族在世界上不會有再來一次的機會。

國家圖書館出版品預行編目資料

百年孤寂 / 加布列・賈西亞・馬奎斯作；葉淑吟譯.
-- 初版. -- 臺北市：皇冠，2018.01
面；公分. --（皇冠叢書；第4675種）(CLASSIC;092)
譯自：Cien años de soledad

ISBN 978-957-33-3356-2（平裝）
ISBN 978-957-33-3357-9（精裝）

885.7357　　106023141

皇冠叢書第4675種
CLASSIC 092

百年孤寂【平裝典藏版】

Cien años de soledad

作　　者—加布列・賈西亞・馬奎斯
譯　　者—葉淑吟
發 行 人—平　雲
出版發行—皇冠文化出版有限公司
台北市敦化北路120巷50號
電話◎02-27168888
郵撥帳號◎15261516號
皇冠出版社(香港)有限公司
香港銅鑼灣道180號百樂商業中心
19字樓1903室
電話◎2529-1778　傳真◎2527-0904
總 編 輯—許婷婷
責任編輯—蔡維鋼
美術設計—王瓊瑤
著作完成日期—1967年
初版一刷日期—2018年02月
初版十三刷日期—2024年03月
法律顧問—王惠光律師

讀者服務傳真專線◎02-27150507
電腦編號◎044092
ISBN◎978-957-33-3356-2
Printed in Taiwan
本書定價◎新台幣450元/港幣150元